Good Morning!
Wish You
A Wonderful Day

歡迎光臨忘憂早餐店

古家榕——著

Good Morning!
Wish You
A Wonderful Day

目錄

早安！忘憂早餐店

王曉樂讀小一那年，曾好奇問過自家阿母：

「阿母，為什麼路上都是『美而美』，只有我們家是『忘憂早餐店』？」

阿母許芳慈尚未開口，忘憂早餐店開山祖師婆暨正宗吉祥物，王家阿嬤柯淑莉女士，早已中氣十足搶過話頭：

「什麼『忘憂』！我是跟妳阿爸講：恁『食飽換枵（tsiáh pá uānn iau）』[1]啦！早餐店就叫『早餐店』啊，是要取啥物名?!」

「原來是台語諧音啊！」

七歲的王曉樂恍然大悟，隨即感到一陣惋惜——可惜了，那些浮想聯翩的美麗理由，竟不敵霸氣的「食飽換枵」。果然，阿嬤就是阿嬤，連取個名字都如此剽悍！

「不過，從『換枵』變成『忘憂』啊……」

即使再懵懂天真識字少，此刻的王曉樂卻也意識到，自家早餐店的命名過程，應該已是眼前這位癱在沙發上、隔著汗衫抓肚皮的中年男子，這輩子最最接近文青的時刻。

「啊呀！取個名字才吸引人嘛。而且忘憂忘憂，忘掉煩憂，一聽就沒憂沒愁多輕鬆……就算是『食飽換枵』也很好啊。大家都餓了，我們店才有生意做嘛！阿母妳看，妳隨口講的名字就那麼有意義，真

1 註：食飽換枵（tsiáh pá uānn iau），台語，常用來嫌棄對方沒事找事做。

正是了不起！」

只見阿爸王新洋賴在沙發上，邊舉起右手大拇指，左手還不忘撓下自個兒的小肥肚——面對鳳辣子性格的母親，他總有辦法四兩撥千斤。

「少在那邊巴結了。什麼忘掉煩憂，哼！忘憂忘憂，你是賣早餐，又不是賣仙丹！」

也不怪王柯淑莉女士上火。想當年，丈夫王安邦出勤時意外驟逝，她為了拉拔五個孩子，聽從鄰居建議將一手承襲自丈夫的麵點功夫兌現。先是從小攤位擺起，賣些大餅、花捲、饅頭者流，漸漸的，又開發出諸如燒餅、蛋餅等花樣——不知從哪天起，「淑莉阿姨的店」，竟已晉升為地方媽媽的第二灶跤（tsàu-kha）[2]。

「唉呀！早餐來不及準備了，快去淑莉阿姨的店。」

「唉呀！今天農民曆說宜交易，快去淑莉阿姨的店。」

「唉呀！昨晚打牌贏錢了，快去淑莉阿姨的店。」

「媽～妳都贏錢了，拜託換家店啦！我都快腫成饅頭了。」

「這樣啊……那更適合去淑莉阿姨的店，一看就是塊活招牌！」

對淑莉阿姨本人來說，食物是體力來源，更是經濟來源。這些年的努力，主要是為了生存，至於

2 註：灶跤（tsàu-kha），台語，廚房之意。

什麼開拓事業走上巔峰、完成夢想實踐自我，在她務實的眼光看來，全是些「食飽傷閒（tsia̍h pá siunn îng）」[3]的空話。

給我斜槓，不如給我槓子頭。給我一團老麵，我可以發起整籠饅頭。

因此，當自家長子將小攤位轉型成早餐店，並慎重其事請她命名時，王柯女士直覺認定他沒事找事——就是開個讓大家都吃飽的店，還要特地花力氣找我取名字，真正是「食飽換枵」！

多年後，每當王曉樂想起這段往事，都會暗自慶幸：「好吧，至少當年沒被取成『歪腰早餐店』。」

不然，這家店的小闆娘當起來，感覺很快就會脊椎側彎。

*

事實上，早在王曉樂出生前，「忘憂早餐店」已然開業了。

王新洋二十六歲那年，趁著眷村改建國宅的時機，成功說服自家阿母放手交棒，將一樓店面的麵攤轉型為早餐店——新開張的「忘憂早餐店」，除了店名獨特，最大的不同，在於菜單內西式品項的出沒：先是漢堡、三明治和咖啡牛乳，後漸加入法式吐司、厚片和奶茶等。這在當年堪稱新穎的嘗試，固然跟王新洋敏銳的商業嗅覺有關，亦不乏他饅頭大餅吃到吐的童年陰影。

當然，出於對母親手藝的尊敬、也是考量老顧客的口味，王新洋特別保留了她的「手工蛋餅」，還

3 註：食飽傷閒（tsia̍h pá siunn îng），吃飽太閒，形容對方不幹正事。

不忘在菜單上標註「每日限量供應」。如此做法，不僅極大程度滿足阿母的虛榮心，更能刺激那些三四點起床的老人家，一大早急吼吼出門搶購——其實，按照王家阿嬤的產量，蛋餅絕對是供過於求的。只不過，跟弟妹廝殺長大的王新洋，向來深諳「從別人嘴裡搶來的總是比較好吃」此一真理，何況——

「這也是替看著我長大的叔伯阿姨創造生活動力！」王家阿爸大言不慚表示。

但王曉樂始終懷疑，阿爸請阿嬤去做蛋餅，主要是為了讓她忙一點，才不會天天盯著他後腦勺碎碎唸。

總之，有了抓人眼球的菜單品項、搭上西化和經濟起飛的趨勢，「忘憂早餐店」開業僅兩年，便成功損益兩平邁向獲利。此時，恰逢妻子許芳慈懷孕，滿懷人父喜悅的王新洋，趁著「娶某前、生子後」[4]的衝勁，買下二樓同方位的三房兩廳，上下打穿弄了個小樓梯，就此開啟清晨下樓開店、午後上樓睡覺的幸福養肉模式。

身為來不及參與命名的忘憂寶寶，王曉樂高中那會兒，也曾大張旗鼓吹改名，例如走個「飽到總裁愛上我」的言情風。阿母許芳慈聽罷她的提議，語氣是一貫的和煦：

「其實，妳阿爸當年將店名取做『忘憂』，是真心欲祝福人客快活。他希望吃早餐這件事，不只是填飽肚子，也能帶來好心情……假使發現有人心情差，就偷替他加個蛋、夾片肉，呼伊呷飽再出發。賺少一點嘛沒要緊，讓人歡歡喜喜的，這才是真划算。」

4 註：台灣俗諺，意指人在結婚前夕與兒女出生這兩個時段，運氣會特別好。

聞言，王曉樂霎時看見阿母背後大放聖光，加個淨瓶就能普渡眾生——這哪是開早餐店，根本是佛心企業，緣份到了才會賺！看來這間店能存活至今，那位貪財星人王柯淑莉大掌櫃，著實居功甚偉。

「妳看我們厝邊，這麼多年了，還是經常來買。妳那些國小同學，一放假也是會過來。更別提天天報到的幾位阿姨——講實在的，常客買的不見得是口味、甚至不是方便，就是一份情而已。」

「只要付出真心，早餐店能做的，絕不只有早餐喔！」

日後，每當王曉樂對顧客喊出：「帥哥！今天想吃什麼？」、「早啊美女，要不要來杯黑咖啡？」她總一再想起，母親當年說的「真心」二字。

天下武功，唯快不破；開早餐店，唯真必勝。只要有顆真心，放眼望去，所有人都是帥哥和美女——早餐店老闆娘從不騙人，是人們始終小瞧了自己。誰說帥哥美女絕對要前凸後翹六塊肌？定義，是被創造來改寫的。老闆娘說要有帥，就有帥，只要相信她，人生立刻有了光。

再平凡的小人物，點餐的這一刻，整個櫃檯都是你的主場。店內壁癌造景的菜單，壓克力材質紅底白字，品項兼容並蓄任君挑選——就是遵從己心點完餐，若是都不滿意，老闆娘亦能親自出馬，為你特製尊爵不凡的暗黑料理——總之在早餐店裡，沒有誰需要委屈自己。只要走進來，這裡，永遠都有屬於你的一人、一椅、一套餐。

哪怕外頭風雨飄搖，一旦走進早餐店，電視依舊是熟悉的新聞主播，老闆娘依舊手腳俐落，抽油煙機依舊轟隆隆轉動——樸實無華又枯燥的日常，卻在餐點千篇一律端上的那刻，此心安處是吾「香」。

早餐店，真的從不只有早餐。

*

回顧起來，「忘憂早餐店」的經營，最初是王柯淑莉、王新洋跟許芳慈，母子媳的灶跤三結義。

當年，號稱交棒卻閒不住王柯淑莉，每天除了做蛋餅，亦擔任早餐店太上掌櫃暨正牌收銀員。等到孫女出生，升格阿嬤的柯淑莉女士眼見媳婦兩難，直接甩了句：「我身子骨誠勇健！別想我回家帶小孩！」一肩扛起早餐店半邊天，讓許芳慈安心退居二線，在家全職育兒直至送入幼稚園，王家母子的兩人三腳模式才回歸三足鼎立的平衡。

王曉樂升小五那年，早餐店的營運，慢慢從鐵三角拓展為四人幫。原先滿山遍野亂跑、無憂無慮的王猴兒齊天曉樂，在阿嬤一聲令下，被迫加入當紅偶像團體「白天取金四人組」，從此踏上有去無回歸西路。而她的團體定位，與其說是披荊斬棘大師兄，更接近師父屁股底下那匹白馬：師父指東走，她不敢往西去，否則師父立刻變身魔法阿嬤，張口就是緊箍咒的囉嗦，一氣呵成將王曉樂唸到放棄求生。當然啦，當年的王家阿嬤，沒什麼兒少權益的概念，純粹將滿十歲、不會幫倒忙的王曉樂，視為可合理徵用勞動力——畢竟王家阿爸就是這樣長大的。至於王氏夫妻的想法則浪漫得多，覺得平時開店忙、沒法多陪孩子，趁著寒暑假帶在身邊朝夕相處也不錯，時至今日，也算是「讓孩子看著父母背影長大」之類的溫情家長。

在王家阿嬤精打細算的大嗓門一喊、加上王家爸媽的理想助攻，四年級下學期結業式當天，當同學們正為著假期歡欣鼓舞時，收到入伍令的王曉樂小朋友，只能默默凝視窗外夏景明媚，心頭一陣秋風捲落葉的悲涼。

認真說起來，最倒楣的，理應是九歲的王曉陽。親姊被無奈抓兵，連帶將親弟綑綁買一送一，豈料他本人卻是興高采烈。身為可有可無的補充兵，他僅需每天睡到自然醒，再晃至店內啃早餐欣賞大姊的手忙腳亂，等吃飽喝足，便起身至門口笑臉迎賓，將各路叔伯阿姨哄得雙眼瞇起、最好大手一揮跟阿爸加點份蘿蔔糕。當然，若真閒到天怒人怨，王曉陽也會識相的去收個盤子、擦個桌子，但多數時候，他仍是陪著顧客（即他的同學）在店內混水摸魚——相較她姊的白馬地位，王曉陽此人，更類似安份吃飽不扯後腿就算超水準表現的豬八戒。

只不過，悠哉的日子沒兩年，王曉陽升小五後，很快就被阿爸抓去分擔粗活，特別是台式沙拉醬的製作——台式沙拉醬，就是抹在三明治內側、被王家阿嬤宣稱「就算外頭有賣，自己打的就是不一樣」的神祕抹醬。老實說，這醬不存在什麼技術含量，就是將蛋黃、油、砂糖、鹽巴和一點點的檸檬，全部混作伙攪拌攪拌，打成濃稠糊狀即可。但由於勤儉的貪財星人，堅持不買機器純手工處理，讓王家阿爸的右臂基本上成為撒隆帕斯好朋友——因此，當王新洋發現兒子體格差不多能抓交替了，立刻以「天將降大任於斯人」的神聖理由，莊嚴肅穆拍了拍兒子的肩，將這口鍋毫不猶豫往他身上甩。

面對這口天降大鍋，起先，王曉陽著實是叫苦不迭，一度讓王曉樂懷疑，他是否會沙拉醬打著打著，便趁大人不注意時偷往裡頭吐口水。所幸，在哀傷的打了半個月沙拉醬後，王曉陽一晚洗過澡，竟跐高氣昂跑來找親姊炫耀：

「阿姊妳看我的二頭肌！是打沙拉醬打出來的喔！」

王曉樂從書裡抬起眼，敷衍的點了點頭，心想一個二頭肌就能換來你的無悔，即將步入青春期的男孩，實在好解決。

除了沙拉醬，王曉陽亦在店休時被徵召去補貨，認份的跟在王新洋身後，將食品原料大賣場逛得跟自家廚房一樣熟。某日王曉樂收了工，正在店內喝著檸檬水，眼瞧親弟左肩扛袋麵粉、右臂夾罐蘑菇醬，拖泥帶水從跟前經過，瞬間意識到：唉呀風水輪流轉，這年頭白馬換人當了。

聽完這句無良評論，生性達觀的王曉陽，自豪表示：

「我不是白馬，是白馬王子！」

「是王子嗎？我瞧倒像是王子麵。」

「哎呀，這種真男人的世界，妳是不會懂的。」

驕傲丟下這句話，滿身臭汗的王小弟，帶著深刻的男人味遠去了。王曉樂聳聳肩，一口氣吸光杯底的檸檬水，啊嘶……真酸！

*

無論寒暑假，早餐店的營業時間皆是五點，但對王家人而言，凌晨四點就是開工時間。一大清早，太陽還躲在雲後頭賴床的時候，阿嬤早已在後場揉麵做起蛋餅，阿母人在外頭負責餐點備料，至於阿爸，則一肩扛起煮紅茶、搬重物的體力活。

那麼，王曉樂呢？

她正在努力起床。

若是暑假倒還好，外頭天光亮得早，凌晨四點多起床，對孩子來說不太是問題——可一到寒假就慘了——早餐店不會因為天冷暫停營業，但她的意志力卻會想要罷工。主要是，她當時已迷上各類小說，從金庸到瓊瑤，柯南道爾到痞子蔡，五湖四海匯流腦袋，日日手不釋卷捨不得睡。而這不僅使她榮膺第一代的爆肝先烈，更讓「王曉樂大戰惡鬧鐘」劇碼，成了每日忘憂早餐店營業前的日常。

凌晨四點二十分，王曉樂頭頂的鬧鐘妖一號，會先投以石破天驚的壯闊震碎她的美夢。便看她伸出手，乾脆俐落一招萬佛朝宗拍翻這跳樑小丑，接著，夾起抱枕翻過身，繼續魂遊象外。

凌晨四點二十五分，王曉樂腳邊的鬧鐘妖二號，接棒以地裂天崩的氣勢搖撼她的意識。可惜仍敵不過高手曉樂的武力值。但見她閉著眼、伸長腿，用左腳拇指來個蒼鷹撲兔，簡單粗暴完成降龍伏虎的羅漢壯舉。

凌晨四點三十分，王曉樂書桌的鬧鐘妖三號，尖銳魔音三度排山倒海掀起波瀾，可這回沒等到她出手，王家阿嬤已碰地一聲推開門，巨無霸癩蛤蟆拔山倒樹而來，走到桌邊揮出布滿老繭的肉掌，啪地收拾掉這顆最後通牒。

房內頓時回歸寂靜。下一秒，王曉樂眼睛倏地一張，渾身寒毛豎至極致——三個鬧鐘時辰已過，輪到大魔王出場了。

果然，俠客曉樂才準備從床上跳起，黑山老妖嬤那滿是麵粉的大手，已啪啪兩下，嗆得她噴出一口充滿牙菌斑的濁氣，趕緊變招往床下一滾，盡可能在大漠起兮雲飛揚的房內，躲開阿嬤與麵粉的雙重夾擊。

只可惜，來不及鬆口氣，這位閃過物理攻擊的練武奇才，終究撞上師奶殺手級的獅吼功：

「給我起來！莫閣睏啊啦（mài koh khùn--ah—lah）[5]！！！！！！」

吼聲一出，王曉樂頓時三魂六魄歸了位，剩下一魄被阿嬤的深厚功力嚇得找不著北。然而，這卻無妨她拿出乖得跟孫子一樣的表現：

「好……我起來啦！」

「好什麼好！五點了啦，較緊咧（khah kín--leh）[6]！下來店裡幫忙！快點！」

王曉樂聞言悚然一驚，抬頭一看鬧鐘：

「阿嬤！才四點三十二捏！哪裡快五點？」

「四點後面就五點了啊！較緊咧啦！別在這邊摸魚了！」

5 註：莫閣睏啊啦（mài koh khùn--ah—lah），別再睡了。
6 註：較緊（khah kín），意思為「快一點」。

聽完這句理直氣壯的解釋，王曉樂不禁在心底吐槽：

果然，世界上有一種超物理時間，叫阿嬤的無條件進位——每個阿嬤心中，都存在一個整點的鬧鐘。

就算四點零一分，依舊是五點。

幸虧，擅長賴床的曉樂妹妹，向來只將浪費光陰的天賦留在床上。每當離開那一畝三分地，動作之快速有效率，就連最擅長將沒病講成有病、潛在的健保常客王家阿嬤都無話可說。

凌晨四點四十分，王曉樂砰砰砰跑下樓，沿著用餐區戰線巡視一遍，任何該擦該收該對齊的，以及該補的免洗筷、衛生紙、醬料碟，全數單兵清點確認部署完成。

凌晨四點五十八分，王曉樂走進櫃檯，站在阿母左側，邊觀察阿母的下巴弧線，邊思考自己是否該拿起抹醬刀，比較有披掛上陣的氣魄。

凌晨四點五十九分，阿嬤將洗好的抹布往出餐檯扔去，擦乾雙手按照慣例，對著錢幣盒喃喃自語：

「今日繼續保佑咱大賺錢！」

同一時間，王家阿爸收起平日在家的閒適，走向門口，抬手對準鐵捲門，按下手中的遙控器開關。

五點整，鐵捲門緩緩上捲，店外人行道由暗轉亮，溫暖明亮的忘憂早餐店，替陰冷的早晨點了盞燈。

王曉樂知道，待會即將有三個迫不及待的姨婆，興沖沖衝進來搶奪阿嬤的蛋餅頭香權——這是從她有記憶以來，這個自稱「福、祿、壽」的長青女子組合，最樂此不疲的團康活動之一。

而她唯一要做的，就是在第一個客人進門時，用她漸趨成熟卻依舊清亮的嗓音高喊：

「歡迎光臨忘憂早餐店！」

*

大學畢業那年，王曉樂返家，成為忘憂早餐店的實習店長。

看似理所當然的敘述，對她來說，卻非這般順理成章。

儘管從小就在早餐店幫忙，王曉樂多少會覺得，若有機會出去闖蕩，何必將自己困在家——況且，「回家接棒」四個字聽來，根本只是稍微優雅的「靠爸」或「啃老」說法。

這讓王曉樂有些接受不能。她才二十二歲，有著年輕人的銳氣和自尊，更不想一下展望至自己七十二歲的人生——每天凌晨起床、下樓、開店、上樓、睡覺……。

除了吃飽穿暖，人活著如果沒有夢想，跟鹹魚有什麼分別！

算起來，王曉樂是個成長於「逐夢」世代的孩子。學校教育提倡探索自我，科系選填建議結合志趣，報章雜誌鼓吹「壯遊」、「Gap Year」、「追尋內心渴望」，讀國高中那會兒，一個少女可以沒有 i-Pod、Levis 和 Converse，只要口袋裡塞著夢想清單，就算真正走在時尚尖端——可話雖說得倔強，若要問王曉樂有什麼夢想，她一時還真答不出來——就像是穿了件「NICE」勾勾 T-shirt，看似在追逐時代、實則終究是盜版。

指考結束那年，追夢少女王曉樂，以「既然愛看小說，乾脆填文學院吧」為信念，按照補習班建議的落點心虛選填志願，最終吊車尾擠進C大中文系。科系放榜當天，阿嬤好奇問她：

「啊妳為什麼選中文系去讀？」

她只能半誠實半心虛的作答：「啊就電腦跑出來的啊！」

「啊唷！原來電腦不只挑花生，還能選科系喔！」

「咳，阿母無要緊！既然是電腦選的，那也是種緣份，一枝草一點露，我們曉樂一定有出路的。」

王家阿爸維持他一貫的樂觀，在他看來，誰知道自己十八歲的時候想幹嘛——至少他就不知道。

但他現在依舊活得很好。

於是，身為「人活著總該有些理想」、卻不知實際理想在何處的女青年，王曉樂就這般讀了四年中文系，並在畢業前望著眼花撩亂的招聘資訊，瞬間有些無所適從。

說起來，王曉樂生平第一次的生涯規劃，是在她將滿八歲那年。

某個平日晚間，全家人看完中視八點檔《花木蘭》，阿嬤、阿爸跟阿母早已各自起身忙碌去，只剩她跟王曉陽坐在沙發上，意猶未盡盯著片尾曲，突聽耳邊飄來一句：

「阿姊，妳長大後想當花木蘭嗎？」

剛過七歲生日的王曉陽，一邊問，邊試圖自己擤鼻涕。說起來，小孩似乎挺擅長這般隨性討論些嚴肅的議題。

「我才不做花木蘭，我要做總統！」當然，小孩也挺擅長隨口講些逼死自己的答案。

「為什麼？」

「拜託！你看那個十塊錢上面印著的人頭，阿嬤有跟我說過，他就是我們以前的總統。只要當總統，所有的錢都會印著我的頭，這樣子所有的錢，都會是我的！」

「那我也可以當總統嗎？」

「嗯……不然我把錢分你一半，然後讓你當副總統好了！還有阿嬤、阿爸、阿母，全部都當大官。」

電視畫面裡，袁詠儀跟鄭佩佩繼續婆媳鬥法，周華健的聲音繼續唱著：「我得承認，男人有時蠢話連篇……」，與此同時，一個國家的新內閣，誕生於地方小女孩的舌尖。

可儘管發下當總統的豪言壯語，王曉樂十歲那年，就知道自己這輩子都不會是個偉人。

並非因為她家附近沒小溪看魚兒逆流向上，也不是因為阿爸拒絕在店門口種棵櫻桃樹給她，而是當她看完教室後方書櫃那套《世界偉人傳記》後，發現當偉人的必備條件是：

「要很慘」。

像有個女孩叫海倫凱勒，她生下來就不能聊天、看電視、聽故事。有個印度老人叫甘地，他雖然有辦法說話，卻不讓自己吃東西。有個美國總統叫林肯，辛苦打仗好不容易贏了，跑去看戲休息一下就七天後才能回家。另一個美國總統甘迺迪，竟然只是坐在車上就被人暗殺（王曉樂赫然驚覺，在美國，當總統是個高風險職業）——原來，偉人的世界裡，根本沒有勝利組啊！十歲的王曉樂默默闔上書，從那天起，堅定擁抱她平庸的人生路線。

直到中文系大三那年，王曉樂在「聲韻學」考前溫書到放空，盯著眼前「多德得丁都當冬」的花鼓咒語，思緒一不小心離書出走，才再度開始認真思考人生。

大三了，相熟同學不是快修完教育學程、就是著手考公職，也有早已累積工讀經驗，準備一畢業就投入出版業爆肝的勇者同窗，彷彿，每個人都有自己的方向，只剩她一人原地茫茫不知何處去。

此時，好友徐莉的聲音在腦中響起：

「人向來是被熟悉感支配的，看似獨立批判，最終做決定時，多半靠的是自己的習慣。」

「啊……我的習慣嗎？」

在那個瞬間，王曉樂想到的，竟然是股氣味。

一股專屬早餐店、混合食材香氣與惱人油煙的特殊氣息。

事實上，王曉樂首度意識到這氣味的存在，是三歲去幼稚園的時候。那天，她強忍對阿母的想念，乖乖走進教室，被老師安排在個小女娃旁邊。只不過，她的思母之情，很快被身旁的同伴所吸引。

「她身上怎麼有股花香啊？」

霎時，王曉樂心底竄出一隻追著蝴蝶跑的小狗，歡快的吸吸吸、聞聞聞，小女生都喜歡香香的氣味，會讓她覺得自己像個小公主。

可當她將嗅覺收回，突然發覺，相較女同學的香噴噴，自己身上則有股油味。平時在家、在店裡都不覺得，直到坐進教室，這股油膩感沉澱了下來，竟成為她的獨特標記。

當然，班上同學百百種，沒人會對別人的味道有意見。更何況，才三歲的小傢伙，對這事也沒太深層的思索。直到大三這一刻，王曉樂才懂得，那種對自身氣味的驚訝，與其說是難堪，倒不如是對那份烙印的愕然。

那是她生來便已承接、從祖輩一路傳下來的，專屬王家的氣味。

原來，「開早餐店」所意味的，不僅是養家活口，更代表了深層而全面的、對自我的影響⋯⋯。

「啊呀！怎麼半個小時又過了，我的聲韻學啊！」王曉樂抱頭慘叫，將心思挪回講義——比起自家早餐店之於她未知人生的意義，她還是決定先考完試、盡力活著看到明天的太陽。

隔年八月，離開校園的王曉樂，過完並不存在的暑假後，認真展開了投履歷、跑面試、等消息的日子。一個多月來，她彷彿談戀愛般患得患失，每個職缺都令人怦然心動，但，這個要兩年工作經驗、那個要多益證書，多數時候，她連進到相親關卡的機會都沒有。

「這年頭！光有顆真心還不夠啊啊啊啊！」

窗外是九月份的天空，秋母老虎的艷陽，像是跳土風舞的阿姨般熱力四射，卻無法溫暖王曉樂因頻頻求職碰壁、碎了一地的心。

「每個職缺都要求工作經驗，我沒有工作經驗，就找不到工作，但找不到工作，就沒有工作經驗，根本是逼我不吃葡萄倒吐葡萄皮啊。」

「以前，老師都要我們『擇我所愛』，但這個社會，並不愛我所選的啊。」

王曉樂喪氣撐著頭，坐在難得不是自家早餐店的桌邊，邊瞧著水滴從透明的紅茶杯滑下，一邊心在淌血的跟好友吐苦水。

「那是因為妳還不夠愛。」

好友徐莉的回應，維持了一貫的優雅跟犀利，如果不說，沒人看得出她就是早餐店長青女子組合大嗓門成員「福姨婆」的親孫女——王曉樂跟徐莉，是從娘胎裡帶著的交情，許芳慈曾打趣說，有次徐莉阿母來買早餐，雙方剛好同時胎動，根本是她倆隔著肚皮打招呼。

畢竟是吃著同家味道長大的好友，徐莉這個清冷女子，跟王曉樂相處始終有份內熱。雖說她的關懷就像盤燒麻糬冰，熱呼呼的黏糯中摻入冰渣子，微甜暖意裡不時涼颼颼來個戳心，幸虧曉樂沒有敏感性牙齒，這些年來倒是吃得挺歡快。

「妳當初也跟我說，決定填C大中文，是選校半選系。妳跟中文擦上邊的部分，也就是愛看小說而已——愛一件事物，應該是無時無刻不惦記的。但，這四年妳除了追求及格，又額外付出過什麼努力？沒有考檢定、沒有累積履歷、甚至沒去找學長姐打聽，現在才推給一句『擇我所愛』，無論對這句話本身、或是對妳的選擇，都是一種不公平。」

王曉樂聽到這裡，碰地一聲趴到桌上、扯著頭髮，懊悔起求學時的消極作為——她必須承認，徐莉說得對。

徐莉大學讀的是外文系，大三申請出去交換，繞了圈回來，如今已考進翻譯研究所深造。相較她的渾噩度日，這一路，徐莉沉穩踏實的往前走，一步一步摸索自己真正擅長、想要的究竟是什麼。

「啊……我覺得我好失敗啊！」

王曉樂哀嚎了聲，整個人趴在桌上，像是隻沮喪的大熊，臨到冬眠竟發現食物存量不夠。在徐莉面前，她總是沒什麼形象可言，一方面是不需要有，一方面也是沒辦法有。

見狀，九天玄女徐莉下了凡，語氣化作神仙教母的和緩：

「找不到想做的事，也沒什麼要緊。不知道想做什麼的人可多了。成功人士示範的夢想，經常是倖存者偏差，所謂的自我實現、學以致用，都是太沉重的話，多數人找工作，不過是為了生活，別拿那些陳腔濫調壓死自己，彷彿非夢想不做。妳就是個平凡人，別期待擁有女主光環的人生，先放寬標準，就算亂槍打鳥都好，有機會的都投投看。」

「真想走出版社，乾脆連那種實習機會，妳也去試著問。反正妳家也不差妳這份薪水，先擠進窄門再說。我記得妳大學時，不是往報紙副刊投過幾篇文章，投履歷時記得附上，也算是作品集。」

「喔嗚！徐、莉、莉，妳對我真好，我看我也不用找工作了，等妳研究所畢業養我就好。」王曉樂心情一好，就愛喊對方徐莉莉，而這世上也只有王曉樂，能在叫完徐莉莉後依然活著。

「妳再叫我徐莉莉，我就把妳打包上網拍賣，誰願意買回家誰買，本姑娘不但送貨到府、還倒貼他一萬塊。」

「哈哈哈，原來我在妳心中的身價還有倒貼一萬塊的價值啊，就知道妳愛我！」

看著王曉樂自稱自讚的小老鼠臉，徐莉無奈的連嘆氣都放棄了。心想，這就是孽緣千里早餐店吧。

然而，天有不測風雲。儘管得到好友指點，但計畫趕不上變化，變化趕不上新聞主播一句話。當天晚上，大受激勵的王曉樂窩在房內，正抓著滑鼠歡樂投履歷呢，突聽阿嬤在客廳大叫一聲：

「夭壽喔！這等沒天良的！」

王曉樂走出房間，還沒來得及開口，就聽到阿嬤氣憤的說：

「阿樂妳看！妳看！我們店裡進的那個、那個全統香豬油，說是用不能吃的油混的啦！」

「阿母啊，現在不是氣這個的時陣了，咱得先想辦法跟人客賠失禮，再趕緊決定換哪個牌子。」王家阿爸閒適的臉上，也難得見到一絲凝重。王曉樂隱約察覺，這起新聞對自家早餐店，或許只是壞消息的開始。

果然，餿水油猶如線頭，拉起一連串企業集團的黑心作為，更擴大影響至麵包、肉鬆、糕餅、小籠包等民生吃食。幾乎是毫無預警的，社會捲起一陣劇烈的食安風暴，去年因胖達人和大統油事件，埋下對外食不信任的種子，此刻在民眾心底瘋狂滋長開來。

短短兩週內，早餐店的生意一落千丈。儘管阿嬤阿爸誠懇道歉，提出補償方案，更強調已改用有信譽的品牌，有些常客仍難免遷怒，部份則抱持觀望態度。與此同時，因著食安問題，社會流行起「自家吃，最健康」風氣，不僅拉走天天報到的食客，也大幅降低新客嚐鮮的可能性——舊雨流失、新知不來，儘管明白只是過渡期，咬牙挺住就沒事，但，天天拉開門小貓僅見七八隻，光靠年齡加起來超過兩百歲的福祿壽長青女子組合撐場，不只阿嬤阿爸，連王曉樂也深感沮喪。

屋漏偏逢連夜雨，咱們的早餐店吉祥物，王家阿嬤柯淑莉女士，許是心焦業績不振、又自責當初貪小便宜，兩下鬱結於心，導致才剛歡慶七十一歲生日、聲稱要進化為早餐店老妖的她，竟於清晨揉麵時倒下了。儘管醫生檢查後表示沒事，就是近日吃得少又沒睡好，血壓一時沒上來才會暈倒，但因跌倒造成的髖骨挫傷，終究需要時日臥床調養。都說傷筋動骨一百天，接下來三個月，阿嬤怕是沒法中氣十足跟在阿爸後頭嘮叨了。

將阿嬤帶回家安頓好後，其餘王家人坐在客廳，緊急召開家庭會議（王曉陽上學去了，故不納入會議紀錄）。王新洋開口對妻子說：

「媠某（suí bóo）[7]啊……阿母最近就麻煩妳了。」

許芳慈點點頭，理解的說：「應該的，沒什麼麻煩不麻煩。倒是店裡生意，你打算怎麼辦？」

王新洋嘆了口氣：

「我是在想，我一個人還能應付得來。歹年冬（pháinn-nî-tang）不知何時到頭，最近生意冷淡，請幫手也不合算，就自己加減做吧。」

許芳慈聽罷微微蹙眉，但想了想，又覺得是最合適的方法，終也是嘆了口氣說：

「好吧，那你先加減做著，真不行就喊上我，我樓上樓下兩邊跑，應該還顧得上。況且以阿母的脾氣，

7 註：媠某（suí bóo），形容自己老婆很漂亮。

照顧得太刻意了，說不定反倒惹得她不歡喜。」

「呃……那個阿爸……。」

「曉樂啊，妳講？」

「我是在想，不然我工作別找了，就專心在店裡幫忙吧。」

「啊……這樣啊，可是，妳不是說想去賣書的地方試試看？」

「是啊曉樂，妳免煩惱，我跟妳阿爸兩個人有辦法的。妳照著自己的腳步就好。」

「對啊，就像妳阿母說的，店裡有我們，妳儘管安心揣頭路（tshuē thâu-lōo）[8]。我知道，從小妳就特別懂事，但工作是人生大事捏，不需要委屈自己。」

「但……啊反正我現在不想找工作了，我就想賴在厝內（tshù-lāi）了。」

王曉樂很難跟阿爸阿母解釋，她原先努力找工作，是因為幼稚的自尊感作祟。可當黑心油案爆發，家裡一件一件事情發生，日漸消磨她過去莫名所以的堅持。現在的王曉樂，仍不知道自己要做什麼，但她知道，如今這個家非常需要她出來做些什麼。

既然暫時找不到答案，那麼，就讓生活幫我決定答案吧。

王家阿爸阿母對視一眼，儘管王曉樂沒多做解釋，他們仍感受到某種不同以往的決心。霎時間，二

8 註：揣頭路（tshuē thâu-lōo），「找工作」的意思。

老心頭五味雜陳——女兒願意跳出來幫忙，令他倆倍感欣慰，但努力了大半輩子，卻無法讓孩子放心離家——不得不說，這個認知確實有些心酸。

「啊唷，我十歲起就跟著你們了，除了考高中大學那兩年，其他時候還不是都在店裡幫忙。就算這陣子，說是說在找工作，還不是都天天下樓……那不然，你們就當成我一直找不到工作好啦！」

王曉樂的說法，逗得許芳慈噗哧笑出聲。無論如何，雙方暫且達成共識：往後三個月，阿母在家照料阿嬤，王曉樂從打工小妹轉為「實習店長」（當然，薪水是不會漲的），主責阿嬤的點單收銀跟阿爸原先的輕食飲料，阿爸則接過阿母的煎檯，成為他夢寐以求的「阿洋師」。

「哈哈，從明天開始，煎檯就是屬於我的啦！讓你們看看，誰才是真正的大廚。」宣稱被婧某壓制多年的王新洋，迫不及待放起大話，摩拳擦掌的模樣，替憂愁的氣氛注入一絲笑聲。

客廳原地解散後，王曉樂起身回房，打開電腦連上線，清空求職網的瀏覽紀錄，並將畢業證書塞進抽屜深處。

繞了一圈，還是回到早餐店了呢。王曉樂苦笑，卻又有些釋然：

「或許，我就是那麼平凡的、適合做早餐的人吧。」

*

光陰似箭，歲月如梭——王曉樂從沒想過，這千篇一律敷衍用的小學作文開頭，曾幾何時竟成了她人生的段落。

三年前，早餐店經歷一個多月的蕭條後，生意又重見起色。阿嬤躺在床上說，絕對是自家孫女有招財貓體質，不過在王曉樂看來，當時熱烈的九合一縣市長選情才是早餐店的轉捩點——新聞不再追著食安議題跑，人們很快就將抵制啊、擔憂啊拋諸腦後，重新依賴起早餐店的便利性。

「多數人都是健忘的，所謂的刻骨銘心，不是因為重視，而是因為傷口再也好不了。」

徐莉倚在收銀檯隨口吐槽完，拿起紙袋，咬下從小吃到大的限量蛋餅——或許是名字裡同樣有莉，王家阿嬤特別喜愛這個查某囡仔，每次知道她要來吃早餐，都會特別留片蛋餅給她。

「也不見得是健忘啦，大家吃這麼久了，對我們多少有信任在，也都成了習慣。現在這樣很好啊，我不希望再碰到類似的狀況了，妳都不知道那段日子我多擔心……一份豬排三明治加蛋跟中冰奶嗎？好喔，這樣是六十五元，阿爸下一份豬排跟蛋。」

如今三年過去，咱們的實習掌櫃曉樂小姐，不知不覺成為店內頂樑柱。儘管煎檯大權依舊在阿爸阿母手裡，可其餘工作從招呼客人、點單到出餐，王曉樂皆爛熟於心，甚至能一邊跟徐莉閒聊、一邊轉頭朝煎檯下單、同時拿抹刀做三明治、再轉身回來跟眼前客人算帳了。

「唷，一段時間沒見妳，感覺又更熟練了。下次我再過來，說不定都能叫妳小闆娘了呢！」

「哼！那還不快狗腿一下，小闆娘給妳送杯紅茶。」

王曉樂說歸說，眼見好友被蛋餅哽住，仍趕緊倒了杯紅茶遞過去。說來兩人已有段時間沒這樣聊天了。自從徐莉取得碩士、成為律師事務所的合約翻譯後，三天兩頭熬夜加班，忙得王曉樂願意的話，都能半夜打電話去跟她聊些星星月亮。當然，徐莉也曾警告王曉樂，她再繼續叫她徐莉莉，哪天她身後整排律師兄弟站出來，不用走法律程序，光是暴力程序，就足以讓她後悔惹上在事務所工作的女人——但王曉樂倒不擔心這問題——畢竟，自己凌晨四點起床、徐莉三點才睡下，她倆根本白天不懂夜的黑，想叫徐莉莉都沒時間。如今想看到徐莉，也只能像今天這樣，等對方週末時自行放棄補眠、良心發現來店裡找好友敘舊了。

「對啦對啦！知道妳孫女厲害！讀到碩士！還律師事務所！我家孫子不讀書，去開卡車是安怎？至少他有娶某，我曾孫都快出來叫阿祖了！」

這邊，壽姨婆又跟她的冤家福姨婆吵上了。徐莉難得陪自家阿嬤來店裡，後者自然把握炫耀機會，話不小心說過頭，戳到身旁好友的多年心病，第N次世界大戰再度爆發。

「好了啦！妳倆都是有福氣的，吵什麼！一家人健康和氣，後輩友孝，就該知足了。」

王家阿嬤傷癒後，儘管直呼沒斷腳骨顛倒勇[9]，全家仍一致通過對她的新任命：「第一代忘憂區域和平大使」。每天早上，王柯淑莉女士做完例行的限量蛋餅後（隨著她年紀增長，蛋餅倒逐漸名符其實限量起來了），毋須至櫃檯收銀，直接在用餐區陪福祿壽三人組嗑早餐，排解老姊妹鬥嘴鼓的時刻，憑一己之力守護早餐店的和平。可還真別小看這份工作，試想，兩個七十幾歲的女人吵起來，那翻舊帳的功

9 註：「拍斷手骨顛倒勇」（phah-tn̄g tshiú-kut tian-tò ióng）的改寫，意指人越挫越勇。此處因王家阿嬤摔傷臀部，故為「沒斷腳骨顛倒勇」。

力與衝破天際的戰鬥值，確實只有同樣剽悍的王家阿嬤有能力壓制住。
所以，咱們王柯淑莉女士如今的生活，就是聊天、吼叫，再聊天、再吼叫，等午後一點早餐店鐵捲門放下，拿過錢盒笑瞇瞇數鈔票。小日子過得精氣神十足，加杯豆漿便滋潤無比。
「曉樂，阿爸豬排好囉，抹好醬的吐司丟片來給我。」
至於王家阿爸，則在煎檯區順利上位，儘管沒推翻自家婿某政權，卻也是爭取到楚河漢界。便看夫妻兩人一煎一休的輪班，一三五、二四六，週日則交給開店前猜拳定江山。王曉樂心知他倆不捨對方辛苦，遂任阿爸阿母去計較，自己噙著笑在旁欣賞中年人的務實浪漫。
王曉樂伸手遞去吐司，回過身裝奶茶時，撞進徐莉若有所思的眼神：
「所以，妳打算繼續待在店裡，不追求妳的出版夢了？」
「嗯……應該吧。畢竟，當時找出版業，只是覺得喜歡想試試看，卻沒有非做不可的理由。可是我家的早餐店，如果我不做，阿爸阿母就得去找人，再怎麼找，也不會有我值得信任。」
「而且，我弟畢業後去外頭工作了，這家店如果我不接、他不接，最後就會消失了，老實說，我……捨不得。」
「這倒是，連我都對這家店有感情，更別提是妳……嗯，妳想清楚就好，開早餐店很好啊，我這樣問，只是不希望妳帶著情緒留在這裡。」
「不會啦！做早餐很開心啊！看別人吃得高興，我心裡挺滿足的。而且，還會碰到有意思的客人，常覺得很有趣。」

「喔……那有沒有碰到對妳『有意思』的客人啊？」

「無聊啦妳！想也知道，我這種工作，每天十點睡、四點起床，作息跟老人差不多，休息時間又跟上班族不一樣，別說人家有沒有意思、我自己光想都覺得沒意思了。」

「好啦，不鬧妳了。其實別說是妳，我出社會後，想好好談段感情也不容易，各種評估考量、不像學生時期純粹了。嗯，總之……感謝妳阿嬤的蛋餅，我該回去加班了。」

「吼！我還想說妳今天難得過來，是因為良心發現，原來是必須加班不能賴床。」

「啊呀，都有都有，當然……最主要是因為蛋餅。」

「哎唷我們小莉嘴巴就是甜，好像塗了蜜似的！」

王家阿嬤聽得心花怒放，高興的補了句：「以後妳什麼時候來，淑莉姨婆都專程做給妳吃。」

「好啊！謝謝姨婆。阿嬤、樂樂，我先走了。」

徐莉跟店裡的人打了圈招呼，拎起小包瀟灑歸家趕文件去了。瞧著她走遠，王曉樂收回目光，轉向抹到一半的吐司，手中的刀頓了0.001秒：

「『有意思』的人嗎……唉，大概還要等個五百年吧？」

第一章

本日菜單：大冰奶

根據科學研究，任何一段話，只要加上「根據科學研究」，就能讓90%的人相信它——而在王家，王柯淑莉女士的生活智慧，就是科學。

尤其是她提倡的「大冰奶療法」。

王家阿嬤堅稱，早餐店冰奶茶的研發，起初實是基於醫療用途。冰奶茶跟表飛鳴、正露丸三者，乃坊間「家庭常用胃腸藥」排行榜top 3，且有一套完整治療流程：脹氣表飛鳴、通便大冰奶、止瀉正露丸。每當察覺家人神色鬱鬱，擺明「心頭結歸球（sim-thâu kat-kui-khiû）」[10]、腹內一大坨，阿嬤總會豪邁拿出塑膠杯，咕咚咕咚倒滿冰奶茶，再拿出孫二娘的氣魄，碰地一杯砸上桌面，要對方趕緊一口乾。王家人大至王新洋、小至王曉陽，盡皆領教過這「冰奶通腸方」，至於效果呢，自然是波瀾壯闊杜比環繞重低音音響。

從小在阿嬤的薰陶下長大，王曉樂深知大冰奶應用範疇極廣，諸如解便祕、治心傷、消愁煩，混點咖啡能提神、加點豆漿變米漿，甚至能招桃花——根據可靠都市傳說指出，只要凌晨十二點坐在鏡子前喝光整杯大冰奶，就有機會因急性腹瀉而跟未來伴侶在急診室相遇——大冰奶，就是早餐店的含笑半步顛，是居家旅行撮合姻緣必備良藥。不過，身為早餐界良心業者，王曉樂聽見有人點大冰奶時，通常還是會委婉提示一下：

10 註：心頭結歸球（sim-thâu kat-kui-khiû），意指心底有事、糾結成球。

「待會行程沒太滿吼？」

幸虧會來早餐店喝奶茶的，多半有自知之明，當中亦不乏淬練多年，已能以毒攻毒的高人——儘管，仍有一類奮不顧身的勇者，寧願在餐桌至廁所的直線距離間奔忙，也要這般痛並且快樂的暢飲著——針對這類人種，王家阿嬤通稱為：「愛著較慘死（ài-tio̍h khah-tshám sí）[11]」。

王曉樂也曾思考過，為何許多人來買早餐，就跟感染病毒的喪屍一樣，前仆後繼非得要加點一杯大冰奶。徐莉給她的答案是：

「就像麥當勞薯條、肯德基蛋塔、拿坡里炸雞和摩斯冰紅茶——大冰奶，是早餐店的靈魂所在。」

它也許不起眼，甚至不是菜單的重點，卻是整間店的精髓。

聽完徐莉的解釋，王曉樂赫然發覺，早餐店大冰奶，原來挺適合當成人生目標的：

簡簡單單一杯，低調卻有滋味，外加療癒不可或缺。

「好！那麼接下來的十年，就努力成為一杯大冰奶吧！」

王曉樂握緊拳頭，宛若熱血高校生般，喊出毫無營養的口號，迎接她正式升任店長的第一天。

＊

擔任實習店長第四年，二十七歲的王曉樂，從王家阿爸手中接下繡有「忘憂早餐店」的圍裙一條

11 註：愛著較慘死（ài-tio̍h khah-tshám sí），意指分明愛錯人偏又魔怔似地難以抽身，故被折磨得死去活來。

——大鳴大放的紅布搭上青綠色針線，明顯是阿嬤慎重的手製痕跡，穿上後立刻化身一棵快樂的聖誕樹。

「女兒啊！妳阿爸是二十六歲接了妳阿嬤的攤，所以現在，也差不多該輪到妳了吼。」王家阿爸的交班，交得隨性、交得乾脆，就在掏著耳朵閒聊唉呀今天天氣真好的氛圍中，完成了鄭重的交接儀式。

嘉勉似的拍了拍女兒的肩（記得嗎，王家阿爸上次拍肩，是甩鍋給兒子的時候），王新洋轉過身，再無牽掛撲向煎檯區的懷抱，正式升格為「兩耳不聞櫃檯事，一心只管肉熟沒」的忘憂太上皇。現在的他，堅持自己是「煎炒滷拌烤，通通難不倒」的阿洋師，天天手裡拿著煎鏟、口中哼著小曲兒，不知情的人，還以為他在自家後院辦烤肉派對。

但也多虧阿爸對她的疼惜，新官上任的王曉樂，毋須終日灰頭土臉的跟油煙奮戰，依舊是負責點單、製作輕食飲料，頂多抽出心思管理庫存和帳目，生活跟過去並無太大不同——唯一的差別，應該是「真正當家了」的心態——過去，無論是招呼常客、或是面對新客，王曉樂多少有「那是阿爸的客人」的想法，可如今，這些人都要交給她照顧啦！現在的她，是正港的忘憂小闆娘，「忘憂早餐店」是她的家、也是客人的家，如何承接阿爸的歡喜風格，又打造出屬於她的溫暖，是接下來的日子，她必須努力的事。

只是話說回來，她目前最需要努力的，是處理好桌上的這個包裹。

「曉樂啊，姨婆拜託妳幫我跑趟郵局好嗎？這件事，我不想通過家人處理，思來想去也只能麻煩妳了。」

上面這段意切懇託，來自長青女子組合的祿姨婆。祿姨婆年約七十，由於保養得宜，看來不過五十些許。平日但見她微笑端坐店內一隅，無論身旁福壽二虎鬥得多兇，她仍不改其優雅的啜口豆漿，所以王曉樂對她的印象，只停在明顯年輕的外貌、和有別其餘兩人的沉靜而已。然而，這樣一位不多話的祿姨婆，這位向來會將餐盤主動收拾好、唯恐麻煩店家的祿姨婆，今日卻特地尋個藉口留下，甚至神色詭秘從提袋內翻出包裹，托人替她跑趟郵局，實在是太奇怪了。

儘管內心深感好奇，王曉樂瞧見姨婆眉間略帶愁緒，終究乖乖壓下打探的念頭，張口應道：「不麻煩、不麻煩，郵局離這兒也不遠，我就當散散步。姨婆您是要我幫您寄這個包裹對嗎？」

「是啊！說來不怕妳笑話。我有個外甥女，她的獨子半年前不知為何，和父親大吵一架後，跑到外頭租屋另住了。可我這外甥女向來冷情，對這等親子齟齬，始終沒個調停之意，我家大姊拿她沒辦法、而我這阿姨又不好介入家務事，眼瞧快過年了，心想至少寄點東西給我的小表外孫，讓他知道家中還有人惦記著他。」

毫無準備的被塞了整段親情倫理劇，王曉樂雖盡力維持自然神色，心底卻崩潰扯頭髮：「哇，祿姨婆平時那麼低調的人，沒想到，一開口就是殺手鐧啊！這種親子爭吵、負氣離家的橋段也太八點檔了吧。」

說歸說，眼見老人家如此惆悵，王曉樂心裡也難受。只能豪氣一拍胸脯、揣起包裹跟祿姨婆保證：

「姨婆別擔心！我一定會幫妳把包裹寄到的！」

正當王曉樂抄起包裹、轉身邁步，雄赳氣昂朝郵局前進時，突聽祿姨婆在背後著急叫喚：

「欸、欸、曉樂啊！我還沒告訴妳收件人跟地址啊！」

王曉樂當場一個綜藝摔，回過神來，趕忙拿出紙筆，跟祿姨婆問明詳細資訊。
「妳就寫：一〇五台北市松山區民生東路六段一二三號，雲端出版社，裴恩 收」
王曉樂手中筆尖一頓，驚訝確認：
「是那個裴恩嗎？裴恩的裴、裴恩的恩？」
祿姨婆一聽這問法，頓有些不知所措：
「呃……對，應該是那個裴恩，怎麼了嗎？」
王曉樂激動的說：「裴恩啊！他是位知名愛情作家！我超愛他的文字！不過他很神祕，儘管用本名寫作、卻從未以真面目示人，事實上，我連他的性別都不確定……沒想到，她竟是您的外甥女啊！」
祿姨婆暗自嘀咕，我明明說得很清楚，裴恩是我外甥女的孩子、我的表外孫，怎麼聽了一圈下來，倒成我外甥女了？
正準備開口糾錯，再一想：
「唉，算了，裴恩這孩子防衛心重，連租屋住址都不願告知，想寄點東西給他都得往出版社送——我看啊，自己還是將錯就錯，替他保留點神祕感吧。外甥女就外甥女囉。」
於是，祿姨婆點了點頭，避重就輕道：
「是啊！沒想到曉樂妳讀過他的作品啊？」
「嗯，我覺得她的文字，很準確捕捉人心的微酸處，像是杯蜂蜜檸檬，抿一口時會忍不住皺眉，喝下去卻有種被撫慰的清爽。更別提她寫起甜蜜劇情真是溫馨又逗趣，常看得我嘴角失守呢。」

「沒想到我這……外甥女，竟有個忠實書迷呀！我想他應該很開心！」

「我真的很喜歡她啊！裴恩的行文有痞子蔡的幽默、又有藤井樹的優柔，人物有席絹的逗趣、情節糾結度近似張小嫻，偶爾還冒出些深雪的奇詭，重點是精彩之餘不失療癒，是我心目中的模範愛情醫生。」

祿姨婆聽得迷迷糊糊，想著這都什麼亂七八糟的，又是痞子又下雪……不過，聽來裴恩這孩子在曉樂口中評價挺高啊！得趕緊回去跟大姊說說，咱家這小外孫夠爭氣！

念及於此，祿姨婆瞅個空檔，插了句：

「那……曉樂啊，我這包裹就麻煩妳了。姨婆還有點事，得先走一步。感謝妳幫忙啊！」

「好喔！姨婆再見！您放心吧，我們忘憂宅急便，使命必達！」

王曉樂不知自己對牛彈琴大半晌，笑嘻嘻行了個童軍禮，開心送別祿姨婆。心想今天真是意外收穫，原來祿姨婆是裴恩的阿姨，說不定以後能透過她，弄到幾本裴恩的親筆簽名書呢！

腦袋裡的小算盤打得正精明，下一秒，她卻突然想到：

「不對啊！姨婆說裴恩她現在負氣離家，一個女孩子獨居在外，還跟家人吵架，又快要過年了……雖然，祿姨婆的外甥女，說不定都快四十了，但……」

王曉樂越想，心頭越是軟得一塌糊塗——光是想像她喜愛的作家，是怎樣在屋內慘淡的燭光下，一個人吃飯、看書、寫稿，那孤單寂寞覺得冷的畫面，就令她的母愛氾濫如滔滔江水綿綿不絕。

「不如，寫張紙條給她吧！表達我對她的支持，還有關心！」

決心一定，行動派小闆娘王曉樂，也不顧店門未關，立刻挾著包裹衝上樓翻箱倒櫃，找出多年未用的少女風便條紙，風風火火拿起筆，大筆一揮而就寫了段：

裴恩您好！

我受您阿姨之託，寄了這個包裹給您。

裡面的東西是什麼，我不知道，但確定是份真心，希望能溫暖您的冬季！

您的文字很棒，相信您的人也是，繼續加油喔！

預祝您　新年快樂！

喜歡您的讀者　王曉樂　敬上

寫完後，王曉樂難得細心的吹了吹，確定墨水乾了，便將整張紙貼上去，再全然不顧包裹反對，挖出她珍藏多年的「美少女戰士月小兔」包裝紙，額外再多包一層，並用碎紙弄出小蝴蝶結，把原先樸素的卡其色，大肆妝點成「代替月亮懲罰你」風格。

一陣混亂後，咱們的大藝術家達美樂，叉著腰站在房中，欣賞眼前淚流滿面的包裹，滿意的點了點頭。

接著，她便挾起包裹下樓，關起店門，哼著歌往郵局方向蹦去了。

*

裴恩坐在房內，盯著 Word 檔閃爍的游標，略感煩躁的按下 Backspace 鍵，放棄計算這是第幾次刪去寫好的開頭。

推開椅子站起身，他走到窗邊拉開簾幕，唰——熹微晨光踩著如貓的步伐，悄聲侵入房中。窗外巷口的路燈，燈罩內漸漸黯淡的光苗，像是疲憊守夜人的佝僂身軀。

裴恩掉轉目光，望向書桌時鐘，「嗯，果然過六點了。」

又是一夜的結束。

漫長而毫無建樹的一夜。

寫了這麼多年，三十二歲的他，終究，是遭遇瓶頸了。

離開窗邊，裴恩走到書桌壓下快煮熱水壺，打開即溶咖啡罐，隨意將顆粒灑滿杯底，等開關跳起後拎起壺，替自己沖了杯黑咖啡。遺傳到母親精緻容貌的他，實際生活並沒有外表看起來的講究——寫稿的筆電是台有年紀的 ASUS K401N，三餐是不變的水煮蛋配花生吐司，打開衣櫃，一套正式西裝、一件全年無休大風衣、一件抗低溫厚外套和幾件休閒服，牛仔褲則有兩條，省得髒了還得馬上洗。環顧租來的小套房，木質書桌椅和單人加大床，標配的衣櫃、冰箱跟房東情調布置的天藍色窗簾——這，幾乎是他二十四小時的全部了。

咖啡香在房內擴散開來，裴恩走進浴室，倚著洗手台，扭開龍頭捧起水潑了潑。抬起頭，他望著鏡中濕漉漉的那張臉——稜角分明中帶有陰柔美的、小說教科書式的主角長相，寫成女的，那就是高嶺之花，男的……就是冬蟲夏草百年活靈芝，總不脫一句高經濟價值。

有時他挺痛恨自己這合乎審美的面孔、痛恨談吐間不自覺流露的優雅、痛恨這些理所當然的優勢。所有人都說，裴恩是天生驕子、是現實中自帶光環的男主，但他們看見的，僅是一廂情願的投射，從來都不是「他」。

不是他的哀樂、他的困頓、他的人。

然而——收回視線，裴恩伸手取過架上毛巾，重重擦了擦臉——他向來深知這類心事，猶如「一個便當吃不飽，為何不吃兩個」的廢言，一旦說出口，只會被視為不知民間疾苦的無病呻吟。

「都是人生勝利組了，有什麼好不知足的？」

所以，面對他人的欽羨，他總是保持沉默。這份沉默，不僅是因著禮貌，更因他確實無話可說——畢竟，無論是令人稱羨的家世、外貌甚至是才情，皆源於父母的餽贈。說到底，他僅是無從選擇的，接受雙親細胞減數分裂後的碰撞結果，並在既定的價值形塑中被迫成為他自己。

所謂的勝利，始終與己無涉，那讓他覺得難堪。

可即便他再如何抗拒，仍只能繼續借用這些設定。否則，他將喪失一切得以表述自我的詞彙。

這讓他覺得悲哀。

而更悲哀的，是來自世界的惡意。

裴恩始終記得，十二歲那年，當他得知好友說他壞話，前去跟他對質時，對方嘲諷答道：

「裴恩你真以為我把你當朋友啊？要不是你長得帥，一堆女生想透過我認識你，家裡又有錢，跟在你身邊就能吃香喝辣，我幹嘛要逼自己忍受一個冷淡又無聊的怪咖?!」

當年，十二歲男孩的忌妒心，以及那堪稱世故的算計，狠狠重傷了裴恩。他突然發現，扣掉不可抗力的外在條件，真實的自己，在別人口中竟是這般失敗。後來這些年，裴恩成了隻孤狼，不信任他人、更拒絕袒露脆弱。

一個冷淡又無聊的怪咖——他是如此憎恨這個評價，卻又不知不覺的，任憑這個論述在他生命中紮根茁壯。

在多數人眼中，裴恩是被上天眷顧的寵兒。就連他的刻意淡漠，都被寬宥成天才的寂寞——十六歲就得過全國性的文學獎項，二十歲那年，隨手在論壇針對網友的愛情困境回文，回著回著，竟無心插柳柳橙汁，成了網路一方大神。大學畢業時，年僅二十二歲的裴恩已出版三本書，並於各大報章雜誌撰寫專欄，筆下文字收服了一干年輕男女。

但，無論他的責編陳沛伶如何勸說，裴恩堅持不露面、不跨界接訪談上節目，更拒絕經營趨勢漸顯的粉絲專頁。

「當讀者認識了我，他們會失望的。就讓他們將對我的認識，停留在我的故事裡吧。」

裴恩不願意面對群眾，自始至終，他只想偏安於書封一隅，隱蔽的對著世界自言自語。每回想到這隻金雞母，陳沛伶內心也很掙扎。明明一次能下五十顆金蛋，偏生堅持慢條斯理的一次一顆，眼見嘩啦啦的金幣憑空消失，她恨不得化身童話故事裡的貪心女人，將裴恩抓過來剖開肚子，一口氣把所有金蛋掏空。

然而，當她望向裴恩，一切話術盡皆化做嘆息——畢竟只是個二十多歲的男孩啊！儘管有顆早熟的心，卻終究是個男孩。

陳沛伶想起兩人初會面時，當她發現這位大神「裴恩」，竟是用本名在網路世界闖蕩，心頭的驚愕，實不亞於看見有人頂著張臉在街上裸奔。尤其是對比裴恩本人的神隱少年風格後，這種簡單粗暴又曲折迂迴的違和感更加明顯。

「裴恩……你，當初怎麼會直接用本名註冊啊？」

「因為，我，就是我……吧。」

當時，陳沛伶瞧著裴恩，意外想起自家小弟。他臉上的神情，是她所熟悉的、年輕人特有的迷惘和矛盾。一方面尚未釐清自我，卻又渴望得到肯定；一方面拒絕他人接近，卻又希望被人接納——以一種盡可能抽離脈絡、不帶有偏見的方式。

透過一個帳號，一個單純的名字。

雖說當下的她，並不全然理解裴恩的想法，卻在那刻，對這孩子生出近乎親人的情緒。即便後來出版社挖到更有吸金力的作者，先時的炸子雞不再炙手可熱，這些年來，陳沛伶仍舊極照顧裴恩。

大學畢業後的裴恩，維持每年出一本書的頻率。少了外務的他，專心寫稿，穩定產出兼具質量的作品。陳沛伶曾經好奇，裴恩哪來這麼多故事能寫，甚至調侃過他，是不是風流作家假借尋找靈感之名、行四處獵豔之實？

事實上，身為毫無戀愛經驗，或更確切的說，連交友經驗也趨近於零的裴恩，始終像是《後窗》裡傷了腿的記者，帶著個人的殘缺，保持安全距離窺視著各類小說、電影、流行歌，以及外出吃飯隔壁桌的對話，介入一個又一個與他個人經驗無關、卻依然切身的故事。他的天性裡存在某種能力，能將人心最柔軟難以言說的部分，捕捉並轉譯成引發讀者共情的字句。

而在療癒他人的同時，裴恩也發現自己透過文字，漸在紙頁間活出有別於平日的模樣。筆下的每個人物，都是他的觀察、也是他自我生命的顯影，只不過，性格中令他挫折的部分不見了，僅剩敏銳柔軟的性靈，活潑暢快的在故事裡穿梭——終於，他在親手打造的烏托邦裡，成為了理想的自己。

只是，每當裴恩完成一個故事，從腦海豐富多彩的世界中抽離，回過神，盯著眼前泛白的牆，他總猛地有種喘不過氣的哀傷。角色的喜悲被留存在電腦硬碟裡，他又必須再度面對現實，面對一個冷淡無趣的自己，一台幾乎不存在聯絡人的手機，以及，一個永遠都對他不滿意的父親。

裴恩時常覺得，他的父親裴信澤，是他的光源、亦是造成他陰影的根源。裴恩的文學天份，是延續這位外文系教授的才華，可卻也是這位父親，讓他始終想擺脫自身的天份。

裴恩十六歲初試啼聲奪得文學獎時，教授的臉，難得泛起一絲笑意。但當他出版第一本書時，父親的神情，陰沉的宛若西北雨欲來的午後——裴信澤無法接受，這個曾令他欣慰的、擁有創作天賦的兒子，為何竟自甘墮落寫出在他看來極為廉價的故事，甚至還集結出書？

文學，理應是件嚴肅的事。裴信澤的兒子，不該浪費生命在這等無謂的小品文字。

但裴恩的想法不同。對他來說，創作是逃避現實的唯一途徑。他從未想過對抗世界，只想盡速轉身逃離。十六歲的文字，或許華美絢爛，卻太過伶仃。他的心，需要一個溫暖的出口。

選擇回覆網友的愛情困境，或許，是因為體會到了相似的無助心情，他能共鳴那份挫折茫然，並將自己有限的認知，化作某種支持的力量，藉由文字傳遞出去。

這樣，難道不比一篇得獎文字來得有意義？

父子間的張力，隨著裴恩一本書一本書的產出，日益緊繃起來。終於，在裴恩的第十四本小說出版時，父子二人針對身為作家的「正規」生涯發展，爆發一次劇烈的衝突。

衝突的結果，就是這間租來的小套房。

這段日子，除非必要的採買，裴恩幾乎足不出戶。裴信澤在爭執時，近乎失控的丟出諸多貶抑性用語，彷彿是要把這些年對兒子的怒其不爭，一次性尖酸刻薄的清算殆盡。站在裴信澤面前，裴恩瞬間回到十二歲那年，再度直視同學鄙視厭惡的眼神，只是這次，卻是他的父親——這讓裴恩幾乎落荒而逃。他和裴信澤，儘管不親近，終歸是父與子的聯繫，他無法忍受這份來自血緣至親的嫌惡。同時，裴恩也忍不住想著，難道對父親而言，一旦他揮霍了這份繼承而來的天份，他就不配成為他裴信澤的兒子嗎？

心知得不到答案，他只能躲起來。就像之前每一次，想方設法離得遠遠的，留下自己一個人。

但這一回，當他開了新稿，企圖構築全新的理想國，卻發現每打下一個字，裴信澤苛刻的聲響就闖了進來，在他腦中大肆批判破壞。這樣的狀態令裴恩感到憤怒，卻又矛盾的採用父親的量尺，一吋吋檢視起自己的字句，再一次次的，刪去費盡心力架設完畢的世界觀。

逃不去，躲不開，一來二去的原地跳恰恰，便構成了現在的窘境。

裴恩洗完臉，回到桌邊端起馬克杯。毫無比例可言的黑咖啡，每次喝下去濃淡都不同，唯一不變的是流連舌尖的苦澀——聞起來或許香，嚐起來卻深沉，猶如他至今的人生。

突然，一陣嗡嗡震動聲，擾亂了早晨的寧靜。裴恩拿起手機，點開通訊軟體，寥寥可數的對話框裡，躺著則未讀訊息：

裴恩，有你的包裹，記得來拿。　沛伶

＊

當天下午，裴恩走進出版社時，他的責編陳沛伶，正對著辦公桌面的包裹發愣。

「～裴恩　女士　收～」

一旁還附註三個大笑臉︰）︰）︰）

儘管裴恩這個名字，不是第一次被人誤會了，但，美少女戰士！！！陳沛伶盯著眼前變形成方塊臉的月野兔，大眼睛直勾勾的鎖死自己，金色包頭處還貼了個自製的歪扭蝴蝶結——究竟是怎樣無厘頭的讀者，才會包出這等不忍卒睹少女風，讓人直想在桌上寫個慘字。

雖說書粉跟作者之間，不會像追星粉那般，動輒包大螢幕慶生啦、用明星名義買月球地皮啦，甚至奉上整套升學參考書啦（這已完全是披著粉絲的皮，操著顆老母親的心），但偶爾出版社仍會收到書粉的心意，可能是信、可能是應景小禮，當然，也不乏有嚷嚷著要寄刀片的——但總的來說，表達多半成熟而含蓄，很少有此等奔放的路線。

陳沛伶不曉得，這是因為咱們的王同學，已將自己劃入「裴恩娘家人」的行列——每當想到親愛的「自家人」正煢煢獨居，王曉樂心底，便熊熊燃起如肯亞草原大遷徙的生之熱忱，或更確切的說，過度熱忱。

因此，當裴恩走近陳沛伶辦公桌，隨即看見一個生無可戀的女子、和一個生無可戀的包裹，雙方他鄉遇故知的抱頭痛哭著。

察覺身後腳步聲，陳沛伶轉過辦公椅，牽起虛弱的微笑：

「你來啦！」

「嗯。」

「這就是我跟你說的包裹。快拿去吧！」

等等，這種迫不及待轉移傷害的語氣是怎麼回事？

裴恩接過包裹，華麗絢爛的少女風撲面而來，饒是他古井般的心緒，也不免激起些許漣漪——看來，是個「活潑」的少女讀者啊——他一邊想、邊謹慎的沿線拆開，修長的手指執著美工刀一劃，映入眼簾的，是個素淨的牛皮紙包裹，上頭貼著張粉嫩便條紙：

裴恩您好！

我受您阿姨之託，寄了這個包裹給您……

「我的阿姨？」

裴恩瞬即心生疑惑。母親林雪只有兩個哥哥，身為么女，林雪從小備受兄長呵護。而待她產下裴恩，一方面是愛屋及烏、亦是明白小妹的冷淡脾氣，舅舅們對裴恩可謂是加倍疼愛——有時他甚至覺得，大舅舅跟二舅舅，更像是他的家人。

所以，他到底哪裡來的阿姨？

為了找出線索，裴恩繼續往下讀：

裡面的東西是什麼，我不知道……

很好，妳不知道，我也不知道。裴恩揉了揉眉間，世界上怎就有這麼傻的傢伙，什麼都不知道還願意幫忙寄包裹，如果人家請她運毒呢？半句話不問的應承下來，不怕自己吃虧啊？呆成這樣還能存活，估計是隻瀕危的保育類人物了。

裴恩一眼掃完剩下的話，確認找不著所需資訊，決定先將整張紙棄置在旁，伸手撕開第二層包裹。一邊剝著包裝紙，他突然覺得自己很像電影《全面啟動》的李奧納多，正不斷往更深一層的內在意識推進。

包裝拆開，藏身牛皮紙下的，是個素色紙盒。

「該不會是裝著陀螺或紙風車吧？」

裴恩一邊胡思亂想，順手翻開盒蓋——

裡頭放著條深藍針織圍巾，以及，又一張的卡片。

「這是健達出奇蛋嗎？三個願望一次滿足。」眼瞧這層出不窮的發展，陳沛伶忍不住咕噥了一聲。

裴恩沉住氣，拿起卡片細看。這次的筆跡，明顯沉靜溫婉許多：

裴恩，我是素芬姨婆，近日天寒，注意保暖。

有什麼需要，可以找外婆或姨婆。新年快樂。

放下卡片，裴恩凝視盒中的圍巾，恍然想起「潤物細無聲」五字——姨婆什麼都沒說，卻也什麼都說了——因著自身的內斂拘謹，他與素芬姨婆，並沒有熱絡的互動，相較其他表兄弟姊妹的承歡膝下，裴恩始終覺得，自己是個不討喜的晚輩。沒想到，素芬姨婆竟會在此刻，寄來這個包裹。

他的心頭忽地一股暖意湧出：人與人之間，真的是很難說呢。原以為是淒風苦雨的走著，結果不經意一個轉角，就碰見些許溫情了。

只不過，裴恩頓了下，一瞥桌上便條紙：

「看來，這個女孩誤會了啊……。」

不得不說，阿姨跟姨婆差了整整一輩，能練就這等乾坤大挪移，這女孩的迷糊，也算是天賦異稟了。

將圍巾跟卡片收進背包，裴恩回過頭，開始收拾殘局。

紙盒、包裝膠帶、牛皮紙碎屑、和那張驚世駭俗美少女戰士……，最後，是那張便條紙：

您的文字很棒，相信您的人也是，繼續加油喔！

裴恩想了想，拿起筆，從殘破的包裝紙上頭，抄下寄件人地址：

一〇四台北市中山區龍江路一八八號一樓

接著，他把其餘垃圾分類扔掉，取出皮夾，將對摺後的便條紙塞入，自言自語道：

「喜歡您的讀者……一個熱心過頭、搞不清楚狀況、相信字如其人的迷糊少女，應該，不是個太壞的傢伙吧？」

*

王曉樂這兩天有點煩惱。不過，跟早餐店的經營無關，純粹是她個人的，少女維持體重的煩惱——身為二十七歲的初老女子，王曉樂必須痛心的承認，她的新陳代謝率，已然是隻風中蟾蜍，連空氣跟白開水的熱量都消耗不掉，彷彿每天睜開眼，自己不是胖、就是正在發胖的路上。

於是這天晚上，當精神領袖王柯淑莉女士，正帶著兒子媳婦圍坐客廳、收看三立八點檔《炮仔聲》時，趁著廣告空檔，耳尖的王家阿爸，隱約聽見浴室方向傳來女兒的哀嚎：

「我問天，我問天，甘會棟麥創治（kám ē-tàng mài tshòng-tī）！[12]」

王新洋扭過頭，問了許芳慈一句：「曉樂最近怎麼了，感覺心情歹？」

許芳慈淡淡苦笑：

「她前兩天說自己變胖了，聽這聲音，應該是洗好澡、剛量過體重吧？」

「唉唷！能吃就是福，現在的囡仔實在是……」

見狀，王柯淑莉女士忍不住發表評論，並自豪瞧了瞧長期培育的成品——白胖如饅頭、敞個肚子能偽裝成彌勒佛的大兒子。

說起來，每個覺得孫子過瘦的阿嬤，都是從媽媽進化來的。

12 註：甘會棟麥創治（kám ē-tàng mài tshòng-tī），是台語歌〈我問天〉的副歌歌詞，直譯為：「可否別捉弄我？」

「小女生嘛，總是愛婧～～不傷身的話，就放她去吧。」沙發上，王新洋拍了拍顫抖的鮪魚肚，對自身的放棄治療表示驕傲。

廣告時間結束，王家三人組中斷對話，重新投入劇情。過沒多久，浴室大門緩緩推開，王曉樂失魂落魄從裡頭鑽出來，腳步虛浮的飄至客廳。

察覺孫女到來，王柯淑莉女士連眼神都懶得給她，緊盯電視螢幕，伸手指著水果盤說了句：

「妳來啦！較緊，呷水果！」

「我不要吃啦，我要減肥！」

「好啦好啦妳減肥，那個小番茄是妳舅公從屏東寄上來的，有夠甜，記得多吃兩顆！」

「吼！阿嬤我有在講，妳都沒有在聽！算了！」

「有啦有啦，快坐下，看電視、吃水果。」

嘆了口氣，王曉樂無奈窩進沙發，乖乖陪夫人老爺看電視——但見螢幕中群魔亂舞，車禍外遇重病輪番上陣，巴掌奸笑淚水粉墨登場，演員們台英語夾雜一氣、編劇們狗雞血亂灑一通——撐了十來分鐘，宣稱減肥中的王曉樂，終究是默默將視線轉向垂涎欲滴的小番茄，內心天人交戰起來：

「番茄養顏美容，吃一點應該沒關係吧……？」

「不！不行！說好過七點不能吃東西！」

「可是，先吃飽才有力氣減肥啊！」

「王曉樂，妳的意志力，難道連番茄都抗拒不了嗎？」

「明日復明日，明日何其多，但是，番茄今天不吃就沒有了啊！」

就在王曉樂潰不成軍，堪堪棄械投降的此刻，這時，電視再度進廣告，王家阿嬤的聲音從天而降：

「啊對了！這有一張妳的批（phue）[13]，不知影誰人寄的？我下午就收到了，一直沒機會拿給妳。」

此話一出，猶如張翼德現身長坂橋，驚雷般喝斷番茄大軍攻勢，王曉樂被勾起好奇心，頓時將食欲拋諸腦後：

「寄給我的信喔？誰啊？」

阿嬤離開沙發，走到電視機旁的置物盒，取出一封信，走回來遞給她，還順帶補問了句：

「啊妳最近關店後都去做什麼？常常沒看到人影。」

「沒啦！我去運動啊。河濱公園跑步啦。」

王曉樂接過信，隨口回著阿嬤，邊瞄了眼上頭的寄件人，突然，像觸電似的竄起來，嚇了身旁許芳慈一跳：

「曉樂，怎麼了？」

「沒沒沒，沒事！你你你們繼續看，我先回房間了。」

13 註：批（phue），台語的「信」。

「欸、曉樂啊！欸！哎唷，都幾歲人了還毛毛躁躁，真正是……。」

王家阿嬤的嘮叨猶在身後，但王曉樂已充耳不聞，她的眼睛，完全被這封信的寄件者牢牢吸引住了：

雲端出版社　裴緘

王曉樂　小姐　收

她跌跌撞撞跑回房，整顆心在關上門後，依舊怦怦跳著。

「裴　緘……該不會是裴恩吧！啊咿～～～～～」緊抓手中的信，王曉樂用氣音興奮尖叫著。

「阿母，妳有沒有聽見怪聲，像是瓦斯漏氣？」人在客廳的王家阿爸，探鼻嗅了嗅，滿是疑惑的提問。

「哪有？你是連續劇看太多喔？別吵我看電視！」王家阿嬤敲了下兒子的頭，權威的一槌定音。

外頭，王家三人組繼續追劇。房內，亢奮的王曉樂，總算勉強冷靜下來，成功拆開封口，抽出一張手寫信。

「哇！字寫得這麼漂亮，感覺是個漂亮阿姨欸喔呵呵。」

望著清秀端正的筆跡，王曉樂莫名笑得猥瑣起來——但，等等！現在重點不是這個啊！她回過神，急急拉下視線，往信末署名瞧去：

「果然是裴恩！」王曉樂再次驚呼出聲（客廳裡，王家阿爸的耳尖再度一抖），下一秒，不敢置信的捏捏自己：

「我不是作夢吧！裴恩回信給我欸！」

不過是幫忙跑個腿，就能收到作家的親筆回信，王曉樂當場決定，從明天起，她一有時間就要去扶老太太過馬路。

「喔呵呵呵，讓我來看看她寫了什麼，喔呵呵呵，好了，別笑！」

王曉樂拍了拍臉頰，驅散蠢萌笑意，認真收斂起心神讀信：

曉樂小姐妳好：

妳寄的包裹，我收到了，謝謝。

在此更正，素芬姨婆是我的姨婆，並非阿姨。

另外，幫忙代寄包裹前，建議事先確認內容物，畢竟人心難測。

無論如何，感謝妳，確實溫暖了我的冬季。

敬祝　安好

裴恩

「原來祿姨婆的本名是素芬姨婆啊！挺好聽的，很適合她呢！」

很好，看來咱們的曉樂小姐仍沒掌握到重點。裴恩的更正與提醒，在她的眼裡，遠不及祿姨婆的本名值得注意。幸虧重讀第二遍後，這位中文系出身的小女子，總算恢復應有的理解力：

「咦！原來裴恩也叫她姨婆啊！看來她也是孫女輩的呢，我搞錯了啦哈哈哈真不好意思。」

緊接著，自以為發現真相的「王樂曉五郎」，開始胸有成竹的往下推論：

「我原本想說，祿姨婆的外甥女，應該是四十來歲的輕熟女，沒想到，嘻嘻，她是外甥孫女啊——這樣算來，我們的年紀或許差不多，瞬間覺得兩人的距離拉近了呢！」

由於家庭人口簡單，王曉樂對人際網絡的認知，有如草履蟲般原始，渾不知這世上有剛出生即升格舅公的嬰兒、亦有七老八十的耄耋姪兒，只能說她誤打誤撞、各種的負負得正後，碰巧矇對了裴恩的狀況（儘管性別依舊錯誤）。如今，自覺和裴恩「平起平坐」的王曉樂，腦中的想像，已將他從樓上阿姨化作鄰家大姊了。她彷彿看見一個女孩，身穿白洋裝、手中捧束花，站在春天的原野中對她微笑著——想到這裡，王曉樂不自覺傻笑出聲，一臉的癡迷樣，倘若徐莉在場，絕對會吐槽：

「妳是在天蒼蒼、野茫茫，風吹草低見牛羊嗎？」

當然，她指的牛羊，一定不會是裴恩。

「只是……，」當王曉樂細讀第三遍內容，終究讀出其中的晦澀：

「什麼人心難測嘛？姨婆請我幫忙，我當然要幫忙啊！唉呀，裴恩妳這樣不行啊，年紀輕輕就充滿猜忌，人生太沒意思了。」

王曉樂對著信大搖其頭，此時的她，已漸從字裡行間領略到，這位裴恩姊姊，約莫是名冷若冰霜小龍女——溫柔的春天草原，開始一片片崩落，逐步拼湊成陰森的古墓傳人。光是想像那個畫面，她便猛地打了個寒顫，這滋味一點都不好受。

「不行，我該寫封信，好好勸勸她。」

坐而言不如起而行，熱血少女王曉樂再度出動。她先從抽屜深處，翻出心愛的三麗鷗信紙，再找出雪藏多年的原子筆，猶豫三秒後，跳過齋戒沐浴的程序，開始動筆：

裴恩妳好！

太好了！我始終相信，這份禮物會溫暖妳的心。

非常開心收到回信，謝謝妳的更正，素芬姨婆是我店裡的常客，很高興得知她的本名跟她的人一樣美好。

但關於妳提到的，代寄前先確認這件事，我同意妳的謹慎，然而，不偷看禮物，是信差應有的職業道德，也是份基本尊重。況且，像素芬姨婆這樣的好人，還是很多的，妳可以對世界多一點信心。

額外囉嗦一句，很多時候，冒點險是值得的。就像我幫姨婆寄包裹，不但認識了妳、還收到妳的回信，真是出乎意料的精采發展。如果我最初拒絕了，也許就跟妳擦身而過了。

寫到這裡，王曉樂想了想，補了段：

最後，默默問一句，妳有沒有私房的瘦身祕方啊？我最近認真覺得，減肥實在是太難了，比革命更難——畢竟，後者最多十一次就能成功啊

正考慮改行去革命的同志　王曉樂　敬上

王曉樂的這句信末提問，多少存了點私心：透過討教祕方，她不但爭取到回信的可能性，更將裴恩拉進「抗肥統一戰線」，藉由同仇敵愾消弭距離感——敵人的敵人就是朋友，按照這邏輯，她也算跟裴恩建交了。

閒話休提，當這封「勵志信」被陳沛伶遞到裴恩手裡時，後者整整沉默了三秒鐘。

「是上次寄包裹的月野兔妹妹喔！」陳沛伶的語氣，帶著不合時宜的過度歡快：「恭喜你收服神奇讀者一枚。」

裴恩望著手中的信，頓時有些懊惱。向來跟讀者保持距離的他，當時，怎麼就衝動回信了？

或許，是素芬姨婆引發的親切感；或許，是忘記防備這女孩的天然呆；也或許，是信裡一句「你的文字很棒，相信你的人也是。」平鋪直敘的一句話，卻貫穿他層疊曲折的心防，擊中某個柔軟要害，讓裴恩忍不住想寫些什麼、回應這個很難被歸類的神奇女孩。

但，兩人終歸是陌生人，不是嗎——雖然，一切的熟悉，也都是從陌生開始的。

相較裴恩的五味雜陳，陳沛伶倒是樂見其成。於公於私，她都希望裴恩能多跟人互動，不然，三十

出頭的年輕人，活得跟三百歲似的暮氣沉沉，她這個責編看了都心累。雖說月野兔妹妹的腦迴路是怪了點，可興許裴恩就是需要這樣的難以預測，來折騰一下他死水般的人生。

不過……

「裴恩『小姐』，你不看信啊？」

「嗯，再說。」裴恩把信塞進背包，同時掏出筆電，開口道：「我們先討論今年的出版計畫吧。」

「我這次，可能需要比較長的籌備期。」

*

王柯淑莉女士近日異常煩躁。她孫女這幾天，不曉得吃錯什麼藥了，一有空就跑到她旁邊追問：

「阿嬤，有沒有我的信？」

那種鍥而不捨的黏著度、神出鬼沒的程度，比她的膽固醇指數，更加令她感到困擾。甚至連偷藏私房錢時，孫女也不放過她，三番四次從身後探出頭，逼得王家阿嬤不得不數度轉移自己的小國庫——如今，她已經開始考慮，上廁所時要派兒子負責把風了。

當然，王曉樂本人對這一切絲毫無感。這幾天，她滿腦子想的都是：

「回信什麼時候才會來？」

只不過，隨著日子過去，原先盎然的興奮感，就像放久了不新鮮的蔬菜，一天比一天萎靡下去，最終，讓她整個人成了慵慵的小黃瓜，彷彿整根剁爛就能夾進三明治裡，真正是應了那句「沒有期待，沒有傷害。」短短幾天內，王曉樂彷彿退化成高中時期、那個對朋友一舉一動都異常糾結的小女生，只要一閒下來，她就翻來覆去的想，是前一封信措辭不當，讓對方覺得她在裝熟？亦或是內容太過逾矩，讓對方覺得她雞婆？

還是！其實她根本痛恨減肥這檔事！

遲鈍的雷龍曉樂，總算後知後覺意識到這個可能性（儘管答案距離正解仍有十萬八千里）。自覺找到癥結點的她，不禁崩潰捶地，恨不得一秒跑到裴恩跟前剖心明志：

「裴恩，就算妳有一百公斤，我還是喜歡妳啊啊啊啊！」

「嗚呼哀哉～～沒想到，我們兩人的感情，還沒來得及萌芽，就因為脂肪而夭折了。」

她哀傷的望向窗外，憑弔起這段無中生有的友情。一月份的陽光，猶如冷凍庫的燈光，明亮卻毫無暖意。王曉樂懊惱的扯著頭髮，心想減肥真是萬惡淵藪，不僅鞭笞她的人生、更踐踏她的友情——她，原本可是有機會成為國民好閨蜜的，說不定三十年後，還能出本《我在裴恩身邊一萬個日夜》之類的紀傳文學啊！

「還是，我再寫封信跟她解釋？」王曉樂眼睛一亮，再默默的，想起裴恩上封信裡的疏冷，終究嘆了口氣：

「唉，算了算了，我還是去喝杯大冰奶買醉吧。」

就在王曉樂在店內藉奶消愁、心碎的仰頭灌進整杯大冰奶的時候，這邊，裴恩闔上電腦，盯著檯燈旁那封未拆的信——整整一週過去，它就靜靜躺在那裡，不悲、不喜（廢話）。

說起來，裴恩也曾考慮直接將信扔進垃圾筒，但一想到它的主人、那位熱心過頭能競選里長的王曉樂，他冷硬的意志旋即多了絲不忍。只是……每每瞧著這封信，總讓他想到動物園「內有猛禽」的警示語，彷佛若貿然揭開封口闖入，日後死生煩請自負——信件往來有賺有賠，開封前請詳閱公開說明書——裴恩不想冒險，於是，就這麼耽擱至今。

況且，它畢竟就只是一封信而已。裴恩的生活裡，有更多需要煩惱的事。上週跟陳沛伶開會，他提出想藉打工接觸社會百態、進而拓展創作領域，被對方一句話問回來：

「你確定要一下子逼死自己？」

確實，身為深居簡出的文藝御宅症患者，這種一言不合找工作的極端做法，真的有點變態。但裴恩深知，他如今的寫作困境，正是源於歷練的匱乏，為了打通任督二脈、為了自己的新作品，他願意離開現有的舒適區，走進實際的、而非由鍵盤敲打出來的人生。

「若是如此，為何你連一封信，都不敢拆開來看？」

蟄伏已久的問句猛然竄出，像是閃過的黑影般始料未及。裴恩嚇了一跳，視線落在檯燈旁，整個人陷入沉思。

第二章

本日菜單：鐵板麵

又是新的一天，王曉樂按下鐵捲門開關，迎接早晨的到來。

裴恩的回信不來，一月的柳絮不飛，然而，青石小城的日子仍是要過。生活的規律就像跳繩，再心不在焉的人，只要抬起腳跨進去，終會被牽繩人帶著，一上一下跳出既定節奏。

六點半，客人逐漸多了起來。王曉樂繫著圍裙，一刻不停歇的下單、抹醬、烤吐司和倒飲料，而當她微笑送走客人，說出「明天再來喔」的瞬間，意外感受到跟跳繩同步的輕快。

「啊呀！突然覺得自己棒棒的！現在的我，可是正港的忘憂小闆娘呢，因為一封信垂頭喪氣什麼的，真是太不像我了！」

「先前的事，就當成誤闖平行時空吧。反正，我的人生目標，也不是夢幻的皇家奶茶，而是貨真價實的大冰奶啊！」

就這樣，王曉樂自己心問口，口問心，幾下子一調理，原先怏怏的心緒，也就被催得熱血化了。萬物再度各得其所，在她身上，佟振保式的邏輯，得到了另類正面的體現。

打起精神的王曉樂，重新投入她的忘憂人生。說起來，早餐店每日的既定活動，除了福祿壽三人組的「蛋餅頭香爭霸賽」，就是各路人馬的「擺擂臺」了——當然，並非是舞槍弄棍的比拼，純粹是吃飽撐著的「招牌之爭」。

剛嗑完豬排堡的莎士比亞，優雅的吮了吮指尖：「一千個觀眾眼中，有一千種哈姆雷特。」

王家阿爸立刻接話：「一千個人客心裡，有一千道招牌餐點。」

王家阿嬤用鼻孔傲視群雄：「哪有可能，招牌只會是我的蛋餅。」

王曉樂手持量杯，不認同的搖頭：「大冰奶，才是早餐店的靈魂。」

在家蹭早餐的王曉陽，嘴裡還塞著蘿蔔糕呢，依舊堅持發言：「全世界最好吃的食物，只會是新東陽肉鬆。」

「王東東！你不要置入性行銷。而且，我們在討論的是早餐店！」

「王大姊，我在跟妳談一個世界美食的問題，妳在跟我聊一個早餐店招牌的問題。格局太窄了。」

王東東是王曉陽的小名，只因他從小就熱愛肉鬆。王曉陽愛新東陽，一度讓王新洋想帶他去應徵品牌大使，父子倆的名字適合寫廣告詞不說，還能換來免費肉鬆。

只可惜，王家阿爸話才說完，王曉樂已乖巧拿了杯水奉上：「阿爸，該吃藥了。」許芳慈則溫聲叮囑：「晚了，你該睡了。」至於王柯淑莉女士，直接一巴掌打上兒子後腦勺：

「好了，你該醒了。」

回到早餐店現場，王家姊弟檔繼續鬧著內鬨、莎士比亞仍在和王家阿爸打嘴仗，自覺中立的王家阿嬤，握著手中擀麵杖，以俯瞰凡間的姿態，悲憫這群無知的螻蟻。正鬥得如火如荼呢，忽聽用餐區傳來冷笑：

「哼哼，判斷一家早餐店的水準，吃它的鐵板麵就知道了。」

熱烈的空氣瞬間凝結，眾人倒吸一口氣，將目光集中至A 17餐桌處，那座巍然如山的身影。

一位面容冷峻的中年男子，正沉穩的拿起紙巾，十隻香腸般的手指，異常輕巧的按了按嘴角，再隨手將桌面拭淨。可即便是如此簡單的動作，仍激起陣陣油膩勁風，逼得眾人登登登退後數步。

而他的桌面上，只有一雙齊整筷子，擺放於連醬汁都不剩的塑膠餐盤旁。

「看來，今天遇到踢館高手啊！」王曉樂心下嘀咕著，轉頭望向王家阿爸，幾個眼刀來回後，終是由後者清了清喉嚨：

「敢問，兄台對早餐店的招牌美食，有何高見？」

「都說『一塊鐵板打天下』——早餐店的煎檯，實乃整間店的本體。既是如此，鐵板麵，正是顯示箇中精髓的所在。」

「早餐店的鐵板麵，是色香味的極致考驗，一盤好吃的鐵板麵，醬汁、口感和火候缺一不可。如何用相同的材料調製出看似迥異的三種口味醬料，如何恰當收汁並保留麵條彈性，如何在鑊氣與臭火焦（tshàu-hué-ta）[14]間取得微妙平衡——這一切，在在考驗老闆功力。」

「說起鐵板麵的歷史，至今已近千年。北宋仁宗朝，開封府尹包拯包青天，正是因嗜吃鐵板麵，方獲得民間『鐵麵無私』的讚譽。清光緒年間，特級廚師小當家劉昴星，畢生唯一憾事，就是從未煎出完美的鐵板麵。而他的對頭黑暗料理界，亦因無法掌握這道神級料理，頻頻在對決中落敗，偌大集團終至

14 註：臭火焦（tshàu-hué-ta），是台語「燒焦」的說法，即黑糊糊焦掉的黏鍋狀態。

消散，令人唏噓再三。」

「好的鐵板麵，能帶你上天堂。然而，如今許多店家，為了追求效率，竟捨棄鐵板、改用鐵鍋煮麵。這種省時卻無良的作法，完全摧毀這道經典菜品——但，我仍不放棄在茫茫人海中，尋找值得品嚐的鐵板麵。」

「畢竟，鐵板麵不僅是技藝的展現，更是高CP值的象徵。吃遍大江南北的早餐店，它是少數能銅板價吃飽的餐點啊！」

說到這裡，男子淡漠的神情，隱約出現一絲裂縫。裡頭撲騰翻攪的，是難以被內力壓制的食之怒吼。

見對方真摯若斯，王家阿爸不禁感佩一抱拳：

「敢問兄台，您所吃過的大江南北鐵板麵，最無可匹敵的那盤，究竟位在何處？」

「自然是我家巷口的那家——說到這裡，哼哼，你們北部的鐵板麵，那個醬汁，完全不甜！」

王家阿爸悚然一驚，不過是討教個鐵板麵，怎麼瞬間就踩到戰南北的地雷了！這年頭，哪怕僅是經營早餐店，一旦措詞稍不留意，便會觸發內戰危機。身為一介升斗小民，亦要煩心國安問題，著實是心累。

「真不愧是道地台南人，言談間飽含深沉的葡萄糖底蘊。請問兄台該如何稱呼？」

男子頓了頓，緩緩放下手中紙巾，開口道：

「我就是——蘇格拉底柏拉圖亞里斯多德都沒聽過叔本華尼采佛洛伊德都沒看過介於薛丁格和貓之間的寂寞美食評論家車行歐爸。江湖人稱——計程車司機。」

*

計程車司機鍾國泰，是位土生土長的台南人，他會來到忘憂早餐店，完全就是個意外。

整個故事要從昨天說起了。

而對鍾國泰來說，這本該是平凡無奇的一天。

鍾國泰是位計程車司機，卻非典型的計程車司機。原為日商公司主管的他，四十五歲那年因工作壓力大、身體出了狀況，毅然轉職開啟駕駛人生。半路出家的鍾國泰，將整套職場態度照搬過來，若非台南天氣熱，只怕連制服白手套都會上身。很快的，他一絲不苟、嚴謹可信賴的特質，吸引不少回頭客，如今，光是私人接單就足以支撐收入。

這天，他載完固定的幾組客人，又因著放寒假，碰上不少親子觀光客，一整天下來就在神農街、海安路、府前路打著轉，但總體來說，行程收入皆可預期，就像每個他營業的日子。

直到他回家前，在東門圓環一個恍神，不小心駛入平常絕不會上的陸橋，一切才開始不對勁。

說起來，想在台南開計程車，拼的不是車速，而是你的內耳前庭。

若說文明的發展以信仰為核心，台南交通的發展，則是以圓環為起點。據傳言，當年明鄭軍師陳永華開蓋孔廟時，領著大部隊在承天府走沒兩步，立刻陷入嚴重的暈眩中。定睛一瞧，發覺是東邪黃藥師設下奇門五行桃花陣，企圖跟天地會作對，趕忙翻閱諸葛亮八陣圖，在各陣眼處以大石壓制破解——這些大石，便是今日圓環的前身。

台南市中心圓環，與秘魯納斯卡線、復活節島巨石並稱為世界三大奇觀。根據英國研究，能在市區內開快車而不暈者，保證是血統純粹的台南人——事實上，台南人的成年禮，除了學會六佾舞步跟生吃砂糖，最後一關，便是需矇眼繞完所有圓環。該關卡之艱困，是連兩棲偵搜部隊大隊長都會流著淚表示寧可回去爬天堂路的程度。唐朝大歷元年，詩人杜甫來台旅遊，亦曾出於好奇體驗成年禮，最終僅留下「江流石不轉，遺恨走不出」，紀念他被圓環整崩潰的心情。

當然，身為祖籍台南市中區[15]的真．台南人，圓環什麼的向來難不倒鍾國泰。成年禮那會兒，他含著打發時間用的砂糖都還沒融化呢，就已經翹著腳輕鬆闖關，贏得「圓環老司機」的崇高封號。

可惜，老司機的榮光持續到昨日，鍾國泰心血來潮，想趁收工回家前，到東門附近吃碗虱目魚粥，結果車子開著開著，心思不知不覺全浸入鮮美魚湯裡，終究是一個失手，大意上了東門陸橋。

「我真不該偷吃的！」懊惱的拍著方向盤，鍾國泰心想，謹慎慣了的人，果然不適合任性。

下班時間的車潮，最是折磨人。塞呀塞的從陸橋下來，鍾國泰估摸著，若開到東門城圓環繞一圈往回開，雖說耗時較長、卻能免去找地方迴轉。豈料主意剛定，前頭慢悠悠的 Toyota 老爺車，嘿！竟開車窗跟機車道的阿北聊上了。這下可消磨了他僅存的耐性，鍾國泰乾脆一打方向燈、車子一偏，右轉慶東街迴轉去也。

15 註：台南市中區是與台南縣合併前的台南市，台南市中西區則是二〇〇四年才合併的，在此之前，台南市實際是東、南、西、北、中、安南、安平七區。

誰知才剛轉進去，路邊便站著位西裝革履的年輕人，三十歲上下、提著公事包，神情焦灼的直招手。

「感覺是去趕火車的商務人士啊。」鍾國泰想著，反正自家離火車站還算順路，不如停下來載他一程，幫個忙又不無小補。

車子緩緩停下，下一秒，後門「扣」的一聲打開，一股被陽光炙烤後的人體氣息莽撞衝進車內（由於是在台南，姑且將它想像成焦糖味），鍾國泰皺了皺眉，正準備詢問是否去火車站，就聽西裝男急急說了句：

「這位大哥，江湖救急啊，麻煩載我去台北吧！」

乍聽目的地是台北，鍾國泰愣了愣，直覺就是拒絕。但下一秒，西裝男從後座遞來個信封：

「大哥！幫我這一趟，絕對值回票價！」

他打開封口，裡頭厚厚一疊鈔票，粗估也有兩三萬。心動之餘，鍾國泰倒是更猶豫了：

「只是載你去台北而已嗎……你公事包裡裝的，不是什麼違禁品吧？」

「沒錯，就只是去台北。還有，」西裝男拍了拍公事包，「大哥，我保證，裡頭一定是合法的東西！」

鍾國泰將整疊鈔票放在副駕上，兩手搭著方向盤、雙眼盯著儀表板，心想不過十分鐘前，他還滿腦子裝著虱目魚粥，十分鐘後，卻碰到個高報酬的詭異機會，這世界莫名有些玄幻啊。

車內空調吹送，引擎轟隆隆轉動，西裝男見鍾國泰毫無動作，忙不迭催促：

「大哥，麻煩你開車啊！不、不然我要找別人了。」

「等、等等，先讓我打電話回家。現在出發，最快也是九點過後才到，我得告知家人一聲。」鍾國泰按下通話鍵，嘟嚕嚕等待的同時，想著今早出門前，他才為了岳母的照護費跟老婆發生爭執。如今選擇接下這筆單，她應該能理解他的決定。

「喂，要回來了嗎？」

「那個，我剛接到一筆單，是去台北的，酬勞很不錯，我想……。」

「喔，」夫妻倆同時陷入沉默。所有的顧慮和攻防，已各自在內心辯證過，正反合了一切理由，於是，只剩下無話可說：

「那你就去吧。」

可畢竟是明白男人接單背後的考量，結束通話前，妻子的語氣終是融入了份柔軟：

「路上小心。」

「嗯，我會的。」收起手機，鍾國泰吁了口氣，詢問西裝男：

「請問要到台北哪裡？」

「喔，是士林區天母東路八號。謝謝啊，大哥！謝謝！」

鍾國泰點點頭，打開 Google Maps 設好導航，接著踩下油門，打燈轉回東門路，一路朝仁德交流道駛去了。

「後來呢？」王曉樂好奇追問，但見店內所有人專注聽著故事，連煎檯區的王家阿爸都差點將薯餅煎成碳烤胡椒餅了。

「後來我發現，對方說的『只是去台北』，完全不是這麼回事……」

午後六點，車子順利開上高速公路。冬天夜晚來得早，此時的中山高，漸剩下前方車尾燈的暗紅、與對向來車一條即逝的澄亮——彷彿得到夜幕提供的保障，西裝男一改初上車的拘束，調整成舒服坐姿，跟鍾國泰攀談起來。

「大哥，百年修得同台車，能被你載一程也算是緣份，啊你叫我小李就好，請問怎麼稱呼？」

「鍾國泰，我的執業登記證上有寫。」

「唉呀！叫名字太客套了啦，好歹我們也認識了……至少半個小時了嘛！」

聽著後座的步步進逼，鍾國泰頓時有些無奈起來。前面提過，他是位非典型的計程車司機，而這句陳述同時意味著，他並未具備典型司機應有的「閒聊」技能。

普遍而言，一位正常發揮的計程車司機，你給他一個線頭，他就可以編織全世界，若道行再高深些，就能像九品芝麻官的包龍星那般，死人都能說成活的。但對鍾國泰來說，開車時陪客人天南地北，大概只比讓他出車禍勉強好那麼一點點。身為計程車界的句點王，碰到小李這類外表看似人才、實則胡攪蠻纏的乘客，即便有著破萬報酬驅動著，鍾國泰仍不免感嘆，今晚似乎有些長路漫漫。

「那……鍾大哥，我叫你鍾大哥可以吼？」

「……嗯。」

「啊，鍾大哥你開計程車多久了啊？」

「十多年了。」

「哇，辛苦辛苦！啊不過，這樣開車也很厲害捏，自己當老闆！」

「還好，就討生活。」

「喔，那，啊鍾大哥，你是台南人嗎？」

「嗯。」

「喔那，那個，既然是台南人的話，啊你有沒有什麼口袋美食名單啊？」

小李原想著，這句話又會像打水漂般，激起兩圈漣漪後沉入湖底。豈料，扔出的石子竟意外打中關竅，下一秒，前座老司機一掃渾身的厭世，成了活力十足的戰鬥機駕駛。

要說鍾國泰此人，儘管自認無趣，但唯獨有一件事，可以讓他像戴上摩登大聖的面具那般，當場抽換人格、煥發生命熱情。

就是食物，而且，是好吃的食物。

鍾國泰愛吃，能吃，也認真吃——從鹹的到甜的、蒸的到炸的、香的到臭的，基本上，是河海不澤細流全都欣賞。

尤其「鐵板麵」這道料理，更是他心頭永遠的白月光。

鐵板麵，堪稱是鍾國泰的美食啟蒙。當年，忙於工作的雙親，將三歲的他送回台南跟阿嬤一起生活。

每天早上，他跟阿嬤推著小攤車到市場擺攤後，便獨自穿梭在巷弄探險打發時間。小國泰的世界，很無聊、很無奈，唯一陪伴他的，只有孤單、和市場裡的流浪狗阿滿。

直到他六歲那年，台灣的冬天毫無預警特別冷，冷到連台南的空氣都飄出了絲剉冰味。而這樣的氣溫，讓一個向來在十二月穿短褲亂跑的男孩，頓時像隻被拋進北極的非洲河馬，冷得除了哀嚎外不知該如何是好。這天中午，阿嬤見孫兒渾身打顫窩在攤車旁，乖巧緊縮的身板、唇青臉白的可憐樣，想了想，拿出兩枚銅板，要他去隔壁發叔的店裡避寒。

鍾國泰拿著銅板，在風中顫顫巍巍來到發叔的店。才剛走進店內，他腳下一頓，看著眼前美好的畫面，霎時將所有寒意都拋到門外。

就在他的正前方，有個小女孩，正安靜坐在那裡吃午餐。她身穿一件蕾絲小洋裝、臉蛋紅撲撲的，就像是……像是阿嬤會在農曆二月二那天包的、餡料特別足的紅龜粿。

「好好吃……喔，不，好可愛的小妹妹啊。」

鍾國泰擦了擦嘴角的口水，接著，很不爭氣的發現，自己的肚子咕嚕嚕叫出了聲。

被那聲轟轟烈烈的腹鳴聲所吸引，女孩停下進食的動作，抬起頭，好奇打量起這個站在不遠處、滿臉通紅的大哥哥。

「呃，那個，妳在吃什麼？」

自覺在小妹妹跟前丟了顏面，六歲的鍾國泰，所能想到的最機智的救場方式，就是啟用僅次於「今天天氣真好」跟「你長得像我認識的×××」的萬用問候語第三名之「你在吃什麼？」

「我在吃鐵板麵啊。」小女孩笑瞇瞇的回答。

「這樣啊……」鍾國泰一邊點頭，腳下一邊不受控制往前走，一屁股坐到小女孩對面：「那，我也來吃鐵板麵好了。」

「嘻嘻，大哥哥，那你要先去點餐啊。」

「喔！對、對……」

而當鍾國泰終於吃下熱騰騰的鐵板麵——當年，這道還沒進駐早餐店、僅是一道地方大叔的私房料理，便深深擄獲了鍾國泰的心——麵條的勁道、恰到好處的油潤爽口、黑胡椒的鑊香氣，還有，一股縈繞於齒間若有似無的甜味，讓這位六歲男孩徹底體會到：

一份真正的美食，可以超越凜冬般的現實，療癒那顆寂寞的心。

當然，漂亮的小女孩也可以。

只可惜，當鍾國泰跟阿嬤死纏爛打、好不容易拿到銅板再度踏入店內，小女孩已經不見蹤影了。

「那是我親戚的小孩啦，台北來的。放完假就回去了。」

櫃台後的發叔掏了掏耳朵，接著，輕巧的把耳屎彈到角落——只聽咚地一聲，落地的，是六歲小男孩支離破碎的初戀。

或許是這段愛情的遺憾，更多的，是那份天生對食物的熱愛。長大後的鍾國泰，開始四處蒐羅美食，漸漸將腰圍吃得跟心胸一樣寬廣——前面提到，鍾國泰愛吃、能吃，也懂得吃，吃久了，他乾脆開個部落格，簡短寫些筆記丟上去，寫著寫著，竟不知不覺小有名氣——就像布魯斯・韋恩擁有「蝙蝠俠」的雙重身份，如今的鍾國泰，也有了「美食運轉手（ūn-tsuán-tshiú）[16]」的夜晚時刻。

「吃美食，就像談一場戀愛。從初遇到熱戀到深刻交往到曲終人散，每份食物裡，都保留了最獨特的感情與回憶。」

鍾國泰寫起部落格，一反平日的正經無趣，從食物愛情論到吃貨心得，風格犀利有趣之餘，也往往引人深思。關注他的讀者，都戲稱他為「車行歐爸」。雖然鍾國泰從未避諱他中年已婚胖大叔的狀態，但身處雲端總是能塑造距離美的——當然啦，讀者會喜歡他，最主要還是鍾國泰的愛店不易踩雷，畢竟他的美食地圖，都是自己一步一腳印踩出來的。這些年來，鍾國泰以自家為圓心，展開台南市的地毯搜尋，亦常利用載客機會，到不同地域探索，甚至多次跨越高屏溪，在屏東市中心大快朵頤（可惜他沒鼓起勇氣繼續往南開，一試傳說中重金難買的墾丁滷味）。相較按圖索驥的冒險者，鍾國泰找美食，向來不事前爬推薦文。不僅是因著「那都是騙觀光客的」在地人驕傲，也是因為比起文字，他更相信自己的鼻子——任何一家店，哪怕被業配得天花亂墜，終究無法騙過誠實的嗅覺，再多的「×十年老店」、「某某節冠軍」或「知名節目強推」，都不比氣味誘發的飢餓感來得能說服人。

16 註：運轉手（ūn-tsuán-tshiú），是「司機」的台語，源自日語。

「說起台南美食，我也沒法介紹什麼，因為，什麼都太值得吃了。外地人總說台南人吃太甜，開玩笑，人生已經夠苦了，當然要用甜味平衡一下，我們大台南是忍痛贈予砂糖，好開解你們外地人的悲愴啊。」

「小李我跟你說，鍾大哥真的不是要戰南北。因為，完全戰不起來。像那個白糖粿你知道嗎？簡簡單單一條，蓬鬆酥脆嚼勁的三重奏口感，連裡頭的高級油耗味都令人無比的幸福——你聽聽，這有辦法戰嗎？光是個白糖粿我們就躺贏了。」

「說來世間最古意（kóo-ì）[17]的，莫過於我們台南人！小小的一條粿，糯米粉豪邁的揉、花生油催落去（tshui--lo̍h-khì）[18]的炸、起鍋後再沙必思[19]的大灑砂糖，最後賣你五塊銅板價，就是想讓大家都享受這種平凡的快樂。沒想到，北部人竟在那邊痛心疾首說不健康！還研發什麼紅橙黃綠藍五行口味，加什麼紅麴、綠藻，又低油、低糖，然後整包賣你幾十塊！毀了一代經典不說，根本奸商啊！奸商！」

「要我說，北部人的舌頭一定是有毛病！例如說台南的米糕，那才能叫做米糕啊——滋味雋永的Q彈糯米，搭配肥厚肉臊、鹹香魚鬆和酸甜小黃瓜，這般衝突又和諧的組合，根本美食界的創造亞當啊——至於北部那種，把一勺油飯塞進骰盅裡混充的『筒仔米糕』，甚至直接將它立體三角化說是斜槓肉粽，根本是懶散得罪不可恕！」

17 註：古意（kóo-ì），「忠厚、憨厚」的意思。
18 註：催落去（tshui--lo̍h-khì），強調毫不顧惜、很大方的態度。
19 註：沙必思，是台語中的日文（サービス）外來語，原為「service」，服務之意。在台灣用法稍微改變，通常指「額外福利」。

只見鍾國泰越講越憤慨，碰地一掌擊上方向盤，連帶令後座的小李瞬間離開地球表面。摸起掉落的公事包，小李奮力爬回椅墊，心想，自己丟出的一句話，竟得到鍾國泰的熱烈迴響。原先的他，僅是為了舒緩精神緊張，才像溺者抓根浮木似的，拼命掙扎著打開話匣。到頭來，不但成功上岸，還釣到骨灰級的老饕客，實在是意外收穫。

「不過，真要說的話，台南真正的美食啊，還是鐵板麵吧……。」

鍾國泰講到這裡，突然放緩了語氣，原先反映在方向盤上的憤慨，也漸漸柔軟了下來。

「而且小李啊，鍾大哥說的鐵板麵，可不是現在早餐店裡，那種油膩膩的劣製品，而是一盤我吃過最獨特、最有嚼勁、最有滋味的鐵板麵啊……」

此刻，沉浸在老時光的鍾國泰，似乎已不是在分享美食，而是把小李當成一個依然年輕的聽眾了。身為寂寞的美食評論家，儘管在部落格裡，有群喊著他歐爸的暖心讀者，生活中的他，卻找不到真正能分享的對象——就像絕大多數的中年男性，多年來，鍾國泰始終努力當個好兒子、好丈夫、好父親，符合所謂的「賺錢養家、威嚴不多話」公式，像個乖學生般，聽話接過社會給他的標籤，卻沒想過這些標籤，是否該這麼理所當然的貼在身上。

曾幾何時，他已淡忘了自己的模樣。

以及，那個曾令他低迴輾轉的小女孩。

鍾國泰想到此處，突然慶幸下午接了這趟單。不是為著厚厚的一疊鈔票，而是，為著後座那位有血有肉的聽眾，以及，前座這位漸漸只能在網路上立體、卻在現實中日益單薄的自己。

接下來時間，在兩人愉快的對話中迅速流逝。等到這位美食老司機回過神來，發現「三義交流道」的路標竟已近在咫尺。正當他懊惱著，自己怎麼就開過泰安服務區、忘記放小李去上廁所時（守護乘客的膀胱，是長途車駕駛應有的職業道德），後座的小李，像是下定決心似的，探過頭在鍾國泰右後方說了句：

「那個鍾大哥……我有個祕密要告訴你。」

「……喔。」

聽到小李的發言，鍾國泰的心臟沒有漏拍，只想著：「又來了。」

計程車開久了，鍾國泰時常錯覺，他根本是業餘神父——說來弔詭，人們往往對一期一會的陌生人透露內裡最深沉的祕密。可能是知道日後碰不到了，許多乘客，確實會毫不扭捏大聊心裡話——哪怕司機在前頭一聲不吭，仍不妨礙他們自顧自的，將整個後座弄成告解室。

每台計程車，都像個承載故事的黑洞，再怎樣不堪的過往，當事主付錢、下車、關上門，一切陰暗的昨日，都將被駛進另一個次元——所以有時候，鍾國泰也自覺是個垃圾車司機。

「喂！喂！鍾大哥，我說我有祕密要告訴你，啊你怎麼能這麼淡定啦！」

鍾國泰很難解釋，那是因為爆料聽太多，情緒早麻痺了。要是每次都一驚一咋的，他乾脆轉行新安東京海上，直接當車禍事故處理專員。況且，離開美食頻道的鍾國泰，本質就是位佛光衛視的解經老僧，再多屁都打不過江的入定樣，才是鍾大叔的真實日常。

「嗯，你說吧。」

「喔！哎唷！你那麼淡定我說不出來啦！等等，給我時間培養一下情緒，啊，我難過的是放棄你放棄愛放棄的夢被打碎忍住悲哀……！」

眼見小李將諮商室升等成練歌坊，還淒厲嘶吼得跟手被門夾到一樣，鍾國泰忍不住嘆了口氣——做人不著調就算了，連唱歌都不在音準上。

「我以為，是成全，你卻說你、你、你……咦，後面是接什麼？啊算了沒關係，差不多了……。」

「那個，鍾大哥，我跟你說喔。你不要看我這樣子好像很鬧，但我其實是有任務在身的。你再看我手裡的公事包，雖然好像是裝著幾張紙而已，可實際上啊——沒有錯，它就是幾張紙！」

「只不過，它是比任何機密檔案都更重要的紙。」

「它是——美！食！祕！方！」

「你知道我為什麼趕著去天母嗎？因為我家大小姐，唉，對，雖然看起來氣質不像，但我啊，也是低調的生活在有錢人家呢……啊呀總之說回來，我家大小姐這陣子不曉得怎麼了，什麼都吃不下，一個禮拜就掉了五公斤，老爺很著急，直接發布緊急命令，務必讓大小姐恢復食欲。」

「緊急命令？我還動員戡亂條款呢。」鍾國泰心底吐槽完畢，打了方向燈，切換到中間車道，稍微減低車速，專心聽小李講故事。

「我從小在老爺家長大，從老爺還是少爺的時候，我就在這個家了。我阿公是老老爺的管家，後來，我爸爸是老爺的管家，至於我吼，雖然不是那塊管家的料，卻是陪著大小姐長大，天天逗得她很開心呢。大小姐不能沒有我，我也不能沒有大小姐！」

「但現在她瘦成這樣，身為大小姐的頭號狗腿兼跑腿，我當然自告奮勇出來找美食啊！而說到美食，第一站當然是台南啊！只不過再美味的食物，被人拎了幾百公里後，一定都變難吃了，所以，我決定直接跟老闆買食譜，再帶回去給家裡廚師現做。」

「但這段話說來簡單，吼，做起來真是心酸喔。根本京都念慈菴孟姜男哭倒長城你造嗎？每張祕方都是老闆的命啊，所以，我只能一個個去解釋、去拜託、去簽保密條約和匯款，還被他們逼著發誓，如果祕方外流我這輩子找不到老婆——但反正我本來就找不到老婆——努力了一個禮拜，總算拿到十家店的祕方！」

「只是吼，鍾大哥，我今天下午攔你車時，之所以會這麼緊張，主要是因為我後來發現……」

話說小李東拉西扯，總算談到關鍵處，此時，鍾國泰竟從車內照後鏡發覺，有兩台尾隨許久的黑頭車，不知為何開始加速，一左一右包抄而上，企圖將他的車鎖在中間道，形成一三道夾擊狀態。

鍾國泰眉頭一皺，抬眼一看路牌，苗栗—公館，心下冷笑：「特地挑在苗栗國出手，鑽司法管轄權的漏洞，果真是處心積慮啊。」

儘管感受到來者不善，他仍假做不知，以拖待變等對方先出手。只見兩台車越逼越近，緊接著，其中一台猛地加速切到鍾國泰前方，迅雷不及掩耳來個急煞，輪胎激起火星，明顯看出欲製造假車禍的意圖。

早有準備的鍾國泰，俐落的一打方向盤，整台車移形換影切到內線，躲過了第一波攻勢。可是，兩台車沒給他喘息的機會，立刻一前一後卡住計程車，一減速一加速的故技重施。鍾國泰見此，忍不住啐了句：

「開玩笑！跟計程車司機尬車技！人在江湖闖，哪有不追撞，我在自學修板金跟縫剎車皮的時候，你們還不曉得在哪玩沙呢！」

都說惹熊惹虎，千萬別惹計程車司機。被黑頭車逼出火氣值，解經老僧鍾國泰當場化身國道殺神，便看他咻地一下方向盤打底，直直外切突破封鎖，接著，猙獰一腳踩下油門，儀表板從原先 90km/hr 瞬間拉升，展現出他錘鍊多年的華麗飄移技巧。眼見鍾國泰使出「高速公路凌波微步」，另外兩台也非省油的車，隨即回以蛇形刁手的切換道技術，三方展開激烈的飛車追逐。

窗外夜色接連閃逝，鍾國泰分不清眼前正劈哩啪啦打在擋風玻璃的，究竟是雨水、還是倒楣路過的蟲屍。車外，兩台車依舊緊咬不放，車內，小李緊抱公事包喃喃自語：「我還沒娶老婆、我還沒娶老婆啊……」鍾國泰趁隙換了幾次道，仍甩不脫如蛆附骨的黑頭車，心頭不禁煩躁起來，這都是什麼飛來橫禍啊？

就在此時，鍾國泰靈光一現，想起不遠處有台測速照相機。下一秒，他立刻毫不猶豫猛踩加速，將整輛計程車爆衝到 130km/hr。黑頭車發現了，也提速趕上去。窗外北風猖狂的吹、油門速度死命的催，就在堪堪輾過感應線圈的前一刻，國道殺神鍾國泰祭出「心凝形釋人車合大法」，抓準時間點咬牙踩下煞車，將時速精密控制在 99.99999km/hr，順利滑過固定式照相機的捕捉，安全下莊。

至於那兩台黑頭車，可就沒這麼幸運了。

喀嚓喀嚓！

電光石火間，兩道白光迸現，黑頭車頓時車身一顫、如遭雷殛。

車界追殺守則第一條，千萬不能曝光車牌號碼。被路邊測速照相機一拍，至此，這兩台黑頭車，算是作廢了。任務失敗的駕駛淚流滿面，心想不但得自掏腰包繳罰單，還要回去在老大面前跪引擎蓋，這個月實在是水逆啊！

破百車速霎時失去意義，兩台車失魂落魄慢了下來。只見設局成功的鍾國泰，愜意的搖下車窗，朝車後灑了把砂糖，一騎紅塵司機笑的離去了。

「不是說台南人開車，都很慢的嗎？」

望著逐漸遠去的車尾燈，黑頭車A的駕駛看似冷靜的問出這句話，但那雙顫抖握住方向盤的手，早已出賣了他。副駕駛座的小弟，正驕傲的仰起脖頸，避免眼淚流下：

「他，不只是台南人，更是個計程車司機啊。」

經此一役，追殺者總算明白，南部駕駛的圓轉如意裡，實深藏另類的王霸之氣。眼前那個收放自如還不忘施捨後方來車一點砂糖的男人，今夜過後，將成為他們心頭永遠的傳說。

「呵呵，計程車司機又怎樣，」一陣輕笑聲，從後座傳來，「終究也只是個司機罷了……對吧？」語聲聽來輕描淡寫，卻有著不容置喙的殺氣。

此話一出，車內眾人皆噤若寒蟬，連手臂上的紋身都在瑟瑟發抖。只有聲音的主人，毫不顧忌的翻出手機，用她修長的手指輕敲訊息。指甲上明艷如血的蔻丹跳躍著，靜謐的空間裡僅剩篤篤篤的觸鍵聲迴盪。

數分鐘後，她點下傳送鍵，把手機扔到一旁，慵懶的伸了伸懶腰，瞇起如貓的眼說了句：

「來吧，啟動計畫B。」

*

「佩服佩服！原來兄台不但對美食多所鑽研，飆車造詣也如此之深，請受在下冰紅茶招待一杯！」

聽到這裡，王家阿爸忍不住離開煎檯區，端了杯紅茶給鍾國泰。畢竟，飆車古惑仔追殺什麼的，哪個男人不夢想這種電影般的情節，重點是，這人竟然全身而退了。

「吼小夥子怎麼這樣，毛毛躁躁的，碰到這種情況，就該靠邊停車找警察。還飆車，你以為你是玩命禿頭嗎？」

王家阿嬤的擀麵棍猶握在手中，但一輪緊湊故事聽下來，也差不多磨成繡花針了。她搖搖頭，大嘆年輕人就是年輕人，太衝動了。

不說別的，如果一時玩脫了，超速照相的罰單不用多，光是一張就足以讓她心痛得住進ICU！

「我也有想過啊，但我自己也一度超速，到時候沒抓到人，說不定我還得被罰款……啊欸欸，好啦，阿嬤失禮啦，我知影了啦，保證以後不超速、乖乖報警、沒事不跟人飆車。」

被王家阿嬤「愛的擀麵棍」訓示了一番，餘悸猶存的鍾國泰，趕忙抄起冰紅茶，喝一口壓壓驚，緊接補充道：

「不過，當時什麼狀況都搞不清楚，比起報警，我更需要小李的解釋……」

車過新竹系統，鍾國泰想了想，打了方向燈切進轉接道。一個大右彎後，計程車平穩的開上國道三號。

隨後，鍾國泰打破他個人的駕駛生涯紀錄，主動開口詢問乘客：

「小李，你好好解釋，到底是怎麼回事？」

後座的小李，依舊是副風中凌亂的模樣。失神的雙眼、皺得一塌糊塗的襯衫、開闔得像魚的嘴發出無意義的囈語，唯一稱得上清醒的事物，只有那始終緊抱胸前的公事包，彷彿他僅存的理智都濃縮在裡頭了。

鍾國泰也不急。多年的塞車經驗，早練就了他無比的耐心，若非身處惘惘的威脅之中，他甚至能繞進關西服務區，跟各大旅遊團的阿公們一起排隊上廁所。

直到開到大溪附近，小李的臉才勉強恢復血色，雖然，頂多是極地冰屋回復到寒帶針葉林的程度。

正當鍾國泰考慮，不如下交流道去大溪晃晃買點豆干當零嘴，後座總算傳來久違的聲響：

「鍾大哥，你，你有聽過『台南美食自救會』嗎？」終於，小李開口了。然而，簡單的一個問句，卻在鍾國泰心中激起千層浪。

他當然知道「台南美食自救會」。

因為，他就是會長。

說起來，鍾國泰這個外表枯燥的中年大叔，除了是網路小有名氣的車行歐爸，另一重祕密身份，正是大台南美食界的地下會長——當然啦，依照他樸實無華好枯燥的個性，這個會長，當得向來挺波瀾不驚的。

這些年，鍾國泰四在處尋訪美食的過程中，結識了不少店家。很多老闆都跟他類似，屬於「頇顢講話（hân-bān kóng-uē）[20]」的中年男子，但男人跟男人之間的溝通，往往毋須言語，一盤用心烹製的美食、一個吃乾抹淨的空盤，實勝過木瓜瓊琚扔來扔去的投桃報李。

男人的交情，都是靠吃出來的。日子一久，鍾國泰的人脈，遍布老台南六大區。老闆將他當做自己人，而他，也從眾家老闆的喟嘆間，影影綽綽的捕捉到，台南的在地小吃，正在遭受外來侵害。

「我是在求祕方的時候，得知這個自救會的。當時，老闆一聽到我從外地來的，紛紛防備的說，他們不跟『天龍協會』打交道。可我根本不曉得天龍協會是什麼啊？有個老闆看我傻傻的什麼都不懂，才鬆口跟我解釋，那是個近年滲透在各大美食圈、企圖瓦解正宗原味的暗黑組織。」

鍾國泰沉浸於回憶的同時，後座小李的嘴巴也沒閒著。或許是因為該來的終是來了，這個原先以插科打諢做為偽裝的男子，如今逐漸對著鍾國泰，老實坦白他所知的一切。

「聽說這個天龍協會，最早是從夜市下手，像台北士林、台中逢甲、台南花園、高雄六合……那些一度指標性的據點，都被他們以『觀光』的名義大肆破壞。到後來，更劃地自立弄出租界，像那個板橋文創、三重星光、桃園八德、高雄金鑽和建工、甚至花蓮東大門，都是天龍協會一手扶持的傀儡美食政權。」

20 註：頇顢講話（hân-bān kóng-uē），指的是不擅言詞、但為人誠懇。引自兄弟象隊球員林易增的廣告詞：「我真頇顢講話，但我真實在。」

「老闆告訴我，現在的天龍協會，更將觸角延伸到夜市以外，除了全台灣各大老街，還開始用各個擊破的手段，分化像台南這種淵遠流長的在地小吃聯盟。他們化整為零，跑去找各家老闆，用什麼連鎖加盟、賺大錢的話術，外加一筆高額收購金，說服對方交出祕方，如果不答應，他就開個類似的店迷惑外地人、破壞美食的信譽，將頑強的店家逼到歇業。」

鍾國泰暗暗一點頭，確實，當初他們就是為了抵擋天龍協會的進犯，才決定成立台南美食自救會。而他之所以被推派為會長，除了鍾國泰不隸屬於任何小吃攤，有著第三方的超然公正性，更是看上計程車的機動性，能替老闆們傳遞聯繫。

台南美食自救會，在六大行政區各有個堂口，鍾國泰會定期巡迴，看看各堂口有什麼需求。只不過，一群中年大叔創辦的自救會，也沒辦法期待太多。除了堅守各自攤位外，頂多是定期分享情報，以及，找同溫層取暖罷了。

「加油！不可違背祖宗遺訓啊。就算有了錢、卻失去食之魂，那不是窮的只剩下錢嗎？」大致上就是這類的心理喊話，翻來覆去的了無新意。從頭到尾，自治會最大的貢獻，大概是創了套辨別敵我的切口：

地振高岡，一派溪山屋海苔。門朝大海，三河合水霸王餐。

據說在創作時，他們還特地派了敢死隊去壓著陳永華的棺材板，避免他氣得跳出來拿圓環大石砸爛台南的柏油路。

畢竟先天不足、又後天缺錢，明爭暗鬥多年下來，他們終究不敵對方有著強大資金挹注。內部不少會員被滲透，甚至直接倒戈，如今的台南美食自救會，正處於節節敗退的窘境。

「我後來才知道，很多老闆願意把祕方交給我，其實不是因為錢，而是考慮到，與其被天龍協會逼得交出祕方或倒店，他們寧可讓我這個單純來尋找美食的人，帶走他們一生的心血結晶。」

「但，當我蒐集到第五家店的時候，就隱約聽到風聲，自己好像被盯上了。果然前天早上，當我拿到第七張祕方，天龍協會便派人來找我，說我可以選擇跟他們合作騙取祕方，或是最後被他們搶走祕方。」

鍾國泰聽到此處，心下瞭然：

「原來前幾天，麵攤老陳跟我抱怨的渾小子，就是小李啊……好吧，既然這樣，被攪和進這趟渾水，我也是不冤了。」

但，按照他鬥爭多年的經驗，天龍協會向來採取低調操作，怎麼這次竟明目張膽到檯面上了？這讓鍾國泰覺得有些不對勁。

「來找我的，是一個很漂亮，但就是那種，那種……啊對啦，蛇蠍美人。她說她是天璣，是天龍協會的第三把交椅，如果我決定合作，可以在找齊祕方後，到指定地點交貨，當然，報酬是很豐富的，但換句話說，如果到最後都沒看到我，天龍協會也就不客氣了。」

「說真的，當時我有猶豫了那……麼好幾秒，因為大小姐也不是非吃台南美食不可，如果交出去能換筆錢，好像，似乎，確實還挺值得的——但，當我想到每個老闆託付祕方給我時，臉上鄭重誠懇的表情，就覺得手中的這幾張紙，情與義值千金啊。」

「重點是，我都拿老婆來發誓了嗚嗚嗚。」

鍾國泰聽到這裡，白眼差點翻成李棠華特技團，心說這才是你守信的關鍵吧？老陳那群人果然高瞻遠矚，讓這傢伙用老婆發誓，不然整個美食自救會的老底，差點就被這鬧騰的小子給掀了。

「後來，我打電話回去跟老爺說，老爺聽了，竟冷哼一聲：『吳天良那傢伙，手都伸到台南去了。』接著他告訴我，要我別理他們，直接找台計程車殺回天母。我答應他會立刻離開後，就急急忙忙退房、急急忙忙衝出來，然後，我就遇到你了……。」

鍾國泰點了點頭，心想天龍協會此次肆無忌憚的關鍵，應該著落在小李老爺口中的吳天良。要不就是他身為協會創辦人，指示天龍協會浮出水面；不然就是聯手出擊，吳天良透過搶奪祕方讓大小姐消瘦下去、從旁打擊小李老爺，天龍協會則藉此蒐集祕方打倒美食自救會，雙方各自有利可圖。

這一路聽下來，鍾國泰也算是理清來龍去脈。既然事關美食，他這個會長就責無旁貸，必須安全的將小李送進家門，讓祕方平安轉移到廚師手中——如今的台南美食自救會，已不容許任何損失了。若運送任務不幸失敗，祕方遺失不說，對傳統美食的存續更是致命打擊。

看來，台南在地小吃的生死存亡，端看這一役了。

車子開到土城交流道，鍾國泰買了個保險，打燈改走65甩開追蹤。繞了大半晌，才將車子開回國道一號。就在此時，小李的手機響了：

「大小姐嗎？嗯，對啊，我已經快到台北了。沒有啦，別擔心，我很好啊。話說我遇到一個很厲害的司機，比終極殺陣的 Taxi 還厲害的那種喔！等我回去講給妳聽。啊對了，我還帶了很多好吃的祕方喔，到時候讓郭媽他們做給妳吃，保證讓妳……欸，欸妳別哭嘛，我都說我很好了啊。」

小李在後座手忙腳亂，前座的鍾國泰則持續專注。沒多久，他打了方向燈從台北交流道下去，接著重慶北承德中山北一路行雲流水，不知不覺……轉進了天母東路。

沿途過來平靜無波，這讓戒備許久的鍾國泰，神經更加緊繃。反倒是小李樂呵呵的，回復成他的沒心沒肺樣，整路跟大小姐東拉西扯，完全把「等我回去講給妳聽」的台南歷險記，在電話上差不多報告完畢了——也不曉得這兩人哪來這麼多話可講，若非這年頭通訊軟體講話不用錢，否則光是電信費帳單，就足夠讓陳老爺把小李掃地出門十次八次的。

「好了大小姐，我快到了啦。妳放心，待會就能看見我囉。」

眼見轉進天母東路，小李總算收了線，認真跟鍾國泰指起路來。在他的引導下，很快的，一道巴洛克風格的大門，出現在鍾國泰眼前。通過門口盤查，計程車順利駛入社區，沿途開過籠罩在夜色的林蔭、噴泉、石雕，一時間，他恍然開進十七世紀的富麗宏偉中。

按照小李的指示，鍾國泰將車停在特定的宅邸前。

「到了。」鍾國泰拉起手剎車，轉頭對小李說。

小李愣了愣，「喔，對，」像是沒料到高潮迭起的旅程，結束得如此雲淡風輕，一時間，他只能順著鍾國泰的話回道：

「真的到了。」

提起公事包，小李沉吟兩秒，想對他倆的革命情感發表些心得，卻又赫然發覺，兩人的交情並未深刻到能說些心裡話，琢磨半晌，吐出了句：

「那再見啦！」

鍾國泰也有點愣愣的，奔波了整晚的小吃殊死戰、國道追殺夜，就這樣結束了。他那顆裹滿脂肪的小心臟，此刻還因先前的尬車餘悸猶存，沒想到，後頭的發展竟乏味至此——天龍協會這是放棄了嗎？

中年發福的身軀依舊塞在駕駛座，鍾國泰點了點頭，算是跟小李道別。

小李打開後車門，下了車，跟夜巡的社區警衛打了聲招呼，往家門走過去。

鍾國泰手倚方向盤，目送小李走向宅邸。也是在這瞬間，他突然意識到，原來真正令他失落的，是離開這些情節後的自己，終究，只是個平凡的計程車司機。

就在此時，他餘光瞄見本該離去的警衛，正從腰際取出電擊棒。

而小李依舊背對著警衛。

後者不懷好意的靠近。

鍾國泰一驚，猛然推開車門，衝下車大喊：「小李小心！」

下一秒，他被人從後方摀住口鼻，濃烈的乙醚氣味襲來，鍾國泰腦袋一暈，就此墮入黑暗中。

＊

等鍾國泰恢復神智時，映入眼簾的，是小李的右眉毛——更確切的說，是貼在小李右眉毛上，那條辣眼的豹紋OK繃。

而且豹紋裡還交錯粉紅色小愛心！

「你醒啦！唉呀，人果然不能隨便說再見，你看，我們一下又見面了！」

小李歡快的跟鍾國泰打招呼，絲毫未覺眉尾的OK繃是何等令人髮指，繼續興高采烈的說：

「你已經昏睡了整晚囉！總算醒了。」

「究竟，發生了什麼事？」

鍾國泰勉力撐起身，盡可能無視上竄下跳的豹紋點點跟小粉紅愛心，啞聲張開乾澀的嗓，追問事件的後續發展。

「對啊，事情到底是怎樣啊？」

王曉樂睜大眼睛，熱切期待著結局。這大概是她從小到大，聽過最跌宕起伏的故事了。猶記王曉陽上班前，還緊握自家老大姊的雙手，執手相看淚眼，反覆叮囑她要記牢了，才能當成睡前故事講給他聽。

「後來，小李開始跟我解說，他家老爺如何大顯神威……」

早在昨天下午，陳老爺接到小李電話後，三言兩語就摸清來龍去脈，著手部署後招。跟鍾國泰的猜測相去不遠，從事餐飲業的陳老爺，跟吳天良確實是商業對手，至於天龍協會，實際上就是後者的白手套兼黑夜打手。

多年來，陳老爺對吳天良的行徑極不苟同——做生意做到這份上，滿腦子旁門左道，一心只想賺短線炒熱錢、牟取暴利、打擊同行，就是不思考如何提升品質，讓整個餐飲圈良性發展，完全是本末倒置的低級商業份子——偏偏吳天良生性狡猾，向來遊走在法律邊緣，讓他始終掌握不住犯罪證據，因此小李這通來電，乍聽是危機、卻也是個契機。

掛上電話後，陳老爺趕緊聯繫他警界的朋友，從台南開始便一路保駕護航。而這也從旁解釋了，為何整條高速公路鬧得天翻地覆，國道警察卻連警笛都沒吭一聲。陳老爺唯一沒料到的是，鍾國泰的車技竟如此出色，單憑方向盤便帶著小李殺出重圍，完全毋須己方出手救援，大大免去事前曝光的風險——就這點來說，鍾國泰可謂是他這盤局裡，表現極亮眼的一顆好棋。

運作天龍協會的，是所謂的北斗七星。最初跟小李碰面、與後來組織國道追殺的女子，是老三天璣；而老二天璇則奉派帶人潛入天母陳老爺宅邸處，準備在小李堪堪抵達家門、心力最鬆懈的時候，一舉將他擊暈，連人帶祕方綁架走。

只不過，螳螂捕蟬黃雀在後，埋伏多時的警隊長，一見小李跟鍾國泰雙雙出事，立刻衝進現場逮捕，將天璇天璣一干人帶回警局——至於日後的偵訊，以及跟吳天良的鬥法，那就是陳老爺跟他的律師團隊去煩惱的了。

「老爺要我轉告你，天龍協會這次雖無法一網打盡，卻也是元氣大傷，近期應該是不會去騷擾你們了。」

鍾國泰吐了口氣，頓覺如釋重負。這趟南北歷險記，雖然驚險萬分，倒是有許多收穫：他拿到豐厚的報酬、自救會保住祕方，還成功打擊了強大的對手，暫解燃眉之急。只不過——

鍾國泰細想後，疑惑的望向小李：

「不對啊，若只是為了祕方，吳天良怎會著急成這樣？他耐心蟄伏多年，在全台四處搞破壞，僅僅是台南人的十張祕方，不值得如此冒險吧？」

他自覺這個提問很合理，誰想，才說完這句話，鍾國泰親眼目睹，那位就算天塌了也不曉得害羞二字怎麼寫的小李，耳尖竟悄悄的充了血。

「唉呀，唉呀，其實祕方什麼的，只是天龍協會掩護的說法，他們真正的目標，是，是我啦。」

只見小李扭捏按了按眉尾的OK繃，整個人嬌羞得像朵小花。正當鍾國泰強壓胃部的不適，客房的門突被叩叩兩聲，幾秒後，一位外表清麗、氣質優雅的二十餘歲女子推門走了進來。

小李起身讓座，「大小姐，你來啦！」豈料，被來人嗔了一眼：「還叫大小姐？」下一秒，小李又突變成嬌花狀態，絞著衣角說了句：

「霏霏……。」

肉麻的語氣鑽進耳裡，鍾國泰瞬間覺得，醒來沒先進食是正確的決定。

陳霏也同時愣了下，臉頰不自主泛起一抹紅，但一想到鍾國泰在場，她仍是強自鎮定開口：

「鍾大哥您好，我是親自來跟您道謝的。這次多虧志強搭上您的車，否則後果真是不堪設想。」

「好啦，霏霏，我還沒跟鍾大哥講完，這是場男人跟男人的對話，拜託妳先出去啦拜託，我等一下再去找妳。」

小李半推半拉將陳霏送走後，關上門，深吸了口氣，開始跟鍾國泰解釋。原來，天龍協會的目標，自始至終都只是小李。因為上週末，他們透過長期潛伏在陳宅的內奸，得到一條重要情報：

陳家大小姐近日的消瘦，竟是俗套到不行的「為情所困」——她發現自己對小李動了心，又擔心父親不會答應，關鍵是，另一位當事人根本毫無知覺，便漸漸茶飯不思瘦了下去。

業界誰人不知，陳霏是陳老爺的心頭肉，若能打擊心頭肉的心頭肉，那絕對是立方倍的暴擊效果。因此，一聽說小李這個愣頭青，竟傻得跑去台南幫大小姐找祕方，吳天良便策劃這起綁架案——若非天璣等人太貪心，想連祕方都一併吞下，小李剛到台南沒多久，說不定就羊入虎口被消失了。

鍾國泰搖搖頭，人生果真沒有全拿這件事。

「鍾大哥啊，我們回台北的路上，你在那邊飛車飛啊飛的，我在後座抱著公事包，人生的跑馬燈裡全都是大小姐——喔，不，是霏霏——真是多虧你這趟車，我才能看清楚自己的真心，大哥你開的不是計程車，而是棵移動菩提樹啊！」

忘憂早餐店的眾人，聽到這邊，齊齊沉默了。鍾國泰的故事，有著美食的開頭、玩命的過程，卻是個言情的收尾。

「如果是一本小說，讀者看到這裡可是會摔書的啊！完全就是作者發現情節災難性蔓延，硬要斷尾填坑的黑心作法啊！」王曉樂淚流滿面的想著。

況且，沉穩優雅的大小姐跟唱歌會走音的小李——想到這個太美的畫面，她閉上眼，在心裡為陳霏點了根蠟。

鍾國泰說到此處，突然意識到，這段故事似乎交代差不多了。如果是迪士尼動畫的話，此時差不多該打出唯美花邊字體 The End，邊搭配引吭高歌背景樂收尾。他低頭看了看手錶：

「唉呀，都過中午了，我也該回台南了，」他頓了頓，苦笑道：「我老婆應該會唸死我喔。」

但，哪怕老婆再囉嗦，終歸是自己的家。他現在還真有點想念起家裡那套鬆軟舒適的沙發了——而且，讓一對小情人終成眷屬，也沒什麼不好的。曾經錯過的遺憾，在別人的圓滿裡得到修復，也算是一種美好的結局。

鍾國泰站起身，準備離開忘憂早餐店。他仰頭飲盡最後一口紅茶，轉向王新洋，拿起手中的空杯致意：

「謝謝你的紅茶，在這家店裡，我很開心。我想你也是。」

「是啊。」該說是中年男人的心有靈犀嗎，王新洋也露出神祕微笑，華麗的甩了下鍋鏟回應。

這時，許芳慈從櫃檯後出來，提了一袋三明治跟蛋餅，對鍾國泰說：

「您帶著路上吃吧，這次要慢慢開喔。」

「啊，這、這怎麼好意思。」

「不會啦，小夥子你拿去吃，就當成我們結緣啦，以後少說幾句北部人壞話，知影無？」

「會啦會啦，阿嬤我這次上來，才知道北部有好人、也有好店。像我剛才也是車子開著開著，就被你們的香味吸引來了……對了，你們的鐵板麵，絕對有五星級水準喔！」

「喔，真的嗎?!哇哈哈太好了，我阿洋師能得到車行歐爸的肯定，看來是離特級廚師又更進一步了。」

「哼哼小夥子，你是山豬毋捌食米糠（suann-ti m̄ bat tsia̍h bí-khng）[21]，覺得鐵板麵好吃，那是因為你沒吃過我的蛋餅。待會午餐時記得，認真品嚐我王柯淑莉大師級的限量蛋餅，那個滋味吼，會讓你明天就想搬到北部來住。」

鍾國泰點點頭，乖巧答了聲好。在王家阿嬤面前，五十多歲的他，頓時覺得自己回到童年。彷彿是那年冬天，從阿嬤手中接過銅板的小男孩。

「好啦，有緣擱再來啦！較緊返去（kuánn-kín tńg--khì）[22]，慢慢駛嘿！」

阿嬤擺了擺手中的擀麵棍，語重心長要他注意車速。鍾國泰應下，跟王家眾人揮揮手，轉過身，拎著一袋食物，心情愉悅的走去路邊開車。

他按下解鎖紐、坐進車內、插入鑰匙發動引擎，在經歷一連串惡夜追車、迷昏綁架、美食保衛戰以及狗血愛情劇，鍾國泰突然覺得，能像這樣吃盤鐵板麵，跟一群人聊聊天，最後，回家給老婆唸一唸，

21 註：山豬毋捌食米糠（suann-ti m̄ bat tsia̍h bí-khng），山豬不曾吃米糠，台語俚語，意指人缺乏閱歷、沒見過世面。

22 註：較緊返去（kuánn-kín tńg--khì），「快點回家」之意。

似乎也挺好的。

很平凡，卻挺好的。

如果不想這麼平凡，或許，下次他也可以帶著老婆，專程過來這家店，好好吃一盤鐵板麵。

然後，他可以配著鐵板麵，跟老婆講起很久很久以前，關於一個六歲小男孩，是怎樣跟一個像紅龜粿的小女孩，在店裡面對面吃著鐵板麵的、中年大叔版本的初戀……

計程車揚長而去，留下滿地記憶。忘憂早餐店繼續營業，守護一段故事，迎來新的開始。

＊

「沒想到，這場美食諜報戰，竟是個糊塗跟班俏千金的結局啊！」

王曉陽聽完後，精闢的替這段纏鬥許久的幫派追殺商業陰謀，下了個粉紅泡泡的言情單行本標題。

「是啊……但也不錯啦，至少大家忙碌半天，湊成了對有情人呢！」

「可是陳老爺真的會答應嗎？再說了，陳霏跟小李又真的適合嗎？」

「唉，我也不知道，但他們畢竟一起長大的，把對方各種樣子都看透了，最後還是能接受彼此，應該是真的有感情、也有基礎吧？」

「老姊，妳太天真了啦，他們社經地位差這麼多，還有價值觀、處世方式，而且妳不也說了，小李這個人這麼鬧，哪天陳霏受不了，直接後院挖個坑把他埋了，說不定都沒人知道喔……」

「好啦！人家好好的愛情故事，被你發展成驚悚小說，好好祝人家一句幸福快樂是很難嗎？」

「我這叫務實、就事論事，OK？」

「好，OK、OK、OK便利商店。不跟你說了啦！我要準備去睡了，務實的人類晚！安！」

王曉樂站起身，把手上的抱枕扔還給王曉陽。只見後者一個精準接殺，面露得意笑容，她忍不住回敬對方大大的白眼，並在親弟猖狂的笑聲中，轉身碰地帶上門，往自個兒的閨房走去。

結果人到半途，竟被自家阿嬤喊住：

「曉樂啊，阿嬤今天下午……」

「什麼，阿嬤，妳是說有我的？」聽到這半句話，王曉樂心裡一跳，興奮睜大眼，語帶希冀的追問。

「對啦，當然是有妳的……」

「在哪裡在哪裡？」

「在這裡啊，」下一秒，王家菜市場時尚天后柯淑莉女士，從身後變出一條亞麻色短褲，熱情的跟孫女解釋：

「阿嬤今天下午去找朋友，趁著冬天短褲較俗（khah siók）[23]，跟她買了兩條捧場，想說一條給妳阿母、一條就給妳，鬆垮垮的，穿起來很舒服喔！」

王曉樂盯著眼前的寬褲——復古的格紋、大尺碼的褲管，在王家導購的展示下，甩動啪踏啪踏的褲

23 註：較俗（khah siók），是「比較便宜」的意思。

口，猶如每日早餐店裡，福姨婆滔滔不絕的大嘴。她露出虛弱的笑容，接過阿嬤滾燙的愛心：

「謝、謝謝阿嬤……我等之後天氣熱一點，會記得穿啦。」

王曉樂默默接下這件、不知算是抹布還船帆的短褲後，想了想，終究不死心追問了一句：

「那，阿嬤，妳有收到我的信嗎？」

「喔妳說信喔？那也有啦，我放在客廳了，想說明天再……欸，欸妳沓沓仔行（táuh-táuh-á kiânn）[24]啦，這麼晚了還走得拼拼迸迸，吼，真正是……」

想當然爾，阿嬤的碎唸聲，是絕對到不了王曉樂耳裡的。此刻的她，腳下好似生出八對翅膀，撲撲撲三秒內飛奔至客廳，朝盒子一陣東翻西找，最終，挖出一封字跡清秀的信：

台北松山郵局第一三二號信箱　裴絾

王曉樂　小姐　收

同一時間，王家阿嬤站在走廊，望著客廳裡翻出信件的孫女，手舞足蹈猶如找到起司的小老鼠（或是一隻聞到松露的小豬，可能會更貼切形容她的翻滾傻樂狀），心底頓時生出近似羨慕的情緒。

---

24 註：沓沓仔行（táuh-táuh-á kiânn），是指「慢慢走」。

當然啦，她是「絕對」不會羨慕一個二十幾歲的女孩的！畢竟，她可是驕傲的王柯淑莉呢！

只是打從年輕時，她就沒為了什麼事單純的開心過。就算是退休後，被兒子千恩萬謝請去做蛋餅，揉麵糰對她而言，也始終是盡職大過歡愉——沒錯，她是不討厭做蛋餅，也會因顧客的喜愛感到滿足，但，這種發自內心竄上天的歡快，她確實是沒經歷過。

「曉樂真好啊！這大概就是……天公疼憨人吧？」

不知該如何確切描述心底的情緒，王家阿嬤嘆了口氣，只覺得像孫女這般傻傻的也挺幸福，可以不用操煩一個家，可以因為一封簡單的信，得到大大的快樂…不過，像自己這樣子，似乎也沒什麼不好。

即便與孫女的心境不同，她也依舊是幸福的。王家阿嬤抬起手，看了看滿布皺紋和老繭的掌。這雙略顯風霜的手，拉拔出她的子代、甚至是孫輩。儘管因著喪夫，經歷了必須負重的青春，她卻用這雙手，揉出孩子們的歲月靜好，如今也繼續用這雙手，揉出一家人的現世安穩。

因為有值得背負的事物，所以，也就幸福了。

「說了半天，我看我就是個勞碌命啦！」

想到明天還要起床做蛋餅，務實的王家阿嬤，替自己下了結論，轉身回房睡覺去了。

王家阿嬤睡了，那王曉樂呢？當然睡不著啊！

這一刻，我們親愛的王曉樂小姐，正連滾帶爬躲回房間，又發出令王家阿爸惶恐的瓦斯嘶嘶聲（臥室裡，熟睡的阿爸再度虎軀一震），用氣音興奮尖叫：

「耶咿！真的是裴恩啊咿……」

若說初次收信是喜出望外，這次收到信，則是比失而復得更複雜的喜悅。原先這位忘憂小闆娘，都已經認份的把這段往事葬入平行時空，決定告別林黛樂的多愁善感，好好當杯大冰奶了。結果，裴恩的信就像個霸道總裁，咚的一下把她的決心摁到牆上，語氣危險的說：

「妳怎麼想的我不管，一切要我說了才算。」

連日收拾好的心情，此刻，全被這封信貿然翻了出來，儘管裴恩並不知道、也無意造成這番混亂——但就算是刻意的，王曉樂也並不在意——反正，這位女漢子完全不知猶豫為何物。對她來說，既然得知了裴恩的狀況，身為他的忠實讀者暨無血緣娘家人，無論這封信什麼時候來，她都願意為了裴總裁的快樂，又一次的冒險。

只不過，在她的想像裡，這位高冷霸氣的御姊總裁，需要的不是灰姑娘的吻，而是個好閨蜜陪伴。

曉樂小姐妳好：

擦身而過不見得是壞事，並非每個生命中的路人，都值得妳為之佇足。

「喔！又來了，又是這種悲傷逆流成河的語氣。妳真的是那位愛情醫生嗎？根本是個身懷五十道陰影的密醫吧……還是那種不能用健保卡的小診所密醫。」

被信裡的低迷冷出一身雞皮疙瘩，王曉樂不禁吐了口寒氣，可吐槽歸吐槽，她的愛卻沒有絲毫動搖，繼續拿起信，用心細讀下去：

關於減肥，我覺得與其在意數字，只要健康就好，否則一不小心，就會被視為踐踏他人心酸的討拍。總之，良好的生活習慣是最重要的，儘管我也沒立場說這句話——可無論如何，比起革命，減肥畢竟是簡單的，至少毋須牽扯太多人。建議妳，結合革命的意志去減肥即可。

「減肥……？她怎麼突然提到減肥啊。不過也是啦，我最近是需要忌口了，尤其快過年了，要瘦個幾公斤留給過年時胖才行！」

經過十多天的心如死水、加上白天的美食糾葛商業恩怨和主僕虐戀後，王曉樂早把當初的提問拋諸腦後了——看來她腦袋安裝的，約莫是阿米巴黏蟲的記憶體，非但記不住自己寫過什麼，還能吞噬對方的話發展出全新解釋——標準的出師未捷腦先死，而且，是把別人逼到腦死。

兀自失智的曉樂同志，帶著心頭的疑惑往下讀，突然間眼睛一亮：

抱歉回信晚了，因我最近在構思新作。

說起來，妳在信裡提到，素芬姨婆是妳店裡的常客，請問妳所謂的「店」是什麼呢？

可否詳盡敘述（與商業機密無關的部份即可。）
當然，若妳心有顧慮，不願分享，我亦能理解，並不強求。
衷心感謝。若有冒犯請見諒。
敬祝　安好

裴恩

「構思新作欸！太好了，裴恩又要出新作品了，不用擔心書荒啦！」
歡呼過後，王曉樂彈了彈信紙，笑嘻嘻的說：
「啊呀裴恩，妳真是太不懂我了，我哪裡會有什麼顧慮呢！咱倆誰跟誰啊對吧？沒問題，既然妳誠心誠意的發問了，就讓我這位忘憂小闆娘，大發慈悲的告訴妳吧！」
說來王曉樂這傢伙，是受人點滴之句，必然湧篇以報。因此五天後，當裴恩採買完畢，順路到郵局檢查信箱時，赫然發現，信箱內竟卡著一個疑似包裹的厚信封——沒！有！錯！那就是忘憂小闆娘熬了整整三夜的史詩級鉅作：
「我的早餐店」
別懷疑，王曉樂真的在信封上寫下這五個字，慘絕人寰的小學生作文命題法，令人直想代替她在大學畢業證書前引咎切腹——據說這部大作完成時，霎時一陣天雨粟、鬼夜哭，連倉頡本人都奮力從土裡爬起，抱著黃帝大腿嚶嚶表示當初為何要想不開「字」作孽。

裴恩取出信件的當下，瞬間被這標題雷得體無完膚、外焦內更焦。他突然覺得，自己動念改用私人郵政信箱、而非沿用出版社的地址寄件，確實是個挺明智的決定——否則，他親愛的責編陳沛伶，定會搥桌狂笑到被抬去動顳顎關節修復手術。

揹著購物袋回家的路上，裴恩感受手裡沉甸甸的信，不自覺想起幾天前，他初拆王曉樂第一封來信的心情。

先時提到，思索著走出舒適圈的裴恩，被自己心底的聲音，逼去正視逃避許久的來信。然而，當他跟這封信互瞪大半晌，最終仍將之棄置於檯燈旁，任憑它吸取天地塵蟎精華。等到第二週過去，修煉成精的信件本人，乾脆自行前往法院按鈴申告：

「別人頂多七天就回家了，你壓著我十四天不放是啥意思？好歹也扔個資源回收或一般垃圾啊！信件也是有尊嚴的你造嗎[25]？」

如此悲憤的自力救濟行徑，立刻引發信件界的熱烈迴響。一時間，各種被讀者訂閱後卻從未體會過撕膜快感的艱澀期刊、那些因電子化卻忘記取消紙本寄送又因收件者各種顧忌而留中不扔的帳單，紛紛群起響應表示憤慨，當然，也引來眾家日報、廣告信件、賣場型錄嗤笑，兩大陣營惡戰成一團，各自搜

25 註：「你造嗎」將「你知道嗎」快速說一遍時的發音，日常口語化用法，藉此表達出信件本人的激昂憤慨。

腸刮肚想從身上扯點字下來往對方頭頂扔。

這場令全信件界屍橫遍野的廝殺，凡人如裴恩，自是感受不到的。整整一週，他腦袋裡裝著的，全是自己擱淺的寫作企劃。

儘管立志要磨練人生，但當裴恩上網google了各類甘苦談，發現要同時兼顧打工跟寫作進度，根本是自己想得太天真。況且，透過求職網丟出的履歷，不是石沉大海、就是面試後希望長期配合，導致裴恩進退維谷，一度考慮縮回殼裡繼續寫些軟性故事就好。

可想起父親的神情，他又不甘就此放棄。

經過整週的徒勞無功，這日，裴恩再次掉轉目光，望向檯燈旁那堪堪飛昇的信。只見它一會兒幻化成山東乞丐，扯著嗓門大喊：「可憐啊可憐～一封信啊沒錢！」一會兒變身成街頭少年，惡狠狠揮拳：「意義是三小，看信最重要！」一會兒又像是海妖賽壬，邪魅一笑很傾城，手指頭勾啊勾的誘惑他迷航。

裴恩靜靜盯著信，房內的電子鐘閃動，半個鐘頭過去後，「好吧，總是得找個突破口，」書桌前的裴恩，終於深吸一口氣：

「拆就拆吧。」

便見他探過身去，用某種駛入世界盡頭的勇氣，拿起信拆開封口。

但聽「嘶～」的一聲，靜謐的套房裡，檯燈折射出柔和光暈，收信人裴恩小姐，正伸手取出信封內的粉紅色信紙——呈現眼前的，是雙子星Kiki&Lala姊弟檔，手牽著手，待在紙張右上角對他微笑。

細不可微的揚了下嘴角，裴恩開始認真讀起了信。

不同於代寄包裹時、月光戰士的大鳴大放風格，王曉樂的親筆信，走的是雙星仙子的軟萌暖心路線──雖然，語氣依舊是涉世未深的開朗與活力，讓他一再想起月野兔的天然呆和樂觀。

只是……減肥?!裴恩忍不住一扶額，她真將他當成知心大姊姊了？原先他是想著，反正這輩子就回這麼一封信，也毋須糾正誤會，豈料，她現在竟對著他談起減肥了。可誰會在初次寫信便跟人大聊減肥啊？難道這就是憑實力單身的男子，永遠無法理解的世界觀嗎？

然而，人家都坦承相告了，他總不好踐踏一番真心，尤其是在對方明顯為此苦惱的前提下。儘管裴恩個人覺得，減肥真的沒什麼好煩惱的，一心撲在更煩惱的事上，自然就瘦了。

就在此時，他敏銳的抓住一句話──王曉樂大概始料未及，比起苦心孤詣的減肥梗，倒是她隨手寫下的「我店裡的常客」，引起了裴恩注意。

「如果，能藉著她的敘述，理解些更細節、經營面的部份，或許也是種切入現實的方法。」

「可是這樣做，似乎，有點剽竊了她的人生啊。」

直到拆開第二封信的此刻，裴恩的心底，依舊盤據著這份罪惡感。跟過往的取材方式不同，這次的他，是略帶刻意的窺探、甚至意圖侵佔對方的生活──利用她對他的信任和喜愛。

只不過，隨著信紙的迸現，坐在桌前的裴恩，立刻被排山倒海的字句吞沒，沉浮在密密麻麻的敘述中，無暇思考罪惡感這件事了。

王曉樂在信裡頭，先是簡介早餐店的來歷（可即便是「簡介」，依舊浪費了整張紙，裴恩閱讀的同時，耳邊依稀聽見深山老木的哭喊）。再鉅細靡遺交代每日的前置至收尾工作，還包括術語、口訣跟應對客人的眉角——若非考慮到阿嬤的擀麵棍太粗，她連帳本都能複印上供一份以表忠貞。

裴恩一邊讀著信，一邊從冗長的字句間抬頭換氣，卻也漸漸的，浮起一股奇異的心安。自覺利用了對方的罪惡感，被王曉樂坦率的態度所扭轉——原來，人與人之間，不只存在著互利共生的關係，也可以單純求助和給予幫助，哪怕他無法允諾任何好處。

檯燈依舊亮著，裴恩的心頭，漸被信中暖和的叨絮所充滿。他突然發覺，跟王曉樂這樣的人交朋友，並沒有想像中困難。她就像顆想和全世界分享能量的太陽，照得你一吋吋肌膚都發燙了，還會殷勤確認：

「要不要再多打點聚光燈？保證加亮不加價喔！」

可話說回來，這麼厚的一疊信，離題如咱們曉樂小闆娘，怎麼可能只交代早餐店的事呢？是以本信的另一半篇幅，全都是鍾國泰的冒險專區，自然的，也提到小李和陳霏的芭樂言情結局。

寫完她跟自家親弟的討論，面對心目中的愛情醫生（雖然略降等為密醫等級），王曉樂在信末不免俗的問了裴恩：

妳覺得他們兩個人，究竟有沒有可能走到最後啊？

第三章

本日菜單：蛋餅

裴恩看到這裡，恍然想起十多年前，自己初進論壇時，看著那些發文者，喃喃敘說了悲傷的故事後，總是寫下大同小異的一句：

「所以，我們到底能不能走到最後？」

面對這句話，裴恩心知他可以從旁觀者的角度，給出許多清醒的答案，但無論再怎麼說，日子終歸是當事人在過，他不是卜卦神算，也無法鐵口直斷——感情這件事化約到極簡，也就是句「願不願意」罷了。

桌上筆電再度讓位給信紙，他左手執筆，用心寫起了回信。筆下文字如水般汩汩流出，直到落下最後一個句點，裴恩抬起筆，藍芯的筆尖猛地一顫，後知後覺意識到：

「我……真的寫完了?!」

這是數月以來，裴恩首度不受掣肘的寫出大段文字——沒有父親的苛責、沒有自我的質疑，更沒有紛雜的情緒——他的心裡，只有王曉樂說的故事，以及，一家溫暖的早餐店。

裴恩轉過頭，望著散落桌面的雙星仙子：一張張粉紅色信紙，右上角 Kiki&Lala 姊弟星月般的笑容，正在他的眼前，閃閃、爍爍。

下一秒，他靜靜的笑了。

同一時間的王家，王曉樂戴好手套，懷抱慷慨赴義的決心，抓緊馬桶刷倏地蹲下——黃澄澄的馬桶，正在她的面前，濕濕、臭臭。

「嘿！對！就是那個尿垢，刷乾淨一點！」

就看咱們的「潔度指揮使」王家阿嬤，正遠遠站在門外，一手拿片削好的芭樂、一手特地騰出來指點江山。聽著阿嬤的意氣風發，王曉樂心想，您老真是吃著芭樂不腰疼，尿垢要是刷得乾淨那還叫垢嗎？既已生而為垢，我們便該全力支持它達成尿生目標，這樣它輕鬆、我愉快，給你最後的疼愛是把馬桶刷放開。

當然，這些話王曉樂只敢在心底嘀咕。面對一個大馬桶，她才不想因為回嘴，導致跟噴濺的尿花發生親密接觸。

「好啦好啦，反正妳感覺差不多就好了。稍等要幫妳阿爸通另一邊的廁所，那個馬桶塞兩天了，記得留點氣力啊。」

「阿……嬤……現在已經快八點了，妳的《炮仔聲》要開演了欸！」

「唉唷，那款嘛嘛吼（mà-mà-háu）[26]的東西，三天不看還是看得懂，過年大掃除卡要緊！」

說起來，咱們的王柯淑莉女士，對於「年前大掃除」，始終擁有某種法西斯狂熱。甚至一度去電人事行政局，建議將「大掃除」設成國定連續假期，鼓勵全台家戶總動員。事實上，王曉樂向來覺得，大掃除的本質跟掃墓差不多，勞師動眾、損兵折將不說，若是一個沒掃好，婆婆媽媽怒火一發作，直接能

26 註：嘛嘛吼（mà-mà-háu），台語用詞，意指嚎啕大哭，通常於小孩大聲哭鬧。

把農曆年過成清明節。但從王家阿嬤的觀點，「年節大掃除」實為一年一度的忘憂企業大拜拜，其功用堪比「進香團」加乘「員工旅遊」，重點是更便宜、還能獲贈窗明几淨的三房兩廳。於是，每年除夕前七天起，整個王家便進入戰時體制，人人頭上籠罩一片掃除的陰影（除了阿嬤，因為她端坐於陰影之上），害得王曉樂總想把早餐店開成7-11，哪怕二十四小時營業都比掃地輕鬆。只是一回頭，看到阿嬤手中凶狠的桿麵棍，她終究是咽了咽口水、乖乖拉上鐵門，回家當個任人搓圓捏扁的乖孫。

此刻，收音機裡的電台廣告，傳來喜慶的鞭炮音效。悲傷的王曉樂，則帶著黯淡廁所內的心緒，隨侍阿爸身側與馬桶奮戰——就看各路鐵絲、竹條、馬桶吸把精銳盡出，通樂、熱水、小蘇打粉輪番上陣，所有網路上建議的通馬桶方式，他們父女倆全都毫無保留試過一輪，最終，酣暢淋漓體驗了回濃烈的「塞」外風情。

「曉樂啊，妳精神這麼歹，昨暝是去做賊仔呢（tsa-mê sī khì tsò tsha̍t-á--nih）[27]？」

隔日一早，拿過王曉樂手上的限量蛋餅，心情大好的頭香冠軍壽姨婆調侃道。

「……對啦，我昨晚搶銀行去了，一堆黃金喔！」

花容慘淡的王曉樂，無語望天三秒半，最終回了這麼一句。

27 註：昨暝是去做賊仔呢（tsa-mê sī khì tsò tsha̍t-á--nih），昨晚是去當小偷嗎？為台語常見招呼語。常用於發現對方精神不濟時，半調侃的關切對方怎麼沒睡好。

陀螺般的打著轉忙過九點半，店內人潮漸漸散去。送出最後點單，王曉樂擦了擦汗，仰頭灌了口檸檬水解渴。離峰時段的早餐店，僅剩幾組常客、以及福祿壽跟阿嬤的閒聊聲。她正要坐下來偷閒，突聽陣乒乓腳步響，一道艷紅色的倩影風風火火闖進店內：

「啊啊啊，曉樂，快快快，麻煩給我一份老樣子，快來不及了。」

「何昕，妳又要趕場啦?!」

王曉樂口裡打著招呼，隨手邊往煎檯丟下片餅皮，上頭打顆蛋抹開——畢竟，所謂的老樣子，她已經熟練到閉著眼都能做，是簡單得連煎檯狂熱者王家阿爸都樂意讓賢的程度。

這位名叫何昕的明豔女子，是忘憂早餐店的老客人了。自從前年搬到社區後，她時不時會來店裡報到，開朗率性的作風，跟王家人敦厚兼腦迴路經常抽搐的性情挺為合拍，雙方相處下來頗是融洽。

「對啊，昨晚陪客戶參加同學會，看他們明爭暗鬥比得我快笑死，沒想到，今早我還在賴床呢，老闆又發來工作了。可能是農曆年快到了，我的case量也暴增，天天趕場角色扮演，不只整個人快累到解體，連精神都快要解離了我！」

何昕邊跟王曉樂說話，手裡也沒閒著。就看她跑進後廚房扛出個化妝箱，碰地一聲放到桌上，緊接著，像魔術師抓兔子般，從裡頭掏出琳瑯滿目的化妝鏡、海棉粉撲、化妝刷、妝品和影盤，開始從打底、遮瑕、修容、眼影一路到腮紅——當王曉樂端上她的玉米蛋餅配中熱美，原先素面朝天的熊貓姊，已然搖身成為聚光燈焦點了。

喔，除了她留待吃飽後上妝的唇，仍保留一絲自然色澤。

「每次看妳化妝，都想幫妳寫篇〈論美女是如何煉成的〉小論文。」

「哈，人家是天生麗質難自棄，我這叫『天生栗子靠刷筆』。幫自己化久了，就知道怎麼突顯特色了。」

「話說，妳今天這個顛倒眾生妝，是要完成什麼任務啊？」

「刁蠻大小姐啊！有個客戶被逼婚逼得不耐煩，決定帶『野蠻女友』去吃飯，讓一干婆姨嫂嬸從驚喜變驚嚇，最好之後再被我任性分手——這樣，她們就只會顧著安慰『心碎』的他，不會急著要他找人結婚了。」

「啊……那妳不就會被對方家族討厭了？」

「這世界總要有人當壞人啊！」喝了口微燙的咖啡，何昕漫不在乎聳聳肩：「與其被那些指指點點的舌頭創造出孽緣，倒不如讓我下手斬斷逼婚線，反正人家也不認識我，討厭就討厭吧。」

「可是……這種做法，無法真正解決問題吧?!」

「是啊！當然解決不了。而且，偷偷說一句，在我看來根本糟透了。但……只要不踩線法律、不違反道德，基本上，我們接單時是不會去評斷客戶的。」

「畢竟，我不是諮商師、也不想負責別人的人生，若人家真不想面對生活，那，就協助他逃避吧……

逃避雖可恥但有用嘛，不是嗎？」

就在火力全開的吐槽中，何昕迅速吃完早餐。放下筷子抹抹嘴，她拿起化妝鏡二次檢查妝容，再轉開薔薇色口紅，認真仔細的塗滿——自然的唇色被漸漸掩蓋，此姝也從原先的粗疏豪放，轉變為精緻妍麗的模樣。攬鏡顧盼一番後，確認唇形完美的何昕，將紅唇覆上釉質唇蜜，最終，拿起 LOCCITANE 的玫瑰皇后輕噴脈搏點——下一秒，嬌蠻千金 Samantha 武裝完畢，準備好到前線衝鋒陷陣了。

「好啦，我要出征去了。祝我好運吧。」

拉長的眼線魅惑一笑，輕輕飛來個 Kiss Goodbye 後，那抹嬌俏的身影，橫衝直撞的來，妖妖嬈嬈的去了。

只留下滿桌的杯盤狼藉，跟散亂各處的化妝品。

眼見事主走遠，王曉樂站起身，熟練的收拾起桌面。她先把杯盤拿去流理台，接著再歸位化妝品、並將工具拿到後頭洗好晾乾，最後拿來抹布，擦拭乾淨沾了蜜粉妝品的桌面——至此，A6 餐桌光鮮如昔，如同 IKEA 型錄的情景示意圖。

洗好抹布回到櫃檯，王曉樂擦了擦手，拿出何昕專屬的記帳本，在上頭填入：

二〇一九年二月份

目前儲值尚餘：四千兩百六十元

化妝箱寄存費：五十元／月

本月總支出：

二月一日（五）

早餐二十五＋十五元

收拾清洗費十元

「啊阿爸不是講了，要妳別記那些哩哩扣扣的東西，寫早餐錢就好了。」

接續女兒做蛋餅的餘火，煎好一份加料私房蘿蔔糕、正準備去大快朵頤的王家阿爸，路過時發現女兒在記帳，忍不住開口囉嗦了句。

「啊唷，阿爸你別管啦，如果我不這麼做，何昕以後就不過來吃了。」

「唉，好啦，妳們年輕人的世界，阿爸實在不了解它的明白。反正妳有機會還是跟她講，叫她不要那麼客氣，只是朋友間順手幫個忙，給錢什麼的傷感情啦。」

「好……。」拖了個飽含無奈的長音，王曉樂對著帳本嘆口氣，如果可以，她也不想這樣斤斤計較啊。

何昕其人，是個像風一樣的女子——率性、灑脫、無拘無束，當然，也深怕被任何形式綁住。銀貨兩訖的交情，最讓她擁有安全感。人與人的關係一旦被標上價碼，就代表設下停損點，每當她感到無法呼吸，只要掏出錢全額付清，便能瀟灑轉身離去。

就在何昕成為常客約莫半年，某日，她拿了組化妝箱過來，跟王曉樂談起價格，說保管費多少、收拾費多少，後者自是回答免費無妨。於是，雙方你來我往展開磋商，一個步步逼近，一個死命推託，兩人纏鬥到最後，何昕氣得一跺腳，直接消失了半個月。

等到再次出現，只見她手持整疊大鈔、外加一本帳簿：

「我先儲值八千塊在妳家，帳簿我已經寫好半年、價錢也都訂在上面，妳就照著它填，扣到沒錢了，我再把帳簿拿回去整理後連同新一期的錢交給妳。好了！妳別再拒絕囉，不然，我，我就把八千塊丟在這裡，直接跑掉永遠不回來拿，這樣妳就欠我一輩子！」

何昕的明定價目，是自覺不想在乎，更是害怕被在乎。從小到大，母親總擔心她遺忘似的，反覆在小何昕耳畔提醒：「要記得媽媽花了多少錢養妳啊！」彷彿揮霍了母親的財富，卻不遵從其意志的形塑，是多麼無可饒恕。母親的親情勒索，最終讓她從扭曲的陳述中，解讀出更錯謬的公式：任何一段情感關係，唯有價格分明，方能換取人格獨立。

因此，何昕成年後的第一件事，就是搬出去自食其力。雖說台北居，大不易，然而，再逼仄的小租屋，終歸比家裡來得能喘息——如今的何昕，拒絕被母親的金絲線恣意操控，她，只想透過拼命賺錢，逐步贖回她自己。

同時，不再被任何人，以虧欠的名義控制。

當年的王曉樂，望著大鈔和帳本，儘管不明白背後的故事，卻依舊選擇了妥協。心知這女孩必是經歷過什麼，既然認下這朋友，那，就連這份堅持，也一併認下了吧。

記得當時兩人談妥後，王曉樂問何昕，為何要寄放化妝箱在早餐店？畢竟，傳統台式早餐店，實在難以和時尚聯繫起來——除了跟走秀後台一樣忙亂。

「因為狡兔三窟啊，」何昕慧黠的眨了眨眼：

「我的工作變數其實挺多的，如果臨時接到案，我房間又亂七八糟，至少還能撤退到妳家，拿出全套完整的彩妝，迅速改頭換面上工去。」

「重點是，只要來妳這裡，我就確定有早餐可以吃啊——規劃縝密到這種地步，連我自己都佩服自己嘻嘻。」

「……還狡兔呢，承認吧妳這魚干女，就是懶得收拾跟做飯嘛！好啦妳放心，無論是箱子還是妳的肚子，通通交給我保管吧。」

王曉樂嘴上不留情，心底倒是挺感動的。何昕起初的防備，她都默默瞧在眼裡，能得到她的信任，哪怕只是那麼一點的銀貨兩訖，其實都不容易。

離家後的何昕，曾輾轉投入各類工作。她當過超商店員、速食店櫃檯、餐飲業服務生、手搖飲員工和賣場計時人員，更一度在蔬果市場對著生龍活虎的婆媽們嘶吼著袂輾轉（bē liàn-tńg）[28]的台語報價——然而，

28 註：袂輾轉（bē liān-tńg），講話不流暢。

裡頭沒有一份工作，何昕能做超過半年的。她總是在堪堪與人深交時，選擇「因故」離職，始終在生活裡，刻意消滅一切穩定的聯繫。原生家庭的經歷，成了何昕心底過不去的檻，寧願藉由不斷的轉換，在不安定與不安定構成的夾縫裡，貪婪呼吸著所謂「自由」的空氣——何昕太害怕屬於任何人了，儘管已坐擁三本存摺，她依舊像隻倉惶的兔，竭盡全力奔逃，唯恐被身後的「母親」捉回籠裡。

直到她遇見忘憂早餐店的限量蛋餅。

那年，因緣際會搬進社區的何昕，遷入新居當夜，一整個咖啡喝嗨了，在床上躺到凌晨快五點，眼睛仍亮得像探照燈。與其輾轉反側，何昕決定起身出門逛逛，熟悉環境順帶消耗咖啡因。沒想到走著走著，遠遠看到一處店家，正緩緩的由暗轉亮。

她不由得停下腳步，下一秒，兩位身手矯健的老年婦女，咻地從她身旁竄過，呼啦帶起陣勁風。何昕勉強站穩後，瞧見兩道燕子三抄水的身影，登登登朝光源處衝去，過程中還交手十數招，妳推我擠的不知在爭搶什麼，其所湧現的暴發力跟企圖心，皆是能躋身國家代表隊的實力。

親眼目睹這場面，何昕的好奇心都能殺死大象了，此時，身旁走來第三位溫雅的長者，儘管氣質殊異，但明顯和前頭兩位高手相識。發覺有人能解惑，她趕緊有禮道了聲早，同時向對方打聽：

「請問，前頭跑過去的兩位婆婆，是在做什麼啊？」

「她倆啊……是在搶限量蛋餅的頭香啊。」

「限量蛋餅？」

「沒錯，那是忘憂早餐店的手工餐點，妳如果有興趣，也可以去吃吃看喔。」

當時，僅是隨口解答路人小妹妹疑惑的祿姨婆，興許沒料到她的一句話，就替好友王柯淑莉蛋餅魔人拉到日後的死忠會員——按照直銷的標準，這也算是成功招募下線了。

於是，就在這個陰涼早晨，臨時起意去散步的何昕，便這般被奇異的頭香運動推進忘憂早餐店。而當她坐下來，吃進店內活力少女端上的限量蛋餅後，那股直竄腦門的麵香與筋性、充滿朝氣與豪氣的口感，霎時間，像是同花打過了 Full House，激發出顛覆宇宙的大霹靂——這片蛋餅是如此平凡，卻又能量十足的令她想哭泣。從此，王家阿嬤的限量蛋餅，成為何昕人生中唯一的羈絆。甚至在她與王曉樂嘔氣的半個月裡，她最感到傷心的，不是可能失去友情、而是再也吃不到蛋餅。

也因著對蛋餅的愛，從那天起，何昕整個人安定下來，工作不換了、家也不搬了，一路從新手入門吃成忘憂老饕。儘管她一忙碌起來，只能像今天這般，點個急就章的工廠冷凍餅皮解饞，但每逢她指定的日子，王家人都會特地保留兩片阿嬤的蛋餅，讓何昕過來大快朵頤。

「所以，妳每次這樣急急忙忙來化妝，化了就跑，還每次風格都不同，到底是在做什麼啊？」

某次，何昕休假前來，王曉樂見她形象盡失的狂嗑蛋餅，那全然放鬆的模樣，忍不住多嘴問了一句。

此時，距離寄放化妝箱又過了半年。每個月總有兩三次，何昕會火急火燎衝進早餐店，一盤玉米蛋餅配熱美式，邊吃邊哈啦邊上妝，並在十五分鐘內變身離去。一進一出之間，千變萬化認不出的風情，如果有狗仔在外頭蹲點，絕對會從八卦版改跑社會新聞：

早餐店驚爆！妙齡女一去不返成肉包。店主暗示：那個骨頭剁得越碎越好。

說真的，關於何昕千面女郎的風格，王曉樂雖然好奇，卻始終未曾多問。那日若非見她吃得心無城府像個孩子，兩人又相熟至一定程度，王曉樂應該會繼續安靜的當個化妝箱管理員暨魚干女飼育員吧。

「這個嘛……就說來話長了。」

或許是嗑光蛋餅心情好，也或許是照料箱子和肚子的雙重情份，何昕思索三秒後，打了個優雅的小飽嗝，輕啟朱唇說故事：

「其實呢，我之前會搬來這裡，就是因為現在這份工作。」

約莫一年前，何昕剛結束旅行社領隊的工作，正在網路裡東飄西盪找機會，無意間查到「厄洛斯」這家公司。只見它在588求職網上頭，從負責人寫著「正直小仁」開始，整個內容就往歪路上越走越斜。

公司簡介：

「散播歡樂散播愛，賺錢順便做慈善。」

工作內容：

「挑戰心臟極限，爆破人生經驗，好膽你就來。」

最後，還福至心靈補上一句：

「正派經營，不純砍頭。」

「這間公司絕對是掘地三尺才找到這樣的人才來寫文案啊！」

對著網頁默哀三秒鐘，何昕想了想，衝著那句正派經營，按下「立即應徵」。

「哼哼，爆破人生經驗嘛，這種莫名其妙的style，確實很可以。」

何昕這番大無畏的氣場，一路持續到她走進厄洛斯、被專員帶到燙金字的「總裁辦公室」前為止。

饒是她心臟再強大，也不禁結巴出聲：

「不、不是通常都人資部面、面試嗎？怎、怎麼跑這裡來啦？」

「總裁鄒先生相當重視員工素質，堅持親自面試每位新進人員。」意識到何昕的緊繃，對方溫和的補充道：

「別擔心，鄒先生很親切的。妳待會稱呼他鄒哥就行了。」

「重點不是鄒哥，而是他是總裁啊啊啊。」

接待專員離去後，何昕不禁在門外抱頭崩潰。可人已至此，即便當初跑來應徵的決定，根本是腦子進了水，如今的她，也只能……順水煮粥了。

幸好當時在電話上沒亂發脾氣——這是何昕推門前，最後冒出的想法——昨日她接到通知，對方自稱鄒哥，跟何昕花裡胡哨一頓閒聊後，結論是要她隔天過來面試。那會兒她還腹誹對方像詐騙集團，可誰能想到一個大總裁，竟會親自打電話給名不見經傳的小蝦米呢？

辦公室的門一開，何昕看見的，是整張大得誇張的辦公桌，其次，就是站在桌旁的男士。先不論其堪稱俊俏的長相，最引人目光的，其實是對方食指上，那只與整體穿搭嚴重違和的金戒指。

金戒男看見何昕，露出燦爛且近乎浮誇的笑容，大大張開雙臂說：

「歡迎光臨！何昕妹妹妳好，我就是昨天在電話上跟妳有過愉快對話的鄒鄒鄒鄒鄒鄒哥！」

下一秒，何昕背後的汗毛聳地炸開來。鄒哥的過度熱情，徹底摧殘了她心底總裁的人設形象——總裁不都是高冷禁慾系的嗎，眼前這傢伙是澳洲袋鼠跑錯棚了吧？

幸虧，身為貨真價實的總裁，雖然是非主流的那派，金戒男鄒哥從何昕眼底的崩潰敏銳察覺到自身行徑的不妥，趕忙咳嗽兩聲，手也縮回去整整衣物，瞬間像少林足球師兄弟歸位般，恢復成符合社會定義的優質男士。

這下何昕更傻眼了。心想川劇的變臉也沒這麼快速，我該不會遇上了24個鄒哥之類的吧？兩人對視三秒後，鄒哥微笑開口：

「何小姐妳好，敝姓鄒，稱呼我鄒哥即可。抱歉適才略顯唐突，言行失當之處，煩請海涵。」

何昕一聽，語氣措詞確實正常許多，但，正是這樣才不正常啊。眼見對方疑慮未消、依舊尾生抱柱死守在門口，鄒哥想了想，拿起名片走過來，邊走邊二次自我介紹：

「何小姐妳好，本人鄒斯仁，是『人文集團』創辦者鄒復德先生次子，於該集團內負責財務工作。」

此話一出，讓何昕險些失去淡定——鄒斯仁?!他是鄒斯仁?!她依稀記得，上個月《名人週刊》才洋洋灑灑列出個貴公子排行榜，這傢伙在當中位居前五。扣除對其人市場敏銳度的吹捧，記者著重側寫他的紳士風範跟神祕感，說他是來自古埃及國度的貴客。結果……鄒斯仁？神祕感？古埃及？拜託，連木乃伊都比他有偶像包袱啊。那篇《名人週刊》的專訪是塞了錢的業配吧？！難怪何昕進門後，始終覺得這人有點眼熟，卻怎麼都認不出來。畢竟，本人形象跟外界建構的落差太大了！

彷彿很習慣這類驚詫的目光，鄒斯仁繼續說：

「別太驚訝了，由於我這人呢，平日受夠了商場往來的客套，私底下、尤其是在自己開設的公司——對了，這間厄洛斯，本身與人文集團無關，是我個人的小投資——總之，我希望每個人在這裡都能坦然做自己，不分老闆員工，整間公司就是一個大家庭。」

「不分老闆員工，那你弄個燙金字的『總裁辦公室』門牌做什麼？嚇人用？」何昕聽完後，涼涼刺了一句。反正都已尷尬癌末了，她也懶得再多做遮掩修飾，直接毫無顧忌開火了。

「唉呀！真不愧是何昕妹妹！衝著妳這個問題，恭喜，妳被錄取了！」

鄒斯仁平地一聲雷的宣布，嚇得何昕猛然瞪大眼：

「啊？這樣就錄取了？」

「可是，我根本不知道，厄洛斯到底是做什麼的啊？」

「對啊！這家公司到底是做什麼的？」

故事說到這裡，王家眾人像個合唱團，分了三個聲部異口同聲追問。劇情發展至今，不僅是王曉樂、連偷聽的王家阿爸一干人等，也全數聽懵了——一個戴著閃亮金戒指的社會菁英，古埃及業配總裁和他的快樂小夥伴，還有莫名其妙的「餓餓斯」跟一個問題就錄取的暴走行徑……真的是，比他們的王家阿嫾更瘋狂啊。

「我當時也這麼問啦！結果鄒哥的下一句話是……。」

「沒關係，那都是些技術問題，重點是妳錄取啦！恭喜啊小昕妹妹！」

好啊，連小昕都叫上了，待會是不是要加個蠟筆啊——何昕這時算是摸出門道了。這個鄒斯仁，儘管深諳如何展現教科書的紳士風範，但在厄洛斯這塊地盤，他就是堅持放生自我好自在！對付這類人種，何昕決定以夷制夷，猛虎出閘的懟了句：

「你的末節是我的重點，再不解釋，我就立刻辭職，創下你們厄洛斯最短的員工在職紀錄！」

「哇！有個性！有魄力！妳果然適合我們公司！來，坐著聽我慢慢說。」

被何昕直球痛毆的鄒斯仁，絲毫不以為忤，有禮的拉開椅子請她坐下，笑嘻嘻開始講解。

要說這鄒斯仁，只要他願意，三言兩語就能掌握要點。才幾句話過去，何昕頓時明白，「厄洛斯」是希臘神話的愛神，即小愛神丘比特的羅馬同位體。當年，鄒斯仁取其「愛」的概念，創辦這家「人間有愛顧問公司」，為客戶提供「鐘點情人」的服務，協助處理各式人際疑難。

「欸欸，妳先別急著變臉，所謂的鐘點情人，其實呢，就是解人危難的神仙教母，更像是許願必達的神燈精靈。我們付出自身的時間心力，陪伴客戶應付生活的疑難雜症、或協助對方完成人生的各樣心願。」

「說起來，每個人的一生，總難免遭受來自生活的暴擊。例如：過年圍爐時被眾家親戚公審怎麼還沒有女朋友，被負心男友邀請參加他的婚禮但目前卻形單影隻，還有，同學會上其他人都是春風得意馬蹄疾、只有自己是張春風得意衛生紙……碰上這類事，若能找個『臭皮匠』來湊隊，就算沒辦法撐腰、幫忙分擔點內傷也是好的。在人生這隻龐然巨獸前，沒人適合當個獨行俠，否則劉備又何必捏著鼻子跟關羽、張飛結拜成惡搞三兄弟呢？」

「不過，除去上述難堪的場面，生活裡更多的，其實是些難纏的小糾結。例如：想去吃大餐卻發現餐廳拒絕接待單獨用餐的客人，想去遊樂園玩但只有自己一個人實在提不起勁，想揪團去唱KTV卻怕唱太難聽從此沒朋友……像這種無關痛癢、但不抓就是會心癢的小念頭，此時，最適合找支『不求人』來解決——面對客戶的需求，我們就是三百六十度全方位零死角的貼心好幫手，讓人躺著抓、站著抓、後空翻滾著抓，怎麼舒服怎麼抓，徹底解心裡的渴、還保證不摻類固醇。」

「俗話說的好：有愛最美，希望相隨。在我大厄洛斯的世界，再渺小的困境都值得被重視，再微小的心願都應該被實現。這裡的每位員工站出去，各個都是以一擋百的好兄弟，為客戶兩肋插刀、無條件相挺。我們懷抱著大愛的精神逢場作戲，收的是風花雪月的錢、操的是顆江湖道義的心，真情實感、拿錢辦事，陪伴客戶撐起人生的這塊破帆——真要比喻的話，就像是個『你付錢，我實現』的許願池吧！」

「反正呢，妳就把自己當成及時雨，適時出場緩解那些，在他人看來雞毛蒜皮、對當事人卻意義深遠的事件就好了。別把自己想得太偉大，我們從沒打算解決什麼重大問題，生活本就是一點一滴磨難的積累，只要能替對方稍微減輕負重、完成接單時的要求，就算是達成目標了。」

何昕點點頭，鄒斯仁左一句「拿錢辦事」、右一句「別太偉大」，莫名讓她覺得心安。接著，又聽對方從三節獎金解釋到工作上的三不一要，何昕發現自己能在制度的保護下，盡情拿著不同身份，四處的……呃，賺錢順便做慈善，體內那蠢蠢欲動的不羈靈魂，著實被鄒斯仁的敘述所吸引了。

「好啦，關於厄洛斯的介紹，大概就是這樣。小昕妹妹妳還有什麼問題嗎？」

「那個鄒哥……我可以問一下，關於徵才網的文案，到底是誰寫的？」

「喔！就是正直小仁我本人啊哈哈哈。欸……妳可別翻鄒哥白眼喔，看了那些彷彿詐騙的敘述還敢投履歷的，才是我在尋找的人啊。這份工作說真的，玩的就是個心跳，沒點抗壓性跟臨場急智，還真勝任不了。」

「既然說到這兒，其實，無論是徵才網的文案、或是妳剛問的燙金招牌，都是我拿來篩選用的。可不要小看『總裁辦公室』這幾個字啊，總裁總裁，多少人被汝之名迷惑——有些應徵者一發現我是鄒斯仁，不是立刻變成星星眼黏上來、便是立場全失唯唯諾諾，像這樣的人，也不適合這份工作……所以，妳鄒哥我鬧歸鬧，認真起來也是嚇嚇叫的。透過這兩道關卡，那些心臟不夠大顆、品格不夠端正、意志不夠堅定的，全都被我剔除了，畢竟我們這間公司，可是做口碑的呢！」

「總之……蠟筆小昕妹妹啊，妳呢，就放心待下來吧。我敢保證，妳跟我們公司絕對合拍，鄒哥看人從沒走眼過，我看上的，全都是跟我一樣的人才啦哈哈哈哈哈。」

「喔，真謝謝你喔鄒哥。」

就這樣，某年某月的某一天，何昕走進厄洛斯，讓鄒斯仁通過她心底的面試，並在對方的安排下、搬到公司不遠處的社區，正式成為以一當百的鐘點走路工。

「原來妳是這樣來到我們社區的啊。」聽到這裡，王曉樂恍然大悟。

「好啦，今天的故事時間結束了，再說下去可是要收費的啊。」

何昕的臉上猶仍帶笑，卻開了句不怎麼高明的玩笑。似是意識到自己說得太多，她警覺收回柔軟的觸角，躲進那錙銖必較的嚴密武裝下。

「好啦好啦解散啦，大家士農工商各歸各位。兒子你較緊去後頭清點補貨、王曉樂妳去洗碗盤、王曉陽你放假無代誌（bô tāi-tsì），就去幫你阿爸搬東西，芳慈妳跟我來。」發覺自家孫女仍在狀況外，眼光狠辣的王家阿嬤在旁暗嘆一句憨孫，老練的拍了拍手，開始吆喝眾人上工。

眼瞧眾人再度忙碌起來，時不時聽見王家姊弟互嗆兩句，何昕悄悄吁了口氣，自己果然不適合跟人掏心掏肺，還是這種吵鬧拌嘴才適合她。話雖如此，這間忘憂早餐店、或更具體的說，這群熱愛假裝路過蹭故事聽的王家人，在何昕內心的意義，終歸是突破了那麼……一厘米。

接下來的日子，何昕繼續像風一樣的來去無蹤。偶爾閃入店內粉墨著妝，偶爾休假無事吃片蛋餅，更多時候，則是在外頭翻滾跑跳碰。這一年多來，她陪客戶在劈腿女友跟換帖兄弟前找回場子，再大白天拎著一袋啤酒，跑去河濱公園發酒瘋打蚊子（當然，是男方專心發酒瘋，她本人則清醒的在旁打蚊子）也陪過恐婚症花花公子去球場打高爾夫，被他的球友們品頭論足，虧說這傢伙的心不好抓啊，換女友的速度比 Vogue 封面更快速，何昕聽到最後，都不好意思跟他們說：「抱歉啊，這些『女友』都我們公司出品的。」

話說回來，何昕最常出動的時刻，還是去參加各種喜酒。如今的她，已經吃到對各大婚宴會館瞭若指掌，不僅在心底列出金湯匙／爛番茄菜色 top10 排行榜，更得出一張評分表，從地點菜色婚顧團隊綜合評估加加減減，每回上桌不用半小時，她就能計算出這對新人企圖回本的程度了。

而在排憂解難的同時，何昕也接過類似小天使的工作。例如帶著從沒機會去遊樂園玩、卻羞於跟家人承認那份童心的老奶奶，到兒童樂園玩了一整天（並在搭上第三十次旋轉木馬時保持專業微笑堅持不打呵欠）。亦曾應下憂心父母的囑託，領著他們的寶貝女兒逛擎天崗，用放牛吃草的姿態化解她考場失利的沮喪。甚至還當起了紅娘，幫一對羞澀男女套出彼此的心意——何昕十分慶幸，至少這兩人不是羅密歐與茱麗葉，否則為了成全他們的愛情，她可能得買一套垂降繩索從陽台爬上爬下。

當然，在工作過程中，也碰過不小心弄假成真、自覺愛上何昕的男客戶。儘管鄒斯仁處理得當，最終皆能化解風波，但發生的次數多了，她也不免覺得無奈。那些人自以為愛上的，說到底，不過是按照期待打造出來的、近乎完美的愛情女神。

而不是她。

雖然，何昕也不知道卸了妝後，那個窩在房間睡姿不雅流口水的邋遢女，究竟是不是她自己。

自始至終，何昕都知道自己「不想」變成什麼樣子：她不想被綁住、不想被勒索，不想為任何人停留。

可若細究起來，她並不知道自己「想」變成什麼樣子，或者說，自己是什麼樣子——唉，真是困難的大哉問啊——想到這裡，哲學家何昕重重吐了口氣。幸虧她這人有個好處，對於想不出來的問題，她從不煩惱，打開電風扇張開嘴噗哈哈哈被風灌一灌就沒事了。

況且對她來說，這世間沒什麼事情，是看一眼存摺金額無法解決的。

如果有，那就看兩眼。

再不行，就換一本金額更高的存摺來看。

總之，不能解決也得解決，真的解決不了……那就努力賺錢。

「小昕妹妹啊，我這裡又有個單子，妳考慮一下再決定要不要接哈！」

時間不知不覺走回這個農曆年，鄒哥這通電話打來時，正是在她解決了逼婚男的下午。

此刻，刁蠻千金 Samantha 走在路上，饒有興致的回味半小時前，整桌三大姨八大媽被她震驚了的神情——那靜悄悄宛如定格的餐廳包廂裡，何昕彷彿都能聽見龜裂粉底簌簌掉落的聲音。

「當然接啊！為什麼不接？」何昕在電話這頭理所當然的回道。

「因為呢，呵，呵呵，呵呵呵，」鄒斯仁在電話那頭發出斷斷續續乾笑，就在何昕以為是收訊不良、正準備掛掉重撥，那邊傳來一句：

「因為，這次的單子呢，是妳鄒哥我本人的單子。」

＊

「所以，鄒哥到底跟妳說了什麼啊？」

坐在麥當勞的靠窗位，無心用餐的王曉樂，將紅黃塑膠吸管啪地戳進飲料杯，隨意吸了口紅茶後，便單刀直入問起來龍去脈。

何昕準備開口前，老實說，心裡還是不敢相信，她真的找了個朋友，兩人面對面坐下來，開誠布公討論自己的人生。

下午跟鄒哥講完電話，何昕在東區晃了陣子，最終，決定打給王曉樂商量——更確切的說，是她人正茫然走在路上，突然間，王曉樂那張燦爛笑臉，竟大剌剌在玻璃櫥窗裡跟她揮手：

「朋友有通財之義，也有通話之益嘛。妳都堅持跟我明算帳了，那我也堅持給妳我的手機號碼——任何時候，包括半夜睡不著覺把心情哼成歌、或是陪妳去看流星雨落在這地球上，只要有需要都可以打給我喔！」

何昕彷彿感覺到，那道活躍在人型模特旁的幻影，再度以對待黃金獵犬的友善，親切的拍了拍她的頭頂。

王曉樂完全沒料到，她當年歪解的通財之義、外加綑綁行銷的手機號碼，竟在此刻怒刷了波存在感。事實上，她接起何昕的電話時，正在自家儲藏室被髒污大軍單方面痛宰，只見她一手抓著掃把，一手抹了抹褲管翻出手機，在漫天灰塵裡東躲西藏，企圖找出能說話的淨土。

終於，歷經十萬里長征的王曉樂，撤退到雜物堆疊的窯洞內，成功按下通話鍵。簡單交談幾句，兩人約好在社區附近的麥當勞碰面，結束通話後，她灰頭土臉鑽出儲藏室，走到廚房門口，對著一手拿鋼絲絨、一手拿清潔劑的王家阿嬤喊道：

「阿嬤，那個何昕剛打電話找我啦，說她有點事，要我幫忙拿主意。」

正跟抽油煙機廝殺的王家阿嬤，戴著口罩冷哼一聲，頭也不回吐槽：「幫忙拿主意……妳過來幫我拿好這罐清潔劑卡實在啦，還拿主意咧……」她手裡繼續忙著，嘴裡砲火也沒耽擱：

「我說妳這人吼，生雞卵無，放雞屎一大堆[29]的傢伙，去拿什麼主意？別愈做愈害（lú tsò lú hāi）[30]我就阿彌陀佛了……反正妳記得啦，不給人家幫倒忙就是幫忙了，知影無？好啦，較緊去，站在這只會纏跤絆手（tînn-kha-puànn-tshiú）[31]！」

儘管遭受阿嬤的嚴重嫌棄，無論如何，逃出生天的王曉樂，仍收獲了王家阿爸羨慕的小眼神一枚。刻意忽略阿爸委屈的目光，她蹲在玄關綁好鞋帶，踩著不肖女的歡快步伐，整路鈴兒響叮噹直奔麥當勞去也。

將場景快轉至二樓用餐區。此時，下定決心的何昕，深吸了口氣，開口道：

「鄒哥在電話上說，他要找個人……跟他簽訂契約婚姻。」

乍聞如此爆炸性的消息，王曉樂頓時化身慘叫雞，嘴型表情一致的目瞪口呆：

29 註：台灣俗諺，意即一個人正事不做、淨會惹事生非。常用來嫌棄對方幫不上忙還替自己找麻煩。
30 註：愈做愈害（lú tsò lú hāi），越做越糟，意即「幫倒忙」。
31 註：纏跤絆手（tînn-kha-puànn-tshiú），指「礙手礙腳」

「不會吧！鄒哥這是在演哪齣偶像劇?!」

「我也不知道啊，他這人做事雖經常不按牌理，但嬉笑怒罵裡向來有著份篤定。然而，這次連他自己在電話上都很猶豫，叫我好好考慮清楚，再決定要不要接這單。」

對面的何昕亦是一臉苦惱，那身火紅色的洋裝，早因走了大半日而生出皺痕。此刻她整個人，猶如盛放後萎謝的朱瑾，不復今晨出征前明豔潑辣。

「那鄒哥有跟妳解釋為什麼要這麼做嗎？」

「鄒哥說，事關他們家族紛爭，如果我答應了，他再跟我細談，所以，關鍵就是我要不要答應。」

「那……簽約的話，總有個期限吧？」

「他只說，如果事情解決了，就能結束，但……他無法保證何時能解決。」

「唉呀，感覺有點棘手呢……好吧，那，我們來列優缺點！」

王曉樂拿出紙筆，試圖在徬徨的何昕面前，扮演一盞權威的人生明燈。至於她所使用的，則是十分鐘前，她走過來麥當勞的途中，邊拿手機上網搜尋到的《給幼幼班孩子的一○一種決策法》。

就見她洋洋灑灑寫下：

優點

報酬絕對優渥

可以幫鄒哥忙
可以當總裁夫人
可以住豪宅
可以……吃大餐？

寫到這裡，她抬起頭，問了何昕：「妳還有想到什麼優點嗎？」

何昕搖了搖頭，苦笑道：「我滿腦子都只想到缺點而已。」語畢，她接過王曉樂的筆，繼續往下寫：

缺點

被契約限制失去自由
被牽扯進家族鬥爭
未來會有離婚紀錄
是否有被迫懷孕風險？

王曉樂在旁看得瞠目結舌：「哇！何昕，我以為我已經想很多了，沒想到，妳才是專家啊！」

「……，」何昕望著滿臉崇拜的王曉樂，明白這次大概又得自力救濟了。但，有個人陪妳鬼哭狼嚎，總比一個人窩著頭疼欲裂來得欣慰——只是被人這樣兩眼放光盯著，饒是一向淡定如何昕，臉頰也不自覺微微熱了起來。

「那，何昕，妳打算怎麼辦啊？」

這時的王曉樂，完全忘記她是來「拿主意」的，直接把自己的大腦往後一拋、扔到天涯海角去了。幸虧，她堅定恪守阿嬤那句「不幫倒忙」的訓示，非常有概念的提了個合格問題。

「嗯……，我想我還是拒絕吧。」

「嗯嗯嗯，沒錯！接下這個單，的確太多風險了。妳這樣做，也是自我保護，我很支持。」

「但……，這次的報酬確實不錯，如果做完這單，我就能休息好一陣子了。」

「嗯嗯，妳這樣說也對，畢竟富貴險中求嘛！要怎麼收穫先怎麼栽。」

「可是……，簽下這份合約，好像賣身契的感覺。」

「是啊，我也這麼覺得，怎麼能把自己當成商品呢，尤其是妳的愛情。」

「愛情什麼是還好啦，我其實不怎麼在乎，只是……欸王曉樂，拜託妳可不可以有點立場，我不管說什麼妳都說對，那我到底該選哪邊站隊啦?!」

「呃……因為我覺得兩邊都很好啊！鄒哥是找妳幫忙，又不是犯法，如果妳選擇幫他、進而得到一筆豐厚收入，我想不出有什麼好拒絕的。但妳的顧慮也有道理，人本來就該自我保護，所以妳選擇不接這單，我認為也是對的。」

「這是妳的人生，妳是我的朋友，不管妳做什麼決定，我都會支持到底！」
王曉樂一說完心裡話，隨即感到通體舒暢。心想拿主意什麼的，果真不是我的長項，比起運籌帷幄的老參謀，自己還是適合當個啦啦隊長。
「……，」何昕再度被對面這位女子逼至無語，但這次倒不是無奈，而是某種複雜的感動、跟……感激吧。說真的，她跟王曉樂碰面前，心中的天秤已隱然有了傾斜，是以她真正尋求的，並非什麼睿智建言，而是期待有一個人，能義無反顧站在她背後說：
「無論如何，我都支持妳！」
如此一來，她就有了梭哈賭一把的勇氣。
「好！那我決定，接下鄒哥的案子！」
王曉樂一聽，熱烈的舉起紅茶：
「太棒了！恭喜妳做出這了不起的決定！真的是要很勇敢、願意冒險，同時擁有一顆助人的心，才有辦法接下鄒哥的任務呢！」
何昕一愣，不知是否該跟王曉樂解釋，自己主要是衝著報酬去的。況且，明文訂定的契約關係，比起難以量化的感情更令她感到安心。如若兩人相處愉快，自己還能一勞永逸，從此穩妥躲在乙方的權利條款裡，再也不用苦惱煩人的婚姻。
何昕考慮過了，既然按照這社會的期待，她注定要被綁進某段伴侶關係，那不如就用個好價錢、跟個明理的人——儘管不時會靠著裝瘋賣傻紓壓——在契約的牽制下生活一輩子。

只是何昕沒想到，她這近乎冷血的精打細算，透過王曉樂的視角，竟是另一番人間處處有溫情的樣貌。

「或許，這就是她吸引我的原因吧？一個把人性想像得如此美好的女孩，儘管有點天真、有點傻，但相處久了，確實被她影響得樂觀起來啊。」

麥當勞的二樓依舊喧嘩，被王曉樂直率的笑容所感染，何昕也不禁放鬆眉眼，跟對方一同笑了起來。

「不曉得明天簽約時，到底是什麼情況啊？」窗外是台北市的車水馬龍，何昕一邊笑，邊在心底期待起來。

*

晚間七點，確定何昕的簽約意向後，鄒斯仁跟她約好明日進公司詳談，便掛上電話。

「真的要走上這步了啊……。」鄒斯仁盯著手機許久，最終輕嘆了口氣。嘆息迴蕩在真實的寂寞裡，沒有人接收。

身處總公司辦公室，此時的鄒斯仁是集團財務長、而非笑鬧由他的厄洛斯總裁。下班後的財務部，外頭隔間已是空蕩蕩，僅剩他一人在此——也不是加班，就只是，不曉得能去哪。

扯鬆脖間的領帶，鄒斯仁走到窗邊，望向入夜後萬家燈火的城。倒映在玻璃窗的那張臉，五光十色霓虹明滅，卻少了眼神的光亮。

獨處時的鄒斯仁，幾乎是面無表情的。無論是在集團內的溫儒精明，或是對外的浮誇不正經，於他而言，皆不過是種手段。沉穩舉措不怒自威、放下身段打鬧親切，是他最好的武器，亦是最佳防御——主動表態的同時，其實，他是在用預設量尺劃下安全距離。生活中虛以委蛇的一切，早已是信手拈來的熟練，可是，鄒斯仁依舊感到厭倦。若是能選擇，他寧願默默漂流到荒島，緊抱一顆排球孤獨終老——只可惜，他的身分注定他無法逃避——既然無權哭泣，那，就用笑容去面對吧。

身為家中次子，而且，是非元配所出的私生子，鄒斯仁在鄒家的地位始終尷尬。不想捲入爭搶、更是為求自保，他窮盡所有努力，企圖活成一塊透明的背景板。可即便養晦多年，這塊背景板仍自帶過多閃光點，敏銳的數字天賦、出色的商業才華，終使他引來父親關注，被後者安排進入體系，得到一步步的栽培提攜。對於這一切，鄒斯仁的心情是矛盾的。身為兒子，他當然渴望父親的肯定，但做為一個蠕於家庭底層的生存者，他更不願直面大哥、大姊和兩個弟妹的忌妒與排擠。

大學畢業進入公司後，忍受著自家人的使絆，鄒斯仁遍體鱗傷打滾多年，總算媳婦熬出頭上了位。儘管如此，明裡暗裡的掣肘依然沒停過——這也是他選擇在外創辦厄洛斯的主因。他真的需要一個退路、也是屬於自己的空間喘口氣。當然，隨著經營集團日久，鄒斯仁在內部自有他的根基，但不時遭受手足們七手八腳的傾軋，任何一個正常人都會心累。如果可以，他只想安靜的做個美男子，偏偏這群人將士象車上竄下跳的，就是不願意放他一馬。

依然靠在窗邊，沉浸於回憶裡的鄒斯仁，下意識摩挲起食指的金戒——那是生母離世前，留給他的唯一物件。當時，她顫巍巍的將戒指交到他手中，告訴他，她的愛人臨走前，留下這枚戒指作為信物，她握著它等了一輩子，而現在，她只希望自己的兒子別這麼傻。

後來，年僅十歲的鄒斯仁，拿著戒指找到父親。從進入鄒家的那天起，他就將戒指牢牢戴在食指——式樣老舊的金戒，因著手指不斷摩擦產生的光澤，忽閃忽現的，是一份血淚的提醒，更是愛恨夾雜的紊亂——對於這個家，鄒斯仁的情感是矛盾的。他對父親有敬、有信、卻也有怨，因此，一方面他不吝於將心血注入自家公司，卻又與整個集團若即若離，更是數次表明他對角逐大位不感興趣。然而，無論他個人是什麼想法，父親明顯的倚重、不變的兒子身份、總公司財務長的敏感位置，長期讓鄒家四兄妹對他猜忌異常，終演變為如今白熱化的驅逐行動。

一場鄒家四子聯手設計的持股逼宮。

說來人文集團初創時，創辦人鄒家老爺，即鄒斯仁的祖父，將25％的股份交給兒子鄒復德。等到鄒復德當家，他又將這25％平均分給五個孩子，卻在其中加了條但書：必須等婚後才能持有這5％股權。當時他的理由是，一個人唯有成了家，心才會穩、才能承擔這5％股份的相應責任（可是這位爺啊，您老也不想想，若真成了家心就穩了，當年您哪生下的鄒斯仁？）都說人一有錢就任性，而一個有錢的老爸，絕對是任性的平方。於是，從心所欲好逾矩的鄒老爸，便將婚姻跟5％股權綑綁行銷——想要持有公司股份？就拿結婚證書來換。

目前集團內的股權分配，由於手足四人皆成婚，持有股權共20％，扣掉鄒斯仁尚在父親手裡的5％，剩餘七成五裡，國王的人馬佔了約五成，鑽營派跟支持四人幫的股東則持有近三成。上個月底，鄒家四子聯合後面這群人，以總持股47%的洶洶之勢，脅迫鄒復德立刻開除鄒斯仁。眼見身邊老臣也隱隱動搖，一邊是公司，一邊是孤掌難鳴的次子，鄒復德的傾向自然很明顯。唯一令他猶豫的，就是鄒斯仁出眾的能力。開除與否不過是一句話的事，但鄒復德深知，一旦他讓鄒斯仁離開，後者將永不再回來——失去優異的財務長還能再找，然而優異的兒子，卻是僅此一家別無分號。

因此，鄒復德連夜急召鄒斯仁至書房，難得的開了瓶紅酒，對著次子掏心掏肺囉嗦整晚。扣除其喝茫後的部份，前者清醒時的發言大意如下：

開除你的這件事呢，老爸自然是不想做的，但你也知道這年頭老闆不好當啊！我得照顧所有人的情緒你懂嗎？不過呢，老爸雖說不能明著幫你，派個親衛隊護航還是做得到的……所以，趕快想辦法找個老婆來、把5%拿到手，其他人看你拿了股份上了船，剩下的事你老爸就能解決啦。

鄒斯仁聽完，第一個反應是拿起酒瓶檢查成份，是不是裡頭摻了假酒把他家老頭喝瞎了——人家逼宮他來逼婚，這就是坊間盛傳能隻手攪弄風雲的商界大老鄒復德嗎？可憑心而論，自家老頭這個建議，確實是話粗理不粗。公司老臣的搖擺，多少是因為他這人尚未跟集團扭成一股繩、甚至在外頭自創營生，可只要他手持5%股權宣示入主決心，加上如今主流派系攥著的五成，不說絕地大反攻，最起碼的分庭抗禮還是做得到的。況且鄒斯仁明白，儘管老頭此次被逼得難堪，可兄姊們畢竟沒踩到底線，手心手背都是肉，如果可能，他自不願大刀闊斧傷筋動骨。再進一步說，就公司老總的立場，帶有張力的讓底下人彼此制衡、而非放任某人獨大，才是真正的管理權術……唉，前有難搞的手足、後遇上揣著明白裝糊塗的老爸，鄒斯仁只好酒瓶一放、鼻子一摸，想方設法結婚去也。

更何況，一個人被欺負久了，不是在委屈中沉默，就是在委屈中變態——我都溫良恭儉讓成這樣了，你們還不願意放過我，甚至設計個逼宮聯名款，很好，本大爺現在就賴著不走了。好叫你們知道，我鄒二瘋起來的模樣，連我自己都怕！

當然，鄒斯仁心底仍留了句但書，如果何昕最終拒絕接案，他乾脆趁著這件事，順勢退出人文集團。

但……

何昕畢竟是答應了。

「所以，你要我跟你結婚，藉此取得5%股份，穩固你在集團的地位。」

隔天上午，何昕坐在那張大得離譜的辦公桌前，耐心聽完老闆交代的手足大鬥法，突然懷疑現在是七月半。

因為她感覺這整個故事，比鬼扯還扯。

不過，咱們的厄洛斯神燈精靈，終歸是個連蟑螂飛於前、都能面不改色一招白鶴亮翅搞定的女子。

聽罷鄒斯仁這段亟需路平專案的坑洞血淚史，何昕終是以淡定的陳述句，表達對整件事的知情與接受：

「這樣看來，我要做的事，就是出借我的名字到你的身分證配偶欄、外加隨叫隨到當打手？」

「唉呀，小昕妹妹果然聰明人，一點就通。沒錯！從頭到尾，我需要的，就是妳的名字和拳頭。」

鄒斯仁滿意的點了點頭，跟同類打交道就是愉快。說起來，他會第一時間找上何昕，正是覺得他倆性情思路頗為類似——其他人聽到契約婚姻，或許會滿腦子浪漫綺想，但何昕不會，她只會冷靜分析利弊，抓住核心做出決策——畢竟相同頻率的物種，總是容易共鳴、進而相濡以沫的。鄒斯仁經常覺得，何昕彷彿能看穿他燦爛笑意裡潛藏對人際的排拒，而他，亦能解讀她輕描淡寫話語裡，那對關係不信任的潛台詞。因此，做為相互理解的、不願袒露彼此的同類，如今被一份值得信賴的契約綁在一起，相處起來，就像是左手握右手，熟悉又輕鬆。同時，有了何昕這個奧援，面對日後的內部揪團打群架……光想到自家「老婆」所擁有的、一人單挑鄒家四人幫的霹靂嬌娃實力，面對凶險未卜的前途，第一次，鄒斯仁竟不自覺冒出了期待。

「當然，該給妳的酬勞跟保障，鄒哥都寫好了。保證是最惠國待遇！認識這麼久了，我辦事妳放心啦。」

接過鄒斯仁遞來的契約，何昕略略掃了掃——兩年的合作下來，她對這個看似不靠譜的老闆，著實是挺有信心的，說是檢查契約，更像是在無聊抓錯字。但見何昕快速瀏覽一遍，最後，在乙方欄位率性簽下了姓名。

「太好了，小昕妹妹，那麼現在呢，妳先放心回家過個好年，一過完年我們就去結婚！恭喜恭喜恭喜妳啊，恭喜恭喜我自己。」

於是，簽約完畢的鄒斯仁與何昕，友好的握了個手後，便向左走向右走各回各家，享受人生中最後一個單身春節（其實，他們也沒特別做什麼，就是窩在各自的小屋裡吃喝養肉，並勉為其難以培養感情的名義，於年初三中午相約出門涮了頓火鍋）。

而就在年假結束的開工日，台北市大安區的戶政事務所內，一對轟動武林驚動萬教的神經俠侶2.0正式誕生了。拿起換發的身分證，何昕望著身旁這位餘生請多指教的男人，猛地想起一件事：

「喂喂喂，鄒哥啊我先約法三章嘿，這樁婚我結是結了，你可別給我發生什麼先婚後愛的劇情哈！」

「放心啦，妳以為我是言情小說裡的總裁啊？鄒太太，歡迎來到真實人生。」

瞄見何昕懷疑的小眼神，鄒斯仁不禁哈哈大笑，頓時把空中飛過的烏鴉嚇暈好幾隻。放眼望去，初春的氣息冷冽依舊，街道依稀流轉年味的尾稍，只見這對新婚夫妻離開戶政事務所，保持著安全的社交距離、一步兩步三步走向未知的明日。

此刻，陽光正好，他們依然年輕。

儘管話說得這般篤定，但咱們的鄒總裁似乎忘了，正因為是真實人生，未來會發生什麼事情，永遠沒人能確定。

＊

歡樂的時光總是過得特別快，轉眼間，忘憂早餐店自放的農曆年假結束了。凌晨四點起床開工時，當王曉樂呼吸不順的扣上牛仔褲，不免感嘆起天增歲月人增肉。她想了想，決定放過自己換上運動褲，果然，下半身瞬間舒暢得兩條大路通羅馬。輕鬆的吁了口氣，小闆娘拿起那條經典手工製圍裙往脖間一套，就此展開嶄新的一年。

說起來，每年的西曆元旦到農曆正月這段期間，王曉樂都有種掉入時空百慕達的錯覺——所有人交談時，動不動今年、去年、明年傻傻分不清楚，你的今年是我的明年、我的去年是你的今年，線性的時間感在口裡迷航，連帶使她的生活過得無甲子可言——總是要等到春節連假過完，恍若在異次元流浪的時間軸，方能在眾人的對話間被妥善安放。也是到這時候，王曉樂的惶惶心緒才真正落定，生出「哇！新的一年真的開始了呢」、那種新年新氣象的奮發。

凌晨四點十五分，當王曉樂走下樓時，王家阿嬤已在後廚忙碌做蛋餅了。望著阿嬤擀麵的背影，她突然想起小年夜那天，何昕特別一大早跑到店裡，劫持舊曆年的最後一塊蛋餅，同時報告她簽約成為人妻的消息。

「你們不用擔心啦，雖然法律上我是結婚了，不過，基本上我生活不變，只是換一張配偶欄裡有名字的身份證，變成老闆的專屬小蜜蜂，隨叫隨到隨上工……反正呢，阿嬤妳放心吧，我還是會繼續來吃蛋餅的啦。」

儘管何昕說的自在若定，王家阿嬤的表情，仍像吞了隻活跳跳的胡蠅（hôo-sîn）[32]般扭曲。拜託！她才不會擔心她的蛋餅沒人吃呢！主要是，好好的一個女孩子，竟然把婚結成這樣子，她老人家瞬間有點

32 註：胡蠅（hôo-sîn），蒼蠅。

接受無能。為什麼，少了編劇的現實人生，反而比她看過的所有八點檔都扯?!

不過……唉，畢竟不是自家孫女，心疼歸心疼，罵是不能罵的。想了想，王家阿嬤語重心長說了句：

「阿昕啊，妳知影無，其實，阿嬤的限量蛋餅會好呷，都是有原因的。」

接下來十分鐘，就看所有人坐在位置上，收看忘憂電視台播出的「0800阿嬤開講」。但聽主持人王柯淑莉女士兼來賓王柯淑莉女士，在節目裡鉅細靡遺解釋，她是如何用盡洪荒老嫗之力，完成一麵入魂的搓揉工作。在她口中，蛋餅的筋性，不只源於麵粉本身，更是她全神貫注的愛、以及那份貫徹始終的責任感……囉哩囉嗦老半天，阿嬤就是想表達「人結了婚，就要負責任」這套主婚人必備的致詞老梗[33]。只不過，能臨場掰出天花亂墜的蛋餅比喻，採取曲線救國模式勸告何昕，不得不說，在對待王家人以外的普羅大眾，阿嬤還是非常慈眉善目兼具人生智慧的。

「好，阿嬤，我知影了。要有愛與責任感，才能擁有好的蛋餅……呃，婚姻。」明白王家阿嬤的一片好意，何昕受教的點頭，換得前者「孺子可教也」的滿意嘖嘖聲。

王曉樂一邊走下樓，回想起何昕那漸顯溫柔的眉眼，忍不住感到幸福的偷笑出聲。待她笑完回過神，發現啊呀就要五點了，趕忙收拾好心情，從櫃檯翻出遙控器按下，打開鐵捲門準時營業。

由於是提早恢復營業，整片社區仍縈繞閒適的年假氛圍。急匆匆的上班族跟學生尚未現身，會在店

33註：梗，網路用語，指的是使人發笑的「笑點」，由「哏」（滑稽有趣之意）字訛傳而來，本書皆採「梗」之用法。

內出沒的，多半是像福祿壽姨婆般的常客，或是難得有空出門混吃蹭喝的無良閨蜜，徐莉莉小姐。

「喏，拿去，妳的火腿蛋三明治跟熱豆漿。」

「謝啦。」

「今天是吹什麼東南西北風，妳竟然一早就來我們店裡？」

「沒有啊，前幾天補眠補太飽了，今早七點眼睛就自動睜開，心想，可能是我家樂樂想我了吧，我就過來了。」

「……誰會想妳啊，我前天不是才跟阿嬤去妳家拜年？」

「好啦，我跟妳開玩笑的，話說……」徐莉說到這裡，左右看了看，壓低聲音問道：

「那天在我家來不及細聊，妳真的跟那個裴姊通上信啦？」

「喔，對啊，……欸，好啦，我晚點再跟妳說，妳今天一整天都沒事對吧？」

此刻，王曉樂的語氣神情，莫名像是在跟線民接頭的探員。不知為何，向來對家人毫無隱瞞的她，在跟裴恩通信的事上，卻直覺不希望他們參與。這份顧慮，一方面是擔心家人知情，會讓重隱私的裴恩不舒服，另一方面，也是她私心想保留屬於她個人的祕密基地。

但話說回來，祕密基地如果不找朋友來玩，那麼精心布置半天的所在，也就是個要自閉的空間而已——祕密的可貴之處，並非無人知悉，而是只有極少數的人知道、並陪妳一同用心呵護——而對王曉樂來說，那個共享基地鑰匙的守護者，就是她親愛的徐莉莉。

「喔對啊，我今天都沒安排行程。要不然我就在這裡看書好了，等下午收攤後我們再去外面聊。」

「好啊！就知道妳對我最好了，徐、莉、莉。」

聽見這猶如「那個人」的三個字，徐莉一口豆漿哽在喉間差點沒噴出來。翻了個比豆漿本漿更白的白眼，她想這大過年的，還是不要引發血案吧。

下午，王曉樂跟家人報備後，跟徐莉兩人跑去老地方窩著，一人一杯紅茶，老實交代起通信始末。

徐莉一如既往的冷靜，沒特別表達出八卦的興致，頂多在聽到信封被下標「我的早餐店」時，微微挑了下眉。

「……總而言之，言而總之，我在過年前又收到她的回信。這一次，可能因為是聊別人的愛情問題吧，她倒是一改先前那種暗黑密醫風格，又成了我所熟悉的、書裡那個療傷系醫生——我發現，好像只要不聊到她自己，她就能恢復對人心的關懷和溫度。」

身為一位中文系畢業生，直覺對作家的來信進行文本分析，也是件很正常的事。藉由短短三封信，王曉樂對裴恩其人，建構了基礎的理論性認知：一個自覺不可愛的女孩，矛盾的排拒世界卻又希望被接納，儘管脆弱敏感，仍因著內在天生的良善，下意識的回饋他人予以溫暖……嗯，除了性別出錯外，王曉樂針對裴恩的分析，著實掌握精要。那群因為「我的早餐店」恨不得跑去畢業證書前切腹的人，現在可以把拔出來的武士刀擦一擦、上油保養，再可喜可賀的收回鞘中了。

「這樣聽下來，裴姊的內心，也是渴望朋友的。只是，她無端寫信問妳早餐店的事，究竟是為了什麼？」

「呃……我沒想過欸。」

下一秒，原先收好的武士刀，又唰唰唰一整排拔了出來。

「……她最新的這封回信，有再提到相關的事嗎？」

「喔，沒有了欸。啊！不過她有說，未來店裡發生什麼事，都可以告訴她。」

「嗯……，好吧，那在這方面妳自己斟酌。我想她應該沒惡意，但總之妳也別太掏心掏肺了，尤其是牽涉到顧客隱私的部分，妳就算不考慮自己，也要保護早餐店的客人。」

「嗯嗯嗯，這我知道啦！但妳想，她是祿姨婆的外孫女欸，當初要是緣份再深一點，說不定我們三個就一起長大了。所以，我每次寫信給她，都感覺是在跟一個遙遠的、曾經失落卻被找回來的家人通信似的。」

徐莉愣了幾秒，必須承認，她從沒用這角度去解讀過裴恩——霎時間，她突然理解了王曉樂始終的熱情和毫不設防——畢竟，她認識的王樂樂，對待家人朋友，向來都是這樣的。

尤其對方又是個明顯有點缺乏關愛的女孩。

「嗯，我大概明白妳的感覺了。其實，我也不是說她一定心懷惡意，只是希望妳能謹慎點，再怎麼說，跟她終究隔著一層紙，知人知信不知心。」

「懂了啦徐老媽子！說真的，我覺得妳跟裴恩可以當好朋友，兩個人都懷疑這個那個的，妳們一定很知道對方在想什麼。」

望著王曉樂溫熱的眼神，徐莉在心底悄悄嘆了口氣：「正因為我們都懷疑這個那個的，才沒辦法當朋友啊，到最後，能跟我們成為朋友的，也就是願意拿出真心的妳了。」

在跟徐莉成功交換情報後，王曉樂滿足的吸了口紅茶，此時，竟發覺手機震動了起來。而當她按下通話鍵，下一秒，王家阿嬤的哭喊，從話筒那端直貫而入，狠狠戳到心上：

「曉樂啊！較緊去馬偕醫院，妳阿爸被車撞了！」

＊

長達九天的農曆春節結束了，儘管對裴恩來說，他是沒什麼年假可言的。扣掉除夕當晚象徵性的回家，陪父母吃了頓沉默的年夜飯，裴恩的新年，基本上就在閱讀、思索與敲鍵盤間度過。

先前回信給王曉樂時，裴恩突然意識到，自己的困境，很大程度是因失落了初心——匱乏的人生歷練，多少能透過翻閱他人的故事去補足，然而，當他的作品，不知不覺淪為跟父親較勁的工具，他也因此失去當年在論壇回文時、打下第一個字的初衷。

裴恩發現，他真正該做的，是重新成為安靜的傾聽者，再一次的，像最初那般，給予他者溫情的理解和支持。於是，大年初一的早晨，當人們熙來攘往走春時，獨坐小屋裡的裴恩，打開他的筆記型電腦，在桌面上新增了全新資料夾：

「早安！幸福食堂。」

裴恩決定，他要丟開那股藉炫技證明自己的求勝欲，在自己的文字裡，誠懇的塑造一間早餐店，讓店內老闆「吳憂」，端上好吃料理與暖心回應，陪伴他的顧客吃飽再出發。

當然，吳憂將會是個安靜的老闆，像他、而非那隻啁啾麻雀王曉樂。

全神貫注的從初一寫到初八，待裴恩回過神，整個世界已經再度開工，回歸資本機器轟隆運轉的步調了。

望著暫時完成的第一章，裴恩決定休息一下，出門補個貨透透氣，鬆弛精神後再回來修稿。

嗯，也順便繞去郵局的信箱看看，有沒有王曉樂的信吧？

第四章

本日菜單：厚片

清晨起床開工前，當王曉樂套上圍裙、無意間瞄見沒被寄出的回信時，心頭滋味挺複雜的。

距離阿爸發生車禍，已經過去半個月。這段日子，王曉樂覺得她整個人就像是梁靜茹的那首歌：一夜長大。

年初五那天下午，王家阿爸新洋先生心血來潮，打算出門幫自己買雙鞋。沒想到，過斑馬線的時候，竟被一台搶快右轉的摩托車直接撞上。面對時速五十的錚錚鐵骨，哪怕王家阿爸自帶脂肪氣墊，仍承受不住對方義無反顧的衝擊，當場以自身右腳為軸心，捲了陣中年男子的旋風後倒地。

幸好，王新洋倒地歸倒地，意識仍舊清醒，很快便搭上救護車，一路急鳴送進中山北路馬偕醫院。而當他進到急診室，檢查出一條腿閉鎖性骨折後：

「我當下就想，唉呀，好險鞋子還沒買，不然虧大了。」

王家阿爸事後表示，這場車禍雖微微震撼他嬌弱的小心臟，但人生能體驗一趟搭救護車，也算是骨折無憾了。

可儘管王新洋企圖藉談笑鼓舞士氣，然而，伴隨車禍而來的家庭秩序大亂、術後照料與種種後續事宜——以及最關鍵的，忘憂早餐店的營運——方方面面，皆令王曉樂身心遭受高強度拉扯，也讓她深切意識到，即使早已號稱接班，但無論在心理或是實際面，她仍是如此依賴自家阿爸。

阿爸車禍後的日子，王曉樂每天睜開眼，就是一場又一場無可迴避的戰鬥——所有人，都在適應自己的新定位，盡可能讓整個王家、整間忘憂早餐店，不偏離正軌太多的往前跑。而當她掏空全副心力，卻僅只能維持平凡生活的運轉時，王曉樂不得不沮喪地承認，真實的人生，竟比她想像的來得艱困。曾經的無病呻吟，那些能被她有所選擇的、不會打亂日常的小煩惱，其實，是這麼的奢侈。

因此，像跟裴恩通信這種事，對如今兵荒馬亂的王曉樂來說，已然恍若天寶遺事。那封過年時寫好、預計年假結束後寄出的信，自然只能像寂寞的白頭宮女，寥落書桌前，閒閒說玄宗了。

唯一值得慶幸的是，我們當事人王家阿爸，渾身上下除了隻斷腿，沒其他大礙。身為一位傷患，他目前最大的痛苦，不是止痛藥消退的疼痛、亦非傷口癒合產生的痲癢，而是被全家人、包括他親愛的阿母逼著減肥。

「你吼，再這麼大箍（tuā-khoo）[34]，以後腿都撐不住了！」

聽到這句數落，王新洋人在病床上，瞬間感到整個世界背棄了他——連親愛的阿母都嫌棄他胖，他只覺得自己比被車撞的當下、更加接近死亡——不過，王曉樂倒是漸漸理解，阿爸為何會把自己吃得胖胖的。身處在生活的夾縫間，進退維谷又走不開，除了用食物把自身意志撐大、成為頂天立地的強壯厚片，好像也沒別的方法了。

自從王家阿爸出事，王曉樂面臨的頭號難題，就是沒人顧煎檯。阿母許芳慈要照顧阿爸、阿嬤年紀大了體力也支持不住——所幸，王曉陽此時表示，他已跟主管申請三個月無薪事假暫時回家幫忙。儘管

---

34 註：大箍（tuā-khoo），「身材臃腫、胖」的意思。

王曉樂考量到顧客的腸胃，謝絕了親弟亟欲掌勺的滿腔熱血，卻仍將自己的工作交接給他，開啟姊弟倆一個顧煎檯、一個顧櫃檯的手忙腳亂生涯。

說起王曉樂跟王曉陽，那是標準互毆出來的交情。年紀相近的兩人，自小無論大小事，從媽媽睡前先跟誰親親晚安、到插隊馬桶的使用權，都能共工祝融翻天覆地打一遍。王曉樂經常覺得，她最陰暗的劣根性，皆是被王曉陽發揚光大的，兩人動不動妳一句「小氣鬼拔辣」、我一串「髒髒臭蛋人」的互吐口水，雖說措詞小氣難登大雅之堂，力道卻不遜於立法委員質詢行政院長。

話說回來，手足爭執，天經地義。說不定，當年牛頓發現地心引力的那顆蘋果，也是他妹從樹上偷扔的（如此一想，他妹大可選擇扔整顆鳳梨的，蘋果這個選項，益發顯明了手足之情的光輝與偉大）。面對自家親弟，樂子曰：「吾日三省吾身，為弟挖坑而不深乎？與弟互咬而不狠乎？罵弟新詞不習乎？」對於親姊這份懇切的自我檢討，陽子則曰：「若從未與老姊鬥毆過，其人之童年誠可謂不完整。」

也就在這份相愛相殺中，王曉樂和王曉陽，攜手打造出整本全彩24開無缺頁的兒時記趣。而隨著年歲漸長，兩人倒是日益學會彼此扶持。尤其這次因阿爸車禍，姊弟倆跳下來顧店，或許是火氣都在幼時消磨掉了，雙方合作起來，即便偶爾意見不合小鬥嘴，卻始終沒出現摩擦大吵，反而因這休戚一命的共同體心情，讓兩人更多體會「手足」的真義。

「真羨慕你們姊弟倆，可以這樣一起顧店，實在是有福同搶、有難同當啊！」

清晨，正在等餐的常客趙利穎，看著逐步磨合出默契的王家姊弟，忍不住感嘆了一句。只是語聲方落，王曉陽便遞來趙利穎期待已久、她極為鍾愛的巧克力厚片，頓時令後者將所有感觸拋諸天外，迫不及待拿過厚片，滿足咬下一口。

說起來，趙利穎愛巧克力厚片的程度，大概就像王曉陽愛新東陽那樣——心情好時來一片犒賞、心情不好時來一片療傷、心情好了又不好時要來一片治癒，心情不好最後又好了，更要來一片慶祝——總之，這位小姐動用一切排列組合的可能性，就是堅持點一份烤得口感酥脆、飄著濃郁可可香的巧克力厚片。

提起趙利穎此人，她跟王曉樂、徐莉一樣，都是正宗的忘憂寶寶、從斷奶後就在早餐店吃到大的忠貞店民。只是因為年齡差，趙利穎跟王曉樂並不十分熟稔，反倒是跟王曉陽，還多了層同班同學的交情——當然啦，時年十一二歲的王曉陽不過臭男生一個，每每打鐘下課抓了顆球，便跟好友直奔操場，他跟趙利穎這群女孩的交集，頂多是風紀股長管秩序記男生叉叉、自己挺身幫兄弟抗辯時，雙方胡攪蠻纏各種的「妳無情妳殘酷妳無理取鬧」吧。

總歸來說，王家姊弟跟趙利穎的交情，終究是建構在「君子之一手交錢一手交貨」的厚片上。儘管如此，姊弟倆對趙利穎其人，卻仍稱得上熟悉——原因無他，只因他們家有位專業情報頭子，王柯淑莉女士。

事實上，咱們王家阿嬤在社區裡，除了是忘憂早餐店的吉祥物，更是地下情報網的精神領袖。這些年，她率領一干好友如福姨婆等人，透過冒險犯難的口耳相傳，打造出最迅速準確的資訊交流站。千萬別小看這上下嘴唇一碰就成立的隱形信息網，社區的一切消息，都掌握在這群年過六十五歲的婆媽手上，在她們的小圈圈裡，家家戶戶都沒有祕密。

至於趙利穎的雙親，在王家阿嬤口裡，就是一句搖頭差評：

「都什麼年代了，還在那邊男孩寶、女孩草的！」

由於上頭壓著從小備受關注、表現優異的哥哥，趙利穎在家裡向來是隱形屬性，就算難得被拉出來，也是當成壁紙使用，襯托自家親哥的亮眼——興許是受父母大小眼的態度影響，趙利穎的哥哥對她，亦是各種挑剔看輕，而她對哥哥自也是不滿反擊——是以當她看到王家姊弟這般相互佐助、共同撐起早餐店時，才會由衷生出感觸。

趙家爹媽對趙利穎，翻來覆去總是這句話：「讀這麼多書幹嘛，反正最後都是要嫁出去的。」多年來，二老堅守「萬般皆下品，唯有嫁出去」的原則，甚至在趙利穎國中基測成績出爐時，無視女兒PR92的落點，只叫她隨便填所五專或高職，學個一技之長以便就業找老公。當然，如果趙利穎堅持讀高中，他們也不會反對，只是不會幫忙出學費——這近乎赤裸的威脅，讓年僅十四歲的趙利穎，反反覆覆孤枕難眠數夜後，含淚填下北商應用外語系。

說實話，趙利穎在北商的日子並不差。她在圖書館認真窩了五年，紮實啃進不少書，更在班裡交到諸多好友，生活過得精采紛陳。然而，那份被父母套上既定劇本的哀傷、那種面對可能卻無從選擇的遺憾，始終像片難以消散的雲，不時掠過心底，帶來一陣不勝唏噓的雨。

五年後，以優異成績畢業的趙利穎，在父母的要求下放棄插大，直接投入職場。經過多方權衡，她應徵進台北某知名商旅，擔任客房部櫃檯前台專員。趙利穎起初想著，即使學歷不如人，憑藉鍛鍊過的口語能力，她定能勝任這份職務，若是再穩扎穩打往上爬，十年後，自己也算是闖出一片天。結果，等到實際工作才發現，應對外籍房客僅僅是職務一環，前台所要學習的，還包括各樣庶務，像是清點交接帳款，著實讓她這數字小天兵，上工首日就算得飄飄欲仙差點升天。而隨著工作日久，趙利穎益發深刻體驗到，擔任櫃檯前台，就像是報名極限潛能開發班——小自製作節慶迎賓禮，什麼端午紙粽子、中秋手工餅、春節愛心小紅包，大至響應求婚計畫，諸如布置房間準備花束告白氣球拉布條錄影大喊嫁給他我願意——所有只有房客想不到、沒有他們做不到的神奇項目，都跟前台有關。

而在忙碌之餘，趙利穎還要處理房客千奇百怪的問題：你們這間房鬧鬼嗎？這附近哪裡比較好玩？我電腦／手機／腦袋壞了可以幫我修嗎？甚至還有客人，房間一壺酒夜半獨酌，喝著喝著情緒上來了，打到櫃檯哭訴人生無望要自我了斷的。即便扣掉繁雜狀況不談，光是基本的登記入住，本身就不輕鬆。趙利穎淚流滿面的發現，她不但須牢記所有房型房價、各季優惠，更別提不同管道的訂房折扣與繁複的排房規則。好！就算以上一概不論，單講房客吧。每次跟朋友聊到這裡，趙利穎都想幫自己點首〈奧客是會呼吸的痛〉。長期以來，飯店業「以客為尊」的方針，導致前台就像紫禁城的小嬪妃，被苦待了還要笑臉迎人，使出渾身解數討好各位祖宗——反正，千錯萬錯都是前台的錯，打落牙齒笑嘻嘻，種種悲慘的冷宮級待遇，不禁令趙利穎覺得，身為前台，她的功用並不是負責擦屁股，而是負責成為那顆屁股……

因此，做為無奈的夾心受氣包，在家時爸媽給她委屈，在公司時客人給她委屈，趙利穎唯一的排遣之道，也只能在打卡後回家前，抽空去趟忘憂早餐店報到了。

「嗚嗚嗚，所有人都嫌棄我，只有你和脂肪不會了嗚嗚嗚。」

每當她趴在桌上舉著酥脆的巧克力厚片，邊吃邊哭邊自言自語時，王曉樂通常會走到旁邊放下杯熱紅茶聊表心意，再默默飄回櫃台後方，假裝自己沒看見眼前發生的一切狼狽。

而在趙利穎投入職場第五年，某晚在家用餐時，向來視她為隱形人的趙家爹媽，突然破天荒直視著她：

「妳現在有對象了嗎？」

下一秒，趙利穎差點咬斷筷子。哇！這是靈異事件吧，咱家爹媽竟然看到我了?!只是——聽聽這拷打靈魂的提問——這兩位高手真是不鳴則已、一鳴驚人，跟他倆談這個，我還不如去面對奧客呢！

此刻的趙利穎，恨不得被繼續忽略下去算了。

「說真的，妳也老大不小了，工作那麼久、旅館客人來來去去的，總有機會認識幾個人吧？」

手中筷子猶仍緊握，趙利穎心底，正上演著孟克的吶喊小人：

「兩位啊，你當旅館客人都是鋁罐回收讓我隨便撿嗎？更何況，本姑娘今年才芳齡二十五，是有多老大不小啊?!麻煩你們太閒的話，去管管那位啃老大哥好嗎？大學畢業也不找工作，每天躲在房裡打電動，豬窩髒得連蒼蠅都嫌棄，他才是你們老趙家的關愛重點吧?!」

趙利穎的內心風暴，趙家二老自是聽不到，無視女兒緊繃著大寫的沉默，他們依舊自顧自說下去：

「妳看妳花那麼多時間工作，忙了半天，最後還不是要結婚生小孩。女人啊，還是趁工作時認真物色、找張長期飯票最實在！當然，我們是不指望妳撈到什麼律師啊、醫師的，只要穩定收入的老實人就可以了。」

趙家爹媽自認這段話，是極其高明的話術。先從關懷女兒的角度切入，再迂迴帶出主題，同時，還表現出自身的開明和寬宏——對啊，他們也沒要求女兒釣個金龜婿、替他們賺聘禮什麼的，比起那些打著賣女兒算盤的雙親，他們這個父母當得很算是良心事業。

當然，整段話聽在趙利穎耳中，就不是這麼回事了。

「……好，我知道了，我會再看看。」

早已認清彼此的腦袋並未栓在同個象限上，明白多說無益的趙利穎，深吸幾口氣，起身丟下這句話，便收拾餐具走進廚房善後了。由於當晚值的是大夜班，趙利穎洗好碗，也沒時間平復情緒，隨即回房梳化換裝準備上工。而當她出門時，自覺與女兒成功達成某種協議的趙家二老，已心滿意足窩回沙發看新聞，恢復成睜眼瞎的正常狀態。

就這樣，時光看似平靜無波過去一年多，今年農曆年，趙利穎按照慣例，從小年夜一路忙到初三，等到初四排休，她睡得昏天黑地到傍晚才睜眼，渾渾噩噩摸上桌，跟爹媽親哥圍坐餐桌，吃著遲來的團圓飯。正當趙利穎吃進第三口飯時，她的親媽開口了：

「所以我說……妳到底有對象了沒？」

此話一出，趙利穎吞到半途的飯，差點一口噎在喉嚨。費力嚥下去後，她感受著隨之而來的胃部緊縮，心想這大過年的，大家好好吃頓飯不行嗎，非得要敲鑼打鼓這種分分鐘逼死人的節奏？

眼見女兒仍悶葫蘆似的不開口，趙家親媽的語氣漸有了絲火氣：

「我昨天去妳三嬸家，妳那個堂姊，過年前剛辦完婚禮，她嫁得可好了，人家先生是個小開啊。還有妳堂哥，不但老婆有了、第一胎都快出來了——要我說，妳不好好讀書就算了，這種人生大事可不可以積極一點？」

聽完這段話，趙利穎當場愣住，直想起身抓住母親肩膀，狂搖大喊：「妳清醒一點！」什麼叫她不好好讀書？想當年，是誰攔著不讓她升學、是誰堅持不讓她考插大，又是誰，執意指導她每一步的人生——現在可好了，眼熱別家女兒嫁得風光，乾脆替自己竄改記憶，把所有責任全推她身上，他們倒是落得一身理直氣壯。

況且她的感情生活……說真的，趙利穎不是不積極，而是實在積極不來。旅館業排班的工作型態，別人上班她上班、別人下班她還在上班，別說認識新朋友，連維繫舊友都有困難，真要找個適婚對象，她還不如自己想辦法生一個比較快。

再說了——趙利穎瞄了眼恍若事不關己的大哥，油膩的頭髮也不曉得幾天沒洗了——這位先生對自己的人生也沒多積極，他們不管他、反跑來對女兒指手劃腳，這種雙重標準未免太明顯。難道，就因為她不可抗力的生理性別，自己便活該承受這一切？

這邊，趙利穎還在腦袋裡溯及既往呢，餐桌那頭，親爹又接棒自家老婆加入戰局：

「重點是，妳一個女孩子家，不結婚的話到底要幹嘛？麻煩妳，趕快把自己嫁了，把家裡騰出位置來，方便我們裝修新房幫妳哥娶媳婦——妳哥這麼優秀，他會找不到老婆，都是因為房子的問題，而房子的問題，說穿了，還不都是妳的問題！」

這下子，趙利穎的嘴張得不只能塞白飯、而是能塞進整鍋佛跳牆了——趙家雙親的催婚大計，歸根結柢，打的竟是這個主意——她原以為，自己跟爹媽僅僅是思路不在同條線上，結果從頭到尾，雞同鴨講說的，都是兩隻雞共同痛宰一隻鴨的故事。

毋須動用王家阿嬤的金口，隨便抓個路人都看得出來，趙家二老的這顆心，根本是偏到掉進馬里亞納海溝去了。趙利穎才在想，他們怎麼不著急寶貝兒子的婚事呢，沒想到，竟是把這筆帳直接算她頭上——這口黑鍋背的，讓她忍不住想拿起蓮蓬頭高歌一曲〈傷心太平洋〉。

說真的，這種拍案驚奇若發生在別人身上，那就是鄉土劇八點檔的拖戲戲碼，讓人看了直打哈欠。可一旦自己成為劇中人，整部故事瞬間能入圍金馬獎最佳劇情長片，還是女主角有著大段沉重獨白得獎的那種——趙利穎都不知是該深感榮幸還怎樣了，小女子何德何能，這輩子有機會主演一次悲情文藝片啊。

總之，面對趙家爹媽的奇葩發言，饒是走跳服務業多年的老江湖，也霎時罹患失語症。這邊自認言盡於此，那邊自覺無話可說，一時間，餐桌上陷入奇異的沉默。

直到幾秒後，一句話橫空出世。

「我說過了，我還不想結婚！」

丟出這句話的不是趙利穎，而是她的大哥趙致成。本來隔岸觀火的他，眼瞧戰火延燒至自身，立刻跳出來拉了道防火線，將父母的小心思擋回去。聽聞兒子發言，原先強勢的趙家親媽，迅速換了張臉和顏悅色哄著：

「好，好，不結婚，我們不結婚。反正你慢慢挑就好。我們家哥哥那麼棒，人家想嫁你，我還不一定答應呢。」

話聲一落，她轉向趙利穎，又是咄咄逼人的面孔：

「瞧妳這死活不急的模樣，我也是不指望妳了。反正，我昨天已經託了妳三嬸，開始幫妳搭橋牽線。待會吃完飯，把妳下個月班表給我，接下來只要是休假日，全部留著去相親！」

「天啊！妳為什麼不拒絕妳阿母啊?!」

喊出這句話的是王曉樂。回到故事開頭這天，當時，趙利穎連續嗑光三份巧克力厚片後，一反常態待在A8座位，滿臉剛值完大夜班的疲倦，卻依舊趴在桌面死撐著不肯離去。早晨十點半，王曉樂在煎檯忙了個段落，環顧店內，一眼便發現趙利穎的不對勁，忍不住發揮雞婆屬性，走過去關心她怎麼了。

緊接著，她就從趙利穎口裡，收穫上述整段趙家親情倫理劇之重男輕女太悲哀暨適齡女逼婚記。

「我……，我也不知道。」

聽著王曉樂帶有驚嘆號的問句，趙利穎心頭亦是片混沌。說實話，連她自己也不懂，在這個平權、尊重和獨立早已是顯學的時代，明明理智層面早該升級了，為什麼，每當她回到家，便又再度活回那套僵化的框架？那些曾經被爹媽扼殺的、關於她的各種可能性，那些蒸騰了二十餘年的哀與怨，她始終朦朦朧朧置身其中，卻從未意識到理應轉身離去。

是不是因為，她內心深處仍隱約期待，自己能被父母接納、肯定，哪怕是用這種扭曲的眼光注視著也好？

儘管猜不出她複雜的心理活動，望著趙利穎糾結的神情，王曉樂想了想，起身到茶桶倒了杯熱紅茶，拿回來放在桌上，溫聲開口：

「沒關係，很多事我也不知道答案，但日子還是會過下去的。所以……，妳是因為爸媽這樣對妳，才不想回家嗎？」

「呃……其實他們怎麼對我，我差不多都習慣了，這次主要是因為，我今明兩天休假，我媽又要逼我去相親了，我真的不想回去面對啊……。」

話一說完，趙利穎再度沮喪的趴回桌面，整個人宛如成了隻液體狀的貓，幾乎要跟餐桌融為一體。

想起前三次的相親歷險記，趙利穎就搖頭嘆息。在她看來，跟素昧平生的男人吃一頓飯，相較過往二十年的家庭心酸史、甚至是這幾年的櫃台血淚史，其光輝慘烈的程度濃縮起來，三者間約莫是有得一拼的。

像是第一場相親，直覺讓趙利穎聯想到，當年她找工作應徵面試的那一天。

這場面試、喔不，是相親，發生在一個大雨滂沱的午後。

那天，趙利穎剛踏出家門就覺得不妙。整個天空哭得比失戀還慘，那股崩潰勁，約莫已構成喪偶的程度。她撐著傘走在雨中，一步一句的哼著：

「我的天是灰色，我的心是藍色，我腳下的水窪……不是透明的。」

哼到半途一想，不對啊，這人都還沒碰到呢，自己就來了首〈心如刀割〉，這場相親基調實在有夠不吉利的。

或許是為了應驗她的烏鴉嘴，當趙利穎總算擠上公車，台北市的交通彷彿約好似的，全部三天沒吃蔬菜般堵塞便結成一團。逼得她只能提早兩站下車，整個人 Singing in the rain 追趕跑跳碰在昏黃的雨夜中（當然，她的心境跟《萬花嬉春》的男主角截然不同），好不容易衝進餐廳達陣，身上那件濕答答的小洋裝，都可以陪她合唱〈我是一隻魚〉了。

來不及調勻呼吸，趙利穎便被侍者領到位置上。映入眼簾的，是一位三十餘歲、穿著得體、正以指尖不耐煩輕叩桌面的男性——完全就是隻血統名貴的臭臉暹羅貓，只差了個領結——這是趙利穎看到他的直觀想法。

「妳遲到了十分鐘。」

兩人沉默互瞪三秒後，對方終於開口。

哇！趙利穎原想，她水中浮屍的慘樣已經夠尷尬了，豈料這世上沒有最尷尬，只有更尷尬。眼前這隻臭臉貓，根本沒有要緩和氣氛的意思啊！

果然，貓先生繼續強勢表態：

「我的時間是很寶貴的，如果妳不看重這場會面，我們可以直接取消。」

此話一出，趙利穎瞬間有種預感，今晚這場飯就算不是鴻門宴，在這位氣場全開的霸王男士喵面前，她也注定要當個小孬孬沛公鏟屎官了。

「抱歉，路上堵車，我不是有意的。如果可以的話，麻煩再給我五分鐘，讓我去盥洗室處理一下。」

「我能說不行嗎？」

趙利穎腳步一頓，下一秒，決定對這句話充耳不聞，維持殘存的優雅往女廁走去了。站在洗手台前，稍微拿紙巾擦乾身體、重新整理妝髮後，她對著鏡子裡的自己打氣：

「加油！好的開始是成功的一半，壞的開始是成功的另一半，換句話說，妳已經成功一半了！不管怎麼樣，試著跟貓先生和平相處，就當成是加班——至少不用擔心被客訴。」

畢竟在飯店業打滾多年，雖說前台難為，可隨著年日積累，趙利穎也漸漸修成了佛系老屁股。現在的她，哪怕碰到高等奧客，也依舊是淡定的毫光照大千，何況僅是隻低段數的臭臉貓呢？因此，等她調整心態回到位置後，眼中的貓先生，已再度變得親切可愛又熟悉起來了。

跟侍者點好餐，放下菜單的兩人，又陷入相顧無言的景況。趙利穎望著對方，總感覺餐桌底下有隻打量的尾巴正啪踏啪踏地甩——她保持專業微笑，心想咱們就來比誰撐得久，你有你的驕傲和優雅，我也有我不怕滾水燙的厚臉皮啊，反正對付奧客，不變應萬變就對了。

果然，經過五分鐘的對峙後，貓先生首先撐不住出擊了：

「先跟妳介紹我自己吧。我叫林士楷，三十五歲，職業是證券分析師，工作內容是……」

趙利穎一聽到「證券分析」四個字，立刻放棄後頭的聽力測驗。身為一位資深的數字小天兵，她向來明白數學是多麼的癡心絕對，即便世間萬物都變了，她敢保證，數學依舊不會——它不會就是不會。

還在腦裡胡思亂想呢，林士楷已結束介紹，反客為主的說：

「談談妳自己吧？為什麼會來吃這頓飯？」

呃……這種強烈的人資主管既視感是怎麼回事，當下，趙利穎差點起身90度鞠躬，表示忘記帶履歷出席真是太抱歉了。

總之，一場在她想像中浪漫旖旎、化學反應相互碰撞的約會，就在雙方中規中矩的自我介紹、跟恍若面試的硬梆梆對話中，劃下公事公辦的句點。離開前，林士楷禮貌性的表示：

「今晚很愉快，日後若有機會，可以保持連繫。」

這句話，幾乎是「回去等通知」的翻版話術。而從對方並未進一步詢問手機號碼的表現來看，趙利穎心知肚明，這場「面試」明顯就是「很遺憾通知您……」的未錄取——當然，對於這個結果，她是無所謂的。基本上走出餐廳時，她連愉快的笑都懶得假裝了，整張臉僅剩商旅老鴇級的皮笑肉不笑。

「吃一頓相親飯，竟然比值大夜還累人，這次受到的心靈創傷，至少要三十塊厚片才能補回來啊啊啊啊啊……」

這是她跟對方道別後，轉身時由衷的吶喊。

然而，這只是第一頓飯。

趙利穎的第二場相親，發生在五天後。難得休假的早晨，她滿心不願的起床，邊洗臉邊碎碎唸：

「今天這傢伙到底何方神聖，竟有辦法約平日吃早午餐？」

從母親轉述三嬸處的資料，這次的相親對象楊立廣，只比她稍大一歲，從事語焉不詳的自由業。趙利穎心想，才二十八歲的人，沒事來相親做什麼，是跑來婚姻市場做田野調查嗎？而且，自由業到底是什麼——想到這解釋空間極大的三個字，趙利穎難免生出不祥預感。

然而，比起前次的傾盆大雨，趙利穎走出門時，望著外頭的陰風怒吼，突然覺得自己的人生漸入佳境了——反正，不過是十五度的低溫而已，走在馬路上，也就是冷冷的北風在臉上胡亂的拍，真的是，沒什麼呢。

頂著刺骨寒風在人行道上推進，總算，在臉頰即將失去知覺的時刻，趙利穎抵達了約定的餐廳——推開大門，暖和的氣息撲面而來，伴隨培根和炸薯條的香味，經典美式的溫馨油膩，頓時讓她神清氣爽起來。

但她的好心情，只維持到看到楊立廣為止。

閃亮的油頭、花俏的襯衫、壯碩的身型和濃烈的古龍水味，以及看見趙利穎時，露齒黑人牙膏般的邪魅一笑，那種雄性靈長目動物獨有的自戀神情，當場令趙利穎打了個寒顫——眼前這傢伙是隻山魈吧！

「趙小姐妳好啊，我是楊立廣，很高興認識妳。」

楊立廣從座位上起身，熱忱的跟她握起手來。趙利穎敏銳察覺到，那種招呼裡，帶有某種不適的侵略性，像是別有所圖似的。

可自己人都到了，如今也只能先入座點餐，再來見招拆招了。

與上次的臭臉貓先生不同，山魈先生點過餐後，非常積極的展開談話。他先拿出名片遞給趙利穎，接著熟練的開始介紹他自己：

「趙小姐妳好，敝人楊立廣，今年二十八歲，近期正在創業中，目標是成為成功人士，幫助更多有需要的人。」

乍聽他的說詞，趙利穎有點傻住——這種勵志風格是怎麼回事，她是不小心遙控器按到宗教頻道嗎？正當她掏空心思、準備禮尚往來奉送些心靈雞湯，還沒開口便被對方打斷：

「趙小姐，妳知道嗎？這世上有95%的資產，是掌握在5%的人手裡。除非我們改變思考模式，讓錢流進來為我們工作，創造專屬的被動收入，否則永遠只能當替有錢人打工的可憐蟲。」

「而這，就是我在做的事！現在的我，正在努力協助更多人，創造毋須工作就能擁有的被動收入，得到夢寐以求的富裕生活。」

或許是同樣的內容講過太多遍，楊立廣一張口，話術來得太快就像龍捲風。趙利穎猶如看見隻山魈王，扛起整把重型機關槍對準她開啟連發，那達達的子彈聲，僅僅是眨眼間，便把她整個人打成潰爛的蜂窩性組織炎。

「別誤會，我做的可不是直銷，而是創業當老闆。不像加盟超商的高成本，妳只要繳交少許入會費、再把部份的日常消費，轉移到我們代理的平台，就能跟我一樣，成為獨當一面的創業家。」

「接下來，我們所要做的，就是推廣代理產品並開發合夥人，幫助他們也成為老闆，最終，便能在分享和助人當中，與團隊夥伴達到多贏狀態、享有美好的財務與時間自由……妳看，我這個創業家，跟騙人囤貨的直銷商完全兩回事吧。我所從事的，可是極具前瞻性的共享經濟呢。」

「嗯，這樣聽下來，絕對是妥妥的直銷啊。」聽著對方的特意辯解，趙利穎在心底補了無數刀。根據她的經驗，越是此地無銀三百兩的，代表這人做的東西越有事。

「但我要強調的是，無論是創業、或財務和時間自由，都不是我的終極目標。我真正想完成的，是我個人從小到大的夢想——趙小姐，妳知道嗎，一個有錢有閒的人，才有資格談夢想。」

「妳可以想想，自己的夢想是什麼，而它，就會成為妳創業的動力！」

我的夢想，就是你立刻消失在我面前啊——趙利穎幾乎要崩潰了，現在的她，只想上批踢踢發文：

「【爆掛】我以為自己吃的是相親飯，為何竟變直銷入會全餐？」

對面，山魈楊先生仍在滔滔不絕，趙利穎覺得自己的意識逐漸模糊，耳邊只聽見光怪陸離的詞彙在腦海振翅飛舞，像發狂的胡蜂般猛螫她的腦迴路，終於，她克制不住打斷了對方：

「楊先生，冒昧請教……你的夢想究竟是什麼？」

霎時間，像是篇花團錦簇的講稿被突兀抽掉，楊立廣露出兩人碰面至今、第一次的窘迫表情（儘管從趙利穎的角度，這種尷尬早就該出現了）。

「啊！我的夢想嗎？呃……就是，我那個從小到大的夢想……就是，有錢到處旅遊，然後，嗯，當攝影師。對，我的夢想，就是當個攝影師！」

「那你為什麼不現在直接去買台相機就好了？」

「因為……，要先有錢才能談夢想啊。所以，關鍵還是要有錢！」

「說到底，他的夢想根本還是要有錢嘛！直接明講就好啦！」此刻現場 Call in 的，是驚嘆號滿滿的聽眾王曉樂。只見她在早餐店內大搖其頭，整張臉寫滿字體加粗的不認同——說實話，她從不輕看別人追求金錢，但用夢想包裝自己對金錢的追求，卻會把「夢想」兩個字變得異常廉價。

更何況，「這位楊先生，到底是來相親、還是招募會員的？」

「他遞來入會申請書的時候，我也忍不住問了這件事，」趙利穎依然趴在早餐店的桌面，曲起手肘，整張臉枕在上頭：

「他說，他這叫運用槓桿，一次做兩件事，交友順便招人，省時省力又省事。」

「還槓桿咧，這叫貪心不足吧！世界上哪有這麼好的槓桿，他的物理都還給國中老師了。」

連文院出身的王曉樂，都知道槓桿不是費力省時、就是省力費時，費盡心思偷吃步的結果，必然是竹籃打水一場空——但話說回來，楊先生若有這麼痛的領悟，大概也不會走上「創業」的路了。

「這樣聽來，妳的第二次相親，等於沒相到啊！」

「對啊，說是去相親，更像是上了個直銷速成班——說真的，都過去半個月了，當時的話術還陰魂不散的騷擾我，那一套一套的詞啊，比循環播放什麼一起喵喵喵喵喵的咧都更洗腦。」

「往好處想，妳連直銷商都遇到了，應該不會更慘了吧。」

「……慘是不會更慘了，但差點嘔死倒是真的。」

趙利穎撐起身，喝了口熱紅茶，接著，說起下一個神奇的相親對象。

趙利穎的第三場相親，發生在跟楊立廣碰面當晚。同一天內，從早午餐一路吃到晚餐，誠然是高效率連一拉一的節奏——只是嚴格說來，趙利穎這場相親，並不太算是有相到——事實上，她總共才聽對方講了三句話。

當時，她站在約好的餐廳外頭，沒多久，一位穿著風衣、身材頎長的男子，猶如從電影場景現身般，朝她的方向漫步過來——閒來無事的趙利穎，欣賞起對方自帶出場音樂的步伐，第一次發覺，原來「風姿綽約」也適用於男人走路。

但見對方徐徐接近，經過趙利穎時，出乎意料停了下來，有禮詢問：

「請問，是趙小姐嗎？」

「啊?!我是！」

望著眼前略為混血的俊俏面孔，趙利穎喜出望外答道。經歷了午間山魈直銷王的荼毒，這位好似林狽的神祕紳士，徹底療癒她受創的心靈。頓時，趙利穎在腦內開啟小視窗瘋狂灑花：

「哇～～～這回碰到天菜啦！我出運了哈哈哈哈哈。」

但，如同那句知名台詞，人生就像是盒巧克力，你永遠不會知道，自己拿到的那一顆，是不是蟑螂屎冒充的。正當趙利穎芳心竊喜、自覺否極泰來的那刻，對方再度說話了：

「趙小姐妳好，恕我直言，妳的外型……is really not my type。」

當場，趙利穎表現得像個螢幕裡的動畫小人，瞬間凍結咔啦裂開的模樣。然而，她還透心涼的來不及回溫呢，下一秒，對方竟毫不手軟，大筆加碼一整桶冰塊：

「既然如此……我想，我們就不要 waste time、直接 say good bye 了吧？」

趙利穎心頭這個淚啊——這位先生，你是覺得關鍵字改成英文比較不傷人嗎？林狽果然是林狽，優雅迷人的外表下，一張口便露出肉食性的獠牙，咬得人鮮血淋漓。

可是，人家都光明正大搭著升降舞台揮手說再見了，她總不好在台下揮舞螢光棒死纏爛打喊安可。猶豫三秒後，趙利穎果斷認賠殺出，寫下人生最短之相親經驗談，心血來潮能拿去金氏世界紀錄登記造冊的那種成就。只是轉身當下，她仍不禁發出嘆息：唉，好不容易遇見個優質男，結果，輪到自己被人家嫌棄了。

這一刻，她只想安靜的當個消波塊，待在西海岸聽海哭的聲音。

話雖如此，趙利穎也清楚，這事不能全怪對方。都說人是視覺動物，尤其相親這種事，第一印象本來就很關鍵，連她這隻資淺小菜鳥，不也都是一眼定生死、還幫對象亂取珍禽異獸的綽號嗎？想想這幾年工作下來，長期輪班作息不規律、又壓力大暴飲暴食，自己的身型，就像摻了小蘇打粉般膨脹起來，儘管能藉化妝穿搭修飾，可在這外貌至上的世界，被皮相出色的林獨先生拒絕，似乎也是意料中事。

「好吧，今晚的一切，只能當成一場遊戲一場夢了……如今雖然沒有你，我還是……吃厚片吧（這位趙利穎小姐，真是個用盡生命幫自己點歌、同時加點厚片的女子）。」

「聽妳講了這麼多，突然覺得，相親好令人一言難盡喔。」

王曉樂一邊聽著故事，一邊也撐起臉來。她原本以為，相親不過是個交友管道，一個日常之外開啟人際圈的方式，沒想到，裡頭竟藏著這些試探、評估跟潛在傷害——人與人之間最原始的、對他人的認識與理解能力，一旦套上相親二字，便像戴了副厚厚的度數鏡片，一舉一動都失了真，不復見本質的單純。

「所以啊，我也在思考，這樣相親下去，到底有什麼意義……。」

趙利穎起初因著抗拒，對相親對象也是各類花式吐槽，可如今，當她嚐到那種被鄙視的滋味後（就算對方不是有意的，但，她就是自覺被鄙視了啊啊啊），突然意識到，她之前的貼標籤行徑，其實還挺不厚道的——重點是，若男女雙方皆帶著類似心態，彼此一見不鍾情、再談傷感情的，這對自己的坎坷待嫁路根本毫無幫助啊。

而且，「我到底為什麼要那麼急著找對象啊！我才二十六歲啊啊啊……」念及於此，趙利穎心頭一陣崩潰，若非顧慮人在外頭，她都想扯著頭髮在地上這不是肯德基的打滾了。

只是──想到自家爹媽的施壓，下一秒，趙利穎又默默妥協了。努力思考的所謂意義，止步在最關鍵的臨門一腳。畢竟相親這件事，始終是源於父母的指令，這些年來，她心底雖說有情緒，卻已順從到沒想過挑戰權威──他們太習慣彼此的強勢與服從了，習慣到以為這就是親情、是理所當然的相處模式，甚至，是一種愛的展現。

「唉，也只能且戰且走了。」揉了揉發脹的太陽穴，瞄一眼腕間的手錶指針，趙利穎終究站起身，準備回家面對自己的人生：

「好吧！我該回去了。能跟妳抱怨一下，我覺得好多了。謝謝妳啊！」

「不客氣啦，妳加油吧！」

王曉樂揮了揮手，無論再多的陪伴與打氣，最後，每個人還是必須獨自踏上屬於自己的路。

但，至少她還是可以付出陪伴，外加一盤濃濃的巧克力厚片。

接下來的日子，趙利穎偶爾還是會來店裡，只是每每來去匆匆、王曉樂又忙得團團轉，也就沒餘力關心後續進展。但從那日益舒展的眉眼，她猜想，應是沒再碰到什麼生鮮猛禽了吧。直到四月一日這天，當她忙完了最後一張單，竟發現趙利穎坐在店內，盯著她那盤熱愛的巧克力厚片，臉上是種混雜了迷惘的呆愣，散發著應景的節日氛圍。

「嘿！最近還好嗎？」

「啊?!喔！嗯，還不錯啊……。」

「是巧克力厚片有問題嗎，妳怎麼不吃啊？」

「喔，沒有喔，厚片很好，是我自己想事情出神了，才會忘記吃。」

「哇！是什麼事比厚片更吸引妳啊？」

「其實……也沒什麼啦。」

趙利穎收回眼神，稍微組織好語言，對著拉開椅子坐下的王曉樂，娓娓道出近日的困擾。

自從遭受林狽先生的打擊後，被咬得淚流滿面的趙利穎，轉而抱持著「同是天涯淪落人，相親本就不認識」的心態，展開她的奇幻漂流之旅——反正，大家都是被現實逼到同一條船上，相逢即是孽緣，若能好好相處一頓飯、那就不要互相傷害吧。當然，這段期間，她依舊強碰許多神奇的人物——例如斤斤計較連帳單一塊錢都要拆成零點五元再四捨五入後堅持由女方出錢的小氣財神，或是頻頻明示自己「稍後還有約」的自抬身價老手，還有恍若十大青年自我表揚現場還怪女方止不住呵欠的唯我獨尊男——可出於某種對待同溫層的寬容，趙利穎已不像初期那般怨懟，帶著既來之則安之的心情，真想翻白眼時，就掉轉目光、低下頭幫餐廳的菜色評分。等她在相親的汪洋漂流超過五十天後，也差不多成了女版魯賓遜了，什麼島嶼都去闖一闖，像是參加試膽大會般，接受各種無預警的驚嚇，坦然抱持著緣分到了船自然會沉的放浪寫意。

直到她遇見「教科書先生」。

教科書先生，是趙利穎迄今碰到最可愛的男子。他善良、真誠，雖然，也非常的拘謹——第一次的飯局，她便發現對方行事為人但憑方針，舉手投足間帶著約會教戰手冊的斧鑿痕跡（儘管也是那勤能補拙的努力，讓趙利穎不忍苛責他的一板一眼）——自從雙方認識後，三不五時，教科書先生會傳訊來問安，叮嚀她早點睡、提醒她記得吃飯，天冷了要她保暖、得知她感冒會分享養生法，而兩人唯一一次的外出約會，他更是密不透風安排妥當，連途中穿插的冷笑話，似乎都是設計過的橋段——趙利穎必須承認，對方真的是個好人，很好很好的那種，但，就像是編寫過的課本，如此正規、嚴謹、合乎社會價值政治正確……

同時，一點也不吸引她。

教科書先生似乎覺得，只要把各種「方法」像處理待辦清單那樣，一項一項打勾執行完成，就能成為理想的好男人。偏偏，所有的「原則」，終歸是被標準化的樣板，缺乏了人性的獨特溫熱。他真的太努力了，努力到，一切都被設定得異常刻意。少數的幾次碰面，趙利穎都隱約錯覺，自己像是回到五專那些年，坐在圖書館啃著書的生硬。

但……這樣努力的好人，是不是，其實是適合婚姻的？

這個趙利穎不斷迴避的問題，在教科書先生特地約她出來，正式表態「希望以結婚為前提交往」時，被逼著必須拿到檯面上檢視。

趙利穎這段日子，由於父母的步步進逼，再加上目睹太多怪對象，教科書先生的誠懇、殷勤，以及，還算正常，確實讓她動了「不如婚去」的念頭——然而，沒有起伏、沒有激情、甚至一點動心的感覺都沒有，真的，就要這樣把自己的下半輩子交出去了嗎？

趙利穎找不到答案。她知道，如果跑去問爸媽，自己絕對會在五分鐘內被他倆打包，直接 Pizza Hut 外送到教科書先生家，保證打開時還熱騰騰起司牽絲再免費附贈一罐家庭號可樂。而她的同事們，多半都是愛情至上要她別考慮，少數理解她家裡狀況的，也是保守表示再想想——她不甘願辜負愛情，卻又走不出被逼婚的困局，一時間，就這般不上不下的尷尬著了。

「真的好難啊……我沒有答案。」聽完後，王曉樂沮喪的撓著頭說。

「是啊，我也不曉得該怎麼回答他。」嘆了口氣，趙利穎拿起盤中微冷的厚片，咔哧咔哧地啃食起來。

「妳現在真正需要的，不是一個答案，而是先擁有自己的生活。」

正當兩個女孩子愁眉苦臉的糾結著，一道清冷的男聲，劃破了當前膠著的現況。

王曉樂轉頭一看，是個熟面孔——嗯，說是熟面孔也不準確，眼前這個男人，從上個月中才開始固定來到店裡，但因經常一待就是整個上午，王曉樂很快就對他有了印象。尤其到後來，他甚至帶著電腦，彷彿把這邊當成星巴克還什麼文青咖啡館，敲敲打打直到結束營業，才起身收拾好東西、再度悄無聲息離去。只是……這男人一向很冷啊，每當他坐在位置上，週身總散發西伯利亞高壓冷氣團，連自詡陽光少年的王曉陽都不敢招惹他。唯有自己送餐過去時，他冷峻的眉峰才會稍微回溫至冰點以上、用約莫攝氏4℃的溫和跟她道謝，接著便縮回他的冰雪結界，繼續用鍵盤構築他的國度——所以，這樣一個冷淡的男人，怎會突兀的介入這段對話？而且從他的發言判斷，這個人，已經在旁邊偷聽她倆聊天很久了。

想到這裡，王曉樂突然有股被窺探的不悅，然而，瞧著對方宛若納西瑟斯的俊秀面容，又忍不住嘆了口氣——明明是如此不禮貌的舉動，只因為做的人是他，不僅連她都發不了脾氣，連事主趙利穎本人，都沒有流露出被冒犯的情緒。

面對隔桌四顆骨碌碌的大眼珠，神祕男子的耳尖，霎時顯露微不可見的一抹紅。說實話，他真的不想偷聽，只是那些聲音，完全沒有考慮他的抗拒，不斷鑽進他的耳裡，再加上王曉樂苦惱的模樣……唉，總之，自己衝動插的話，再尷尬也必須把它講完：

「我的意思是，無論接受或不接受，這個問題，本來就是個假命題。妳現在的困境，在於沒機會創造『自己的』選項——既然相親和走入婚姻，根本就不是妳想要的，妳又何必為此感到困擾？與其想方設法回答它，不如直接繞開，尋找自己真心渴望的目標。」

神祕男子原以為，一旦點破這盲點，他便能縮回螢幕後頭、假裝什麼猥瑣的偷聽都沒發生過。豈料語聲方落，趙利穎明顯被觸發某種情緒，古井般的神色逐漸沸騰起來：

「可是，我爸媽希望我這麼做啊！」

男子沉吟數秒，回了句：

「那……妳或許該考慮一下，找機會跟他們討論，這份『希望』究竟合不合理、以及有沒有意義了。」
「你不懂！他們從來不會聽我說話！更不會在乎我的話！」
「……若是如此，容許我說得殘忍一點。妳要不就是選擇忍氣吞聲、永遠當個乖女兒。」
「不然就是，奪回人生的主導權，勇敢當一個，讓他們失望的人。」
「停停停……這位先生！」眼見氣氛不對，王曉樂打起手勢，像個要求暫停比賽的裁判，努力擠進劍拔弩張的對話間：
「我說啊……那個，有人想喝飲料嗎？今天小闆娘大請客喔！」
神祕男子瞥了眼王曉樂，眼底閃過一絲無奈，卻彷彿已習慣她的脫線作風，從善如流答道：
「一杯熱紅茶謝謝。」
「好！那利穎妳要不要喝一點東西？」
「……不了，我，我先回去了，曉樂今天謝謝妳。」
心煩意亂的趙利穎，近乎魯莽的道了聲謝，便扔下啃到半途的厚片，拿起手邊提包快步離開。
瞧著她跌跌撞撞的背影，王曉樂嘆了口氣，站起身，發現肇事者依舊坐在一旁，似乎對眼前轉折感到不解，心下不禁竄出火氣：
「喂！」
神祕男子聞聲扭頭，視線對上王曉樂。此時的王曉樂，早不管對方是哪來的霸王冷氣團了，就算是災難片來勢洶洶的超級寒流，她也會義不容辭衝上去教它學做人。

「我說你啊，」你這個熱愛偷聽、插嘴又耿直嗆人都不帶換氣的絕世大妖孽，「可不可以稍微有點sense？」

「……怎麼了？」

猛地被王曉樂一句話問住，神祕男子愣愣答道，眼神不復平時的冷淡，反而有一絲疑惑和……無辜？那滿臉的懵樣，令她頓時有種撿到呆萌失足小豬崽的心累：

「有些話哪怕是對的，也要看怎麼說啊！就這樣甩了句『奪回人生的主導權』、還在那邊『勇敢當個讓人失望的人』，你說的時候，考慮過別人的感受沒有？你真知道對方的狀況嗎？你以為自己是在寫書還是在下標題啊！」

不得不說，王曉樂發起火來，張牙舞爪間還頗有樣式。然而，身為忘憂小闆娘，她隨即意識到這份脾氣的不妥當——再怎麼說，對方終究來者是客，況且對待陌生人，這等毫不顧忌的指謫，也是十分不禮貌的——尤其當她回過神來，察覺男子隱隱受傷的眼眸，只好連忙緩頰了句：

「抱歉，我……我去拿紅茶。」

才匆匆走沒兩步，便聽見身後傳來了聲：

「不，不用紅茶了。」

王曉樂聞言停下腳步，正想著要用「唉呀今天小闆娘跳樓大請客敬請把握」之類的話術緩解氣氛，下一秒，一句真摯的道歉直達她心中：

「很抱歉，剛剛，我不是有意的。」

王曉樂回過身，望著餐桌區的神祕男子——優雅清冷的氣質裡，因著那句誠懇的致歉，多了份溫柔、和某種令人心疼的脆弱。

「他……好像是個很纖細的人呢。」不知為何，對著這位高大挺拔的男人，王曉樂直覺想到的，卻是如此精緻纖巧的兩個字。

若是如此，自己剛才那樣說話，一定是傷害到他了。

感受到男子的真誠，王曉樂也不想客套敷衍他，點了點頭，說道：

「這個紅茶呢，是一定要請的！就當成是我的賠禮吧。剛剛，我也確實很抱歉。那個女孩是我朋友，我才會一時太激動，如果措詞不當傷害了你，請你見諒，我不是有意的。」

王曉樂說完後，便轉身去倒了杯熱紅茶，拿回來放在神祕男子的電腦旁。遲疑數秒後，總算下定決心問道：

「呃……然後，那個，這位先生，請問我到底該怎麼稱呼你啊？」

「我……姓林，叫……林恩。」

＊

趙利穎返家途中，反覆思索著男子說的話——䋣心，卻疼得令人清醒——即便因那份直白感到憤怒，但她不得不承認，對方說的確實有道理。

一直以來，為了不讓父母失望，儘管不苟同二老的價值觀，她仍一次又一次的退讓底線討好他們。她以為這樣做，就能維持親子間那搖搖欲墜的和平，然而，一再勉強自己的後果，是他們不滿意、她也過得痛苦。事實是，除非她願意百分之百接受灌輸，否則，哪怕她失去99%的自我，多出來最後1%的自我信念，依然會被他們視為不受教。但她有可能做到嗎？能這般毫不抵抗的、成為雙親意志的禁臠，任其恣意宰割？

腳步零亂的回到家，剛進門，就看到自家爹媽陰沉著臉，坐在客廳沙發。她鞋都還沒脫好，便聽見親媽尖銳的一聲：

「妳給我過來！」

趙利穎一頓，依舊沒中斷脫鞋的動作，先左腳、再右腳，接著緩緩蹲下身，左右兩腳端正擺進鞋櫃。站起身前，她深深吸了口氣：

來吧，都已經負負得正再得負了，就讓我看看還能糟到什麼地步吧！

她走到父母面前，想當然，是坐在客廳那把簡陋木椅上。母親見她總算過來，積蓄許久的怒氣終於爆發：

「我說，要不是妳三嬸通風報信，妳還想瞞我多久？」

「之前相親不認真就算了，都打算跟對方結婚了，還想裝作沒事？」

趙利穎一聽，心下暗道不好，定是教科書先生循著「正規流程」往上報備，想事先取得家人同意，結果一傳十十傳百，傳到自家爹媽這裡了——但，她根本還沒答應交往啊，怎麼就變成結婚了？捕風捉影這種事，真的是……再多傳幾次，會不會她連月子都坐完了。

「妳說啊！都準備要結婚了還不說，妳到底在想什麼？」

「我，我沒有要結婚！」

趙利穎抬起臉，人生中第一次打破沉默，直視父母灼人的目光，正面回應逼問。

然而，這份勇氣，換來的只是更大的喝斥：

「不結婚?!好啊！不結婚妳要做什麼，繼續賴在家裡霸佔房間，吃我們的、用我們的啃老是嗎？」

「我，我沒有霸佔、更沒有啃老，我每個月的薪水，都交給你們了。我，我只是還不想結婚。」

趙利穎自認她是在講理，聽在母親耳中，卻是無可辯駁的頂撞：

「好啊！妳現在翅膀硬了，敢頂嘴了是嗎?!告訴妳，我已經跟妳三嬸說好了，這個婚妳樂意結得結、不想結也得結！」

此話一出，只聽啪地一聲，趙利穎的理智線終究被折斷了。她抬起頭，眼眶泛紅著喊了句：

「為什麼？為什麼你們總是這樣對我？」

趙家娘親乍見女兒如此反應，驚詫之下，多年的恩怨即刻浮現心頭——當年若非生女兒時血崩，導致自己失去生育能力，她也不會受到婆婆多年刁難、甚至被迫容忍丈夫外遇——這一切，都是女兒害的！

就算不計較難產，若當時的她是個男孩，自己的人生也不會這麼悲慘！

將往事在心頭梳理一遍，身為標準的受害者，趙家娘親益發理直氣壯。原本就是女兒對不起她，如今，她要趙利穎乖乖聽話有什麼不對？

「妳是我女兒，本來就該聽我的話！況且，我讓妳結婚也是為妳好，妳有什麼好不知足的？」

「為我好？」

趙利穎幾乎氣笑了——這些年來，硬是把那些「女兒／女人就是該……」的「正確人生觀」套在她頭上，毫無尊重的進行改造、指導與貶抑，到現在，連她的結婚對象都直接武斷拍板——這樣，叫做「為我好」？

「妳現在真正需要的，不是一個答案，而是先擁有自己的生活。」

就在這個瞬間，神祕男子的清冷語聲，猶如當頭澆下的水，將她混亂的心思淋得清醒起來。望著無法溝通的趙家爹媽，趙利穎第一次跟自己坦承，她的人生不能再這樣下去了。反正，她永遠不可能成為父母認可的女兒，畢竟她被要求寫的，是一張除非照抄標準答案否則無法及格的試卷，但她真正想寫的，是能發表個人意見的申論題——說真的，她寧可被死當，也不想當一隻只會背誦複述的九官鳥。

凝視父母那張跟她有些相似、卻又極度不同的臉，恢復冷靜的趙利穎，默默做了個決定。

她放棄跟父母的對峙，快步回房，匆促收拾了一小包行李，再拎起它，低頭穿過客廳直抵門口，拿出那雙始終待在鞋櫃裡、爛漫天真的娃娃鞋，迅速套上、同時拉開門——自家門外，是老公寓熟悉的剝落牆面，此刻，它正承接並反彈著「妳敢走就別回來」的恐嚇。布滿灰塵的樓梯間，紛飛迴盪自家雙親的怒吼，趙利穎吐了口氣，抬起腳大步跨出去，再迴身碰地一聲，將所有叱責和歇斯底里關在門後。

世間萬物重歸寧靜，趙利穎原地待了三秒，享受這心頭久違的平靜。緊接著，她走下樓梯、走出大門，最終，看似負氣的離開了這個，自己理智上明白早該離開的家。

當天下午，中原標準時間十二點五十九分五十九秒，正在倒數關店的王曉樂，意外碰到去而復返、手中還提著包行李的趙利穎。等她聽完事件始末，望著這位奇女子，只想豎起感佩的大拇指——真是強者我朋友，威武我趙妹——這般一日千里的覺悟，完全是多年的厚積薄發啊！當然，她並非鼓勵離家出走什麼的，只是，適度跟父母拉開距離，對目前的趙利穎而言，未嘗不是一種保護。至於未來的事，就等雙方心平氣和後再說吧。

然而，把數十億早餐店客人都驚呆了的下巴給裝回去後，下一秒，王曉樂不由得關切起來：

「那妳接下來要怎麼辦？」

「嗯……我可能先去工作的地方窩兩天吧，然後，想辦法跟同事合租房子、或在那附近找個雅房之類的？」

儘管憋屈多年，可真到了離開家、享有獨立空氣的此刻，趙利穎也不免感到前途茫茫——但既然都一步跨出去了，腳下的那條路，終究是會走出來的。就是腳踏實地的，踩出屬於自己的足跡吧。

至於那根引爆趙家的導火線，可愛的愣頭青教科書先生，趙利穎只能先跟他說抱歉了。畢竟現在的她，並不適合婚姻、甚至是愛情，她必須先學會跟自己好好相處才行。

「以後，我可能就不會那麼常來了……唉呀怎麼辦，已經開始想念妳家的厚片了呢！」

「不會啦，往好處想，未來的妳，就有機會吃到別家店了！即使是繼續吃厚片，也還有像奶酥、花生、草莓等等各種口味。也可以學我阿嬤，拿那些冰箱剩菜鋪一鋪，加點乳酪絲送進烤箱，把厚片做成台式比薩——重點就是，妳要去嚐鮮啦，不要總吃巧克力嘛！」

「好啦好啦，我了解妳的意思。只是……妳家的巧克力厚片真的超好吃的啊！」

「那不然妳真嘴饞了，就抽空回來坐坐，小闆娘我親自烤一盤給妳，還免費附贈紅茶一杯。」

「哈哈哈，好啊，我會的……對了，有機會的話，幫我跟妳店裡的那個帥哥，不是自以為帥的王曉陽、是早上偷聽我們說話的真．帥哥，替我跟他說聲謝謝啊。要不是他的提醒，我可能還繼續坐在這裡啃著厚片逃避，而非下定決心面對問題。」

「呵呵呵，這樣啊，但我才剛罵了他一頓呢……。」當然，這段大實話王曉樂只敢擺在心底，她可不想讓趙利穎知道，自己把人家恩公噴得狗血淋頭的英勇事蹟。

唉，看來自己真的太衝動了，下次還是好好補償林恩吧——不如，招待他一片阿嬤的限量蛋餅？（貪財星人王柯淑莉女士表示：可以啊，但材料費從妳薪水裡扣！）

「好啦，那我走了。」道別的話說得差不多了，趙利穎提起包，跟王曉樂揮了揮手，勇敢啟程她的第二人生。

「祝福妳，」望著趙利穎逐漸走遠，王曉樂忍不住學起電影主角，對著離去的背影，圈起手大喊：

「好好享受自己的生活啊！」

聽到這句熱血吶喊，趙利穎腳下一個踉蹌，當下，只想裝作不認識身後那位戲劇魂爆發的小闆娘——拜託，這裡可是台北市街頭啊大姊，妳不要形象我還有包袱呢！

「所以，趙利穎就這樣離家了？」

三天後的兒童節連假，無良閨蜜徐莉莉小姐，又趁著假期跑來蹭吃混喝，當然，也天地良心的陪著王曉樂收拾店鋪。

「對啊，聽我阿嬤說，她爸媽這幾天四處跟人數落她多不孝。唉……想了還真有點替她難過。」

「別擔心，我想那對荒誕夫妻檔，很快就會轉移目標到趙致成身上，等著吧，到那時才叫做精采。」

難得聽見徐莉幸災樂禍，王曉樂好奇的問：

「趙家人惹到妳啦？妳的語氣不太對勁。」

「……算是吧。前陣子，他們通過我阿嬤，想給我機會『高攀』他們家的寶貝兒子。」

徐莉說到此處，饒是向來冷淡的眉眼，也有了絲煙火氣。

不曉得純粹是年紀到了、或是八大行星跟北斗七星約好一同手牽手逆行還怎樣，最近，徐莉跟趙利穎類似，都碰到被逼婚的困擾。

說起來，做為一名有錢有閒又沒男人騷擾的都會女子，徐莉如今過得著實滋潤：週間有空便跟同事相約酒吧，享受爵士鋼琴雞尾酒情調。週末時心血來潮看看假文青展，累了就窩在家翻翻《俗女養成記》。

對工作感到厭倦了，乾脆豪邁花掉年假積蓄，訂張機票出國遊蕩十天半個月——相較身旁友人的各種被牽絆，徐莉的小日子歡快異常，完全不想找個男人來打亂節奏。

但話說回來，換做社區阿桑的觀點，徐莉活得挺早景淒涼的：二十七歲的年紀，官方交往紀錄等於零（儘管根據王曉樂統計，徐莉的前男友可謂族繁不及備載），有包有資產就是沒老公小孩，斬釘截鐵的生命中不可承受之輕——總之，對社區阿桑來說，以上種種，已足以構成所謂悲哀的定義。

而對徐莉來說，她最悲哀的一點，在於那位社區阿桑，剛好就是她親愛的阿嬤。

徐家阿嬤福姨婆始終覺得，她貌美如花的孫女，從小到大冰雪聰穎，結起婚來也理應是個優等生。沒想到春去春回來、花謝花又開，她老人家等到徐莉其中一隻腳都踩上二十八歲的彼岸了，別說老公了，連個男友都沒見到。嚴重落後的進度，讓她恨得整套假牙都快咬壞！

在福姨婆看來，孫女跟婚姻的距離，「啊不就差個男的而已？」結婚成家明明跟寫1＋1一樣簡單，又不是宜室宜家家居的排列組合題，到底是為什麼需要解這麼久？再加上這段時間，她天天被壽姨婆曬孫兒照，那副炫耀嘴臉，吼，別提多氣人了。眼見受災戶自認不需救助，福姨婆決定發揮大愛精神，己溺溺人的對外放話，說要幫孫女徵婚。

聽聞此消息，趙家爹媽火速抵達，表示願意紆尊降貴，讓男女雙方認識一下。

徐莉拗不過阿嬤的軟硬兼施，伸手按住直想往上翻的眼皮，帶著見客戶的心情，跟趙家長男趙致成客氣吃了頓飯。

然後……就沒有然後了。

「要我跟那種被寵壞的直男媽寶生活一輩子，老娘寧可上武當山出家當和尚！」

想到男方的各種胃疼言論，徐莉氣得幾乎口不擇言。

「我從來都不是待價而沽的1，我的伴侶，也不是扭曲自我硬湊出的計算題！」

後來，興許是趙家氣燄太高、也主要是寵著孫女，福姨婆的心慢慢淡了，不再照三餐唸著婚姻大事，徐莉這才順利逃出生天。

「哇，看來妳最近的日子，也沒比我輕鬆多少。」王曉樂聽完好友的經歷，不免替她吁了口長氣。

「我這些沒什麼，都是小事。說到這裡，妳爸最近還好嗎？妳跟曉陽都應付得來吧？」

「嗯，烏煙瘴氣過了一個多月，現在漸漸上軌道了。我阿爸啊，他就老樣子，繼續被阿嬤逼著減肥啊，天天在家裡嚷嚷說他心碎得都瘦了。我覺得也好啦，把體重控制住對身體才健康……喔，然後上週末我阿母帶他去拆石膏，醫生說復原情況很不錯，接下來就是乖乖復健了。」

眉飛色舞更新完近況，王曉樂像是想到什麼，眉心微微一蹙：

「我現在比較煩惱的，是我弟的假只請到五月中，但我阿爸最快也要讓他休養到六月吧——雖然他先生表示自己再過幾天就活跳跳了啦——這中間半個多月的斷層，妳說我請人嘛也不好請、不請人嘛一個人又有點忙不來，唉，真是有點頭大呢。」

「我有在考慮，還是到時店休一陣子，等阿爸恢復了再說。或是，乾脆雇個正式員工，讓阿爸提早退休——可是這樣做的話，他應該會失落吧？」

王曉樂一邊低頭擦桌面，邊跟徐莉商討對策，正講到愁眉苦臉處，對話間突然插進了句：

「若妳不介意帶新人，我可以幫忙。」

王曉樂聽到這聲音，愣了幾秒，內心瞬即狂奔過一整群土撥鼠——搞什麼啊啊啊啊，你的專屬偷聽狂魔林恩又上線啦！好吧，嚴格來說，林恩不能算偷聽，畢竟自己是大剌剌在店內廣播——只不過，這男人也太愛亂入本姑娘的對話了吧！

偏偏，一想到林恩的盛世美顏和磁性低音，膚淺如咱們外貌協會早餐店小闆娘，就硬是生不起氣來。

手持抹布抬起頭，王曉樂瞧見對方剛收好電腦，正在拉上背包拉鍊。察覺她的視線，林恩眼神堅定，二次強調：

「我可以短期幫忙，若妳不介意我沒經驗的話。」

王曉樂對上他的眼神，感受那語氣中近乎拗直的認真，想了想，跟他說：

「在早餐店工作，每天四點半就要到喔。」

「嗯。」

「要同時一心二用記很多東西喔。」

「嗯。」

「然後可能會遇到奧客，不能生氣喔。」

「嗯。」

「還有，我如果忙起來，可能會對你很兇喔。」

「嗯，沒關係，我習慣了。」

「喂！諷刺小闆娘，小心我不錄取你喔！」

「喔。好吧，那，嗯，沒關係，我接受。」

「那還差不多……，」王曉樂滿意的笑了笑，絲毫沒意識到自己才是有求於人的那位：

「不然你從五月起，先跟在我弟旁邊見習，我有空也會教你。等他五月中回去工作，你就代理他的位置吧。」

「嗯，好。」

「好，那……大概先這樣吧，我差不多要關店了。」

「好，我先走了。明天見。」

「啊？喔！好啊，明天見！」

跟林恩說了明天見，王曉樂忙完收尾工作，走出店外，準備跟無良閨蜜雙宿雙飛假奔[35]去。兩人剛關上店門，在旁看戲老半天的徐莉，開口說了句：

35 註：台語的「食飯」（Tsiah-pn̄g）。

「他沒跟妳談薪水的事，還有勞健保。」

「啊！對欸！我自己也忘了！唉呀，真是糟糕欸我！」

王曉樂一心顧著懊惱了，根本忽略身邊的徐莉，此時意味深長的補了句：

「這男人，貌似對妳挺特別的啊⋯⋯。」

＊

離開早餐店的林恩，不，該說是裴恩了，回到住處的第一件事，就是上租屋網查找空房。登入帳號後，他在勾選各項搜尋條件時，回想起這段時日，仍覺得有些不可思議。

農曆新年那會兒，裴恩左等右等，始終沒等到回信。起初他也不以為意，一頭紮進小說裡，直到三月初，才開始發覺事情不對勁——不是沒收到信的不對勁，而是對方行為模式的不對勁。正常來說，按照王曉樂「你給我一小封、我回你一大包」的大媽邏輯，除非是發生要事，否則不該貿然中斷來信——況且，他前封信還特別提到，未來有任何事都歡迎告訴他。

「到底是出了什麼事呢？」

儘管理智上明白與己無涉，然而，他終究是不自覺的，掛念起這名驟然失蹤的筆友。

幸虧約莫一週後，他例行公事檢查信箱時，又看到一整封鼓脹的信，被艱困的塞在裡頭思考人生——霎時間，心房那股極細微的、飄盪著的牽掛，總算在他輕得難以辨別的喟嘆中，踏實的落了地。

「原來，是父親發生車禍了。」仔細的讀完信，裴恩點了點頭，最終，盯著信末那段：

未來的我，可能沒法像之前那樣，經常寫信給妳啦！抱歉啊（合掌）！
希望妳能過得很好，當然，我也會繼續努力的！
期待妳的新書喔：）

永遠支持妳的朋友　王曉樂

裴恩握著信紙，心頭滋味複雜。他一動不動的，待在桌前靜靜坐著，任憑翻騰的情緒沉澱，慢慢的，覺察出那是「我以為才發展到第三章、結果竟提早腰斬完結了」的悵然若失。

跟王曉樂的通信，是他第一次伸出觸角，與這個世界輕碰連結。對方的熱情與坦率，令他感到安全、更得到某種力量——卻沒想到，這個美麗的故事，竟結束得這麼快。

裴恩不得不承認，他確實有點失落。

更多的，或許是不甘心。

可惜的是，他不是兩人故事的執筆者，只能哀傷待在原地，觀看任性的作者，依循她莫名其妙的靈感，心狠斬斷彼此的紙箚情緣。

但無論如何，日子依舊得過下去。就是收拾起情緒，沿路往前走吧。

至少裴恩是如此以為的。

直到隔日清晨，刪去螢幕裡第N遍修改的情節，即使冷靜深沉如他，面對再度卡關的稿件，終歸是心浮氣躁起來——倘若他的人生真有位作者，那麼，對方未免太惡趣味了些。沒有辦法寫信，好，我認了。現在還讓我卡關，會不會太過份？一個人對待自己筆下的角色，可以這樣子整了又整、整了又整的嗎？

好啊，妳既不仁我便不義，要比任性是嗎？我也會！一瞧外頭漸亮天色，裴恩當機立斷按下存檔，把筆記型電腦關機收進背包，接著，拿起寫有地址的信封，換好外出服、揹起電腦包，大步走出租屋。

早晨九點半，按 google map 索驥的裴恩，照著王曉樂的寄件地址，順利抵達忘憂早餐店。

走到櫃台點完咖啡，他將目光移至正在煎檯區忙碌的年輕女子——綁在後腦勺的高馬尾，隨著她的動作俐落的甩啊甩的，一縷髮絲落在臉側，卻擋不住那雙專注明亮的眼。

呃，以及那件風格前衛的早餐店圍裙。

果然，從寫信到為人，她都是這麼特立獨行、外加不忍直視啊。

「早安，王曉樂！」取走咖啡轉身時，裴恩悄悄在心底打了招呼。

一顆動盪的心，也在此刻，奇異的找著了它的安歇之處。

第五章

本日菜單：港式蘿蔔糕

年華似水流到五月下游，這天起床後，王曉樂撕掉客廳的日曆，自問她都還沒享受到春天呢，怎麼就迎來溼答答的梅雨季了。

換好衣服走下樓，王曉樂聽著外頭淅瀝瀝的雨聲、還有阿嬤「唉呦今日賺無錢」的嗟嘆聲，心底莫名覺得鬆了口氣。下雨天的早餐店，儘管生意相對較差，對此刻的她而言，卻是個好消息：

這樣，她一個人顧店就可以了。

想到這裡，王曉樂趕緊掏出手機傳訊給林恩，宣布本日休假一天。當然，她絕非不滿對方，要說林恩此人，非但悟性高肯用心、更是認真不貳過，真要比起來，著實比親弟還好用——只是，王曉樂總想著在能力範圍內，竭盡所能對他好一點。

對於林恩，王曉樂始終感到虧欠。先前，當她提出要幫林恩加保勞健保，卻被後者斷然拒絕，還翻法條跟她講理，說是雇用五人以上的僱主才需幫員工加勞保、三個月以上的工讀生才需轉投健保，要王曉樂別麻煩這一趟。於是王曉樂又想，那不然雙方簽個勞動契約好了，對他多少有個保障，誰想林恩再度說不，甚至反客為主威脅她，小闆娘再囉嗦他就未上工先辭職了——眼見王曉陽回公司在即，被抓住要害的王曉樂，只能無奈嘆口氣，心想這是翻身店員把歌唱了吧。

跟林恩談事情，不像與何昕磋商你來我往跳恰恰，而是被利劍直指咽喉處只好投降——王曉樂發覺，對方似乎很瞭解自己，一招一式專剋她命脈，讓她一路節節敗退。但她無法理解的是，林恩堅持的事算來算去，得到好處的明明是她啊——這個人費盡心思，最終卻讓她賺到，感覺他的計算能力，比她這中文系出身的更糟。

「喂！你這個不用、那個不行的，我這樣真的很不好意思欸！」

「……妳就當是找朋友幫忙，像是徐莉，妳會跟她計較嗎？」

「喔！對吼！你講的有道理。」王曉樂當場大點其頭，心說沒錯沒錯，若是徐莉來的話，我還不想辦法壓榨這女人！對付自家無良閨蜜，客氣是什麼，能吃嗎？

心滿意足之餘，王曉樂的史前版腦細胞，始終沒偵測到自己的對話被偷換概念——從勞工權益轉移到友情相挺，還順帶偷渡建立邦交——況且，這世界哪來這麼多無緣無故的好？略微推敲就漏洞百出的邏輯，被她內建「反正林恩是好人（還是長得很帥的好人）」的設定跑過後，全數讀取成理所當然可信任，難怪她從頭到尾都讓裴恩吃得死死的。

只能說，人在江湖套路深啊！面對這些曲折心思，忘憂小闆娘的段數真心太淺。不過，為了不暴露真身幫上王家人的忙，裴恩這小子也實在是拼了，根本超支往後三十年的腹黑額度。

「說到朋友，欸，你之前幹嘛偷聽我跟朋友說話？」

「……我沒有偷聽，妳講的很大聲。」

「那，那你聽了就算了，為什麼還要發表意見啊？」

「……因為，妳給不出答案。」

天啊，這種慘遭打臉又無力反駁的重傷感是怎麼回事。阿嬤不要攔著我，我要拿妳的擀麵棍教林恩學做人！

王曉樂氣急敗壞衝進廚房，拿了根棍子再折返，結果一抬頭，撞進林恩那雙小鹿般濕漉漉的眼神——下一秒，咱們的顏值即正義魔人王曉樂女士，頓時不爭氣的放下擀麵棍。

算了，這傢伙瞎說什麼大實話嘛，幸虧本姑娘心胸寬大不跟你計較哼哼（對，也就是拿根擀麵棍而已）。

總之，在完成一場隨時會拔出凶器火拼的和平談判後，五月十號那天，林恩同鞋正式走馬上任了。

由於王曉樂自覺成了慣老闆，因此對待林恩，她盡可能的親切友善，友善到連王曉陽都髮指，高呼那個聲稱人生短短幾個秋、不嗆弟弟不罷休的剽悍女子到哪去了？

經過兩個禮拜的觀察，王曉樂覺得，若說自家阿嬤是忘憂吉祥物，林恩之於早餐店，就是隻鎮宅擋煞風獅爺。霸道跩酷的氣場，直把魑魅魍魎震退三條街。然而此人冷歸冷，跟她相處時倒挺溫和，還任勞任怨任她碎唸，引用王曉陽的評論就是：

「欸，老姊妳以後找老公最好找林恩這型的，願意聽妳使喚、又乖乖聽妳嘮叨，比絕種恐龍還稀有喔！」

王曉樂聽了，頓時兩行白眼上青天，回道：

「林恩他這叫職場生存術啦，懂不懂?!而且，我對他也很好欸拜託，才能這樣有借有還再借不難！」

當然，王曉樂提起「也很好」這三字時，多少有點心虛。畢竟對比她這慣老闆，林恩真真是優秀值爆表。扣掉態度跟能力不提，光是站在那裡，出色外貌就吸引不少來客。尤其是社區裡的女性族群，從高中小女生到辦公室ＯＬ，原本都是三天打魚兩天曬網的買早餐，如今幾乎天天報到能拿ＶＩＰ卡了。

「唉，這年頭大家都這麼膚淺嗎？」

每當瞄到眾家女子點餐時的星星眼，王曉樂都不禁大搖其頭，痛心疾首的模樣，彷彿自己就比較不看臉。

而她也確實發現，自從林恩負責櫃台後，整間店營業額已默默提高兩成，跟嬉皮笑臉王曉陽的站櫃時期，全然不可同日而語——她決定更正，林恩不是風獅爺，是隻招財貓，只是剛好不會笑的那種。

「王！曉！陽！你跟林恩兩個人，根本雲泥之別啊，雲泥啊你懂嗎？我現在才明白，自己過去就是一朵店花插在牛糞上。」

這晚王曉樂算帳到半途，抬起頭，無比鄙視起從眼前閒晃過去的老弟——你看，還穿著條四角內褲、鳥窩頭又亂到不行，跟人家林恩有可比性嗎？

王曉陽聞言，停下腳步回過頭，打量了眼同是天涯邋遢人的老姊，內心反鄙視的吐槽：拜託，現在還是一朵店花插在牛糞上好嗎，差別只是牛糞換妳當罷了。

人在沙發上追劇的王家阿嬤，倒是不在乎誰當牛糞，她只知道有個英俊後生到店裡招財進寶，讓她不但看到帳簿心情好，看到那張臉，心情更好。每天早上瞧見他，阿嬤那雙精明小眼，直接樂開兩朵花，手底下一張張現擀餅皮，盡皆揉出返老還春的筋度。甚至在蛋餅出爐後，她還會特別留一片「限量蛋餅王」，就是要餵飽這位「酷酷安豆（iân-tâu）小帥哥[36]」。

36 註：安豆，台語的「緣投」（iân-tâu），英俊之意。

「阿嬤教妳啦，都說抓住男人的心，就要抓住他的胃！有了這個蛋餅王，我們都不用怕別人挖走安豆小帥哥了！妳放心吧！」

「哼哼，小帥哥又怎樣，還不是會變老男人。」

沙發另一端，瘦了快五公斤的王家阿爸，傲嬌抬起他小不滿的雙下巴（由於原先是肥美的三下巴，如今僅剩兩層，故可視為是值得炫耀的成就）。說來現在整個王家，大概只剩他對林恩有意見。除了因自身的父親屬性，讓他對圍繞在女兒身邊的所有異性，都自帶排斥雷達以外，更是因林恩的存在，令他感受到嚴重的中年危機。

「天天在那邊小帥哥小帥哥，好啊，我看我們忘憂早餐店，乾脆改成「望臉早餐店」好了。大家付錢看他的臉就飽了，攏免呷，零成本，高收益！」

眼見丈夫賭氣胡鬧，許芳慈插起一片蘋果遞過去，溫柔安撫道：

「沒事，你是帥哥界祖師爺，小帥哥的模範。」

「哼！反正等我傷好了，管他是什麼木恩林恩森恩，我都通通拿去當柴燒！」

下雨天的清晨，傳完訊息的王曉樂，想起阿爸那夜氣噗噗的表情，忍不住噗嗤笑出聲。都五十幾歲的人了，還跟年輕人嘔氣，真是個老小孩——可話說回來，她著實想念阿爸守著煎檯的日子——那時候的她，什麼都不用擔心，遇到任何事只要叫聲「阿爸」，問題好像就解決一半了。

一個人撐著這家店，真的是有點辛苦呢！如今，她已漸漸體會，阿嬤跟阿爸這樣沿路摸索過來，究竟有多不容易。

王曉樂邊想著，邊把店內整理好，接著，拿起手中遙控器，按下鐵捲門開關，準備迎接新的一天。

鐵捲門緩緩升起，王曉樂直視前方，心想這種天氣，長青女子頭香三人組，應該會休戰一日了吧？她的小腦袋還在胡思亂想，下一秒，映入眼簾的潑墨雨景裡，卻見有人影佇立。

天地之間，林恩撐著傘站在雨中，靜靜凝視著她。

王曉樂的心猛地一跳，或許是想念阿爸的脆弱還沒收拾好，她霎時生出二人形象重合的錯覺。

眼前這個人，突然有點小可靠呢！

「呃……我半小時前不是傳 line 跟你說不用來了嗎？」

「嗯，但我不放心。」不放心，也是不忍心，讓妳一個人。

豈料，原先還在小傷懷的王曉樂，一聽此話，瞬間炸起半天高：

「喂！少瞧不起人了！我可是兵來將擋小閻娘，人稱女漢子活閻張，還輪得到你不放心？要不要給你看看我的二頭肌！」

望著一不放心就炸毛的王曉樂，裴恩不覺有點無奈：

這女孩是對自己誤會有多深？難得他認真表達關心，竟然被對方解讀成嫌棄她。

不過——算了，這種活力四射、腦細胞匱乏的模樣，才比較適合她吧？即便有人對她的天真不以為然，但裴恩覺得，這份始終堅信美好的單純，是王曉樂最珍貴的禮物。

「好啦，你人都到了，就趕快進來吧！雨下這麼大，又不是在演偶像劇，到時候淋濕感冒才麻煩！」

裴恩走進店裡收起傘，換好阿嬤牌的前現代愛心圍裙，待在老位置等客人來。然而，下雨天的早餐店，就算現任店花準時來坐檯，店內依舊只有小貓兩三隻，連門可羅雀都搆不上（那是因為雀都被兩三隻小貓抓完了吧？）無事可作的王曉樂，百無聊賴窩在A1餐桌處，瞧著同樣因為沒事做、乾脆拿出電腦開始敲字的林恩，想著不如抓他跟阿嬤來湊桌三缺一吧？如果他牌運夠好，就派他去買這期的大樂透嘿嘿嘿……

就在她笑容逐漸歪斜的此刻，從外頭走進個年輕男孩，當下，這位小闆娘眼神一亮：

「哇！這種天氣還過來！小深你對我們是真愛無誤啊！」

來到店裡的是秋云深，一個在王曉樂心中猶如森林小精靈的弟弟。剛從大學畢業的他，兩眼眨巴間仍閃爍純善，白皙纖瘦的外貌，搭配俏皮活潑的性情，就像從童話裡蹦出來的小可愛。哪怕是自帶排男雷達的王家阿爸，對他也是喜歡的不得了，過去在店內時常被他逗得大笑。

把傘插進門口傘架，秋云深邊走邊甩微溼的頭，面對王曉樂的調侃，一如既往的見招拆招：

「我當然要過來啊！不這樣拼命在風雨中東倒西歪走一趟，哪能表達我本人對樂姊您及菜頭粿公主殿下的拳拳情意呢？」

「哼哼，就知道你嘴饞了，還說得這麼好聽，什麼菜頭粿公主殿下，我還咔啦雞腿堡公爵呢！好啦，小深你今天菜頭粿想吃兩塊還四塊？早餐店煎檯女王在此為您效勞！」

「嗯，四塊好了。謝謝樂姊！」

秋云深愛吃蘿蔔糕，那是王家上下都知道的事。話說秋家和王家類似，皆是經營小本生意，但秋家爸媽一忙起來，總不小心忽略兒子存在。多年前的週三中午，讀小五的王曉陽放學後正吆眾走出校門，發現有個小學弟窩坐一隅，眼神像隻被遺棄的小貴賓，得知他是本月第三度被爸媽放生在校門口，乾脆發揮王家人的雞婆本性把他拎回去。

王曉陽牽著秋云深到家時，早餐店才正準備打烊。社區情報頭子王家阿嬷一看，唉呦秋家的糊塗蟲，又把剛升小學的獨子忘在校門口了，便讓小傢伙在店內休息，打發王新洋去通風報信。秋云深坐在早餐店裡，滿臉的緊張無措，見狀，時任煎檯掌門人的許芳慈，溫柔蹲下身詢問：

「肚子應該餓了吧，阿姨煎菜頭粿給你吃好嗎？」

望著許芳慈親切的笑容，秋云深怯怯點了點頭。幾分鐘後，一盤熱騰騰的蘿蔔糕，便如此這般擺在他眼前。

其實在早餐店的菜單裡，蘿蔔糕，並非特別起眼的存在。即便配上荷包蛋，它終究是幾片平凡鹹香的固體加料澱粉——但因著許芳慈的陪伴，七歲的小云深，透過這盤菜頭粿，第一次嚐到了家的溫度。

也是從那天起，秋云深愛上它的滋味。

後來，在王家阿嬷的主持下，秋家爸媽幫兒子報名參加「忘憂課輔班」。每天中午放學後，秋云深便跟著路隊走到早餐店，待在王家吃午餐、寫功課，等爸媽有空再來接他回家——是以技術上而言，小云深也算是一路看著王家阿嬷長大的孩子。

而對王家姊弟來說，儘管因著年齡差，三人學期間的作息幾乎錯開，但每逢寒暑假，他們基本上就是混在一起。對於這個空降跟班，王曉陽是沒心沒肺還沒啥感覺，王曉樂則是第一眼，便被他的無辜神情融得一塌糊塗忘了我是誰。說起來，秋小弟幼時挺多愁善感的，渾身陶瓷娃娃的易碎氣質，因此那些年，王曉樂沒少花心思在他身上——可漸漸的，興許是成熟了、也可能是近墨者黑的影響，秋云深日益沾染傻大姊的樂天，性格裡伶俐的那面亦逐步顯露，終長成如今的開心小精靈模樣。

秋云深進國中那年，正式揮別歡樂的忘憂課輔班，投入他個人的升學戰場。但只要一有空，他仍不時回來找王家人，外加吃盤蘿蔔糕解饞。有一次，秋小深又跑來店裡大殺四方，菜頭粿吃到半途，無意間瞄見牆上菜單，突然一本正經問了王曉樂：

「樂姊，為什麼你們的『菜頭粿』要叫『港式蘿蔔糕』啊？改成蘿蔔糕再加個港式是比較厲害嗎？」

王曉樂一時被問倒，畢竟她從沒想過這件事。當年已大二的她，為了面子問題，故作深沉回了句：

玫瑰即使換了個名字，她也依然芬芳。

菜頭粿即使叫蘿蔔糕，滋味還是一樣。

「喔……，但妳還是沒回答我的問題啊？」

王家阿嬤當時人在櫃台，聽她孫女掉了個毫無意義的書袋，忍不住牙根發酸，跳出來說：

「嘜聽你阿姊黑白講，這一切攏是生意人的陰謀啦！叫港式蘿蔔糕，人家掏錢才掏得卡甘願！菜頭粿在厝內煎就好，港式一聽就好額人（hó-giàh-lâng）[37]在呷的，蓋高尚不說，還可以賣貴五塊咧。」

「喔，就像阿爸的『滿漢牛雙玉大餐』是泡麵加兩顆蛋一樣啊！」王曉樂十分有悟性的舉一反三。

「但我還是喜歡叫它菜頭粿。」小云深嚥下嘴裡的蘿蔔糕，小聲嘟囔了句。

「當然可以啊，阿深你愛叫它菜頭粿，它就是菜頭粿。」王家阿嬤笑瞇瞇的說。對待可愛帥氣的小男生，她向來特別有包容力，看來王曉樂的重顏基因，實是其來有自。

「小深，你的菜頭粿好囉！」回到下雨天的早餐店，煎檯女王王曉樂，將煎得都能跳恰恰的蘿蔔糕端上桌，此時，秋云深早已迫不及待拿起筷子，準備跟菜頭粿耳鬢廝磨了。

「唉～樂姊，還是在妳這邊最好了，菜頭粿煎得香酥脆，又記得我不愛加醬！有時候我去外面早餐店，跟老闆娘強調半天，外帶回家打開一看，菜頭粿還是沾了醬油膏！」

總算吃到朝思暮想的蘿蔔糕，秋云深滿足的嘆了口氣，半是抱怨半是撒嬌的跟王曉樂聊起來。

「唉呀，出外人只能呷個止餓的嘛[38]，所以你最近工作很忙嗎？感覺有陣子沒看到你了。」

「對啊！我年初畢業後，就完全聽經紀公司安排了，差不多有活動就去，畢竟再辛苦都是機會。說到這個，樂姊，」秋云深放下筷子，端正表情說：

37 註：好額人（hó-giàh-lâng），有錢人。

38 註：台灣俗諺，意指人在外頭有吃飽就好、內容別太計較。

「我前陣子接到個很棒的節目邀約，不過，必須封閉式訓練三個月，還穿插積分賽的錄製，下禮拜我就要進去了，接下來這段時間，你們大概只能在電視上看到我啦！」

「唉唷！不要說進去啦，好像坐牢一樣。」

「聽妳這樣一說，還真有點像哈哈。我自己是覺得更像當兵吧……但我因為免役了，不曉得真正的國軍 Online 究竟是怎樣，還是當兵更辛苦吧我想？」

「喔，按照你曉陽哥的說法，就是除草、除草還有……除草。」

「……」正在隔桌碼字的被迫偷聽狂魔裴先生，收聽著逐漸崩塌的內容，很猶豫是否該強行挽救這段對話。

所幸，這對岔題姊弟組的談話，很快在秋云深的引導下重回正軌。

「其實我真的是運氣好，作為一個新人小透明，雖然經紀人答應幫我爭取，但畢竟沒抱太大希望，沒想到最後真拿到這份工作約了！」

「妳問我去做什麼喔？嗯……算是去進修吧，深度的音樂潛能開發班哈哈，重點是，能接受樂壇前輩的一對一指導喔！至於更多細節，因為我簽了保密條款，毀約沒錢賠啊哈哈哈，姊妳等節目播出就知道囉。」

「好～樂姊會乖乖守著電視，幫你衝收視率。」

「也不用衝啦哈哈，但我真的滿珍惜這次機會，希望能讓自己突破！」

說來秋云深讀大學時，在朋友的介紹下，搭上熱潮成為課餘直播主。秋云深開直播，倒不是想當網紅賺土豪禮物麼麼噠——只是他從小愛唱歌，又恰巧得知有平台能發揮，台階搭好了自然就踩上去了——不得不說，秋云深在歌唱方面，確實比KTV裡鬼叫「死！了！都！要！愛！不逼瘋聽眾不痛快」的普羅大眾，多了不只一點的天賦。畢竟那副偏高音空靈嗓，並非路上隨便抓個男生就能擁有的，許多苦情歌被他的嗓音重新詮釋後，隨即生出令人釋懷的超然，因此，隨心所欲唱了兩年下來，倒也收穫一批忠實聽眾。

不過，相較刻意操作的網紅，純粹是在直播開心的秋云深，始終這般不慍不火的唱著歌。直到某次他考前壓力大，發洩似的在直播間一人分飾多角亂玩PPAP，那段日本喜劇藝人的Pen-pineapple-apple-pen，被他用抒情風格、雲雀美聲、歌劇詠嘆調、搖滾金屬嗓、御姊羅莉音、嘻哈rap唸法，甚至連竹板快書歌仔戲都玩了一輪下來，最終，被人剪接片段上傳至Youtube一夕爆紅——這隻窩在網路邊緣玩得好歡快的角落生物，終究是在這片汪洋裡被人打撈上岸，收到晨星娛樂遞來的橄欖枝。

讀完經紀公司的e-mail，秋云深的第一個反應，不是去找爸媽，而是尋了個沒課的午後，跑去早餐店找王曉樂討論——想當然爾，得到後者雙手雙腳的全心支持。

「你那麼喜歡唱歌、機會又這麼難得，不如給自己幾年時間發展看看，說不定就闖出名堂了呢？」

「況且，你的歌聲是真的好，樂姊對你有信心！真要我說的話，就是苟富貴勿相忘，那個簽名照先來個一打吧謝謝。」

得到王曉樂的謎之信心加持，以及徐莉審慎的合約檢視，沒多久，年滿二十的秋云深便跟晨星娛樂簽約了。至於秋家爸媽，則是在被通知時點了點頭，表達他們的知情後，又繼續投入在生意中——反正兒子總是那麼有想法，他們毋須擔心，把生意顧好最實在。

由於當時秋云深尚處於求學階段，在他個人希望先完成學業的堅持下，公司在簽約後也沒太多動作，主要交代他用心經營直播間，盡力在畢業前累積一定的流量。當然，比起原先玩票性質的開直播，如今必須兼顧兩端的做法，著實讓秋云深感到吃力，但他終是靠著對唱歌的熱愛支撐下來了。

進到直播間的秋云深，人送江湖外號「小喜鵲」。這稱號除了是讚賞他的歌聲，更多則是在吐槽：他很、吵——而秋云深也不負眾望，每回開啟直播的他，不是在唱歌，就是在成為話嘮的路上。

事實上，比起秋云深的獨特聲線，當初吸引到晨星娛樂的，正是他在直播時與聽眾互動所展現的特質——無論是三句一笑點的聰穎伶俐、梗梗拋接不落地的敏捷反應、還是說笑之餘仍不忘照料脆弱之人的溫柔，與生俱來的善良和綜藝感，皆讓他們看見秋云深成為優秀藝人的潛力——這世上會唱歌的人，說真的，並不是那麼少，但能在唱歌之外，給予聽眾溫暖、歡笑，以及一份可貴的療癒，才是公司長期在淘選的珍寶。

就這樣，學業直播兩頭燒的日子來到今年初。秋云深在爆破無數肝指數後，成功爭取在大四上提前畢業，又因BMI不足16.5免服兵役，於是，小喜鵲的演藝圈大冒險，被正式排上日程，晨星娛樂派出資深經紀人費叔，帶著他開啟了連滾帶爬的新人之路。

然而，在唱片業不景氣的今日，想當歌手，得先從通告咖開始。說來費叔給秋云深的定位，就是隻「綜藝機智小菜鳥」——當班底活潑機敏有反應、出外景耐操耐扛耐調戲，冷場時出來唱首歌跳個同手同腳調節氣氛，順帶自黑他號稱165cm的身「高」——秋云深時常懷疑，費叔根本想把他打造成地表最強新人，只差沒在身上貼張「生活不易，多才多藝」。

但話說回來，跟著費叔操歸操，卻並非無良的被壓榨——對方提點他，上通告向來是新人刷曝光攢流量的捷徑，受教的秋云深，也很快憑藉著小喜鵲的機伶、以及各種不務正業的才藝，迅速上位成為各大節目新寵兒。上至五六十歲菜市場婆媽、下至國高中少男少女，就算不記得他的名字，光看臉都知道「啊這個小男生很好笑！」當然，對於這類評價，秋云深仍難免感到凌亂的哀傷——我是想來唱歌、不是來搞笑的啊！

不過凡事有因就有果，若非秋云深認真耍寶，成了收視率基本保證，或許，費叔也無法替這隻小透明攔截到這檔綜藝：

《我們的聲活》。

這是一檔後來播出時，被全國觀眾喻為「媽媽問我為什麼跪在螢幕前看完它」的神級綜藝。據傳節目收官當晚，許多人瞬間心碎逆流成基隆河，滿臉眼淚鼻涕爬到官網留言區敲下「心好累，不會愛了」，就此看破紅塵遁入空門，拔掉網路線、剪斷第四台，宣稱世間再無良心製作。

「我們的聲活」這檔節目，儘管名稱聽來有種年代感的尷尬，卻是個有理想有抱負的節目。製作團隊有感於流行樂界出現人才斷層，為了弭平缺口、也是讓世代對話，遂打造出這檔母雞帶小雞（×）大神帶新人（○）的半實境音樂競賽綜藝。節目組挑選四名有潛力的歌唱圈新人，透過師徒制的設計，請來四位歌手大神，一對一帶著後輩，跟另外三隊互相較量。

為何說是半實境秀呢？因為節目其中一半的企劃，是跟拍兩代歌手的磨合日常。在這十二期的節目裡，每週有五天，新人會接受封閉式訓練提升業務能力，剩餘的兩天一夜，則是跟前輩相處，在對方的指導（×）惡整（o）中，讓觀眾得以一窺大神們在台下與新人相愛相殺的狂躁面向。

至於另一半的錄製內容，就是兩週一次的積分賽。依序是六個不同類型的舞台演出：抒情、唱跳、搖滾、饒舌、不插電，以及在決賽時發表的共同創作。其中獲得冠軍的組別，能將該組創作發行為單曲，一圓新人出片夢。前五場比賽裡，節目組會邀請四位唱片製作人擔任評審，加上現場觀眾投票，各佔20%。到決賽當天，則是採取現場直播，由三位專業評審和場內、線上觀眾投票後，加總前五次總積分選出最終冠軍。

必須承認，這樣的賽制設計，即便對成名大神來說，也依舊是挑戰——畢竟，擅長唱抒情的不見得碰過搖滾、會唱跳的可能無法unplugged，至於嘻哈rap更是近年才逐步成熟的領域——但某方面來說，這或許就是晚輩能帶給前輩的贈予——在這講求多元的年頭，哪個竄出頭的傢伙不是身經百戰，而這份跨界的斜槓彈性，恰好是新人的獨特之處。

我們的聲活，不只是記錄生活，更是讓聲音活過來。不僅是新人的歌聲，亦是大神們的歌聲。都說流水不腐，戶樞不蠹，再好的聲音若是失去企圖心，終究難逃消散於時代的命運。藉由這檔綜藝，製作團隊透過師徒制，讓經驗得到傳承；透過競賽，碰撞出音樂的新可能；再透過半實境的拍攝，讓大家知道——這些大神歌手如果願意，其實，都可以改行去講脫口秀。

無論是搖滾小龍女曲筱寧、知性創作才子齊可楓、古典千面俠李亦凡，或是抒情天王葉巍，每個人在台上時皆畫風正常，但只要下了舞台，那就是一群放棄治療的野獸派，互嘲力開到max and beyond的吐槽大師。觀眾們直到看完節目才明白，原來這群大神的人物設定，從頭到尾都沒有崩潰——因為「崩潰」就是他們的人設。

就像秋云深也沒想過，他心目中的大神葉巍，私底下，竟是個甜食控、心智五歲的幼稚園大叔。

自從得知跟葉巍搭配後，那段日子，秋云深壓力山大到連吃菜頭粿都味同嚼蠟。早在他出生前，葉巍便已是殿堂級歌手，暢銷金曲榜單得獎無數，穩健的唱功讓歌迷堅稱他三餐都靠吃CD維生。這些年，多少人在他勵志的〈旭陽〉裡燃燒炙熱青春、又在他淒清的〈明月離恨〉內度過黯然的夜——如今，葉巍拿著麥克風走過三十多個年頭，溫暖療癒的嗓音，隨著人過中年後越發醇厚，成熟滄桑之餘，更蘊藏對世事變幻的理解與包容。每每提起他，那就是流行樂界一道恆常的海岸線，無論時光如何沖刷拍打，始終如磐石般堅守原處，甚至不斷翻新突破予人驚喜——例如，下凡參加一檔明顯吃力不討好、還有可能神話破滅的音樂綜藝。

就在上個月，節目組放出葉巍參與錄製的消息後，歌迷們群情激昂不說，連路人看久了都忍不住入坑討論。畢竟，國民級大神自帶話題度，一時間，各式關於葉巍參賽的推測，從不忘初衷的高等吹捧小論文、到不甘寂寞的吃瓜陰謀論[39]，轟轟烈烈在論壇炒作起來，導致未開播前便先熱了一波。

而當所有材料翻來覆去炒過一輪後，眾人最好奇的莫過於：製作人到底是動用什麼殺手鐧，才有能耐請出這座大神下凡？

39 註：吃瓜，瓜是「卦」的諧音，「吃瓜」意指「追八卦」。

「沒有啊，我女兒一知道那個寫酸歌的宅男齊可楓要來參賽，就派我來找他要簽名了。」

但見葉巍伸了個懶腰，毫無形象癱在沙發上，很隨性的將外界喧嚷多時的疑惑，以異常直白兼令人白眼的方式揭開。

原來是個寵女忠犬老父親啊！秋云深點了點頭，心想，換做別人他或許不信，可是葉巍這麼做，莫名的好合理啊。

他承認，自己初次跟葉巍碰面時，發現這位大神私下是這種跳脫風格時，內心是有點崩潰的。然而，在歷經了四週的相處後，他對這位幼稚的葉五歲，完全就是採取爛泥派爸媽的放養態度。

當然，在對待音樂上，葉巍依舊是嚴謹且令他尊敬的大神，可一旦回歸日常的狀態嘛……

秋云深常常想抓著他的肩膀吶喊：「大哥，隨地亂扔偶像包袱是要罰款的啊啊啊！」

猶記他第一次跟葉巍碰面時，先是在對方休息室外敲了三下門，再帶著緊張的心情推開——只見葉巍獨坐沙發中，專注閱讀手中小說，週身大神氣場全開的模樣，不禁令秋云深雙腳打顫。察覺他的到來，葉巍放下書，那道混雜歲月與故事的目光，便這般直直望進秋云深眼底。

秋云深被盯得心跳漏了拍，平素的調皮機靈全數臨陣脫逃。正感到手足無措，下一秒，竟見對方可憐巴巴扁起嘴：

「你有吃的嗎？我肚子好餓……。」

「呃，有喔，老師您想吃什麼？我有巧克力棒跟能量包。」

「巧克力好了，能量包那種東西吃了等於沒吃，還是巧克力讓人心情好……啊呀，你怎麼帶這種85%的高純度黑巧克力啦?!都要吃糖了，當然要吃甜死人最好還有果仁的那種啊……。」

於是，秋云深跟葉巍的初相遇，就在前輩嘮叨晚輩的甜食品味中度過。原先他所想像的、有深度的音樂對談什麼的，根本沒發生，唯一收穫就是解鎖了葉巍的囉嗦狂魔暨螞蟻人屬性。

儘管嘴上嫌棄，但當秋云深恭敬奉上巧克力時，身體無比誠實的葉巍，依舊迫不及待接過並撕開封口——下一秒，就見這隻嗜甜大神，歡快的嚼嚼嚼、嚼嚼嚼，邊嚼邊用他僅存的良心，勉強照顧了下場面：

「所以……你叫秋云深，是嗎？」

「是的老師。」

「唉呀，不要叫我老師，叫我葉哥就好，大家都是年輕人嘛！」

望著對方被高糖份誘發的活潑眼神，與那張看不出五十載風霜的、正在嚼嚼嚼、嚼嚼嚼的俊秀臉龐，秋云深尊敬答道：

「是的，葉哥老師。」

「……是葉哥，葉！哥！欸對了，小傢伙，你愛吃甜食嗎……啊，不，不可能，看你帶的高純度巧克力、苦死人不償命的，應該不是走甜食路線的……嗯，所以，你最愛吃的是什麼東西？」

「我嗎……是蘿蔔糕。」

「蘿蔔糕？喔，菜頭粿啊！不錯不錯，我也愛吃菜頭粿，只可惜不能多吃啊，畢竟我的變胖的額度都留給甜食了……。」

聽到此處，秋云深原先微顫的心緒，一時竟被那句親切的「菜頭粿」捂暖了。隨著年齡增長，他在外頭點餐時，敏銳的察覺多數人實際是傾向用「蘿蔔糕」一詞的，於是漸漸的，除了回去樂姊那裡，其他時候，他也開始改用蘿蔔糕與人對話了。而他完全沒想到，自己竟能在這個時候、在這位大神口中，聽見一句自然的菜頭粿啊……

秋云深正在發散思維時，另一邊，葉巍仍在嚼著巧克力：

「對了小傢伙，那個秋云深是你的藝名嗎？」

「不是，是我的本名。」

「哇！酷！這樣的話，我們可以拿〈秋意濃〉當團隊主打歌喔！」

聽了這句話，秋云深忍不住在心底拆台：葉老師，雖然我很感激您對於菜頭粿的親切，但這個建議一出口，滄桑的九零年代感，馬上就在我倆之間劃開猶如東非裂谷的鴻溝啊……麻煩您也說個陶喆的〈寂寞的季節〉或周杰倫的〈楓〉吧?!

不過說起來，秋云深最大的困擾，除了異於同齡男孩的嗓音，剩下的，也就是「秋」這個特殊姓氏了。從小到大，他總是老師拿起點名表時最先注意的人，三天兩頭為班捐軀，動不動就被叫起來回答問題。長大後打電話訂位，每次一說「我姓秋」，那頭就會問：

「是山丘的丘，還是旁邊有耳朵的邱？」

「都不是。」

「難道是蚯蚓的蚯？」

「不是，是秋天的秋！」

「哇！如果你是秋天的秋，那我就是派大星的派！或是海綿寶寶的海！」

「海綿寶寶應該叫海綿吧?!就像天線寶寶叫天線那樣啊！」秋云深每次解釋到最後，多半會握著手機語無倫次的暴走。

「其實，我葉巍的『巍』也很常讓我困擾，」坐在沙發裡啃著巧克力，葉巍望向拘謹的秋云深，下一秒，彷彿有讀心術般，主動接過話來，開啟了自曝其短模式：

「每次我打電話給別人，只要對方接起來一說『喂』，我都忍不住毛骨悚然。」

「結果有次我老婆真的跟我撒嬌，說了句『巍』，我還以為她只是叫我，粗聲粗氣回了句『幹嘛？』，她立刻怒氣沖沖抓我去牆腳跪算盤，跪得我認真考慮去改名。」

但見葉巍兀自在那碎唸，渾不覺這段話已暴露他在家中的卑微處境，秋云深隱約瞧見，多年來他在心底構築的那座天王神壇，正被幼稚大叔的自曝其短，踐踏得搖搖欲墜——然而，一陣塵土飛揚後，坐在沙發上的凡人葉哥，確實跟他距離近多了。

「對了葉哥，我當初是怎麼落你手裡的？」

四週後的錄製日，秋云深在賽後休息室裡，刷著論壇裡關於四隊組合的各種討論，心血來潮想到這件事。

「喔……沒有啊，就製作人找我們去他家打麻將，四個人摸了三圈才知道，東南西北四張座位底下，各壓著一個名字，誰的屁股坐到哪張椅子、就負責帶哪個孩子囉……。」

被今晚唱跳賽弄得虛脫的葉巍，此時依舊癱在沙發上，絲毫沒有拯救形象的打算。一旁的秋云深，儘管體力猶存，聽完這不負責任的解釋後，也當場受到重擊倒地，淚眼問花花吐血：

原來，世界上最遙遠的距離不是生與死，而是葉哥的尻川（kha-tshng）[40]，和他本不該多舛的人生。

＊

窩在沙發裡的葉巍，眼瞧小傢伙的臉被他寫滿了心累，竟難得的自我檢討起來——事實上，什麼幫女兒要簽名、用座位選人，全都是他隨口胡謅的——最初的最初，他之所以參加節目，是因著製作人好友的懇託。

「拜託葉巍算我求你了，這個節目只差一個，真的，只差一座大山，就能撐起來了。你也知道這企劃流產多少次，如今總算找到三個有意願、有檔期、關鍵是還有知名度的傢伙，你就幫忙湊齊這桌明星三缺一吧。」

那時，葉巍坐在自家客廳，喝著甜到牙疼的熱奶茶、聽著好友的言辭懇切，心想我們都老大不小了，你還執著於這份多年前的夢，甚至放下身段，動用一切人脈拉到我這裡來……

「……好吧，那，至少讓我自己挑孩子，別讓資方綑綁新人蹭我熱度。」

40 註：尻川（kha-tshng），屁股。

「好！只要你願意來，哪怕挑隻企鵝跟你唱都行。」為了順利成案，製作人沒多做猶豫便讓步，接受葉巍開出的條件。

因此，秋云深會被選上，並非他所以為的好運、也非費叔提出的收視率籌碼，更不是麻將桌胡吹一氣的東南西北風，而是葉巍篩選上百份資料後拍板的結果。

哪怕馳騁歌壇多年、即便深受樂評吹捧，事實上，正是因為唱得越久，葉巍益發體認自身侷限——他的中音域，深沉有餘、清越不足，偶爾連他自己都感覺缺乏亮點。可既然答應好友參與錄製，那就是來尋求突破的——所以，葉巍想找一個能跟他互補的孩子，無論是在音域、或是對歌曲的詮釋上。

當然啦，若同時是個資質好、心性佳、熱愛唱歌的娃兒，尤其還聽得懂他那些老掉牙的冷笑話——那就更好了。

沒錯，葉巍知道他是貪心了些，只不過，人因夢想而偉大啊！樹底下站久了，誰知道哪天或許就撿到一隻肥美小白兔了呢？

只可惜，在翻過五六十份資料後，葉巍取下老花眼鏡、揉了揉他跳動的魚尾紋，一個人在書房裡長吁短嘆兼哀嚎：

這年頭的抄襲，是嚴重到連新人的臉都用複製貼上嗎？

葉巍發誓，他在短短一小時內，已經抓出好幾對多胞胎了，再這樣繼續看下去，他都要幫這幾人腦補出不可描述的狗血家庭倫理劇了（當然，不如去搜尋他們動刀的醫美診所比較實際）。

不過說真的，外貌什麼的倒還其次，真正令葉巍感到絕望的，是他上網搜了部份新人後，這些孩子的舞台表現，讓人當場想高歌一曲〈如果沒有明天〉[41]。關掉慘不忍睹的頁面，葉巍放棄求生欲的甩開滑鼠，拿出手機打給好友：

「你明知歌潭現今死水一片、沒人能接班，還硬要製作這檔節目，這不是嫌命太長去自虐嗎？」

「而且你想自虐就自虐、不要虐我啊！兄弟是這樣當的嗎？我只想跟你有福同享啊！」

幾乎是電話接通瞬間，葉巍劈頭便對著那端來了頓痛毆。根據他多年後出版的浮生回憶錄（×）演藝爆料集（o）指出，當時，製作人好友的回應如下：

「喔，裡頭最好的三個我已經抽走了，剩下的是你說要選、我就整疊資料打包送到你家了……印象中還是有翻到幾株不錯的苗子啦，只是需要耐心慢慢找，所以，加油！好嗎？」

葉巍聽著好友半調侃的語氣，暗道好啊，現在是把我這美嬌娘騙到手了、所以負心漢原形畢露了是吧?!哼，大爺我當初就不該同情你，活該你次次提案失敗，最好一路哭到虎頭鍘上，你這個豬頭陳世美！

察覺到多年老友已然展翅在絕交的懸崖邊，製作人沉吟幾秒後，對電話那頭說道：

「好啦！既然如此，別怪我給你下指導棋啊！裡頭有個叫『秋云深』的小子還不錯，只是出道時間短、又沒太多人氣，上頭的人覺得沒把握不想啟用，你去找來看看——如果能入你的眼，我個人挺樂見其成的。」

41 註：歌手薛岳罹癌後演唱的經典作品〈如果還有明天〉，在此改成沒有明天，用原曲頑強的勵志精神對比葉巍放棄的求生欲。

葉巍一聽這句話，立刻扔開手機，桌上那疊紙也不翻了，直接撲到電腦前 google 這傢伙——很快的，搜尋引擎跳出大串資料，最上頭的，自然是當年爆紅的 PPAP 短片：

「喲？這小傢伙還是直播主啊？」葉巍一挑眉，輾轉搜索了幾個連結，摸到秋云深的直播間，很快的，他原先漫不在乎的神氣，在聽見對方的歌聲後，出現了微妙變化。

「這小子挺有意思啊……。」

螢幕裡，正播放著秋云深翻唱的〈口是心非〉——近似張雨生的清亮嗓音、高亢中又不乏婉約細膩，若是用心栽培澆灌，假以時日，確實有機會成為一朵奇花。一曲聽罷，葉巍闔上電腦、重新回到書桌前，一頭栽進堆積如山的自傳裡，終於，在那疊雲深不知處的所在，找到了秋云深的資料：求學時經營直播、幫人友情配唱，進圈後在各大綜藝跑龍套打醬油……仔細讀下來，他發覺秋云深雖非科班出身，卻擁有一定的天份和實戰力，重點是，他在直播間唱歌時發亮的眼神、還有珍惜每個舞台的真摯誠懇，再再讓葉巍想起年輕時的自己。

重點是他的音域，的確跟自己互補啊。

「嗯，連這個身材比例也不錯……比我矮十公分的最萌身高差，襯得我腿長。」下一秒，身高僅 175cm、歌壇人稱「歌神矮子樂」的葉巍，不懷好意的微笑起來。

想到這裡，他再度撥通電話：

「秋云深的資料我看了，就決定是他吧。」

「嘿嘿，果然英雄所見略同。那我往上報了嘿，就說是你堅持要的人。好啦先這樣，我去忙了。」

「喂！喂！剩下那一整疊資料怎麼辦？」

「那還用問？當然是幫我處理掉啊，要記得，先碎紙嘿！」

咔，葉巍再度摔上電話，但這次不是急的。

儘管損友不靠譜的坑了他，可葉巍必須承認，這傢伙推薦的實在是好。不曉得是天性使然、或是曾有過配唱經驗，秋云深唱歌時，從不會急切的突顯自己，而是針對整首歌的需求、還有合作對象的特質，默默進行調整和搭配。加上他與生俱來的音感，兩人初次試唱時，信手拈來的練習曲目，從進歌到節奏再包括吸吐氣，都是令葉巍驚訝的異常契合。

葉巍原本以為，他是來這裡當把屎把尿飼育員的，豈料竟碰上隻自立自強小神獸——看來在這檔節目，他可以盡情放開來玩，帶著秋云深嘗試各種音樂上的碰撞了——即便這孩子對歌曲情感的把握仍顯稚嫩，但他的空靈聲線，以及，最強輔助的特質，絕對有辦法將自己所選的〈秋意濃〉昇華，削減當中的濃烈離愁、多出離人轉身的瀟脫。

喔，對，沒錯，我們任性的葉哥，在探出對方的底後，無視小透明的微弱反對，堅持要以〈秋意濃〉作為兩人登台的第一首歌。

「這才對得起我們『一葉知秋』這個組合嘛！知你者，葉哥也，這次先聽我的，選〈秋意濃〉就對了。」

面對葉巍的判決定讞不可上訴，秋云深表示自己根本遇上恐龍法官：雖然大學時期他就有私下找老師進修，可再怎麼說，關於演唱，他仍自認在新手上路的階段。葉哥究竟是哪來的信心，認定他能駕馭這首歌——若演出時不幸現場車禍卡山溝裡了，連累大神被群嘲不說、他也會被節目組恨死啊！

當然，從葉巍的角度，秋云深擁有極佳的天賦，加上長期的認真努力，扣掉那些神級曲目，多數的歌對他而言欠缺的不過是自信。若是這次能藉〈秋意濃〉助他突破限制，無論對秋云深本身、或是未來兩人的合作，都將是很大的跨越。就算最終失敗了，其實也無所謂——反正，咱們葉哥什麼沒有，臉皮最多。

而從第一場的賽後結果來看，這次選曲也是成功的。一九九三年發行的經典老歌，前奏下去瞬間回憶殺——儘管很多人直覺想到的，可能是電影裡彈著鋼琴的周星馳、唇上那根搖搖欲墜的香菸——但引發共情的曲調，輕易將聽眾拉回心馳神往的九零年代，而熟悉的旋律間，又因著雙人對唱的新詮釋，流露出有別於舊日的況味。

葉巍開口的第一段，低迴的中音裡是徘徊不去的隱忍，彷彿一匹負傷的孤狼獨行於林間，秋風旋起落葉，撲面而來滿腔淒涼心碎。就在聽眾眼眶將滿欲溢之時，秋云深一出場，從天降下的高音，猶如陽光穿透枝椏縫隙，灑落一地往昔的光與影，療癒那顆受創的心。等進入合唱部份，前頭逐層堆疊的情緒，累積至副歌處爆發開，葉巍的克制深情，交纏秋云深的絕美柔情，霎時間如怨如慕、如泣如訴——眾人眼中那滴醞釀許久的淚，也終在此刻悄然落下。

一曲結束，全場屏息。台上的歌者，亦沉浸在情境裡，繾綣揮之不去。

五秒鐘後，台下極熱烈的掌聲響起——是為歌、更是為唱歌的人。透過葉巍和秋云深的演繹，〈秋意濃〉不僅是老歌新唱，更被唱成獨一無二的絕唱。你來我往的張力間，除了對過往的珍重留戀，也有著對昨日的釋懷與道別——這，是屬於一葉知秋的版本，是他們對這段秋季最獨特的理解。

而從專業的觀點，無論是評審或另外三組人馬，大家都覺得很奇妙——認真說來，這首歌並沒有特別的編曲，鋪陳上也是合乎規矩，但兩人的合唱，卻激盪出動聽的化學效應。尤其雙方默契的和聲，始終在整個演出過程，穩穩的托住對方——若少了秋云深的高音，葉巍的深情將失之鬱悶；可若少了葉巍的中音，秋云深的柔情也會失之深刻——兩副美好的嗓音，就像明月與高樓，在這首歌裡交會、相互成全襯托，一切都是那麼的美麗。

望著這對相差近三十歲的拍檔，兄弟般搭起彼此的肩，面向觀眾鞠躬謝幕，台下評審不禁有感而發：夜空各自閃亮的兩顆孤星，如今，因著這檔節目，合體為最耀眼的雙子星。曾經滄桑的獨吟者，形單影隻的小精靈，尋尋覓覓許久，終在這座舞台上相逢——

從此，不再寂寞。

「要說你們倆，也真是1+1大於2的天作之合了！」

人在舞台上的葉巍，乍聽主持人口中冒出的「天作之合」，還有觀眾們「在一起、在一起」的鼓譟聲，他的內心起先是拒絕的——自己跟老婆結婚時，都沒人這麼說了，誰想年過半百的今日，竟跟個臭小子湊起天作之合——這年頭的綜藝套路真心太深，不過是單純唱個歌，都能發展成「非誠勿擾」的大型婚配現場。

但反正——葉巍再一想，聳了聳肩，對著鏡頭露齒微笑說了句：

「謝謝，我們很幸福！」

在全場CP鎖死吞鑰匙的歡呼聲中，葉巍拉著耳尖快滴出血的秋云深，大搖大擺坦蕩蕩的退場。身為一位已婚已育無所畏懼的中年大叔，節目組真想玩的話，那他就奉陪到底。

但話說回來，兩人這次的合作確實很愉快。整個演出過程，他以紮實的唱功撐起秋云深的空靈感，後者銀鈴般的嗓音，則跳躍於他的渾厚間，不時迸發亮眼的一瞬——出奇不意的火花，連他本人都感到驚訝。同時，秋云深的穩定可靠，讓他毋須費心照料對方，得以專注於處理歌曲細節，將整首歌發揮得益發淋漓盡致——總的來說，對於這個年輕搭擋，葉巍是很滿意的。

而在秋云深這邊，對葉巍則有著更多感激——他漸漸明白，葉巍選擇〈秋意濃〉這首經典，看似任性的挑戰、實則是對他的鼓勵。面對他擔心搞砸的憂慮，葉巍僅是大氣一揮手：「沒事，搞砸就搞砸，一切有哥扛！」甚至補了句：「反正你就隨便唱，你隨便唱哥都覺得好聽！」幾大碗的心靈雞湯（×）甜言蜜語（o）當頭灌下來，讓他一度紅了臉孔、也悄悄紅了眼眶。

秋云深永遠不會忘記，正式演出時，當葉巍唱完第一段，自己依照彩排設計，踩著間奏從後頭走出來，此時，舞台中央的葉巍，竟轉身給了他一個溫暖的笑——聚光燈打在葉巍身上，那堅定的「哥在這兒罩著你」的眼神，瞬即讓秋云深的心緒沉澱下來。這一刻，他不再去想唱壞了怎麼辦，就是全情投入旋律，心無旁騖唱出這座舞台的第一個音——無論演出結果好或壞，他身邊都有人支持著。所以，全力以赴就對了。

至於秋云深的鐵桿級老粉，那些從直播間一路追到今日的歌迷，看完整段演出後，緊捏的小手帕擦不完欣慰的淚啊——聽聽，聽聽，人家葉大神在幫咱家小云深搭和聲啊，那麼和諧、那麼完美、那麼慈父笑，這隻單打獨鬥的小喜鵲，如今總算有個人照顧了，我們這群親媽不用操碎心啦！

只不過，當時所有人都沒料到，舞台表現如此和諧的兩人，下了舞台後，竟會發展成捉對廝殺的路線。就見他倆大手拉小手，一路向北爛的越跑越遠，最終，無可挽回的成了「台上唱美聲，台下講相聲」的神仙段子手組合。

說起來，這葉巍也是用心良苦。自與秋云深結識以來，為弭平雙方的距離感，他盡可能抛開身段跟對方勾肩搭背，協助秋云深打破桎梏，將他拉拔成能並肩作戰的搭檔。而從第一場的結果看來，這個策略是成功的——放下顧慮的秋云深，不但在台上與他強強聯手、又在台下頻頻抖機靈，這個璞玉小歌手，確實在他的引導下，一步步綻發屬於自己的鋒芒——有了這層認識，我們的葉大神，遂更加理直氣壯在作妖的路上，狂奔一去不復返了。

後來的每期節目，就看葉巍跟秋云深兩人，一舉扛起裡頭的亮點擔當、搞笑擔當，外加網路單曲循環擔當，從創造經典曲目到創作經典語錄，整條節目的話題流水線，全給他倆承包了——眼瞧這對組合，拿著兩個人的錢，做著六人份的活，重點是還樂此不疲，對製作團隊來說，划算程度真的是870分不能再高了。

而對觀眾來說，這世界不缺乏美，只缺乏相愛相殺的場面——聽到神仙級合唱固然美好，若能看到兩位神仙互相傷害，那幸福值更是直衝天際爆表——試想，前一秒才在深情對唱兄弟情，後一秒立刻畫風突變塑料友情，如此愛恨交織的酸爽，人間哪得幾回聞啊?!不知從何時開始，準時收看這對幼兒園搭擋的大型拆檯兼唱歌現場（對，拆檯才是主軸），早已成為廣大無恥群眾，每週日晚間的新生活運動。

然而，收視率節節攀升的同時，演藝圈這片渾水，也隨著「一葉知秋」的爆紅，悄無聲息的洶湧起來。從一隻新人小透明到大爆能見度，秋云深的際遇妒煞不曉得多少人，尤其是原先落馬的眾家娛樂公司。

早在這檔籌備多年的節目確定製播，特別是葉巍加盟的消息在業界傳開後，各路嗅覺靈敏的娛樂老總，便紛紛出手大顯神通，擺酒設局、帶資進組、鑽營門路，三教九流的手段使盡，就是要把自家新人塞進去——結果呢，整群妖魔鬼怪正殺得腥風血雨，某個一清二白的無名氏路過，竟隨手攔胡了這塊眾人垂涎的唐僧肉。

所有人這個嘔啊！機關算盡太聰明，反被人整盤端去。倘若沒激起水花倒也罷了，偏偏秋云深紅了、還是綑綁著葉巍紅的，這可叫人情何以堪？從頭到尾忙活整件嫁衣，卻連手工費都沒回收，這麼虧本的買賣，根本是逼老闆瘋了封館大跳樓。

於是，當節目播出到第八期，「一葉知秋」一躍而成全國最有話題度的當代模範挖坑大隊，這日，經紀人費叔上線時，赫然發現有大批帳號，在節目官網和各大論壇，看似中立的丟出帶風向的言論——從人身攻擊到謠言抹黑，說法天花亂墜五花八門，但背後的指向，皆一致針對他帶的秋云深，甚至有暗示其舞台上的精彩表現是假唱、積分排名是靠劇本的惡意推論。

老狐狸費叔搓了搓腳指，隨即明白是怎麼回事——看來那群眼紅的傢伙終究沉不住氣了。

不過，這招使得著實不錯：都說打蛇打七吋，出道未滿一年的小透明，原先多半在綜藝裡打醬油，不說還以為走的是諧星路線。秋云深還沒機會證明實力，就被放到這檔節目——對方從這角度切入、再上升到節目黑幕，確實能誤導部分路人的觀感。

費叔還在思考怎麼回擊呢，下一秒，眼前的電腦螢幕，便刷到某人的ＦＢ跟ＩＧ同步更新了狀態：

假唱，呵呵，我有這麼好騙嗎？

瞄了發文的帳號，費叔按掉預計要撥的號碼，收起手機，神祕的撚鬚微笑——好啦，有人比他這經紀人更護孩子呢，看來晨星這邊也不用費心了，坑底躺平靜觀其變即可。

同一時間，剛扔出這段話的葉巍，拿起桌上的巧克力剝開包裝，還來不及放到嘴裡，意外發現頁面底下，那蹭蹭蹭滋長的留言，正以泥石流的速度爆發開來：

大神發話了，沙發！

好學生坐姿小本本預備第一排吃瓜（bushi）

大神竟然營業了啊！媽媽媽媽我碰到大神營業了啊

大神大神我愛你（管他什麼瓜，先表白一波說）

啊啊啊大神我在這（揮手），還記得十八年前大明湖畔的下水道嗎？

大神你總算來了，我正準備幫你的頁面除草啊

樓上的我跟你一樣啊不過我清的是蜘蛛網

樓上兩層別忙著打掃衛生了還是快坐下吃瓜吧！大神難得呵呵人了啊！

葉巍食指夾著巧克力，看著光怪陸離的留言，認定這世界真的病了。他老人家不過是一時手癢，想發個呵呵文打臉，為何這群人卻能扯到吃瓜、營業、表白、下水道跟打掃衛生？

說真的，也不怪葉巍的歌迷如此激動。自從粉上一個摩登原始人大神，他們註定天天站在望夫崖上，刷著幾乎不更新的FB跟IG帳號，風中凌亂瞧著它們日漸長草。基本上，葉巍發文多半是官方宣傳，即便難得放些生活照，也是手殘照壞的甜點、風景跟自家的貓——如果說有什麼事，比愛上一個不回家的人更慘，答案絕對是追蹤葉大神的粉專。

所以，今天碰上葉巍正常營業，不轉官方文、不放醜照、不曬貓，還難得真性情的呵呵了一句，怎能怪這群傢伙在留言串發瘋似的嗷嗷嗷呢。

當然啦，扣除上述畫風清奇的花式告白，夾雜在放飛的粉絲間，也是有些正常版本的發言：

大神掛名，品質保證！

一葉知秋最棒，無條件支持大神和深深。

感謝大神對我們家深深的照顧

期待下一場的神仙合唱

這些留言，多是來自秋云深的老粉。這天上午，當他們發現有人故意潑髒水，自然是直接披著帳號、扛著鍵盤就衝上去開戰了。然而，由於人力不足、又缺乏組織性，這群老粉從頭到尾都被人壓著打，正當他們滿地打滾慘叫人生艱難時，卻見葉巍從天而降，一句呵呵就把流言止住了。

不得不說，大神就是大神，有了這張金字招牌掛名保證，再多的汙衊也難以做數。老粉們只要把這段話截圖，碰到任何惡意揣測，直接啪地一張jpg.甩過去，就能一句話不解釋的驕傲轉身。

沒錯，背靠大神好躺贏的感覺，就是這麼開心愉悅，一種人生贏家獨孤求敗的寂寞有沒有？

說來操作這波風向戰的傢伙，實是以小人之心度正常人之腹。在他們的假設裡，秋云深亦是使用手段賴上葉巍，若能把他的名聲弄臭，葉巍考量影響，定會儘快切割要求換搭擋，眾人就有機會見縫插針——豈料才不過半日，當事人都尚未出面澄清呢，葉巍竟先跳出來保護搭擋了，導致這場雷聲隆隆的輿論攻勢，來不及開演便已落幕，這對背後出資的老闆來說，不僅僅是封館跳樓，根本是含淚清倉結束營業。

當然，整件事裡含淚的，除了眾家老闆們、發現巧克力融化的葉大神，最後一個，就是秋云深本人。

儘管費叔特地交代他別看留言，但，身為一個「no 做 no die[42]」的時代好青年，結束通話後，秋云深還是忍不住手癢的爬上網衝了會浪。

一衝之下，果然，直接溺水了。

42 註：不做死就不會死，明知山有虎偏向虎山行的意思。

「說我假唱就算了，但什麼長得矮、不好看……這種大實話幹嘛寫出來?!」

在「唱歌好聽」跟「長得帥」之間，果斷選擇後者的中二少年秋云深，看完網路留言後，整個人都不好了——說我唱歌難聽我可以忍，侮辱我的長相不行！

因此，當葉巍報復性的吃了五塊巧克力、心滿意足走進練習室時，才剛推開門，就看見角落蹲著一隻小喜鵲，渾身上下像被暴雨打過的狼狽。

「怎麼啦？被說假唱心情不好？」

「……也不是吧，只是覺得有點難受，很多人明明不認識我，卻這樣恣意批評、嘲弄、甚至幫我亂貼標籤？」

「我真的很努力的，希望大家喜歡我……。」

秋云深窩在角落，心情複雜的低下頭，將自己埋進膝間——經營直播這些年，他不是沒碰過這類言論，只是「雲深不知處」畢竟是他的小世界，裡頭有更多溫暖的朋友，在螢幕前默默支持、鼓勵、為他打氣，挫折感不知不覺就消化了。等後來跟晨星簽約，即便他更清楚意識到，自己選擇的這條路，勢必要承受各種指指點點——然而，當那些批評鋪天蓋地席捲他時，自覺做足心理建設的秋云深，仍不免覺得難受。

在人前開朗樂觀的他，內心深處，始終藏著一個當年敏感脆弱、不夠自信的瓷娃娃男孩。

「嗯……，說起來，我以前也曾被類似的事困擾過……。」

乍聽葉巍這句話，秋云深埋在膝間的耳朵猛地一豎——這個熟悉的起手式，他有預感，葉大神又要自曝其短了。

「你別看葉哥現在，每個人看了我都大神大神的叫，我跟你一樣大的時候，在歌壇那就是個吊車尾小跟班。大家都在說，葉巍不行啊，歌壇萬年老四，永遠的三甲之外。」

「當時的我，不管怎麼比，總是有比我會唱、會跳、會創作的人壓在頭上。這些人有暢銷金曲、有舞台魅力、甚至長得比我更帥——跟他們比起來，我這個萬年老四，到底有什麼呢？」

「我想了很久，發現我有一個他們沒有的優勢。」

葉巍露出調皮的笑容，宛若老頑童正在桃花島洞穴裡，跟郭靖講述《九陰真經》的故事般賣了個關子[43]。

「我後來發現，我比他們都年輕！」

「因為年輕，我可以培養實力。因為年輕，我可以打磨作品。因為年輕，我可以做各種嘗試——因為年輕，我可以耐心等他們老。」

「現在的你，跟當年的我差不多歲數，所以，不要急著去證明什麼。與其被那些雜音分去心神，不如關起耳朵，專注在真正值得在乎的事——就是用誠意和努力，拿出一次比一次更好的作品，腳踏實地的把觀眾的心贏過來。」

43 註：《九陰真經》的創始人是黃裳，他因為被仇家滅門，躲到山中練功想報仇，等他出山後，卻發現對頭全死了。因為在他漫長的練功歲月裡，這些人都被「時間」收拾了。

「我相信，總有一天，他們一定會喜歡你的。」

難得今日不搞笑，葉巍邊說，邊瞧見秋云深的臉，緩緩從膝間抬起，散發出明亮的光。

他突然覺得，眼前這個孩子，跟年輕時的自己，真的一模一樣。

*

「阿嬤阿爸阿母我出門啦！」週日午後三點，王曉樂在玄關穿好鞋，站起身，朝客廳點著名喊了一遍。

「路上小心，」許芳慈走過來，語氣是一貫的溫柔：

「要回來前說一聲。」

「哼，小心小心，真要小心的話，幹嘛不讓我陪她去？」沙發上，笑口常開的王家阿爸，幼稚脾氣發作的說著氣話。

「少年人的代誌，你一個阿北是去那裡衝啥？跟一堆人徛佇遐（khiā tī hia）[44]你的腳敢會擋得（Kám ē-tòng--tit）[45]？」王家阿嬤敲了下兒子的頭，轉過頭，對著門口的王曉樂擠了擠眼：

「你們吼……就沓沓仔來（tàuh-tàuh-á lâi）[46]，看完比賽了後，尚好去呷個飯、踅個街（sèh tsit-ê ke）[47]

44 註：徛佇遐（khiā tī hia），「站在那邊」的意思。
45 註：敢會擋得（Kám ē-tòng--tit），「撐得住嗎」的意思。
46 註：沓沓仔來（tàuh-tàuh-á lâi），「慢慢地做」的意思。
47 註：踅街（sèh-ke），「逛街」的意思。

、聊個天什麼的哈！」

「吼阿嬤，我們是去幫小深加油的啦！」王曉樂無奈回應。

「好好好，去加油，去加油，妳才給阿嬤加油一點啦！啊不如吼，我再去幫妳上柱香、保庇一下！」

人生第N度忽略孫女的話，笑瞇瞇的王家阿嬤，迫不及待走到祖宗牌位前，對著列祖列宗堅定傳達她的立場——開玩笑！自家孫女都二十七歲了，自己在這年紀，早就派王新洋去巷口幫她買醬油了。結果呢？瞧這不爭氣的孩子，桃花沒一枝、八字沒一撇，直到今天，總算有機會跟男孩子出門，這叫她怎能不燒香拜請祖宗保佑？

況且，還是跟那位安豆小帥哥——王柯淑莉女士要是再年輕個二十歲，她自己都想報名跟團啦！

話說上週末，王曉樂接到秋云深電話，說他有兩張總決賽的親友票，問她有沒有空到現場觀戰？對於這個問題，咱們樂姊自是連行事曆都不用翻，二話不說絕對可以——於是兩天後，她就收到秋云深寄來的門票了。

王曉樂拿到門票，直覺反應就是找上親愛的徐莉莉。不幸的是，徐小姐最近工作量爆表，在事務所昏天黑地連假日都要加班，正當王曉樂失望的說好吧那她找王曉陽好了，便聽徐莉在電話那頭說了句：

「妳可以找林恩啊。」

「林恩？」

「嗯，妳不是說等妳發達了，要補請他員工旅遊，這不就是個機會？那麼火爆的綜藝節目，能去一尷總決賽也是開眼界了。」

王曉樂聞言不禁拜服——對於「慷他人之慨」這種事，自家的無良閨蜜，做得可真是駕輕就熟啊！

自從八月初，王家阿爸強勢回歸後，完成救場任務的林恩，又回復成帶筆電應卯的常客。每天一早過來，喝著黑咖啡、吃著蛋餅王、敲著 word 檔，外加偷聽王曉樂的店內廣播——但由於某大叔不時對他投以滲人目光，他倒是不再亂入發表評論了。

也不怪王家阿爸對林恩有情緒。說來六月初那會兒，老人家心想休息了四個月，身子骨恢復得差不多，是時候復工了吧？結果，所有人不約而同勸他再緩緩，說多休息對身體總是好的——好吧，反正店裡一切上軌道，他也還想多懶幾天，於是阿爸接受了。等到七月初，他心想自己休息了五個月，再不拿起煎鏟，整個人都要生鏽了！誰想他剛提出掌勺一事，眾人又說沒關係真的沒關係，曉樂的手藝很對客人胃口，您老再閒雲野鶴幾日吧——好吧，反正店裡業績成長，他也還想再懶幾天，於是阿爸忍受了。等到七月底，他心想都快半年了，該放他回歸崗位了吧？沒想到，這次他話都沒說完，大家馬上打斷說不用現在挺好的，繼續維持現狀即可——好吧，反正……

好什麼好？再這樣下去，王家阿爸都要變成瑞凡我回不去啦！

「莫想我不知影，你們就是看那小子帥，捨不得他離開！」

要求復職頻頻被拒，成功瘦下五公斤的王新洋先生，用那其實依然圓潤的體態，演繹出瓊瑤劇御用男主的景濤式崩潰。面對王家阿爸的怒吼血淚，王家祖孫檔心虛互視一眼，接著，王家阿嬤搔搔頭，說了句：

「帥是一定有帥的啦，賺的錢變多了嘛是真的（sī tsin--e）！」

扎心的話刺得王家阿爸肉疼，淚喊我的媽耶，到底誰才是妳親生的啊？

後來，還是林恩主動提出離職，解決了兩難的局面。畢竟那幾日，他每天都站在櫃台，接受某陰沉大叔三百六十度的無死角監管，那眼神散發的凜凜寒氣，比當時的農曆七月更毛骨悚然。心思細膩的他，腦袋一轉就明白——敢情自己佔住人家的位了。

對於林恩的通情達理，王家人（除了王家阿爸）都挺過意不去的，這才跑出王曉樂的員工旅遊說——她是真想找個方式感謝林恩，可獎金他不要、禮物他不收，思來想去，好像就只剩員工旅遊說得通了。

「徐！莉！莉！妳真是我的小諸葛，好，我這就去找林恩！」下一秒，行動派少女王曉樂掛上電話，點開通訊軟體去也。

瞧著暗下去的手機螢幕，徐莉吁了口氣，心說姊妹一場，我也只能幫妳到這啦，剩下的，就看你倆的造化了。自覺仁至義盡後，無情的翻譯機器徐莉小姐，便毫不猶豫的扔開手機，繼續紮進日月無光的文件堆中，天愁地慘的奮戰下去了。

時間回到總決賽這天。穿好鞋的王曉樂，告別陰陽怪氣的阿嬤和阿爸（儘管怪的性質不同，但總之都很怪），出門跟林恩會合。兩人搭上306路線公車，晃了約半小時，抵達錄製決賽的攝影棚——順利驗完票進場後，場內熱情的歌迷、各種精采的應援方式，讓毫無追星經驗的王曉樂，看得是嘖嘖稱奇。

其中，最令她瞠目結舌的，自然是秋姓小弟的粉絲團：

「蘿蔔絲的家！」

王曉樂忍不住湊過去，隨手抓了個笑容親切的少女：

「那個……請問你們為什麼要叫蘿蔔絲啊？」

「喔，因為我們家小深說過，他最愛吃蘿蔔糕啊！既然是他的粉絲，當然就叫蘿蔔絲囉！」

「而且，我們家小深的歌聲，就像蘿蔔糕那樣，本身有滋味、混搭別的材料也很棒，是既可單吃又百搭──重點是，他始終堅持吃蘿蔔糕不加醬，企圖保有那份性格裡的純粹，堅守本心的男孩子最帥了！」

「親愛的，不加醬這種事，很可能是他不愛吃重鹹啊……。」

身為看著「我們家小深」長大的樂姊，王曉樂不免在心底嘀咕著。不過，眼瞧少女講到最後，兩眼大冒星光，只差沒當場寫篇〈論秋云深的歌聲之我看倒像塊蘿蔔糕〉的小論文，她很善良的沒戳破對方一廂情願的想像（畢竟早已是千瘡百孔了），僅默默將存在感收到最低、然後飄走。

拉著林恩找到位置坐下，王曉樂環顧四週，一時覺得挺奇妙的。這些粉絲們，為了個遙遠的「人」，付出自己的時間、熱情與金錢，甚至要費盡心力，才有辦法見到對方一面──這種感覺，跟談遠距離戀愛差不多啊！究竟哪來的動力，讓他們能這樣義無反顧的投入呢？而他們，又可以從這段關係裡得到什麼呢？

或許對他們來說，付出本身就是一項收穫吧。

兩人坐下後沒多久，導播倒數5、4、3、2，決賽現場直播正式開始。主持人簡短開場後，便介紹四隊組合出場──

「讓我們歡迎……一！葉！知！秋！」

望著滿場尖叫的粉絲，那臉上的真情流露、奮不顧身的熱情，王曉樂突然覺得他們好勇敢，比她勇敢太多了。

＊

離開攝影棚後，王曉樂走在路上，心情依舊很激動。

總決賽結果出爐，「一葉知秋」不負眾望拿到冠軍，但令她紅了眼眶的，並非小深奪冠這件事，而是做為一個姊姊，望著親愛的弟弟一路成長，最後獲得肯定的那種心酸和欣慰。

從《我們的聲活》開播以來，王曉樂信守她的承諾每週必追，也很快成為擁簇假日新生活運動的無恥群眾其中一員。這段日子，她看著兩個「能站樁唱歌就絕不走位」的懶惰抒情歌手，在台上跟江湖賣藝父子檔般的賣力唱跳；她看著兩人突破各自聲線的極限，精湛顛覆眾人對搖滾的想像。她看著葉巍唱饒舌時不慎落拍，小深邊撐住場面邊替對方打拍子最終完成演出的承擔；她看著兩人選擇unplugged曲目時，葉巍被小深磨到最後，妥協的選了首他個人從未聽過、卻對後者極具意義的〈monsters〉——她被這兩人演出的張力所打動，也被諜對諜得心理戰給逗樂，更因大神寵小深的日常倍感溫馨。

最令她感觸的，是她某次看見小深竟在鏡頭前，湊在葉巍耳畔說悄悄話。

在過去，他只會跟「樂姊」這樣說話。

而在今天，當王曉樂來到現場，在總決賽的舞台上，聽見「一葉知秋」的共同創作時，眼淚更是止不住潰堤。他們的作品，沒有複雜的旋律、沒有拗口的歌詞，儘管考量市場偏好，乍聽唱的是愛情，但裡頭藏著的，卻是對知己相遇的感激與珍惜：

安靜的夜空　獨自閃亮的寂寞
留給他人的耀眼　誰的溫暖　給我
天上的星座　哪個位置屬於我
莫比烏斯的迷蹤　風的溫柔　吹過

遇見你　一眼瞬間的默契
我學會　兩人三腳的呼吸
勇敢　是今天的決定
永遠　是明天的練習

聽著舞台上的演唱，王曉樂忽地想起，小深被惡意攻訐那日，當她得知消息、打電話關切時，一切都已塵埃落定：

「樂姊放心，我沒事。葉哥幫了我、也教了我很多，我的路還很長，就是一步一步，認真的慢慢走……

不過樂姊啊，如果妳真想安慰我的話……等比賽結束後，請我吃頓菜頭粿大餐吧！我真的饞死妳煎的菜頭粿了！」

電話那頭的小深，聲音裡，除了她所熟悉的活力，更多了股沉穩與堅定。王曉樂安心之餘，也真心感激葉巍此人。最初，是他的肯定，讓小深獲得這個機會，如今，也是他的支持，讓小深脫離輿論風暴——在葉巍的羽翼下，小深被激發出前所未有的信心，也比過往任何的時刻，更有勇氣成為他自己。

不得不說，葉大神下凡後，確實很暖心啊。

「真的很為小深高興啊！他才剛出道，就能遇到這麼棒的前輩！」

走去搭公車的途中，回想這些時日的種種，王曉樂忍不住轉過頭，跟身畔的林恩分享她的心情。

「嗯，我想對葉巍來說，他也很高興遇到小深。」

裴恩這三個月來，雖不像王曉樂那般熱衷追著這檔綜藝，但透過今天的決賽現場，他確實能感受到葉巍流露的那份、找到合拍搭檔的快樂。不是將兩個強手放在一起，就能稱為搭檔——所謂的天作之合，必須是各方面相互共鳴，同時，相互理解與包容，才有可能迸發魅力。

想到這裡，他不禁有感而發補了句：

「其實不只是葉巍，每個人，也都在期待遇見屬於自己的天作之合吧?!」

第六章

本日菜單：草莓吐司蛋

當晚，王曉樂回到家，剛進門，便對上自家阿嬤興奮的眼神：

「怎麼樣怎麼樣？情況怎麼樣？」

「喔，就小深最後拿冠軍啊！」

「唉唷，誰問妳小深啦，我是問妳啦，妳啊。」

「啊……就『這樣』啊，我們結束後就回來了。」

「吼，啊阿嬤不是都教妳了，要加油加油啊！」

「吼唷阿嬤妳三八啦，啊反正總之就這樣啦，我要去弄晚餐了！」

「啥咪，妳還沒吃喔?!下次卡早講，能先幫妳留菜……啊妳有想要呷啥？」

「阿嬤沒要緊啦，我自己弄就好，妳別操煩啦。」

「阿嬤才不操煩這個咧，阿嬤是操煩妳啦，真正是吼，鴨子都給妳抓在手裡了還不較緊煮熟……。」

眼瞧孫女被安豆小帥哥牽出門溜了趟，回來後卻還是同一隻王曉樂（不然呢？）恕其不爭的王家阿嬤，有感於自身的優良基因被辜負，著實抓住她嘮叨了好一陣子，直到後者的肚子咕嚕聲超越她的碎唸聲，才甘心放她去弄晚餐，一個人唉聲嘆氣走遠了。

而在此時，人在沙發上臭臉整日的王家阿爸，總算露出他今天的第一個笑容。

接受阿嬤的精神洗禮後，先前還不太有胃口的王曉樂，如今也不禁有點餓了。回房換過衣服，她走進廚房打開冰箱，取出冷藏蛋和草莓醬，接著，開小火煎蛋，再從櫥櫃找出常備吐司片，挖起大坨果醬，伴隨紊亂心緒一刀一刀塗抹其上。

王曉樂正在製作的晚餐，是她的私房料理「草莓吐司蛋」。儘管在親弟王曉陽口中，它根本是「挑戰世俗的禁忌組合，堪稱虐戀的詭異口感」——然而，就像何昕的玉米蛋餅、趙利穎的厚片和秋云深的菜頭粿，草莓吐司蛋，是王曉樂每回煩惱時必吃的解憂良方。

這道不算暗黑卻也難被認可的曖昧料理，是她九歲那年，王家阿嬤於春節期間意外的研發成果。根據不可靠記載，手工招牌蛋餅、大冰奶療法和草莓吐司蛋，是民間科學家王柯淑莉女士的三寶結晶，其影響力直逼造紙術、指南針、火藥和印刷術等四大發明。

猶記大年初三那會兒，王家阿嬤一早起床，帶著媳婦在廚房準備早餐。由於前兩天吃太好，她決定今早從簡，一人一份吐司抹番茄醬夾蛋（不能用美乃滋，因為前兩天吃太好了）。豈料當她打開冰箱時，竟發現番茄醬已然告罄——碰到這樣的情況，按照正常人的邏輯，一者是到樓下店裡拿罐生意用番茄醬回來擠、二則是出門到附近超商多花點錢買新的應急——但，我們必須要知道，王家阿嬤並不是正常人。

王家阿嬤何許人也？她可是貪財貪財值爆表的王柯淑莉女士啊！正常人的第一條路，在她看來是破財運不吉利，第二條路呢？則是直接破財——光想到那錢幣嘩啦啦外流的畫面，是可忍？淑不可忍！

「在破財與破財間，我選擇死亡」——這句話，完全可以刻成王柯淑莉女士的墓誌銘。在她金光閃閃的小宇宙裡，任何作法與「破財」牴觸者皆無效，哪怕連考慮都會玷汙她老人家高貴的腦容量，因此上述兩條路，她僅用鼻孔哼哼兩聲，便下意識排除了它們的可能性。

然而，不加番茄醬的話，難道就這樣吐司夾蛋過一餐嗎（其實也不是不行（此時王曉陽探頭表示：可以夾肉鬆啊！」））都說窮則變，變則通，就在堪堪被逼上絕路的那刻，王家阿嬤一掃冰箱——唉呀，有罐紅通通的自由牌草莓醬，如小媳婦般的窩在角落呢：

「乾脆用這罐嘛差不多，反正都紅色的！」

有道是：山窮水盡沒番茄，柳暗花明有草莓。下一秒，但見王家阿嬤俐落取出那罐小媳婦草莓醬，趕在真．媳婦許芳慈有機會伸手阻止前，眼明手快刷刷刷抹完所有人的吐司，再趕緊把蛋一片片放上去，打鐵趁熱的夾好、送餐、宣布開動！

於是，在這美好的大年初三早晨，時年九歲的王曉樂，瞧著眼前這盤慘絕人寰的創意料理，頓時體會到生而為人的不容易。可再一看自家阿嬤的流氓神情，那種「老娘反正就這麼做了，還是乖乖從了我吧」的惡霸強搶民女態勢，咱們的弱質女流王小妹，只好學著身旁阿爸，一閉眼一咬牙，顫抖風中冰冷的小手，把這道異次元料理送進嘴裡。

結果——很多事情，就是要吃下去，才知道什麼是孽緣啊！

「喔不，姊……妳又在製造暗黑料理了，」這時，王曉陽路過廚房，目睹自家老姊的犯罪現場，忍不住開啟吐槽模式：

「草莓吐司蛋什麼的，根本是邪教啊！妳這荼毒世人美食觀的女魔頭。」

「切，講得你的花生醬夾肉鬆比較正常一樣，」王曉樂頭也不回，挖起第二勺果醬，邊塗邊隨口反擊：

「那種油膩又像吞砂紙的口感，我灌三杯水還覺得喉嚨在尖叫。」

「拜託！花生醬跟肉鬆才是絕配好嗎？絕！配！是哪怕新東陽變舊東陽、黑橋牌變白橋牌，他們還是手牽手心連心在一起的那種——唉算了算了，以妳這種草莓夾蛋的品味吼，我要跟妳講到通，比世界和平更困難啦。」

王曉樂抹醬的動作一頓，轉過頭，揮起手中小刀凶悍威脅道：

「你最好是懂什麼叫絕配啦，再繼續批評我的草莓夾蛋，我就多做一份逼你吃下去……不，是多做N份讓你吃到你承認它好吃為止！」

瞧見老姊猛地爆發的火氣，王曉陽一愣，我們不是在日常互嗆有益身心健康嗎，這女人沒事反應這麼大做什麼？是腦迴路又莫名長 bug 該抓了嗎？

「欸，妳還好吧？沒事發這麼大火，是六畜不興，月事不調喔？」

「……你才月事不調，你全家月事不調，我好得很！」

意識到自己的過度激動，王曉樂吸了口氣，平復略失控的脾氣，關火鏟起蛋，兩片吐司夾起來，端起盤子轉過身：

「總之多謝關心，你老姊我本人很好，好到要去吃我『美味』的宵夜了。麻煩你有事上奏，無事退散。」

「喔，好啦那我差不多要睡了，先躺床上去啦，晚安！」

「去去去，早睡早起早知道，」王曉樂揮手呈驅趕狀，突然想到補了句：「喂，你最好關上燈就趕快睡，不要躺在那邊滑手機了。別以為我不知道，你的躺床上跟睡覺根本就兩回事。」

「講得好像妳的躺上床就是睡覺一樣……囉嗦老姊晚安！」

王曉陽涼涼刺完最後一句，趁著王曉樂跳腳前，閃身躲進房內。而後者則在猶豫 0.0001 秒後，決定放棄浪費生命追殺親弟的念頭，趕在可能被阿嬤碎唸浪費電前關上廚房電燈，端著盤子移步餐桌，坐下來享受她的草莓吐司蛋。

好吧，在此更正，其實不算是享受，比較像是邊吃邊思索。

嗯，再根據她的腦細胞等級，確切說來這人是在邊咀嚼邊發呆。

話說，今晚的「借花獻佛員工福利暨電視台開眼界兼大神小深親友團加油之旅」，結束在林恩感觸甚深的「天作之合」的抒發裡——當然，表面上他們還是一同搭車回到社區，途中也不時交換兩句諸如「再幾站下車？」「五站。」這類的對話——但在心理上，王曉樂聽完林恩那句話，後半段的時間，幾乎就陷入自己的小情緒裡了。

即便如此，王曉樂並未對林恩感到抱歉。兩人相識以來，這就是他們慣常的互動模式：她說、他安靜，她不說，他還是安靜。林恩自己似乎也很習慣這種沉默，彷彿他就是沉默的代言人——喔不，應該說他就是沉默本身。

王曉樂發現，雖然林恩在她人生的初登場，是帶著熱愛偷聽和隨意亂入的姿態，但他本人多數時候，卻像是片遼闊湖面——無聲、深沉而寧靜，只有當她偶爾甩石子進去時，能激起兩三波水花輕濺。都說兩個人安靜下來時，頭頂就會有天使飛過，王曉樂曾想過，負責林恩的那位天使，如果當兵抽籤的話，絕對是抽到海軍陸戰外加金馬離島的倒楣蛋——天天在他頭頂不斷飛過來飛過去，飛到最後都自動駕駛眼神死了。

可除了同情天使的高工時，王曉樂對林恩的靜默本身，倒是沒什麼意見。畢竟，她平常說太多話了——從家人到客人，哪怕是面對高冷的無良閨蜜，她都嘰哩呱啦的講個沒完。直到遇見林恩，在那天生的「來啊看誰先撐不住開口說話反正我是不在乎啦」的氣場下，王曉樂尷尬幾回後，就被對方那種「少說幾句其實也不會怎樣」的大無畏精神所感染，跟他建立起毋須音量維繫的交情了。

老實說，即便單就保護嗓子的角度，能擁有一個毋須說話就能自在相處的朋友，王曉樂也是很珍惜的。

況且，林恩此人話雖不多，卻往往言必有中。過去三個月的仗義相助期，非但解決王曉樂不少的疑難雜症，甚至不時深刻點評啟發她的思路，But，就是這個 But，他一針見血的直白，也經常將她堵得一口老血哽喉間，只能狂吞鐵牛運功散活血化瘀——三天兩頭的跌打損傷歷練下來，久病成良醫的小闆娘得出結論：

為了彼此的小命著想，這男人，還是少說點話好了。

可真要說林恩一針見血嘛，偏偏他有時又挺體貼的。就像今晚的回程，似乎是察覺自己說的話，引發王曉樂的某個情感開關，平常就夠安靜的林恩，此時更是開啟最大的背景版功能，全然是塊安心可倚仗的老樹幹，不發一語陪伴在側，任憑王曉樂整路神遊太虛，把人安全送到家門前不說，臨別前，還打氣似的拍拍她的肩，輕聲說了句：

「其實，正是那些過去的事，讓妳變成今日更美好的自己。」

當時，王曉樂愣愣望著林恩，心想這人怎知道我在感傷往事呢。還有，他那一開口就像寫金句的風格，到底是什麼詭異毛病？

自覺也是很藏得住心事的王曉樂，想到這裡，又咬下一口草莓夾蛋——那莓果夾雜蛋香的神奇滋味，略衝突又和諧的奇妙口感，大幅療癒了她的心煩意亂——說真的，若非王曉陽半途多嘴那句「絕配」，王曉樂原先的情緒，都被這厚厚的草莓醬撫平一半了。

再咬下一口吐司，王曉樂撐著頭，難得帶點少女感的嚼嚼嚼、嚼嚼嚼，邊嚼邊繼續回想著，她那接連被阿嬤跟親弟打斷的酸甜年少時光：

那一年，我不小心在走廊撞飛的男孩。

*

正當王曉樂邊啃著草莓吐司蛋，邊按捺不住她澎湃的史屍級校園情懷，同社區的某租屋內，咱們的安豆小帥哥裴先生，則剛寄出封保證令收件者血脈賁張的 e-mail，給他親愛的責編陳沛伶：

陳姊

關於這次新書，我決定對初稿進行刪改。

但因修訂幅度略大，最快十月底方能交件，

可能會影響後續出版進度。

抱歉，給妳添麻煩了。

祝　安好

裴恩

裴恩在信末打下「安好」二字前，著實猶豫了好一陣子。他彷彿能想像明早陳沛伶打開 e-mail 時，被該詞所散發的濃烈反諷性弄得太陽穴直跳。可話說回來，儘管心知自己的這封信，即將讓對方的藍色週一更加憂鬱，裴恩幾經考慮，仍決意出手調整這部作品。

裴恩必須承認，自己起初對新書的期待，僅僅是回歸初衷，至多達到選材上的突破。從都會愛情到世間人情，自覺遭遇瓶頸的他，只想、也只能透過食堂老闆的視角，寫些有別以往的故事。因此，三月中那會兒，他選擇走進忘憂早餐店，除了一時情緒，更多的確是取材考量。畢竟在這邊只要點杯咖啡，便能瞧著各色客人來去，加上福祿壽社區情報霹靂嬌娃三人組、和王家小闆娘這套活動廣播系統，大量素材挖不勝挖——總之，這間自帶吸引怪人體質的早餐店，在裴恩看來，全然是塊寫作的風水寶地。

不過，裴恩四月的挺身相助，倒是與寫作無涉。當時的他，瞧著眼前的女孩——這個曾用熱烈字句點燃他冬季的女孩、這個天下無難事只要笑就行的女孩、這個總是想扛起身旁所有人的女孩，正苦惱的跟好友商量著困局——那無助的眉眼，頓時令他心生漣漪，一句「我可以幫忙」遂不假思索衝口而出。

而這三個月的打工生涯，漸漸地竟讓他對筆下的「吳憂」有越來越多想法。

裴恩意識到，這位食堂老闆，不只是為情節服務的功能性角色——就像站在櫃台後的他、負責煎檯的王曉樂，甚至是每天招待他蛋餅王的王家阿嬤（還有，那位冷颼颼的射眼刀大叔王家阿爸）——每個看似在聽故事的人，本身也有著自己的故事。即便扣除個人情感，單以創作的企圖來說，他也開始希望這本小說，能在獨立的故事間，貫穿一條成長的脈絡去拉起整部作品，讓人在閱讀後，不僅留下單篇鬆散的感動，亦有整體的生命碰撞和思索。更確切的說，他不想讓吳憂又淪為像過去的作品般，成了他所熟悉的、對世界保持距離的觀看者，而是能突破自己，走出櫃台發展屬於自己的劇情。

但這樣的嘗試，明顯是個大工程。要使扁平的吳憂立體起來，不是簡單幾句話的事，裴恩得更細緻的著墨性格、設計情節、安排伏筆，還要注意原先故事的結構比重……當然，如果真想交差了事，光憑手中的初稿已足矣。畢竟，從自陷窠臼的白領男女悲喜劇，轉換到早餐店的群像浮世繪，他也算是做出新嘗試了——但，裴恩心底就是知道，自己還能寫得更好——無關乎跟父親爭一口氣，就只是單純的，想挑戰看看極限在哪裡。

其實早在七月初，裴恩在寫完初稿時，就隱約冒出砍掉重練的想法。但由於這次的籌備期，本就比先前任何一次都要長，是以遲疑半個多月後，他還是趕在八月前，把稿件依約發給陳沛伶。

直到今晚，他沿途盯著王曉樂的糾結神情，最終，在她轉身進門的背影裡，不知為何竟下定了決心。

發完信件，裴恩關上電腦，再度想起滿懷心事的王曉樂。某種程度而言，是這張活力盡失的臉，踢了關鍵的臨門一腳，讓他想把故事裡的吳憂，寫得更真實、更有血有肉，同時，讓這個角色，誠實面對自己的困境，再走出那個困境。

或許，他是想用自己的方式，鼓勵這個總是給他勇氣的女孩吧？

「看來，我是感染到王曉樂的熱血病毒了。」

裴恩自我解嘲的笑了聲，想著在父親倒下的時刻，用小小身軀支撐起一家店、竭盡所能爆發最大力量的小女生；想著在煎檯區邊忙碌邊碎唸他、又被他懟得回不了嘴的小闆娘；想著總想對他好一點，唯恐讓他吃虧的善良女子；想著那個，從起初便無條件信任他，透過一張張信紙傾倒熱情的傻傻月小兔——她是那麼努力的活著，始終帶著元氣滿滿的戰鬥精神，堅持為世界帶來微笑和溫暖。

下一秒，他異常認真的考慮起，將吳憂改成一個囉嗦老闆的可能性。

同一時間，咱們的囉嗦小闆娘王曉樂，剛從那段我愛你你愛她她愛他他愛她她又愛他結果他卻愛他的天作不合青春裡回過神來。將最後一口吐司塞進嘴裡，她正準備起身去洗盤子時，瞬間惡狠狠打了個噴嚏，心想，咦是哪個人在想念我啊？

等到第二天早上，當王曉樂渾身痠痛、頭重腳輕的起身時，打著冷顫的她，得出一個顯而易見的結論：沒有人，是病毒想我了！

王曉樂事後回想，這場突如其來的重感冒，興許是半年多的疲憊，一次性爆發的結果。自從阿爸回歸崗位，千頭萬緒重新理出秩序，無事一身輕的她，總算能安心的大病一場。而在大睡三天後，恢復精神的王曉樂，竟奇妙的有了種結業感，好像某部份幼稚的自己，確實修畢學分長大了。

「阿樂喔，妳身體是有較好無？」

三天後，當王曉樂重新打開店門，福祿壽長青女子組見了她，竟難得放棄她們的蛋餅頭香爭霸戰，轉而關切小阿樂的身體狀況。只見福姨婆一手摀住壽姨婆的嘴，趕在對方開口前，搶先拋出上頭的問句，後者立刻不甘示弱的嗚嗚嗚，雙手左右互搏企圖奪回發言權。

至於祿姨婆，則按照慣例繞過她倆，走到老位置，笑瞇瞇的隔桌觀虎鬥。

「有啦！睏飽了就沒事了，現在又像頭牛囉！」

面對福壽姨婆如此厚愛，王曉樂自覺無福消受。眼見兩人連關切晚輩都要爭個輸贏，店內硝煙密布都快啟動煙霧警報器了，她趕緊進後廚端出蛋餅，順帶請出拆彈專家王柯淑莉女士，前來擺平這兩座人體火藥庫。

再度成功守護了世界和平後，緊接著，就是要消化比平日更多的客流量——三天沒開店的後果，固定報到的常客自是不提，除此之外，還有被吊了幾天胃口的嘴饞食客，甚至有平時自認佛系、卻因想吃時意外撲空導致生出執著心的路人——上述人等全都挑在今天跑進店裡擠成一團，讓王家阿爸跟王曉樂兩人，忙到恨不得一個再骨折三月、一個再大病三日。

但也是這過份的忙亂，讓王曉樂突然發現：的確，即使忘憂早餐店不開門，地球依舊會運轉、太陽依舊會起落，但對許多客人來說，這家店的存在，就像地球自轉跟太陽升降那樣，也是他們日常規律的一部份啊——難怪阿嬤跟阿爸從不輕易店休，因為他們所背負的，並不僅是養家的責任感，而是許多人的生活習慣。

熱火朝天忙到九點多，父女倆齊心合力，終於將宛若跨年演唱會的現場，疏散得像是元旦清晨五點的市府廣場。完成最後一張外帶單，王曉樂抬眸環顧室內，整間店只剩幾桌客人，邊悠哉吃著早餐，邊欣賞人行道垃圾被風捲起三圈半花式落地的演出。

此時，早餐店的常客任真，牽著她五歲的兒子小睿走了進來。

「曉樂妳這幾天還好嗎？怎麼無預警店休了？」

「喔喔，其實沒事啦，只是我不小心感冒了，怕傳染給大家，乾脆休息幾天。多謝關心喔真姊。」

「原來如此！啊妳要保重欸，生病真的很阿雜，整個人會超厭世的……對了，如果有需要的話，我上次介紹妳的B群，可以繼續友情價給妳喔！」

「喔，好啊！妳那個B群真心不錯，等我吃完再跟妳拿。」

「當然囉，那是我試過有效才推薦的，本人是認真在做良心事業的啦。」

「沒錯沒錯，妳可以考慮姓任名真字良心。」

「外號童叟無欺哈哈哈。」

「媽咪，我餓了……。」

「唉呀抱歉抱歉，樂樂阿姨光顧著聊天了，小睿，你今天想吃什麼？」

「我想要火腿蛋吐司，謝謝阿姨。」

「然後再幫他加個牛奶，至於我的話，就還是老樣子，記得放胡椒粉嘿感謝！」

「沒問題，妳先帶小睿去座位區，我待會幫你們送過去。」

「好喔，那就麻煩妳啦！」

「謝謝樂樂阿姨！」

跟王曉樂道過謝，任真牽起小傢伙，熟門熟路找到老位置坐下。說起來，任真在忘憂早餐店的混飯資歷，換算成一般公司年資，也約莫是七八年的老鳥了。現年三十五歲的她，從王曉樂還在讀大學時，就已隔三差五來店裡報到，一路從單身吃到結婚、從兩人世界吃到三口之家，最後，從原先外商公司小主管，吃成專心帶孩子的全職母親。

不過，任真跟王曉樂的交情，倒不全然建立在時光的積累裡。王曉樂永遠記得，當她第一次站在櫃台，發覺任真湊過來，低聲請老闆特製一份「吐司夾蛋但麻煩改抹草莓醬」，那種老鄉見老鄉的潸然淚下。

沒！有！錯！任真私心最愛的餐點，也是草莓吐司蛋！對她來說，這兩種看似衝突的組合，恰巧融會成她的性格——蛋的營養是務實面向，草莓醬則是粉嫩少女心，面對生活，儘管任真自認實際，卻仍期待一份浪漫旖旎、和一點辛辣刺激。

喔，忘了說，任真的草莓吐司蛋，是要求加胡椒粉的。這對王曉樂來說，完全是道高一尺魔高一丈的吃法啊！

「老弟啊，果然我在這世上，還是有知音的！」

他鄉遇故知的當晚，王曉陽下班回到家，左腳鞋子剛脫到半途，便讓一個激動的女人抓住手，無視那隻被猛地拎得半天高的皮鞋，急切的跟他分享本日見聞。

「呃……姊，雖然我無法體會妳的心情，但我還是要說，地球太可怕了，妳趕快跟對方手牽手一起回外星吧！」

「還有，放開妳的豬爪，我鞋子很臭啦！」

儘管被地球人曉陽大澆了桶冷水，卻無妨王曉樂跟任真從那刻起，對彼此一發不可收拾的景仰之意。畢竟，能於千萬人之中，遇見你所遇見的人，於千萬年之中，時間的無涯的荒野裡，沒有早一步、也沒有晚一步，剛巧碰上了，沒有別的話可說，惟有輕輕的問一聲：

「喔，妳也吃草莓吐司蛋嗎？」

以上，就是兩位人間奇女子，因著一份草莓吐司蛋所引發的、關於友情的慘案。而這故事告訴我們，有時交朋友需要的不見得是緣分，只要有夠駭人的共同品味就夠了。

故事回到這天，任真帶兒子吃完早餐，告別了樂樂阿姨，牽著小傢伙在社區裡散步，進行母子倆的消耗熱量兼探險日常，途中還不忘繞去他的祕密基地視察，約莫十一點左右，總算走回自己的家。

把渾身臭汗的小傢伙拎進浴室，任真洗了把臉，換過家居服坐在板凳上，邊顧著浴缸裡玩水兼洗澡的兒子，邊「喝」著對方特調的沐浴泡沫紅茶。正當她像個美食節目主持人，浮誇的稱讚手中這杯「飲料」有多好喝，此時，擺在置物架上的手機，嗡嗡嗡的震動起來。

浴缸裡的小睿聽見聲響，放下沾滿泡泡的漱口杯，失落的望向她：

「媽咪，妳又要忙了？」

「對啊，但只是忙一下下……你還是可以做飲料給我喝。」

「那妳要喝什麼？」

「卡布奇諾好了，謝謝。」

「妳要冰的還熱的？」

「……嗯，熱的，不！冰的好了！要有冰塊喔謝謝，然後麻煩加糖跟拉花。」

對任真來說，身為專業的地方媽媽，對於陪玩兒子這種事，計較個 CP 值什麼的本來就很合理——試想，同樣是做飲料，一杯平淡的無糖熱美式，小傢伙最多三十秒就搞定，可一旦增設幾項條件，例如加冰塊、含糖、兼拉花的卡布奇諾（其實，任真根本不確定冰咖啡能不能拉花，但反正兒子也不知道真相她乾脆不點白不點），整杯做下來，至少費時三分鐘——這樣一來，任真就多出一百五十秒能處理事情。

而當她用極度誠懇的表情，喝完那杯莫名所以的「冰拉花卡布」後（這五個字彷彿是某種會導致上吐下瀉的弧菌俗名），又能繼續重複上述的循環，當然，這次她將改點冰焦糖瑪奇朵，一杯聽起來就是能做更久的咖啡——若是幸運的話，或許能爭取到五分鐘。

任真經常覺得，如果光陰真能兌現，依她如此精打細算的程度，早已是富可敵國了。

「可是媽咪，妳平常喝咖啡都不加糖的啊？」

「嗯……但我現在想假裝喝一下加糖的。」

「喔，好，可是我不會做那種漂亮的拉花。」

「沒關係，你可以隨便做，或是放一坨泡泡在上面就好，只要是你做的，媽媽都喜歡。」

得到生母的鼓勵，小傢伙點點頭，開始左手漱口杯、右手舊牙刷的忙碌起來。趁兒子鼓搗飲料的同時，任真拿過手機，先迅速解決廠商發來的提問，再打開經營的頁面，挑了較急的幾個私訊回覆，中間抽空喝了兒子遞來的神祕冰卡布，並加點一杯「老闆自由發揮特調」，接著打開備忘錄編寫業配文，打算先把大綱架起來，等兒子睡覺後，再用電腦修改得更完善。

任真一邊生產文字，一邊漫無邊際的發散思維：如果大家發現，她的業配文，多半是在馬桶旁誕生的，是否會覺得產品別有風味？

只不過，才剛點進草稿寫了幾分鐘，她就聽到一句：

「媽媽，我不想玩了……。」

「……好喔，你等一下，媽媽幫你洗乾淨。」

悄悄在心底嘆了口氣，任真收起手機，先帶著兒子收拾浴缸殘局，再轉開熱水幫他沖身體。接著她取過大毛巾，將濕淋淋的小傢伙包住，從浴缸裡抱出來，開始幫他穿衣服。

「沒關係，反正急事都處理好了。」手裡忙著幫兒子擦頭髮，她一邊自我安慰的想著。

說起來，像這樣時刻在小睿跟瑣事間，爭分奪秒的轉換身分，似乎已成了任真呼吸般的日常。儘管號稱全職母親，但她的生活重心，實際上卻割裂成很多塊——除了親自帶孩子，她也持續經營部落格、寫業配以及開團購，甚至兼任厭世親子吐槽家，寫點崩潰育兒文，在同溫層裡與其他際遇類似的媽媽們相互取暖。

自從兒子出生，選擇回歸家庭的她，幾經猶豫後，最終將職場養成的人脈延續至母職階段，開啟育兒與副業雙軌並行的新模式——每天睜開眼，她就像個特技演員般，盡力在各種斜槓間，以最精準的姿態守護著最脆弱的平衡。這些年來，即便在勾選職業時，任真必須選擇家管，但她對自己的期待，卻遠不只是個主婦。

把小睿的頭髮擦乾，母子倆離開浴室，任真幫兒子搬出樂高箱，在客廳搭起違建釘子戶。兩個人玩著玩著，天馬行空的遊樂場蓋到半途，她凝視小傢伙專注的神情，突然嘆了口氣。

多數人對全職母親，經常如此想像：身手俐落幹練，和藹笑容滿面，終日繫條圍裙、綁個鬆馬尾、手中拿著支雞毛撢（是為了打理家務、而非追殺小孩之用），且多少會些針黹功夫。每當眾人走進她操持的家，會發現其中窗明几淨、井然有序，客廳裡有女兒看書、兒子作畫、丈夫在旁踱步吟詩，至於餐桌上，精緻的三菜一湯正冒著熱氣，桌邊佐以瓷盤盛裝的手工點心。

以上，真是美好的畫面啊！只可惜，這都是《聊齋誌異》的書生，才有機會撞見的場景。

心知自己當不了女狐仙，也不想讓小睿活見鬼，這些年，有著自知之明的任真，對那些全職媽理應具備的基本技能，諸如洗衣煮飯整理打掃精明砍價犧牲奉獻者流，始終是得過且過——所以，她偶爾會晚睡賴床、會把早餐店當自家廚房、會任由衣服晾在外頭等要穿的時候再拿、會寧願去有效率的賣場而非撿便宜的菜市場，會在育兒的同時忙碌著不屬於母親的非政治正確選項——所以，她始終無法勝任嚴格意義的全職母親。

畢竟，在成為「母親」之餘，任真仍掙扎的想成為——她自己。

每個母親在生下孩子前，都是個女人，但，難處也恰好在於，成為母親後的她，依舊是個女人。身為剽悍的小女子一枚，任真渴望劈裂那道社會加諸於身的框架，活成比璉二奶奶更潑辣鮮明、具備更完整人格的女性。說起來，她從很早以前就發現，若自己全心當個所謂的母親，終日拿著高標準跟柴米油鹽周旋，當然，她可以做到、甚至能做得很好，但如此一來，她將沒有時間、更沒有精力去完成自己想做的事。

套用電視劇的台詞，就是那句經典的：只當媽媽，臣妾做不到啊！

任真不希望活成自覺乏味的女人，況且，即便不講自我實現，單就「全職母親」一詞而言，裡頭著實也潛藏著焦慮。在外界有意無意的暗示下，任真意識到，全職母親的相夫教子，在他人看來僅是基準，若自己沒法在丈夫孩子之外，擁有不只那麼一點的不務正業，那她在「自我介紹」這方面，依舊不存在話語權——當世界企圖用單一的形象套牢母親的同時，卻又矛盾的拋出更多元的標準去衡量她，讓人就算只想單純當個媽媽，也無法理直氣壯——反正呢，這就是個職業婦女為了兼顧母職疲於奔命，全職母親為了副業身分焦頭爛額的荒唐時代。

「媽媽妳幫我，我拼不好。」

從思緒裡回過神，任真發覺小睿遞來了兩塊樂高，眼帶希冀的望著她。她接過樂高，隨手將它們拼起來——明明是如此簡單的舉動，對孩子來說，卻像亞歷山大打造了整個橫跨歐亞非的帝國。

那種由衷的信賴與崇拜，頓時令她心疼。

事實上，丈夫也曾問過她，要不要考慮把小睿送幼稚園。畢竟這年頭，從幼幼班開始唸早已成了潮流。任真對這提議心動過，但，察覺到孩子對她的依戀，又想起自己幼時，雙親因忙碌而缺席的遺憾，猶豫半晌，終究是一次次回歸她全職育兒的初衷：親自陪孩子長大。儘管有時她也會懷疑，這樣的分身乏術，又真能給小睿快樂的童年嗎？在各樣事上準確分配心力，看似講求平均，會不會反倒是一致性的慳吝——就算她確實是以兒子為優先付出一切，任真卻沒辦法確定，小睿能否感受到她的盡力而為。

在孩子眼中偉大的母親，面對自我時，總是自覺渺小的。

說真的，每天在瑣事的窄縫間鑽進鑽出，任真倒是覺得無所謂。反正，一個屏氣凝神縮小腹的動作就過了。但身處各式紛雜意念，一方面必須應付世界期待、又要回應自我期許、更不想讓兒子失望，還得跟意識深處混亂到難以爬梳的信念共處——她不得不承認，自己的腦袋瓜，才是最大的戰場——不過，哪怕生命就是這樣一襲爬滿蝨子的破舊外袍，她還是會努力像現在這般千瘡百孔愛下去的。

畢竟，人生的不完美，不構成放棄去愛的理由。

眼瞧指針即將走到下午一點，任真決定起身弄點輕食給小傢伙填肚子。跟兒子約好十五分鐘，她迅速走進廚房，拿出昨晚弄好的馬鈴薯沙拉，拌點玉米粒，順便煎個荷包蛋再削些水果，把食材擺盤得漂漂亮亮（這也算是全職母親的偷吃步，有時候，東西好吃與否不重要，擺盤好看直接在孩子眼裡贏一半），再把邊角碎料跟剩下的玉米堆成一碗、上面扔個半熟蛋，留給自己待會吃。

端著午餐走出廚房，任真察覺短褲口袋又震動了下。趁著兒子還在客廳玩樂高，她趕緊把食物擺到桌邊，伸手取出手機檢視——幸虧，這次不是廠商發信，而是損友孫瑛傳來的 line 私訊：

「登登登登，徐易宸回台灣了欸！」

下一秒，任真突然覺得，她寧可收到廠商的信，也不想看到這段話。

盯著文字呆了三秒，她伸出右手指尖，對準孫瑛的訊息向左一滑，按下隱藏，眼不見為淨的把整串標點符號帶文字全數掃進深坑——雖然，它們依舊咻地穿過坑底、咚地掉進她心裡，啪地砸起陣陣漣漪。

前面提到，每個母親在生下孩子前，都是個女人——而在變成女人前，她們，都曾是個少女。

自然，也有著少女的心事，和往事。

說到這位孫瑛，兩人是萬曆年間的老交情了。明人湯顯祖有云：「情不知所起，一往而深」。若拿來套在這女人身上，就是標準的「友不知為何，一定互坑」。

閒來無事發這種私訊炸她，究竟是多損的損友才會幹這種事？

孫瑛這位奇女子，是任真高中時代的好友——當年，兩個十七歲的女孩，成日混在一起，自覺識遍愁滋味的走過了一千多天的花季，最終將這段友情，不知是幸運還是無奈的延續下來，帶著最真摯的心互相傷害至今。

這也是為什麼，任真剛連孫瑛訊息都不點開，就直接手一滑轉隱藏了——妳敢心血來潮挖洞給我跳，我就能有事沒空不讀不回——反正，天知地知妳知我知，再過一會兒，妳還是會繼續跑來吵我的。

心知肚明彼此的底線，偏又刀刀見骨的挖坑——某種程度而言，任真和孫瑛，也算是種深刻的姊妹情吧。

至於孫瑛提及的徐易宸，那，又是另一段萬曆年間的往事了。

每個少女的青春，在她們心底都是獨一無二的。哪怕是小說裡最邊緣的配角，心中仍有一部自己主演的偶像劇。儘管多年後回想，開頭可能毫無張力、過程可能不存在起伏、更可能有個被太監的爛尾，但，這卻無妨少女溼答答的情懷，將對方無意間的一個笑容，渲染成整片璀璨星空。

任真想起徐易宸時，也是類似如此。當年的一切，對她這位當事人而言，或許是冬雷震震，但在外人看來，其實連滴雨點也沒落下。說到底，她就是個從頭暗戀到尾寫了八百封情書都沒送出去的無名小卒仔。就算自己在腦袋裡，已經演到地老天荒片尾一長串工作人員名單都跑完，現實中，她連一句早安你好認同請分享也沒膽拿去騷擾對方。

當然啦，任真在旁人眼中，向來是號稱「任大膽」的。每每攤上事情，多半是敢愛敢恨衝第一，唯獨在面對感情，她像隻畏縮的小蝸牛，軟蠕的自尊縮在強韌的殼裡，滿心只想著維護面子——畢竟當時年紀小，高中生的自己，哪裡懂得什麼是感情？

話雖如此，如今閱盡千帆往回看，哪怕很多事已慢慢被生活教懂了，但關於徐易宸，任真卻始終像個十七歲女孩，每當想起他，她整個人總不由自主的下沉、下沉，沉回那曾經懵懂的昨日。

儘管，她還是會忍不住吐槽，這一汪回憶的潭，裡頭承載的少女淚，全是她當年腦袋進的水。

任真和徐易宸的初次交集，是在高一新生報到當日。那天，當她按著編班名單摸到教室，沒多久，就跟前後腳進到班上的孫瑛，相見恨晚的聊了起來。都說三個女人一台戲，但孫瑛和任真只需兩人，就能直接售票開演。便聽她倆從自報家門開始，妳來我往交流起獨家減肥保養小祕方，再從一句「妳不覺得 Y2K 聽起來像是跟 SKII 對打的品牌嗎」，峰迴路轉岔到年初的千禧蟲危機，接著飛流直下三千尺的狂奔到「對我爸來說陳水扁當選那晚才是世界末日」的政黨輪替——其精彩紛陳亂七八糟的程度，完全就是「像放那東洋煙火，一個彈子上天，隨化作千百道五色火光，縱橫散亂」的王小玉說書垃圾話版。

兩個人聊得正歡快，此時，一道有禮的男聲從她倆頭頂澆下：

「不好意思，能麻煩妳們降低音量嗎？」

熱火朝天的對話被突兀的打斷，任真一句話卡在舌尖，險些讓口水嗆到。她連忙抬起頭，望向發話的男生，下一秒，大腦瞬間轉成慢速0.5倍播放，順帶配了一段盪氣迴腸弦樂背景——就像電影裡每個重要角色登場時那樣。

「真是清水出芙蓉，天然去雕飾啊！」

這是她的腦袋在恢復正常運轉後，自動跑出的第一句話。眼前這個男孩，乍看之下，並非特別起眼的存在，但那蘊含眉眼間的溫潤，彷彿藏了整片荷花池畔清風拂過的熨貼，讓任真下意識被他整個人所吸引。

這，難道就是命中注定的緣分嗎？你將萬水千山走遍，來到我面前，要我講話小聲點——只可惜，青春是本太倉促的書，所有的結局都已寫好，所有淚水也都已啟程，唉，為何讓你遇見我，在我最吵鬧的時刻？同學，在你眼前落了一地的，那不是花瓣，是我放棄的求生欲！

嗯，沒錯，上述油耗味過重的詩句拼盤，皆是出自高中少女任真的內心小劇場。從路人觀點看來，這就是個請同學講話降低音量的正常互動，結果，人家給妳一個眼神，妳就自行領略了整個世界，再普通不過的校園日常，被改寫成如泣如訴的電影過場，只能說，每個年輕女孩的腦裡，都有個懷才不遇的最佳編劇。

但演電影歸演電影，螢幕外的現實還是要顧。都說聞過則改是子路，有過不改成寶路，即便心已涼透，任真還不打算把良心拿去餵狗，面對男同學的溫和提點，她忙不迭回道：

「啊，抱歉，吵到你了。我們會注意音量的。」

「好的，謝謝妳們。」

說完這句話，男孩就回座位去了。沒有天雷勾動地火，沒有一眼萬年的激動，只有隔著好幾排的平行課桌椅，宛若平行的宇宙。

總之，這就是她和徐易宸的初次碰面——在一種，被對方嫌棄太吵的情況下。

正式開學後，任真因緣際會，跟徐易宸及幾個同學，被班導指派負責教室布置。幾天合作下來，她更確認這個男孩，就是活脫脫長了腳的〈愛蓮說2.0〉——既能出臭男生而不染，又舉止優雅而不妖，中通外直，不胡鬧不幼稚，可說笑也可褻玩焉，總結陳詞就是一句：

認真負責有氣質，親切和善沒距離。

不過，那時的任真，對徐易宸也就是淡淡的好感，並未多想什麼。直到第一次月考結束，十科成績公布當天，任真被她不及格的數學打擊到連三倍的草莓吐司蛋都無法弭平那份傷害。心想自己該讀的也讀了、該寫的也寫了，難道要我抱著數學的大腿叫爸爸，它才會給我及格嗎？

「爸爸！您倒是讓我及格啊！」

放學後，走在路上的任真，抓著手裡的考卷，誠懇真摯的對著空氣喊爹。

「妳還好嗎？」

當時的任真，滿腦子都是粗紅的四十九分，恍惚聽見這聲問候，轉頭一看，發現徐易宸停下腳踏車，左腳支地兩手抓握把，關切的盯著她。

下一秒，考卷的赤字直接染紅了她的耳尖。任真這個欲哭無淚啊，自己在這人面前，還能不能有點形象了？先是教室喧嘩、後是當街喊爹，她這不但是放棄求生欲，根本是死得連詐屍的可能性都失去。

然而，任真終究是好強的。形象盡毀是一回事，分數難看是另一回事，面對徐易宸的關懷，她自覺兩人還沒發展到對成績開誠布公的交情，考慮數秒，僅勉力牽起嘴角一笑：

「我沒事。謝謝你。」

「好喔！那……回家小心！」

徐易宸右腳踩下踏板，準備離開前一刻，像是想起什麼，突然剎車轉過身，跟任真說了句：

「別擔心，一切都會好的。」

多年後，當任真看到那部印度電影，片中男主角輕拍胸膛，教他的朋友在害怕時哄著自己的心說「All is well」，她總忍不住想起那個年輕的午後，有個男孩子在腳踏車上，轉過身，笑著對她說的那句「一切都會好的。」

任真知道，那個午後對徐易宸來說，僅僅是偶然的路過。那份停下車的關心，是如此自然且理所當然——只因他對每個人，都是這個樣子的——然而，偏偏是那個平凡的午後、那句臨走前的贈語，不經意的開啟她的心，讓一個騎單車的同學徐易宸，成為她記憶裡永遠年輕的徐太宇[48]。

認真算來，任真和徐易宸僅僅高一同班，高二選組後便分開了。她對這個男孩，究竟有多深厚的感情基礎，連本人親自探勘後也毫無把握——或許，當時的所謂喜歡，只是把某個心動的瞬間，化作感覺延續下去，好讓人在壓抑的日常中，仍能感受到微怦的脈搏——任真喜歡的，可能始終都不是徐易宸，而是他所象徵的「一切都會好的。」

用目光送走徐易宸的背影，任真繼續走著，漸漸的，發覺整個台北市，不再像之前悶熱了。

48 註：徐太宇，國片《我的少女時代》男主角。

不過話說回來，生活永不會因妳自覺愛上一個人，而提供什麼特別優待。努力了三次段考，任真的數學依然跨不過及格線——幸虧，第一次摔倒痛不欲生、第二次摔倒死去活來，等摔到第三次，事主就能集點兌獎當場涅槃——身為直面數學的唐吉軻德，任真在打落牙齒堅持不補的過程中，漸漸的在缺牙裡無恥了：既然數學不好學，那就學著笑吧。上天賜給她勇氣去挑戰數學，又給她智慧去明白自己注定被數學擊敗，後來的她，哪怕是對著二十九分，也有辦法笑得如哈麥二齒般燦爛。

高二分班後，任真和孫瑛這對孽緣姊妹花，戰勝命運的洪流，被分到同一班再續前緣。名單出爐那日，班導糾結的扯著手中的紙，心想若是令狐冲和任盈盈讓我再次相信愛情，那麼任真和孫瑛，讓我永不再相信電腦的亂碼隨機。而升上高二後的任真，多數時間，也依舊和孫瑛混在一起——從抱怨三民主義課本囉哩吧唆，到唉聲嘆氣解決小明小華不想一起坐圓桌；從研究制服裙怎麼穿才能顯腿長，到用Nokia3310自拍哪個角度才會顯瘦；從妳陪我去上那間鬧鬼的廁所，到我陪妳去路過徐某人的班級門口（對她們來說，鬧鬼廁所跟心儀對象是相同等級的驚恐）——可說是連體嬰的兩人，唯一的切割，只有在社團這件事上。

孫瑛選的是手語社，任真，則是吉他社。

而她待在吉他社的原因，只有一個。

因為徐易宸也在吉他社。

其實，任真最初加入吉他社，並非什麼為愛痴狂的舉動，純粹是隻小菜鳥的歪打正著。剛進高一時，面對琳瑯滿目的招生宣傳，正值花樣年華的她，跟孫瑛兩人帶著去菜市場買魚蝦的初老心態，精挑細選了半天，最後，還是憑著感覺遞出吉他社申請單——到底是個花樣少女啊！雖然那時的任真，跟Bob Dylan和John Lennon都不熟，但她想著，若能學會刷個張震嶽的〈愛我別走〉或當時最火爆的五月天〈溫柔〉，也算不辜負這段年少做作。

當然，等任真升上高二後，早已淡忘那虛華的初衷，把自己跟徐易宸同社團的事實，後設的解讀為雙方的木（ㄋㄧˇ）石（ㄒㄧㄤˇ）情（ㄊㄞˋ）緣（ㄉㄨㄛ）和個人的深（ㄋㄠˇ）謀（ㄉㄨㄥˋ）遠（ㄊㄞˋ）慮（ㄉㄚˋ）。

同樣的，她也忽略了自己那破爛到等同殘疾的和弦指法，和先前一度想退社的衝動。

畢竟起初入社的理由，純粹是出於「自彈自唱很有feeling」的幻覺，因此很快的，任真就被指腹破皮的殘酷現實給嚇倒了。無論什麼功夫，入門打樁總是最煎熬的，光是一個C和弦，就練得她死去活來，直想跑去煤山的那棵歪脖子樹下，抱著吉他思考人生。

但就在這時，徐易宸出現了——應該說，他一直都在社團裡，只是那天當他騎著腳踏車從任真的世界路過後，突然整個聚光燈打到他身上，原先灰撲撲的人形立牌，瞬間成了女孩眼中最璀璨的那顆星——自從意識到兩人同社，本來照三餐跟孫瑛嚷嚷要退社的爛泥同志，頓時一個鷂子翻身找到去社團的動力。也是從那天起，任真對吉他迸發出前所未有的熱情，日日三更燈火五更雞，將一言難盡的情緒全數彈進幾首小破歌裡，翻來覆去練到被家人抗議、鄰居投訴，連屋頂的流浪貓都集體崩潰打電話給搬家公司的地步。

面對任真的轉變，吉他社社長心底那個淚啊：小學妹妳不是打算退社了嗎？為什麼不乾淨俐落的沖脫泡蓋把自己打包送走呢，別在這裡假裝奮發向上的卡位啊，後頭還一堆人嗷嗷嗷等著入社呢！

只可惜，無論社長如何聲嘶力竭千呼萬喚甚至跑去大草原上吼叫狂奔，都難以扭轉這場命中註定的悲劇——混水摸魚的小學妹已覺醒，成功集齊七顆龍珠，召喚出一隻立志成為馬友友接班人的吉他小神經（馬友友表示：本人是拉大提琴的，謝謝慢走我不送）。

任真在進化成終極小神經的升上高二後，跟一幫同齡的大神經，成為吉他社的中流砥柱——差別只在於人家是清流，而她，始終是股土石流——儘管經過前社長的力挽狂瀾，現任社長總算沒掉她頭上，但為數不多的幾個幹部缺，教學、公關、活動、文書、總務，一個蘿蔔一個坑填進去後，活潑有手腕唯獨彈吉他依舊手殘的任真，終究在前社長的咬牙切齒中，接下了公關一職。

至於天賦實力兼具、認真乖巧可愛，讓社內的糙漢子學長皆不自覺露出姨母笑的徐易宸，則完全以一種人大鼓掌通過、陳橋黃袍加身的姿態，順理成章當上社長。

歡樂的暑假過去後，雖然社團還是同樣的社團，但對任真來說，高二的吉他社，跟高一相比完全是兩回事。還是小菜鳥的時候，吉他社之於她的意義，不過是時間到了乖乖拖著吉他去報到，社課時間練、課後時間練、午休時間繼續練，把約定俗成的東穿堂練成生活的第二個窩，把一首首金曲練成地裂天崩的聽覺重災區——當然，任真練習的重點，還是努力讓自己彈得更難聽點，好吸引善良的他，走過來唉呦我的天拯救全體耳膜的溫柔教學（難怪妳的吉他都不會進步啊（此為前社長的仰天長嘯！））

但等她升格幹部後，任真需要操心的，不再只是她那「學如逆向行舟，永遠車禍」的吉他水平，而是整體社團的營運了——幸好後者對她而言，反倒是游刃有餘（所有社員聽到這裡，齊齊鬆了口氣，伸手將塞在耳中的棉花取出）。從學期初的招生宣傳、期中的演出與參賽、期末的校內成發，到每週的社課和姊妹校的定期交流與聯合成發——種種活動細數到最後，只能套句星爺的台詞：

想讀書的話，就快點回火星吧，玩社團是很危險滴！

不過對任真來說，這段「玩社團」的過往，她的記憶點倒是和別人不一樣。任真心底明白，自己忙碌的並非吉他社，而是「徐易宸擔任社長」的吉他社——是因為裡頭有了這個人，她的投入和熱中才有了意義——因此任真最懷念的，並非高二那年的任何一場演出，而是每週三幹部開完會後，徐易宸總是會牽著腳踏車，順路送她到公車站搭車。任真跟徐易宸，在那段路上的確相談甚歡，但她也知道，徐易宸不管跟誰都是那麼談得來。她寧可獨自守著祕密，跟對方維持一台單車的距離，也不願多嘴破壞這美好的五分鐘。

看似短暫的時光，片片段段層疊起來，就成了有份量的紀念。直到今天，任真心底仍有幅畫面，那是在夕陽下，男孩牽著車、和女孩緩緩走在單車兩側，兩道長長的影子走著走著，就走進了永恆。

除了每週的這段路，關於高二吉他社，任真印象深刻的，大概就是畢業旅行了。那年，他們跟姊妹校的聯合成發，日期恰好卡在畢旅後一週，一邊是社譽、一邊是畢旅，左右為難的幹部們扯著頭髮開完了會，一咬後槽牙，決定讓參與演出的高二生，全數帶著吉他衝畢旅。人家薛平貴是身騎白馬走三關，他們則是身扛吉他跑四天——如今想來，也算是高中生力能所及的浪漫了吧——每當抵達飯店，眾人魚貫下車取行李時，任真手拖旅行箱、身背吉他袋，氣喘吁吁的同時，總覺得自己正在呵護著某種脆弱而珍貴的信念。

喔，當然，咱們江湖人送外號「手殘只好當公關」的任真學姊，是不可能被派上台的。但是她的社長大人會啊！所以，這種沒頭沒腦的熱血行徑，自然會出現她任某人的身影。四天三夜的畢旅，只要是原地解散自由活動，幾個社內中堅份子（跟她這位不上台就是幫忙的拖後腿份子），就會搶時間聚在一起練習。任真會坐在一旁，抱著她那把蒙塵的吉他，陪夥伴反覆練著卡關的小節，順帶偷欣賞徐易宸認真的側臉。偶爾大夥兒彈累了，隨手玩起去年剛出的那首〈情非得已〉，任真雖說彈吉他不行，歌聲還是能聽的，每逢此時，她總會看似隨意的跟著刷下的和弦，唱出自己的心情：

只怕我自己會愛上你，不敢讓自己靠得太近

怕我沒什麼能夠給你，愛你也需要很大的勇氣

儘管當年的任真，不完全懂得什麼是愛，然而，就像輕快歌聲裡所隱藏的珍而重之，她心底那份對感情的投入，是很真摯、也很真實的——不成熟，卻始終誠懇——沒有人天生就懂得愛，大家都是在懵懵懂懂的淤青裡，一步一步逼近、釐清所謂愛的真實。

「哇……好浪漫喔。」

王曉樂聽到這裡，雙手撐著臉，兩眼放光的說。重新開張的第三天，在她跟阿爸的努力下，總算消化掉多餘人潮、找回營業規律，於是，熱愛閒聊的小闆娘，又在離峰期間重拾她的店內兼職——聽故事。

「哪裡浪漫了，根本就是卒仔的各種小劇場而已。」

本日的特邀來賓，地方媽媽任真，聽完主持人的評語後，忍不住翻了個白眼——是給王曉樂、也是給當年的自己。

在這美好的週六早晨，任真坐在忘憂早餐店，享受她難得的放風時間。小睿正跟生父在家廝混，而她則在這裡，邊嗑著加了雙倍草莓醬的吐司蛋，邊跟王曉樂嘮嗑話當年。

「所以任姊，妳今天怎麼心血來潮，跟我聊起高中生活啦？」

「喔，那是因為……。」

故事說回前日，任真收到孫瑛私訊的當晚，果然接到損友來電。瞧了眼熟睡的小睿，她悄悄退出兒子房間，按下手機通話鍵，劈頭就是一句後母語氣：

「今天下午發那訊息給我什麼意思？」

「哈，我就知道妳有看到，還在那邊鴕鳥。」

「誰鴕鳥了啊，老娘很忙，忙得沒時間把頭埋進土裡傷感啦。」

「既然這樣，不鴕鳥的任真小姐，要不要考慮來吃個飯？」

任真聞言隨即安靜下來，握著手機細聽孫瑛解釋：原來，徐易宸大學畢業後赴美深造，順利取得材料博士學位，近期抽空回國陪家人過中秋。幾個高中死黨得知，打算以他的名義，辦個接風宴兼同學會敘敘舊，而女生這邊就交由孫瑛負責聯絡。

事實上，身為交際小能手的多年損友，孫瑛在讀書那會兒，亦已是五湖四海通吃的魔王級人物。就算升高二後分了三類組，她依然廣布眼線，跟每班同學或多或少都有交情。至於徐易宸此人，倒不是孫瑛想特別關注，而是消息總會源源不絕灌進她耳裡：功課好、脾氣佳、又是吉他社社長，全校就沒人不是他朋友——況且，還是自家好姊妹的「那個男孩」——雖然兩人最後連個譜都沒寫出來，但孫瑛關注成習慣、習慣成自然，哪怕多年後物是人非，大家早已男婚女嫁兩不相干，可是既得知對方消息，無論任真去或不去，孫瑛仍覺得該通知一聲。

任真不去，在情理之中。但若她願意，就當幫她解個心結吧。

當晚，任真掛上電話後，踱到落地窗邊陷入沉思。她和徐易宸之間，說真的，什麼都沒發生——但正是這什麼都沒發生，令她就此悵惘許多年——偶爾心神溜走時，任真難免想著，若當時的自己能勇敢、甚至魯莽一點，後來的故事，會不會生出破而後立的新格局？

然而這段過往，終究是她改寫不了的年少，歲月總是跑在靈魂的前面[49]，而她，也永遠回不去自己的十七歲。

「唉，」想到這裡，任真嘆了口氣，望著搖曳的樹影，心道：「這頓飯，還是別去吃了吧。」

被說鴕鳥就鴕鳥吧，反正，她覺得自己現在挺好的，何苦讓平行時空的往事，硬生生介入打擾現實呢？

49 註：「歲月總是跑在靈魂的前面」，是周華健的歌〈少年〉中的一句詞。

「很晚了，妳還不睡嗎？」

此時，身後一道聲音傳來，任真不用回頭，也知道是自家老公。

不然難道是小偷嗎？

「嗯，我還想在這裡待一下。」

後腦勺對著老公的問句，任真頭也不回，抱膝坐在落地窗旁，保持她黃金45°仰角的憂傷。輕飄飄的語氣，彷彿下一秒就要化身嫦娥飛出窗外、飛向宇宙浩瀚無垠。

人在客廳的陳先生，瞧著老婆抬頭望天的痴呆背影——對於任真間歇性發作的「傷感症候群」，他已經很習慣了。反正呢，不是那個高中姓徐的、就是那個大學姓楊的，再不然就是那群趙錢孫李周吳鄭王。總之，每隔一段時間，他的寶貝老婆就會像今晚這樣，無預警被某段過往觸發，頓失平日的精明幹練，化身多愁善感的青春期小姑娘——都說久病成良醫，事實上，一旦病人家屬當得夠久，也都各個華陀在世了。心知任真定要徹底做作完才痛快，熟背整套自我排解療程的陳先生，老練的晃了過去，窩進沙發安靜滑手機，與她共享那份少婦的矯情。

無視老公的存在，任真繼續望向窗外。農曆二十九的夜空，月亮幾乎失去存在感，連星子的光都顯得虛弱。她掉轉視線，瞄到社區花圃一叢叢暗影，不知為何竟想起：選擇紅玫瑰，白的依舊是皎潔明月光；選擇白玫瑰，紅的仍然是心口硃砂痣——然而，張愛玲猶豫老半天，卻沒考慮過，無論是哪朵玫瑰，很可能根本沒機會選。某種程度而言，任真是幸運的。因為她的無從選擇，所有的花兒，至今仍在她心頭綻放著。但另一方面，她又是不幸的，畢竟，那些紅白藍黑湊一湊，都能開一座建國花市了，批發管理起來很是麻煩。

偏偏，這些麻煩都是她自找的。面對曾經路過的男孩，自己明明能理性以待，卻要如此多情敏感，任由早已死透了的過往，像個鬼魂般糾纏，就像、就像那莫名奇妙的草莓吐司蛋——好端端的，硬把生活弄得五味雜陳，又鹹又甜又辣，為什麼不吃點正常的食物就好了——無論是有時母親、或有時的自己，不同狀態的她，似乎，都在不甘寂寞的自尋煩惱。

想著想著，任真莫名覺得自己挺傻的。徐易宸可能這輩子都想不到，會有個年近四十的女人，在多年後的夜晚，放棄珍貴的睡眠時間，只因他當年放學後多花五分鐘推單車的健走行動——她在對方的記憶裡，說不定連個廁所板凳位都搶不到，結果呢，自己卻任憑他在心底生根，竊據多年下來，整棟豪華海景大別墅都快蓋起來了（紙紮的那種嗎？）

究竟要什麼時候，我才能走出過去，揮別這男孩呢？

不知呆坐多久，任真突然察覺，自己頭頂多了隻溫熱大掌。她靜靜坐在那裡，任由老公像摸黃金獵犬般，摩娑她的腦袋。過了陣子，任真抬起眼，開口問道：

「你會不會覺得我很麻煩？」

「嗯，會啊，」陳先生回答，搭配招牌的狡黠笑容：

「所以我才喜歡妳嘛！」

「……我是說認真的。」

「我也是認真的，」頓了一下，他溫聲補了句：

「妳不用急，慢慢來就好。」

任真一時愣住，那種被對方讀出心思直球正解的感覺，簡直不要太尷尬，自己是臉上寫字了嗎？陳先生瞧著她一貫的被識破臉，心想，開玩笑妳是我老婆，那顆小腦袋瓜裡裝什麼我會不知道，都結婚幾年了還滿臉震驚。

說起來，任真這些年，對老公始終自覺虧欠。她像是個傷痕累累的旅者，拖著殘破身軀經過座沉靜的山，感受到山氣日夕佳，便從此結廬待了下來。婚後七年，陳先生以廣闊的胸懷收容她、以豐沛的生命力療癒她，但她，卻無法回以相同的深情——只因那炙熱的青春與愛情，早在多年前不管不顧的揮霍光了——而她甚至未曾在他面前，掩飾過自己的遺憾，不時像今晚這般，為某個已然渺遠的身影而傷感。

然而，陳先生明知她心裡住著一拖拉庫的百家姓，每次面對她的情緒，總是溫柔而堅定的告訴她：

「不用急。」

任真第一次發現，有人願意將自己委屈成這樣，只因他在乎她——因為想和妳在一起，所以我安靜——哪怕她背負了無數記憶，他依然耐心在時光中守候，陪伴她將心底的昨日慢慢化去。

當然，如果有人遞麥克風給陳先生，問他會不會在乎，他一定當場白眼翻到後腦勺不想回來，嫌棄盡在不言中的回道：

「你？說？呢？」

自家老婆的過往，只要是正常人，絕對會在乎啊。但既是愛了，就要接受她的一切——而所謂的一切，自然包括她的昨天——感情有很多時候，不是手裡拿個秤，去斤斤計較愛得誰輕誰重的問題，純粹就是願不願意去愛而已。陳先生深知昨日不可逆，已經路過的人、就是路過了，即便他在乎得咬牙切齒，自己仍參與不了那段過去。與其拗著往事不放，不如掉轉焦點，將兩人的未來置於心尖上惦記——而他只要願意，永遠都可以待在她的明天裡。

任真望進老公的寵溺目光，終於確定，那頓飯她不需要去吃了——關於徐易宸，他們早已回不去、也不用回去了，說到底，她真正要告別的，也始終不是那些男孩，而是昨日的自己。過往的心結，無法期待任何人幫忙解決，只能靠自己一步步走出去。即使還是會惆悵、即使不知道會走多久，但任真相信，當她走到最後——

一切都會好的。

「所以妳真不去吃那頓飯啦？」

「不去啦！多數都是高一同班而已，我跟他們也稱不上熟。至於徐易宸，說不定他對我根本沒印象了……都八百年前的事了，去了能做什麼？挖礦、考古還是盜墓？」

「重點是，一頓飯攤下來，要花多少菜錢啊？餐廳包廂基本消費動不動就六千起跳，光想到就心疼喔。」

「這才是妳真正的理由吧，任姊……。」

望著神似自家阿嬤的眉眼，王曉樂瞬間在想，是否所有的地方媽媽，都註定走上那條貪財貪財之路。

「總之，與其糾結在過去的人事物上，倒不如用心把今天過好一點。」

面對陳先生以外的人，咱們的任妹總是有股豪氣。那些脆弱和小情緒，她向來只留給老公知曉，一旦到了外頭，她又是眾人熟悉的任大膽——嗯，如今或許是任大媽了。發表完振奮人心的結論，任真愉快殲滅最後的草莓吐司蛋，接著，翻出手機查看時間：

「哇，我該走了！都十點多了，再不回去我怕那對父子把屋頂給掀了。兩個男生湊在一起，那個小於零的心智年齡平方出來的破壞程度，比東瘋西霸南狂北七的殺傷力更大！」

任真站起身，拍了拍王曉樂的肩膀，宣誓般的喊著：

「妳也加油吧！努力過好今天，明天多賺點錢！」

「說的好！」

站起來鼓掌的是遠處的王家阿嬤，七十幾歲的老人家，頓時因這句話回春猶如十七歲。

總之，在留下深受阿嬤肯定的勵志金句後，任真拿起包包，跟王曉樂揮手作別，瀟灑一轉身，往家的方向走去了。

「啊妳們今仔日嘰哩咕嚕的是在講啥？」

等任真走遠了，王家阿嬤湊過來，好奇的問。

「無啦，就……清彩（tshìn-tshái）講講[50]。」

面對阿嬤的問題，王曉樂有些一言難盡。畢竟，跟阿嬤解釋高中社團啊酸甜暗戀什麼的，那種青春校園風實在跟王柯淑莉女士的路線很衝突。

「喔，啊清彩講講就講一點鐘（tsit tiám-tsing）[51]，真有代誌不就講到天光？」

阿嬤不以為然搖搖頭，轉過身，回到福祿壽三人小組中間，繼續開發她們那片綠油油的超級青菜講講田。

王曉樂也起身回到櫃台，東摸西摸了一陣，心頭總覺得空落落的。前兩天忙的時候還沒感覺，今天清閒下來，卻莫名感到不對勁，彷彿這間店裡少了些什麼。

她掰起指頭數起來，阿爸、阿嬤、福祿壽姨婆、阿母、她自己，和……王曉樂抬起頭，望著店內失落的一角，後知後覺的意識到：

林恩不見了。

*

「哈啾！」

50 註：清彩（tshìn-tshái），隨便。

51 註：一點鐘（tsit tiám-tsing），一小時。

連續狠抽了三張衛生紙，此刻，不知被人惦記的裴恩，正捲著棉被窩在電腦前，在文字的爛泥裡匍匐推進。

沒錯，自從那天錄影結束、寄出 e-mail 後，他不只染上王曉樂熱血病毒，也染上真正的流感病毒了。都說百貨商場是流感薈萃之地，在他看來，電視台密閉的龍蛇雜處，亦是不遑多讓的毒窟。而且，這次的病情來勢洶洶，都快一週了，裴恩還是頭暈腦脹、鼻水流不停，直到昨天為止，除了出門看病外，他幾乎連床都沒離開，整個人被折騰得比小白菜更白、也更菜。

費力擤完鼻涕，他將衛生紙丟到快堆成小山的桶裡，任憑紙團在垃圾桶中心呼喊好擠，將視線轉回螢幕，企圖對文檔展開修葺工作。

稿子審到半途，手機突然震動了起來，拿過來一看螢幕，是他親愛的責編陳沛伶。

本週一，陳沛伶在辦公室打開電腦，收到那封「祝　安好」的信時，差點一口奶茶噴螢幕上——雖說裴恩過去不上節目、不經營流量、不跟讀者互動，有著各種需要順著毛摸的眉角，但至少在交稿這件事，他一直都是乖寶寶優等生、上課時坐第一排安慰老師滄桑心靈的好孩子。

結果，看看眼前這句話：

「我決定對初稿進行刪改……。」

讀到這裡，陳沛伶一個激靈，下意識關掉視窗，呼吸吐氣好幾口，再重新點開視窗，鼓起勇氣讀完整封 e-mail：

「……可能會影響後續出版進度。」

陳沛伶抓著滑鼠當場變態了，這傢伙是打算把累積多年的任性點數，挪到今年一次兌換嗎？原來，乖巧的作者皮起來，才是真的要人命啊。

她當下的第一個反應，就是拿起手機，打給裴恩跟他聊聊人生——就算不聊他的，也聊聊她的吧——看不見盡頭的產業寒冬、繁瑣的校訂印刷、難搞的作者，外加她永不結束的水逆，每天走進辦公室，各樣的煩心事壓在身上，早已令她搖搖欲墜。如今，連她的模範作者也跑來撬牆腳，這確實讓陳沛伶感到崩潰。

沒想到電話接通後，她只聽見裡頭虛弱的沙啞、和不時混雜的吸鼻涕聲響。這讓陳沛伶決定先暫時放過彼此。畢竟窮寇莫追，何況還是隻病窮寇，一切還是等他病好再談吧。

電話一掛上，五天就這樣過去。等到週六早晨，她眼瞧窗外風和日麗，翻開腦袋裡的農民曆，算算裴恩也差不多該痊癒，於是，便諸事不宜打電話來找他談心了。

裴恩接起電話後，耐心聽了幾分鐘，最終打開擴音，下一秒，整間套房立刻環繞陳姊的碎唸：

「所以我說你到底想寫到什麼程度啊現在這樣已經夠好了我們是寫愛情小說不是文學鉅作啊讀者也對你沒有不滿況且我還想趕年底的耶誕檔期幫你推這本書啊你這樣說改稿就改稿我會很難搞的啊……」

「喂！喂！有沒有在聽我講話啊？」

陳沛伶手持話筒，聽著另一端的傢伙，像隻蚌殼精般死不出聲（且疑似開了擴音敷衍他），終究嘆了口氣，壯士斷腕決然開口：

「咱倆劃下道兒吧，國慶連假後交稿，一口價，有沒有辦法？」

「好！」

電話這頭的裴恩，答應的很乾脆，乾脆到陳沛伶讓懷疑，他根本是有預謀的留了個底線給她跳——確實，裴恩當初壓十月底，多少是留了個砍價空間，沒拖過稿、不代表他未諳拖稿之道，世間萬物不脫棒槌跟胡蘿蔔的道理（陳沛伶表示：但我不是驢！）只要先一棒子喊出十月底，再給對方殺成十月中的甜頭，如此一來，雙方都能滿意。

結束通話後，裴恩盯著電腦發了會愣，最終決定站起身——前有連續啃了五天白吐司、後有被陳姊唸得精神萎靡，此刻的他，竟難得的覺得自己渴望進食。

腳步仍有些虛浮的踏出租屋，裴恩宛若自帶導航系統，直覺領著身體走去忘憂早餐店。走著走著，就在即將抵達時，他看見斜對面閒置許久的空屋，正有群人在那忙進忙出。外頭，店家招牌剛掛上去沒多久，散發藍底白字的嶄新壓克力光澤，上面寫著：

Lucia Coffee。

第七章

本日菜單：咔啦雞腿堡

「欸欸欸徐小莉，妳知道『咔啦雞腿堡』的真正讀音，其實是唸『ㄌㄨㄥˋ啦雞腿堡』嗎？」

十月初的週日午後，早餐店二樓的王家客廳，王曉樂一邊忙著摺傳單，嘴裡也不閒著的跟徐莉分享新知。

「……這又是早餐店小闆娘的『不懂不會死，懂了會煩死』的『冷知識曉課堂』嗎？」

坐在王曉樂身畔，被迫犧牲美好假期的徐莉，整個人白T牛仔褲大素顏、鼻梁掛著副一千度粗框眼鏡，也正一邊摺傳單，一邊展開第N度的不留情吐槽。別人對朋友向來是兩肋插刀，至於她，插刀當然是插的，可也不介意朝好姊妹的肋下多補幾刀。

「唉唷，我也是在製作傳單時想打『咔』字，結果ㄎㄚ、ㄎㄚˇ、ㄎㄚˋ了半天都找不到，上網搜尋才知道，原來是唸『ㄌㄨㄥˋ』啊——所以，我們小時候吃的寶咔咔，其實是『ㄅㄠˇ ㄌㄨㄥˋ ㄌㄨㄥˋ』欸！是不是瞬間有種車子撞壁的感覺。」

「……嗯，我感覺自己感覺不到妳感覺的感覺。」

即便遭受無情的拒絕，王曉樂仍不減發現新大陸的熱情，繼續興高采烈發表意見：

「我後來想想，像什麼蛤蜊是ㄍㄜˊ ㄌㄧˊ、肉臊飯是ㄖㄡˋ ㄙㄠˋ ㄈㄢˋ、牛丼是ㄋㄧㄡˊ ㄉㄢˇ，它們的日常發音跟實際拼音也差太多了吧……光是想到有客人開口說：『請給我一份ㄌㄨㄥˋ啦雞腿堡謝謝！』我就覺得這根本是真心話大冒險的尷尬。」

「沒關係，人生本就是各種的名不副實，久了就習慣了。」

「欸，我發現妳真的跟林恩很像欸，講話都像在寫金句一樣……。」

聽見某個關鍵詞，徐莉耳尖一抖、摺傳單的手一慢，正準備往下開挖八卦時，下一秒，王家阿嬤端著水果過來了：

「小莉啊，多謝妳這陣的鬥相共[52]，不然光靠我家這隻浮浪貢（phû-lōng-kòng）[53]吼，我都不知該怎麼辦……來來來，呷水果！」

「阿嬤免客氣啦，都是我該做的。」

哪怕對待閨蜜張牙舞爪，面對長輩時，徐莉向來是非常態度端正的。

「吼！阿嬤！人家哪有浮浪貢啦，我最近也很拚勢（piànn-sè）[54]欸！超努力的好不好！」

「妳還講！若無咱小莉，妳一個人尚好是有法度（ū huat-tōo）[55]。還有那個安豆小帥哥，做人精光又頂真[56]，比妳有用不知多少！」

王家阿嬤說完後，還不忘哼哼兩下噴火龍般的鼻息，那鄙視的小眼神裡，彷彿自家孫女是多沒用的高塔公主——每當碰上她的安豆小帥哥，阿嬤永遠是六親不認的。

52 註：鬥相共（tàu-sann-kāng），「幫忙」之意。
53 註：浮浪貢（phû-lōng-kòng），為日語「浮浪者」轉換而來，用以形容一個人迷糊、少根筋。王家阿嬤在此指的是王曉樂。
54 註：拚勢（piànn-sè），「努力」之意。
55 註：有法度（ū huat-tōo），「有辦法」之意。
56 註：精光（tsing-kong），台語「精明」之意，頭腦聰明，做事仔細。頂真（tíng-tsin），「認真」之意，指做事認真細心、不馬虎。

「既然說到林恩，欸，王樂樂，這傢伙最近跑哪去啦，感覺好幾天沒見人影了？」

眼見阿嬤提及安豆小帥哥，發覺機不可失，徐莉趕緊插進對話，開啟一陣窮追猛挖。

「喔，林恩上週跟我說，既然早餐店穩定了、他有些工作必須處理，這段時間就先不過來了。我就跟他說好啊沒問題，讓他放心去忙這樣。」

瞧著好友理所當然的模樣，徐莉忍不住在心底嘟囔：

「王樂樂啊王樂樂，妳難道不覺得奇怪嗎？一個非親非故的傢伙，對妳這間店如此在意，鞍前馬後操碎了心、做牛做馬任妳使喚，甚至把自己的工作排到後面去，用心得像自己有入股似的……然後呢，妳也好意思這樣麻煩人家，真以為他還是妳家員工啊？」

當然，上述這些牢騷，徐莉只敢擱在肚裡，身為看破不說破的稱職閨蜜，她真正說的話是：

「對了，我記得整件事最開始，也是他通風報信的？」

「喔，對啊。八月底那時候，他發現 **Lucia Coffee** 預備開幕，便過來跟我提了一下。幸虧他夠敏銳，不然我根本傻傻的，完全沒想過什麼競爭啊、業績衝擊之類的事，一直想說人家開店就開店啊，我跟阿爸還打算去買他們的咖啡試喝看看呢！」

「……我替 **Lucia Coffee** 謝謝你們喔。」

徐莉自覺她無話可說了。這對兩光父女檔的心，實在比大峽谷還寬，缺乏危機感就算了、還想為敵方貢獻營業額？這次還真多虧了林恩，否則，早餐店的回血速度不會這麼快。

徐莉至今仍印象深刻，那個週六下午，她剛忙完了件大case、正在房內心滿意足賴著床，突然間，有個女人勢若瘋虎衝進來，盜壘般撲到她身畔，跪在那兒狂拽她的手：

「徐莉莉徐莉莉徐莉莉江湖救急啊啊啊啊啊！」

毋須睜開眼，徐莉都知道這個快把她搖散架的傢伙是誰——她皺著眉，忍耐的回了句：

「要我幫忙，先改個稱呼。」

「啊啊啊啊啊啊！宇宙霹靂無敵大正妹優雅知性大美女逃之夭夭鳳凰于飛徐小姐，可以請您看在咱倆青梅竹馬的份上，出手拯救妳最可愛又無辜的好姊妹嗎嗎嗎嗎嗎嗎?!」

「……妳是竹馬嗎？充其量是個竹輪吧！」

「總之拜託啦，妳是電妳是光妳是唯一的神話……」

「王！樂！樂！如果妳答應閉上妳的破鑼嗓，我就現在立刻right now馬上起床。」

「好好好，我閉嘴、我出去、我在客廳癡癡的等著妳。」

「出！去！」

躺在床上的徐莉，深呼吸一口氣動心忍性三十秒，回顧完二十餘年的姊妹無情後，總算承認對這段孽緣的無能為力。隨王曉樂走往早餐店的路上，她終是艱難的開了口：

「說吧，找我什麼事？」

「啊……就今天上午，林恩過來跟我說，附近有家咖啡店要開幕了。」

「然後？」

「然後就被他說的很恐怖啊！例如客人會被拉走、營收銳減什麼的……我都不敢想像，如果早餐店開始虧錢的話，我阿嬤的桿麵棍，會不會又開發出什麼新招式來對付我？」

所以，妳放棄形象管理的跑進我房裡、還喊得宛若世界末日的原因，是因為妳阿嬤的擀麵棍嗎……？

徐莉發覺她的耐心又慢慢消失了。

「然後呢？」

「然後他就建議我來找妳，一起去開個會。他的意思是，雖說超前部署是做不到了，及時止損還是有機會的。」

「……他叫妳來找我，妳就來了？」

「對啊！」

徐莉心想，妳還真相信林恩啊，等哪天他叫妳按照指示去ATM解除分期付款，說不定妳還會邊操作邊笑嘻嘻的說好喔好喔那是按一百萬轉帳對嗎還是需要再多點？

不過話說回來……林恩這傢伙確實腦袋挺清楚的，知道與其期待王曉樂，不如找她幫忙更實在。

好吧，有個正常人在的團隊，多少還是能待的。

就這樣，一個風和日麗的八月底，三個年輕人圍坐一塊，為了忘憂早餐店的前途，難得嚴肅的開了場會——嗯，其實過程中努力擺正心態的，只有小闆娘本人，另外兩人碰上正事，本就是不苟言笑的。

當天晚上，王曉樂站在二樓客廳，拿著她的會議紀錄，鉅細靡遺將結論報告給王家人聽——當然，語氣是她一貫的不著邊際：

「關於裝潢的部份，我們是在想啦，跟人家比精緻是贏不了的，但我們可以走溫馨路線。反正早餐店開這麼多年，也是該修整門面了……阿嬤妳別擔心，我們不會大興土木，就是花點刷油漆、換燈泡的小錢，弄些讓客人覺得『唉唷不錯喔』的微調。除此之外，還能放些假盆栽、弄點 Bossa Nova 音樂，讓人更有家的感覺、卻又比家多點情調。」

「另外，菜單也該重新設計。刪去冷門的、明顯成本高的菜色，再加入套餐增添新鮮感……像是『營養早餐』、『纖活早餐』、『美莓早餐』，當然還有『早午餐』啦！總之，針對不同族群的需求，提供不同特色的餐點，就算無法吸引新顧客，至少餵飽熟人的胃、留住老客戶這樣。」

「還有，咖啡店吸引的對象，應該是重視氣氛、又有消費力的社會人士，那我們乾脆把這塊讓給他們做，專注在社區小家庭跟國中小學生——尤其是學生，可以給予特別優惠，例如讓爸媽先儲值一百元，讓他們能買一百二十元的餐點，存越多賺越多這樣。我們也可以跟安親班合作，供餐給下午班的小朋友，啊還有，像是販售一百元面額的禮券，讓老師當成獎勵送學生……總之，早餐店就這麼大間，我們也不用貪心，就是守住能照顧的客群就好。況且我們以前也沒特別做過市場區隔，趁著這次機會鎖定好、把這群人認真經營起來，說不定賺的比以前更多。」

「啊對了，我們也有在考慮，看要不要建立會員集點制，比如消費五十元一點、累積十點有優惠……

我只是舉例啦，大概就是這類的概念。總覺得如果我是顧客的話，聽到這樣的設計，不但能增加消費動機、更能提升忠誠度。」

王曉樂越講越開心，眉飛色舞的模樣，彷彿下一秒就要升職加薪、出任CEO，成為人生贏家。沙發裡的王家人，聽完後則是神色各異：王家阿嬤想到這些建議出自她的安豆小帥哥，眼睛笑得瞇成一條縫。王家阿爸想起那個搶走他飯碗的臭男生，很不愉快的冷著他的景濤帝臭臉。王家阿母讚許的微笑著，欣賞王曉樂漸顯鋒芒的神采。至於王家親弟呢？則一心一意盤算著，該如何偷渡他的花生醬肉鬆三明治混入新菜單。

可即便心思不同，面對王曉樂的提案，眾人倒是全數鼓掌通過。在王柯淑莉女士看來，安豆小帥哥＋不會破財＝應該做的事；在王新洋看來，既然自己交棒了，他唯一該關心的事就是煎檯的肉熟了沒；在許芳慈看來，女兒長大了，總要學著決定和承擔；而在王曉陽看來，只要支持我的花生醬肉鬆三明治，我就支持妳的一切改革工作。

沒錯，畫風如此清奇卻又團結合一，這，就是忘憂早餐店的經營方針，這，就是王家人。

取得全家人的鼎力支持後，隔天一早睜開眼，王曉樂便拉著林恩殺進內湖的量販叢林，從特力屋、HOLA、家樂福到好市多跟大潤發，貨比三家逛遍各大賣場。秉持著王家精神領袖貪財星人的「省錢」方針，他倆是東市買油漆、西市買壁紙、南市買盆栽、北市買零食（這是假公濟私！）一整個鞠躬盡瘁走到鐵腿，總算在預算內買齊所需材料。而到了週一，徐莉也動用她珍貴的年假，一口氣跟主管連請三天，再跟那幫律師兄弟交代完遺言後，便風蕭蕭易水寒的前來會師——至此，早餐店全能改造團隊，遂這般「三人同行，莉莉崩潰」的出道了。

經過三日的傾情打造（從徐莉的觀點是悲情），第四天早上清晨五點整，當早餐店鐵捲門再度開啟、兩位蛋餅爭霸戰選手按照慣例衝進店裡時，難得跑第一的壽姨婆，竟立刻來了個急煞車，任由福姨婆逆轉勝反超，整個人騰騰騰倒退三步到店外確認：

「這裡真的是忘憂早餐店嗎？」

壽姨婆太驚訝了！眼前的忘憂早餐店，儘管店內布局不變，但那股舒適、溫馨、和一份盎然朝氣，皆是她未曾感受過的——超乎期待的翻新，導致衝進去的那刻，她真以為自己跑錯店了。

裝修後的早餐店，家的感覺依舊在，卻讓人待得更舒服——當然，不可能像日本節目那樣浮誇大喊amazing，但改頭換面後的早餐店，確實會讓人在進門瞬間，由衷生出樂而忘憂的笑容——唯一美中不足的，大概就是那個老在音響裡淒淒慘慘吊嗓子的阿斗仔女生（那是慵懶爵士樂好嗎謝謝）——因此幾天後，在老顧客的連署請願下，小闆娘終究順應民意的罷免CD、重啟電視機了。

吃早餐，還是熟悉的新聞台最對味。

除了硬體部分的改善，大家也發現，菜單本身也變得有趣許多——套餐組合的設計，大幅療癒選擇困難症患者的痛點；饒富新意的取名法與熱量表的出現，也成功吸引年輕人目光；更別提會員制跟儲值優惠，完全擊中地方阿姨心中最柔軟的一塊——重點是，都、沒、有、漲、價。

因此，九月的第一個週末，當 Lucia Coffee 熱鬧開幕後，早餐店僅震盪了兩週便再度回穩，王曉樂起初擔心的〈忘憂世間情之阿嬤的擀麵棍〉，也未在自家客廳上演——這樣的結果，除了己方的及時應變，敵方的高價位和過度靜謐的氛圍亦是關鍵，用八點檔學者王柯淑莉女士的比喻就是：

「那間咖啡店吼，就是有錢去外頭偷吃的，咱的店吼，是呷粗飽用的——自家的某再醜，還是卡實在啦！」

總之，在家人好友的支持協助下，王曉樂有驚無險打完這場早餐保衛戰。經此一役，她第一次覺得，自己真正接班了——說來三年前那會兒，她多少是出於「認不准方向，那就認命吧」的想法才回家，忘憂早餐店對她來說，是牽掛、是羈絆、是一份包含責任感的愛，卻也僅止於此。而即便去年繫上了圍裙，她仍帶著實習店長的心態，跟在阿爸身後、當一天小闆娘做一天菜，無所追求的維持這家店的運轉，雖說一場車禍讓她真正當了家，但這份逞強的勇敢裡，難免有些無奈和心酸——直到這一次，面對敵軍壓境的威脅，她直覺把家人護在身後，學著用自己的方式，挺身捍衛「她」的店。

王曉樂無法確定，是這次的危機讓她更認同這份工作，還是她本來就漸漸認同了這份工作，才會在這次的挑戰裡迸發更深的熱情——然而，就像雞生蛋或蛋生雞的問題，她或許永遠無法解答是先有雞或蛋，卻依舊可以快樂的吃著雞蛋。對王曉樂來說，如今的忘憂早餐店，不僅是責任或使命感，更是她一想到就熱血沸騰的地方——從店內裝潢到菜單規劃，都是她投入的心血，是她和好友共同打造的小闆娘風格，是一個她屬於、也屬於她的所在。

而這也是為什麼，徐莉會在美好的十月午後，被迫犧牲更美好的賴床時間，讓王曉樂拖來王家客廳摺傳單的原因。

「我最近決定了，要來試試看社區外送服務！」

才剛在客廳的板凳坐定，徐莉望著三大疊散發油墨香的傳單，心頭一涼，便聽王曉樂手叉腰，豪氣干雲的宣布新計畫——下一秒，她的心直接涼成北大西洋冰山，都能撞沉整艘鐵達尼了。

抽過一張傳單，徐莉生無可戀的細看內容，只見上頭寫著：

～忘憂早餐到你家～

討厭烈日當空還得頂著大草帽跋山涉水嗎

討厭暴雨傾盆還得撐著小破傘冒險犯難嗎

一通電話，外送到府，讓你在家用餐沒煩惱

每日固定套餐組合，均一價一百二十元，天天都好吃，天天都開心。

週一　鐵板麵套餐　週二　玉米蛋餅套餐　週三　巧克力厚片套餐

週四　港式蘿蔔糕套餐　週五　火腿吐司蛋套餐　週六　咔啦雞腿堡套餐

週日　花生醬肉鬆三明治套餐（套餐均附沙拉、炒蛋及飲料）

外送時間：週間六到八點，週末十到十二點

「大草帽跟花生醬肉鬆是什麼鬼！給海賊王魯蛇吃的嗎？」徐莉看完文案後，震驚得連說都不會話了。面對王曉樂的熱血，她想了想，善良的潑了勺最務實的冷水：

「誰負責送？」

「當然是王曉陽啊！我都跟他談好了，我賣他的花生醬肉鬆三明治，他就騎 U-Bike 幫我送早餐。反正只是試水溫，若之後顧客反響不錯，我再來考慮請工讀生。」

徐莉暗嘆，好一個王曉陽，為了推廣肉鬆，竟把自己賣到這等地步。果然這對姊弟不是冤家不聚頭，根本兩個潛力股冤大頭！

「外送時間就訂在週間早上的六到八點，假日則是十到十二點，一個是他上班前、一個是他補眠後，怎麼樣，我很有良心吧哈哈哈。」

「這不是良心的問題啊！」

在徐莉看來，好不容易把店裡整理得適合內用了，現在卻開始外送，豈非是削弱優勢嗎？好，就算王曉陽任勞任怨、沒有增加人力成本，可假設外送迴響熱烈，他分身乏術送不過來，說不定會引發客訴、影響評價，反倒是得不償失啊，可如若整件事反應平平，那……最初就別大費周章籌備外送服務啊！

但，瞧著好姊妹的神采飛揚，徐莉默默嘆了口氣，拿過小山般的傳單，愚公似的開始對摺了。身為娘胎裡就鑽研起王曉樂的十級專家，徐莉深知，別人頂多是不撞南牆不回頭，但她家這閨女，是撞了南牆還要穿過去把東西北牆都撞爛一輪後，才會甘心的摸摸鼻子說：

「看來這條路的確有點難走。」

「沒關係，說不定傻人有傻福的就被她矇到了……。」

徐莉邊摺傳單，邊聊勝於無的安慰自己。擔任王曉樂的無良閨蜜多年，不學會兩眼一閉自我激勵，還真是沒法在這險惡環境中生存下去。

於是，因著徐莉的縱容和林恩的缺席，國慶連假前一天，由小闆娘主持的忘憂早餐店外送服務，正式上線啦。

＊

時至十月下旬。這天中午，猶似夏季的陽光射入室內，人在沙發上的丁一凡剛恢復意識，便感受到劈頭蓋面的熱辣光線。他揉了揉脹痛的腦袋，昏沉沉的想著：今天是禮拜幾了？

撐起浮腫的眼皮，他勉力集中目光瞧向前方——桌面的早餐店紙盒裡，有著醬油膏的殘漬。

嗯，昨天吃的是蘿蔔糕，看來今天是週五。

天天在夢境裡奔忙，活在裡頭倒是清醒的很，豈料回歸現實後，往往連今天禮拜幾都記不起來。人生有許多事，想想還真是諷刺。繼續爛泥般躺在沙發上，頹廢到底的丁一凡，覺得自己越來越接近比爾蓋茲的成就了——只不過人家創辦的是微軟，他是癱軟。

躺了超過半小時，丁一凡終於決定起身直面人生。他先是進浴室洗了把臉，顧影自憐幾秒鐘日漸蒼白的臉孔，接著，認份走回客廳開始收拾。等把該丟的、該洗的、該歸位的一口氣處理完，就見他拿出Dyson V11吸塵器，鉅細靡遺把客廳所有角落全吸乾淨——哪怕日子過得再光怪陸離，在「維持整潔」這件事上，這位阿宅仍有著最後的倔強。

完成了例行掃除，渾身臭汗的丁一凡，進浴室將自己也掃除一番。從頭到腳洗乾抹淨後，他拐到更衣間，翻出之前去德國買的百靈油，抹在突突跳的太陽穴上，深深的吐了口氣，他感受著短暫的舒爽，最後，走到玄關打開門，取下掛在門把上、已然微涼的外送早餐。

一屁股坐上沙發，丁一凡窸窸窣窣打開外袋，首先見到的，是配餐和早已不冰的飲料，旁邊，則是因放置過久導致微濕的紙袋。他伸手拿起紙袋，對著跟他同樣疲軟的三明治，以對待親人的熟稔打了聲招呼：

「早安啊火腿吐司蛋，不，該說午安、兼晚安了。」

他留戀的看著這份火腿吐司蛋——浸潤水氣的軟趴趴的吐司、微硬的火腿和冷掉的煎蛋，卻是自己與當前世界最真切、也是唯一的連結——十七世紀的哲學家笛卡兒是我思故我在，二十一世紀的宅在家丁一凡，則是透過固定吃早餐，確認自身的依舊存在。

因為他知道，等吃完這頓早餐，自己，又要因著神祕的不可抗力，暈倒在沙發上，直直墜入夢中世界了。

丁一凡是在這次休假時，發現自己染上這「怪病」的——每一天，他都會在夢裡成為不同人物，並在完成指定任務後順利醒來。然而，還來不及慶幸，吃過早餐後，他又會再次暈過去，掉進下一個夢裡、成為下一個人——就像是個演員，卻又更真實的以當事人的立場，經歷每個角色的掙扎與哀樂，同時，想方設法使命必達。

從怪病發作至今，丁一凡仍不明白這事為何發生，更不曉得它哪天會結束。事實上，除了清醒後會頭暈腦脹，這場「病」目前並沒有副作用，就像是科幻小說《一級玩家》裡的體驗遊戲，或用他的童年經驗來比喻，在電腦的「大富翁」裡，輪流扮演阿土伯、孫小美、金貝貝和宮本寶藏，致力賺錢發家解關卡，並在衰神流氓惡犬的聯手阻撓下，試圖將「樓仔厝起歸排」[57]。這段日子，每天的睜眼與閉眼，就是不斷的死去活來，現實成了夢與夢之間的夾層，幻境成了日常的本體，可即使再腳踏實地，終究感覺靠不了岸。

說來過去三十年，丁一凡覺得自己的人生，猶如他的名字一般乏善可陳。誰想平淡無奇活到五天前，竟被無預警趕上了艘賊船，在各種匪夷所思的情節間，展開一連串的追趕跑跳瘋。此事乍聽之下有趣，然而，身為追求「飛安零妥協」的機師，丁一凡覺得這場「病」一點都不好玩——許多人一聽到機師二字，總會聯想到高薪、環遊世界等美好詞彙，但實際上，這就是個輕度被害妄想症的職業，必須時刻預想最壞情況、保持長期的自律和警覺性（與一份矛盾的、盡可能不嚇死自己的樂觀），才能守護乘客和貨物

57 註：樓仔厝起歸排，大宇製作的「大富翁」電腦遊戲，經典人物阿土伯的招牌台詞。

的安全。就像那句話說的：「天下之事，常發於至微」，方孝孺這個神經質阿北，來到現代就適合投入要求零瑕疵的航空業——而在這樣的思維模式下，面對近乎瘋狂的未知，第一次，丁一凡「萬事需可控」的工作慣性，遭受到嚴峻的挑戰。

整件怪事話說從頭。猶記五天前，丁一凡剛飛完歐洲長途，於凌晨時分降落桃機。等他按照流程完成報離手續、搭上接駁車回到台北，突然在拖著行李箱走回居處的途中，被破曉的晨光照得一陣恍惚——說實話，每月固定有一半時間在外飛來飛去，甚至一口氣來個十多天的安哥拉治—洛杉磯—舊金山—大阪—台北巡迴，跟偶像歌手跑演唱會差不多，因此對丁一凡來說，回到租屋處，其實，也不太算是「回家」，頂多是抵達另一個居住空間吧。

掏出鑰匙打開門，室內凝滯許久的氣味、混雜著悶熱感撲面而來。他下意識皺了皺眉，取過遙控器啟動空調，接著去浴室洗了個澡，稍微恢復精神後，便打開行李箱整理起來——都說維護飛安，人人有責，但在丁一凡看來，維持整潔亦若是。若說機師這職業，帶給他什麼意外的技能，應該就是把他培養成一名家政小能手吧：舉凡收拾、打掃、縫紉、烹飪，他皆精通不在話下，甚至能熟練的蹲在飯店馬桶旁煮起統一肉燥麵。畢竟經常出差外站，沒點自理能力的話，還真無法生存下來。

總之，善於家政的能力、加上不愛社交的習性，丁一凡此人說起來，確實是那種宜室宜家的宅。可話又說回來，宅宅機師也非生來就如此孤僻。主要是機師的作息不規律、飛行時又需全神貫注，是以當好不容易休假，他滿心只想當軟爛的沙發馬鈴薯泥，朋友什麼的，那就是天邊的浮雲，再沒力氣經營人際。

至於跟同事間，對Captain的敬畏自不必提，年輕的FO之間[58]，除了工作場域有所交集、價值觀也不見得相同——於是，基於上述飛到沒朋友的理由，丁一凡的嗜好，慢慢變成一個人半夜出門買啤酒月下獨酌，外加上網研究特地設計給單人玩的桌遊。

記得有一次體檢結束，嗑了整月大燕麥片配水煮蛋的他，跑去惡狠狠買了五百塊鹽酥雞，返家展開一個人的狂歡。正當他喝著啤酒、吃著炸物、配著《陰屍路》，丁一凡瞧著裡頭被喪屍簇擁的主角群，再反觀螢幕前空虛寂寞的自己，頓時潸然淚下寫了首詩：

我打機場走過，
那泡在漂白水裡的容顏如乾燥花般萎縮。
班表被排，當月全是長途要飛，
我的心如小小的寂寞的城，
時差分不清白天夜晚。
電話不響，在家stand by沒被抓飛，
我底心是小小的逃過一劫。

58註：FO是「副機師First Officer」的縮寫。

我隆隆的引擎聲是美麗的錯誤，
我不是機師，
是個肥宅。

當時，丁一凡坐在電視前，滿臉鼻涕眼淚的對著熱情的喪屍掏心掏肺，突然在想：若當年沒有選擇報考機師，而是將那份對飛行的喜愛，單純停在興趣階段，自己如今的人生，會不會變得不一樣、甚至更精彩？

好的，故事說回五天前的早晨。經過半小時的整理，丁一凡將出差用品有條不紊全數歸位。他把髒衣服扔進滾筒洗衣機、行李箱推回更衣間，吁了口氣，決定還是等中午再來補眠，不然時差調不回來——畢竟，下次飛美西可是月底的班了，這陣子，自己還是好好過著台灣時間吧。

成功收復行李箱後，下一步，他將目標轉到客廳桌面。望著那疊來自信箱的傳單，丁一凡坐進沙發裡，耐著性子，一張一張檢閱起來。

「您好我是房仲×××，期待有機會能為您服務。」

嗯，你也好，期待有機會能載到你。

「我曾是個自卑胖妹，如今有著美麗人生，詳情加 Line……」

嗯，我到現在還是個無聊肥宅，很高興妳有了新人生。

「××生命園區，風水福地，庇蔭後輩。塔內附景觀電梯，登塔可看海景、遠眺101。每日清晨五點專業師父誦經。金寶山聯合集團。」

嗯……所以那個海景跟101是給師父誦經時看的嗎？

丁一凡邊自言自語，一邊對著傳單挑挑揀揀。不過這年頭，水電瓦斯信用卡帳單都電子化了，仔細檢查下來幾乎沒什麼重要信件。

不過，話果然不能說得太早，正當丁一凡想著「應該篩選得差不多了吧？」下一秒，那張大鳴大放的「～忘憂早餐到你家～」，便不甘示弱的殺出重圍，鮮豔魔性的配色，瞬間刺得他雙眼紅腫淚流。

「忘憂早餐店啊……。」

幾秒後，恢復視力的丁一凡，也恢復了對這家店的記憶。猶記剛搬來社區時，他曾去吃過一次，那裡的氣氛溫馨，餐點也不難吃，櫃台的女孩很熱情、胖胖的老闆很和氣，還有個擀麵棍不離身的阿嬤，得知他是初次造訪，還免費招待他一杯紅茶——真要說有什麼缺點，就是離自己住處遠了些。

嗯，好吧，如今要再加上這慘不忍睹的審美。

「不過，既然是外送的話，或許試試看也不錯，」丁一凡心動之餘，低下目光，看了看當日套餐：

「等等，這個花生醬肉鬆三明治是什麼登西?!」

丁一凡握著傳單，當場石化得連發音都失控了。看來這家店，不僅藝術眼光魔性，連料理風格都如此詭異——花生醬搭配肉鬆，究竟是要何等的腦洞，才能塞進這天怒人怨的組合。

重點是，還認真拿出來賣？他們是不懂「認真」這兩個字怎麼寫嗎？

可是……罷了罷了，人在外站這些年，自己哪次不是神農嚐百草，連印度大姊的日式拉麵、泰國阿嬤的油膩炒飯、韓國歐爸的墨西哥料理、甚至美國大叔的台式鐵板燒都吃過了，消化系統早已千錘百鍊無堅不摧，花生醬肉鬆三明治者流根本是幼稚園等級的挑戰──更何況，「它週六是咔啦雞腿堡啊……」從小五起就異常熱愛咔啦雞腿堡、甚至立志要吃遍全天下雞腿堡的丁一凡，看著菜單裡的週六套餐，瞬間生出無比的期待。

一想到遠在週六的咔啦雞腿堡，眼前的花生醬肉鬆三明治，突然都變得可以忍受了呢。

訂餐的決心已定，丁一凡看著傳單上的外送時段：「假日是十點開始送，現在才九點多，嗯，趕得上……」他點點頭，拿出手機撥了那支「啊就無聊─啊就有閒（2956-2950）」的訂餐專線，直接跟電話那端一次性的預訂了十日份外送：

「這樣一來，只要趁今早把錢全數付清，直到下次出勤前，我每天早上打開門，就有熱騰騰的早餐能吃了……哈哈，不愧是我！」似乎是被話筒那端的年輕女孩所感染，這邊，丁一凡也愉快的描繪起美好的未來。

而在結束訂餐前，他還特別叮囑，待會自己會把餐費夾在門把上，到時候請外送員自行取錢、接下來幾天也把餐點掛門上即可，千萬別按門鈴吵他──出勤時已陪機長說了太多話，現在的他，只渴望絕對的寂靜。

「只不過……」按掉手機通話的紅鍵，丁一凡將傳單摺起前，盯著上頭的菜色，仍不禁自言自語起來：

「花生醬肉鬆三明治，吃起來究竟是什麼滋味啊，真有點好奇呢……」

＊

丁一凡後來回想，自己的第一場夢，就是被這份神祕的花生醬肉鬆三明治開啟的。彷彿是無縫接軌般，他剛嚥下最後一口餡料，突然就像追著兔子的愛麗絲，往前一個踉蹌，跌進了好深好深的洞裡。

在失重的情況下翻了十幾圈，兩眼一抹黑的丁一凡，意外完成人生又一次的盲降[59]。身處毫無光源的空間，他踩了踩彈跳床般的地面，內心跟上下晃動的身體一樣忐忑。正當他考慮上爆料公社發個：「驚！花生醬肉鬆引發的慘案：是老闆的邪惡還是客人的愚蠢？」下一秒，眼前瞬間一陣大亮，迫得丁一凡瞇起眼，心想現在究竟在演哪齣，難道真是那份三明治太詭異、導致自己吃出幻覺了？

等到眼睛再度適應光線，只見自己正前方，有位身穿紫絨燕尾服的小傢伙，頭戴著頂滑稽高帽子，手持一柄小拐杖，滿臉的俏皮神情，站在離他一手肘的位置處，咯咯咯的直笑著。

丁一凡恍然大悟——原來，自己不是被兔子坑殺的愛麗絲，而是誤闖了巧克力冒險工廠的小查理啊。

59　註：盲降，飛行術語，指的是飛行員在低能見度的情況下，依靠ILS（Instrument Landing System）和航管的指示進行降落，是台灣民航機師考試的基本項目。

好吧，現在他唯一希望的，就是這位「威利．山寨．旺卡」別走上強尼戴普的狂躁路線，哪怕比原著裡的大叔再暴走一點，也是可以接受的。

似乎是聽見他默念的禱詞，就看這隻小傢伙，歡快的蹦跳幾下後，便以正規的迎賓口吻開啟對話：

「阿囉哈！歡迎來到CV人生規劃局！我是你的好朋友，卡卡！」

嗯，從他的語氣聽起來，這傢伙應該挺正常的——但，等等，CV人生規劃局是什麼東西——不會吧，高仿威利旺卡就算了，現在還二次創作經典桌遊，主辦人到底是多不想浪費腦漿？而且……按照這複製貼上的邏輯，緊跟著登場的，應該就是那句家喻戶曉的台詞：

「現在，我們要來玩個人生選擇小遊戲囉！啾咪！」[60]

「你們改詞就改詞，不要拿啾咪玷汙它啊啊啊啊！」

丁一凡崩潰的扯著頭髮，心想若對方手裡拿的不是拐杖、而是那一把本該存在的奪魂鋸，自己是不是能比較快解脫呢？

「其實說是遊戲也不準確啦，總之呢，你即將進入故事裡，開啟全新人生。記住喔，每個故事裡，都有個專屬任務等待你完成，只有完成目標、結束任務，才能離開故事、回歸現實喔！」

「慢慢慢慢點！你說的『每個故事』是什麼意思？」

60 註：出自電影《奪魂鋸》台詞「I want to play a game. You have to make a choice.」

向來對文字無感的丁一凡，難得敏銳察覺這四個字的深刻意涵。只可惜，卡卡完全忽略他的提問，繼續自顧自的說：

「如果你有需要的話，可以試著對天空大喊三聲『男神卡卡』，我就會考慮出現喔……不過，只是考慮喔，嘻嘻。」

卡卡說完話後，便不由分說舉起小拐杖，巴啦啦瘋神無雙的揮舞幾下。短短一秒內，尚在冒汗的丁一凡，連個表態的機會都沒有，就又一次的天旋地轉，被傳送到不曉得哪個次元的角落了。

好不容易恢復神智後，丁一凡摸摸摔疼的屁股，狼狽站起身，發現自己竟抵達一棟豪宅。而當他環顧四周，瞧見玻璃窗面的倒影時——

為！什！麼！我！會！變！成！小！男！孩！

「剛剛是有人餵我吃 APTX-4869 嗎？」

意識到自己被迫逆生長，丁一凡二度狂扯頭髮，卻更崩潰的察覺，他現在是個平頭小屁孩，沒頭髮可扯了啊啊啊啊！

丁一凡開始懷疑，他應該是在做夢——但，若真的是夢，為何感受卻如此真實？而且自己的屁股還會痛！

哀傷的摸摸小平頭，丁一凡盯著敞亮的玻璃窗，不知是該先哀悼自身人生的強制重啟、還是先祭奠他折射出的矬樣。就在他表面鴨子划水、心底瘋狂嘎叫的同時，背後突傳來一聲嬌叱：

「小！李！哥！哥！你不是要帶我去花園探險嗎？我等很久了欸！」

丁一凡轉過身，發現發話的，是個長相軟糯的小女娃，偏偏那張牙舞爪的氣場，硬是比公司裡最難纏的座艙長還兇悍。他正嘀咕這是哪家走失的小老虎呢，口中倒是很順的回了句：

「抱歉啊大小姐，我……在準備探險工具。」

丁一凡此話剛出口，關於「小李哥哥」的資訊，便全數湧進腦裡。小李哥哥李志強，現年十歲，江湖人稱小李（偶爾生氣時也會叫他小強），是陳家的現任總管之子。而他口中的那隻小老虎，喔不，是大小姐，則是陳家老爺的獨生女陳霏。這兩人自幼一同長大，概念上是「青梅主馬」的關係——當然，陳霏是主、他是馬。身為陳霏的「吃喝玩樂背鍋解悶」小坐騎，活潑機靈的李志強，不時變著花樣逗小主子開心，例如此刻的「探險活寶神祕花園大進擊」。每回跟他待在一起，水蔥般粉雕玉琢的五歲小女孩，總會脫韁成油漆剝落的崩壞樣，雖說挨罵的永遠只會是李志強。

李志強會這般呵護陳霏，也不全然因著她是大小姐。當年，陳霏的母親因難產過世，時年五歲的小李，偷偷溜進嬰兒房，趴在床邊盯著兀自酣睡的幼嬰，暗自許諾要跟大家一起守護小妹妹長大。而在經過他致力挖坑五百年的奮鬥後——以及最主要的，是眾人的無條件包容下——咱們的李志強小朋友，成功和大人們攜手寵出一朵最無憂的人間小花。

呃，更正，應該是小型食人花。

即便拋開小李的人物設定，說實話，丁一凡也挺喜歡這隻氣噗噗小老虎，尤其那嬌憨模樣，瞬間令他想起自家小妹幼時的氣質——出於大哥的保護欲，丁一凡立刻決定：這個妹子他認了。

「噹噹！恭喜開啟主線任務，刁蠻小姐改造記！」

腦中響起卡卡的聲音，丁一凡一愣，原來，這趟劇情的解鎖關鍵，是繫在這孩子身上啊。但，「你剛不是說我要對天大喊你才會考慮出現嗎，為什麼現在又可以亂入我的腦袋？」

「唉呀，這種細節問題，就不要太計較了啦啦啦啦！」

耳畔，卡卡的聲音彷彿正踮起腳尖愉快的旋轉著。

丁一凡無奈，比起刁蠻小姐，不可靠的卡卡更讓他感到絕望。

「不要收了啦小李哥哥！我！現！在！就！要！去！」

還沒回過神，丁一凡便感覺一隻幼嫩小手，急切的拉住他往花園跑去。他一邊被陳霏拖著，一邊職業病發的制定起〈馴獸SOP〉——在他看來，就算不為著任務，這隻小老虎的任性勁頭也該改改了。一昧的寵溺，對孩子的成長並非好事，為了國家幼苗的身心健康，同時，也為了自己的光明未來著想，於公於私，他都該好好修剪這株嫩芽。

畢竟，他一個三十歲的大齡單身男青年，不是來這裡做牛做馬的啊！

從那天起，丁一凡一改過去的坑自己專業戶，轉職為坑小妹專業戶。好傻好天真的五歲大小姐，碰上披著十歲正太外皮的心機老男人，很快就被治得服服貼貼，乖巧得宛若目睹武松打虎現場的小貓。

這天午後，丁一凡耐著性子，陪陳霏玩著扮家家酒，又意外聽見卡卡的聲音：

「任務結束倒數計時，60、59、58……」

這次，丁一凡不扯頭髮了，他直接拿起剃頭刀——從頭到尾，你說傳送就傳送、說結束就結束，好啊，都給你說就好啦！

然而，就像人性無法抵抗資本，小李哥哥也無法抵抗規則。儘管丁一凡已經在腦袋裡把卡卡報復性的剃成整隻裸體企鵝了，但，身為憑實力嗑完整份花生醬肉鬆三明治的男人，終究要逼自己認清即將離去的殘酷事實。

深吸了口氣，丁一凡站起身，對陳霏笑了笑：

「霏霏，小李哥哥去上個廁所，待會回來！」

「好喔！」

陳霏點點頭，接著，很認真的糾正：

「小李哥哥，你忘記了嗎？我已經說好要嫁給你了。所以，你是『老公』、我是『老婆』，現在你也不是去上廁所，是要去『打獵』啦！」

「好，那……老婆，我去打獵了，去獵一隻大花豹回來。」

「好喔！老公路上小心，我跟小寶寶在家裡等你回來！」

陳霏抱著洋娃娃，跟「老公」揮了揮手，目送他往廁所的叢林走去。

感受到背後的視線，丁一凡擠出僅存的喜感，一路高唱「我現在要出征」，昂首闊步走出遊戲室。

只是，關上門的那一瞬，他仍忍不住回過頭，瞧了眼開始「煮飯」的小陳霏。

他知道，再過幾分鐘，會有個「打到大花豹」的小李哥哥，光榮兼臭屁的凱旋歸來。

只是，那個人，再也不會是「他」了。

「……5、4、3、2、1，Mission Completed！」

丁一凡睜開眼，發現自己正躺在沙發上，桌面零亂散著沙拉盒、飲料杯、還有個連螞蟻都嫌棄繞道的三明治紙袋。

「原來真的是一場夢啊……。」環顧熟悉的客廳，他如釋重負吁了口氣，然而下一秒，濃烈的不捨隨即湧上心頭。

不曉得小陳霏怎麼樣了？想起夢裡的小女孩，丁一凡鋼鐵般的阿宅心，瞬間微微的揪了一下——雖然理智上明白是夢，情感卻是如此真實，彷彿，這世上真有這人一樣。

更何況，從開飛機跨行跑去馴獸，中間歷經的心酸，可不是醒來後說忘就忘的。這年頭誰都不容易啊，能把小老虎養成小貓，哪怕只是場夢，也是個想想會小激動的人生成就呢。

當時的丁一凡，天真以為小陳霏將從此成為他心頭的絕美玫瑰，一段讓他在多年後的秋夜、那片銀白灑落的庭院裡，藤椅搖晃間老淚縱橫的往事——沒想到，等他吃完今早的鐵板麵後，都還來不及漱口，便立刻像上次那般無縫銜接墜落深淵、迎來第二場夢。

「這年頭是流行買一送一嗎嗎嗎嗎？」

這是他左三圈右三圈往夢境翻滾下去時，腦袋裡整齊劃一刷過的慘叫。

都說一回生二回熟，這次，當丁一凡再度看見卡卡，那種心情，就像烤肉時拿夾子把肉翻面，雖然理智上依舊拒絕下嚥，但情感上明白至少熟一半了。今天的卡卡，身穿火紅亮片迪斯可西服、彷彿能紮營的大喇叭褲、外加用髮膠抹了個復古貓王頭，慎終追遠的年代感，頓時令丁一凡生出前途未卜的惶然。

「阿囉哈！歡迎回來！很開心我們又見面啦！」卡卡照例歡快的開場，全然不顧當事人是否樂意與他相見：

「上次任務完成的很不錯，今天也要繼續加把勁喔，讓我們一起熱血沸騰吧！」

「但我不想在夢中熱血，只想在現實耍廢啊啊啊。」意識到又將被卡卡推坑，丁一凡當場吐血三升，怎麼這年頭，好好睡一覺比醒著更難啊！

只可惜，還來不及哀嚎轉抗議，卡卡又揮舞那支小拐杖，將丁．口吐白沫．一凡，傳送進全新故事軸去了。

唯一慶幸的是，抵達新時空後，丁一凡發覺自己總算揚眉吐氣了一把。有別於馴獸小跟班，這回他不但化身為鄒家少東，還頂著集團財務長職銜、娶了位美艷嬌妻、並私擁一間名字拗口的公司。「嘿嘿嘿，難道是為了獎勵上次的辛苦，所以送我來享福嗎？」想到這裡，丁一凡不禁放鬆戒心，美滋滋眺望起紈袴貴公子的鑲金遠景。

然而，即便遠處的美景如此豐滿，不到一天的時間，丁一凡便哭著對卡卡說，童話裡都是騙人的

——這哪裡是少爺享福記，根本是「植物大戰殭屍」的豪華家庭版啊！兄弟姊妹一次次作妖進攻，他一次次調動資源擊退對方，從家裡飯桌的暗潮洶湧，到公司會議桌的爭鋒相對，灰頭土臉的心累，讓他寧可被打回原形、安靜做個獨自美麗的FO。

只不過，在卡卡的世界觀裡，一切夢境沒有最慘、只有更慘。當天晚上，丁一凡下班歸家後，當他伸出顫抖的食指感應解鎖大門，哭唧唧想在老婆的懷抱裡尋求慰藉，卻發現整個家冷清恍若寒武紀，記憶湧現後才明白，原來，他的老婆也不是他的老婆，而是位簽約拍檔小勞工啊！

本想華麗轉身終結孤單的丁一凡，最後，卻是以跌成狗吃屎的姿態，發現自己仍是枚注孤生宅男——霎時間，他只覺得冷風吹進渾身彈孔，所有細胞都尖叫著想罷工。

偏偏就在此時，卡卡竟雪上加霜補了句：

「噹噹！恭喜開啟主線任務，拍檔打怪升級記！」

聽到這句話，丁一凡當下連報名神風特攻隊的心都有了。比起萌萌小老虎，這次的難度非但三級跳，更是從後院小土丘直奔珠穆朗瑪峰的自殺行動啊——因此，諸位看倌絕對可以理解，當丁一凡在夢中耗費多年心血，搞定兄弟姊妹、取得總裁大位、贏得老婆真心，卻在預備吻上對方時，聽見任務結束的倒數聲，那一種想揍不能揍的衝動，著實是非常發乎情止乎禮的——歷盡重重波折、即將美夢成真，卻在親上老婆的此刻被喊「起床了」，卡卡的冷酷殘忍，直接完勝在假日早晨七點半進房掀被喊人的自家老媽！

度過哭天搶地六十秒，丁一凡睜開眼，恍惚想著那瓣無緣的櫻唇，失魂落魄爬進廁所洗漱。

「好不容易，我在夢裡學會去愛一個人、也讓那個人愛上我，為什麼……就這樣回到現實裡了……。」

和先前小霏霏的「我要嫁給你」不同，他和這次的何昕，是兩個成年人聯手對抗整個家族。兩人在過程中，跟對方坦承了內在的不安全感，甚至在鄒家人使出離間計時，依舊出於對彼此的了解而選擇信任，更在最後撕毀那份婚姻契約，決定在沒有束縛的前提下，攜手共度後半生。

自己這次獲得的，不是扮家家酒的童言童語，而是貨真價實的愛情啊！

結果呢……

走到門口取過外送，丁一凡折回客廳沙發，憋著一口氣，洩憤般吃著玉米蛋餅，把盒中的每粒玉米都當成卡卡的臉，死命的戳戳戳、戳戳戳，戳好戳滿戳爛——讓你叫我打怪、讓你叫我清醒、讓你叫我沒老婆！

在夢裡奮鬥了老半天，終究是鏡花水月一場空，導致卡卡第三次出場時，即使打扮成整套激怒李維的長版風衣加酷炫墨鏡駭客style，丁一凡也依然是徹底眼神死的狀態——沒總裁位、沒老婆、什麼都沒有，無論現實或夢境，永遠是任人宰割的小龍套，他還能說什麼呢？

所以，當他發現自己恢復意識後，來到一個陰暗房間，裡頭充斥著螢幕冷光、角落大袋大袋的洋芋片、整體溢滿爬蟲類的濕黏感，突然覺得，這個環境跟他目前的心境還挺契合的——反正，山不在高，有仙則名，房不在大，能宅就行，他如今胸懷無大志，只想遠遁網路世界，當個「我就爛」的自閉魯蛇。

「噹噹！恭喜開啟主線任務，魯蛇媽寶覺醒記！」

「不……我是來放空啊，為什麼還要解任務！」

儘管工作時向來利用逆風起降，並不代表喜歡被逆風調戲啊。試想啊，一個耐操耐打耐欺壓的三耐青年，夢裡夢外忙進忙出，好不容易親個老婆，緊要關頭卻被喊醒，好不容易接受現實，回到夢裡又被逼著上工。這樣的壓榨強度，根本是把笑容可掬的米其林寶寶，活生生折騰成一隻乾癟木乃伊啊！

這一刻，內心嚴重劣化的丁一凡，恨不得跟乾屍大軍手牽手心連心，躺在夢裡將抵制貫徹到底，死皮賴臉當個不解任務、不回現實的夢境釘子戶，最好釘在這裡、釘一輩子、釘成一隻千年老妖精，雷打不動風吹不搖，連卡卡都趕不出去……

老實講，那畫面光是用想像的，就挺帶勁。

遺憾的是，棒打老虎雞吃蟲，魯蛇還被魯蛋噎，正當丁一凡抱著洋芋片、被影片裡的丑角逗得渾忘了今夕何夕時，下一秒，竟被身後的敲門聲拉回至夢中的現實。

「哥哥啊，出來吃飯了！今晚有你愛吃的豬腳喔。」

丁一凡伸進袋中的手一頓，霎時間，關於趙致成的資訊淨數闖入腦海，他驚詫的發現：這位高齡三十二的成年男子，竟然還跟父母同住啊！

身為一名獨居慣了的大齡宅男，丁一凡對必須與人同住的事實，不由得有那麼一點抗拒。可若僅是適應室友倒也罷了，畢竟民航機師的韌性恰似小強，可防可控可獨居可群聚，然而，最令他感到呼吸困難的，卻是趙家親媽那偏頗且令人窒息的母愛——當晚，費力嚥下油膩的豬腳，人在餐桌的丁一凡，邊強忍胃部的不適，拿出職業級的交際手腕敷衍對方，一方面暗地絞盡腦汁，企圖制訂高效率的計畫，以期儘快達成目標、脫離夢境。

「釘子戶是吧，釘子戶是吧，釘子戶是吧，重要的話要說三次喔！」他彷彿能聽見卡卡在耳畔無情的訕笑。

像是配著鯡魚罐頭般吃過了飯，丁一凡趁著兩老至客廳收看新聞時，躡手躡腳摸到妹妹趙利穎的臥室外，輕輕敲了敲門。幾秒後，緊閉的木門，緩緩拉開一道小縫，縫裡是冷漠中帶有敵意的視線。

「有事嗎？」

「嗯，對，拜託先讓我進房，被爸媽發現就麻煩了。」

對方遲疑了一下——或許是從沒想過，這男人也會有低聲下氣來跟她商量的一日——但，終究是嘆了口氣，拉開房門讓自家親哥做賊似的溜進來。

「首先……呼呼，等等，不好意思啊，我喘口氣……。」

進門後，丁一凡本想直奔主題的，誰想這副破身體跟不上，只好邊調整氣息邊暗罵這傢伙體格也太差，連在家裡鬼鬼祟祟幾步路，都可以喘成這樣！看來比起拉盟友找工作，減肥健身更是當務之急。

總之，等他緩過來後，張口第一句話，就令對方不可置信睜大眼：

「首先，要先跟妳說聲對不起。無論是爸媽曾對妳說過的話、或是我過去對妳的態度，都非常抱歉。」

人在飛行修羅場淬鍊多年，丁一凡深諳溝通的第一步，先放低姿態準沒錯。尤其他是來找仇家結盟的，要從負分開始往上掙好感度，簡直是九對膝蓋都不夠跪——況且，短短一頓飯吃下來，他也是真心想替趙家人向這女孩道歉——這些年來，因著偏見和情緒造成的齗傷，如果自己的「對不起」，能略為撫平家人曾經的錯待，那些自尊啊驕傲啊根本不重要。

重點是，他又不是真正的「哥哥」，這一塊兩毛五的矜持能吃嗎？

眼瞧女孩被他的歉意稍稍打動，丁一凡趁勝追擊，使出壓箱底的業務能力，一整個開誠布公掏心掏肺、搭配著自覺誠摯（實則略顯油膩）的小眼神，半個鐘頭後，當他圓潤的滾回房間前，基本上已取得對家親妹的信任。雖說建交什麼的尚言過其實，可雙方起碼有了互通聲氣的小和平。

嘰哩咕嚕滾進房後，丁一凡當機立斷鎖了門，手刀執行下一步計畫。若說找盟友要去對家臥房，找工作，那就去人力銀行。火速連上104申請新帳號後，只見丁一凡頭也不回衝進徵才專區，帶著突襲隊員的狠戾，隨走隨扔履歷，亂槍打鳥大殺四方——管它黑貓白貓，能帶來收入的都是好貓——在他鍥而不捨的疲勞轟炸下，短短三天內，丁一凡果然找了個超商正職，優雅告別被他攪得哀鴻遍野的人力銀行，當然，亦毫不意外在途中遭遇趙家親媽的激烈抵抗。說到底，原主畢業後長期窩在家的眼高手低，都是母親灌輸的錯謬價值，但，丁一凡才不在乎「他媽」怎麼想，一心只撲在該如何搏命攢錢、外加說服對家親妹一同搬出去分擔房租。

就這樣，丁一凡一路披荊斬棘三個月，不但成功瘦身六公斤，更爭取到父母讓步，歡樂揮別陰冷巢穴、雀躍搬進明亮新家，並在收拾環境時，聽見期盼已久的倒數聲——60、59、58、57、56……。

「終於啊，」手裡拿著拆封剪刀，丁一凡環顧百廢待舉的客廳，流下了激動的淚水：「只要再過六十秒，這麼亂的房子我都不用收啦！」

這一次，丁一凡睜眼後，先是吁了口氣的輕鬆，接著心頭便浮上一股矛盾的沉重。回顧這整場自救行動，沒有第一次的刁蠻千金、沒有第二次的豪門惡鬥，僅是普普通通的母與子，宛如俯拾即是的生活片段——但那過度擴張甚而扭曲的母愛，卻是這般戲劇性的陰影龐大。

原來在看似魯蛇媽寶的日常裡，竟藏著這麼多不容易；原來不是每個人，都能鮮活自在的呼吸；原來他從小得到的尊重和獨立，對某些人而言，並非理所當然的幸運——甚至可以說，若非自己意外闖了進去，或許對方終生無法察覺，他的「自我」，始終是片被親情挾制的影子。

而他的手足，也終將在父母的錯待下，注定有所殘缺……

幸好，他誤打誤撞跑進去了，不但爭取到個人獨立、更修復了兄妹關係，這種憑著自己努力、一步步實現夢想的感覺，哪怕只是一場別人的夢，睡醒後想起來仍會露出滿足的笑。

坐在沙發上，啃著外送的巧克力厚片，丁一凡對「做夢」這件事，第一次，生出了一絲異樣心情。

「阿囉哈！歡迎回來，今天也要幫自己加油喔！」

當丁一凡再度看見卡卡，內心的感覺，就像第N次出勤飛過北極上空碰到極光那般，全然的老僧入定古井無波了。

這次的卡卡，打扮得異常絢爛奪目——整件LED外套閃閃發光，活像自由行走的聖誕樹。至於丁一凡的夢境，也更加光怪陸離。這次的他，竟化身為歌壇重量級的葉姓大老，回到幾個月前，被製作人損友邀請參加後來爆紅的音樂綜藝——那檔節目爆紅到什麼程度？是連丁一凡這種娛樂圈路人，都被那對神仙相聲組合所吸引、進而加入無恥的假日新生活運動的程度。

然而，當丁一凡在夢中無聊使壞、特意拒絕損友請求，想觀察是否會改變現實軌跡時，這傢伙卻硬是把這檔節目撐住，甚至找來他的對頭林尹加盟——要不怎麼說損友就是損友，發現找不了他、乾脆反手一刀找他的對家，反正雙方實力相當、外加傳了多年恩怨，一旦找上林尹，葉巍的名字也會被帶出來，綑綁炒作又是番熱度，等到節目後期，還能放個若有似無的「神祕嘉賓」、「世紀同台」衝刺收視，遛得八卦群眾和兩邊歌迷嗷嗷叫，到最後，說不定他還真被輿論綁架進總決賽友情客串去了。

讚嘆完這波操作後，丁一凡窩在沙發上，拿起甜膩的卡滋爆米花扔進嘴裡，決定安心維持目前的半退休狀態，在家吃甜食追綜藝等任務就好了——可儘管自己的小算盤打得啪啪響，丁一凡卻忘了，卡卡這傢伙是標準的反套路成員。上次他想擺爛，對方直接塞來一個母親，而這次他認真等接案，竟一等就是大半月，等到他都吃成正統台南人了，那聲觸發任務的「噹噹」仍是杳無蹤跡。

他開始懷疑，自己可能要一路等到聖誕節了。

「你可以考慮對天大喊三聲男神啊！」丁一凡的耳邊，無預警聽見卡卡愉快的提示音。

「那我寧可等到聖誕節！」

日子一天天虛擲下去，丁一凡體內的血糖值也逐步上升。直到那檔音樂綜藝開播當天，當他懷抱一份迷之好奇（外加一大桶巧克力冰淇淋），守在電視機前收看沒有葉巍的節目版本時，就在秋云深出場的那刻，他突然聽到睽違許久的那句：

「噹噹！恭喜開啟主線任務，忘年莫逆結交記！」

丁一凡瞬間淚崩了——搞什麼，他以為他拒絕節目是惡整損友，沒想到他惡整的始終是自己啊！

但……

等等，這樣的任務安排，代表葉巍跟秋云深，是命中注定成為朋友嗎——即使是受到他的外力干擾？

這是丁一凡達成任務醒來、吃著港式蘿蔔糕時，腦海縈繞不去的懸念。一個人的命運，究竟是被當事人從無到有親手打造、還是冥冥中已存在軌跡，等著他一步步摸索清晰呢？

帶著這樣的疑問，他又一次遁入夢裡，同時欲哭無淚的意識到，自己這回竟成了個高中女生。

「噹噹！恭喜開啟主線任務，突破自我冒險記！」

鏡中的十七歲女孩尚處於震驚狀態，這次的任務便如直球般擲來。丁一凡幾乎要崩潰了，他還需要突破自我嗎？光是變成高中女生，就已經突破他過去所能理解的極限了！為什麼？究竟是為什麼，他只是個低調的飛行打工仔，不想動輒穿進夢裡跟華麗的逆向操作玩心跳啊！

接下來幾天，在尷尬的走錯無數次廁所後，丁一凡總算適應了新身分，並帶著母胎單身三十年的虎狼實力，無所畏懼的挑戰原主爛到人神共憤的吉他技能，站上期末成發的舞台，以一種力拔山兮氣蓋世的豪爽，嚇得一票聽眾痛哭流涕跑去烏江排隊自刎——望著屍橫遍野的現場，丁一凡放下製造魔音的手，摸了摸鼻子，心想這突破的不是自我、而是眾人的耳膜吧？

但，他仍慶幸自己做了這件事。學著嘗試並搞砸，也是青春的一部份啊。在還能放肆的年紀，不顧一切追逐一個不可能的夢，就算跌倒了，未來回憶起來，眼神依舊會閃閃發光的。

儘管結局不盡如人意，但丁一凡倒是在練習過程中，慢慢跟他「暗戀」的徐姓社長混熟，並以「好姊妹」無話不談的姿態、外加稱兄道弟的百無禁忌，攻破對方森嚴的心扉，收獲他深鎖櫃中的祕密——原來，真正要突破的，從來不只有女孩，也包括那個男孩——他們，都要學著在迷茫的年歲裡，去直視那些不見得能找到解答的、關乎生命與愛情的認同和叩問。

雖然，他終究是被迫「失戀」了……

「沒關係，就算會受傷、就算會心痛，但只要勇敢跨出去追求過，哪怕痛得哭出了聲，長大後回想起來，至少不會有遺憾……」

六十秒的倒數聲結束，丁一凡揉揉脹痛的腦袋，再度起身走到門口去取餐，帶著一股替夢中女孩圓滿了青春的釋然，滿足的坐上沙發，來到故事開頭、火腿吐司蛋的週五。

沙發上的丁一凡，慢條斯理啃著吐司蛋。啃到半途突然在想，自己這樣每次一吃飽就暈倒，會不會哪天消化不良啊——可惜，還沒感受到胃食道逆流的熱烈，卡卡又出現了。

今天的卡卡，意外穿上初見時的「威利．山寨．旺卡」裝，帶著複雜的微笑，講出千篇一律的開場白：

「阿囉哈！歡迎回來！很開心又見面啦！話說……我這裡有個好消息、和一個壞消息，你想先聽哪個呢？」

「……壞消息吧。」丁一凡猶豫三秒後，選擇勇敢走向風暴。

「壞消息就是，這是我們最後一次見面了。」

跨出大步的勇者腳下頓時一個趔趄——他怎麼忘了，眼前這傢伙是標準的反套路人才啊。

「……那好消息是什麼？」話剛說完，丁一凡冒出了不好的預感。

「好消息是，因為任務裡的優秀表現，你獲得一次選擇人生的機會，注意，是選擇你的真實人生喔！」

「What ?!」

此話一出，丁一凡瞬間被劈得外焦內更焦，愣了三秒後，他用黑得發亮的問號臉發出了土撥鼠尖叫。

選擇真實人生?!他、他他他他不是一直都在做夢嗎?!可、可可可可是，那、那那那那，眼前這個神轉折又是怎麼回事?!

我是個寫實人物，不是個魔幻寫實的人物啊！

本打算在這艘虛幻的夢之船裡，翹腳待到自然沉的丁一凡，此刻，發現自己竟被失控的劇情瘋狗浪，一把拍成一言難盡的圓周率，只能狼狽拎著他的煮粥碗跳下船，被迫展開 π 的奇幻漂流。

「哈囉?!」卡卡揮了揮手裡的小拐杖，企圖召回丁一凡揚帆遠去的神智。

「……，卡卡，打從最開始，這就不是一場夢對吧？」

回過神後，我們身殘志更殘的當事人，終究艱難的開了口。

「對啊！我開頭就說了，這是ＣＶ人生規劃局，一個選擇小遊戲，從頭到尾都沒說這是一場夢啊！」

卡卡說完話，還鄙視的看了眼丁一凡，一副「怪你過分糊塗」的表情。彷彿我契約條款就擺在那裡，你自己沒看清楚怪我囉？

問題是……最初根本沒人想簽約啊！這年頭，強買強賣還怪對方不驗貨，這生意做得簡直比詐騙集團還霸道。

「但，如果不是夢的話，我所經歷的一切又算什麼？還有，那個葉巍，我明明就改變了現實啊?!」

「嗯……你就當成是，有股神祕力量，帶你去四處體驗人生吧。」卡卡明顯丟了個塘塞的答案。

想當然爾，丁一凡的內心，對這答案是拒絕的。一貫講求科學的他，對於任何超自然的「解釋」，皆是抱歉本人天性駑鈍完全無法理解。

對上他懷疑的小眼神，三秒後，卡卡嘆了口氣，摘下那頂高禮帽，露出微禿的小頭顱：

「唉，好吧，那我換句話說。你知道多重宇宙論和蟲洞吧……。」

接下來半個鐘頭，只見他連說帶用拐杖比劃，搬出一堆眼花撩亂的學術名詞，什麼廣義相對論、大反彈、ＩＩＢ型弦論、量子力學、時空旅行……總之，當卡卡氣喘吁吁說完一圈下來，抬眼一看，丁一凡臉上是一派輕鬆的瞭然：

「懂了！我之前是被送去其他時空的『他們』身上，執行他們在『那邊』的人生，因此無論發生什麼，皆跟這個時空無涉，唉呀早這樣說不就好了！」

「……對，就是這樣。」

對比丁一凡的愉快，此刻，功力耗盡的卡卡，則像個咕嚕般花容慘淡：

「而且，為了避免破壞時空秩序，你是穿進原主的意識裡成為當事人，而當你完成任務離開，對方將會繼承你的選擇、往下發展你更動過的人生。」

「什麼？但是這樣做，對那些時空裡的人不公平啊，他們的人生就這樣被我打亂了。」

「放心，你沒有自己想像的偉大。記得嗎，你是被派去『完成任務』的。事實上，每個人的一生呢，就像……像是你叫的早餐店外送，也許菜單琳瑯滿目、也許餐點五花八門，但最終只有一個目標，就是『吃飽』——而你呢，就是去幫助那些人，別在一堆食物面前活生生餓扁了。」

卡卡一口氣說完話，奮力踮起腳尖，拿小拐杖敲了敲丁一凡的肩，象徵性的以示鼓勵。

「所以，我在那些時空所經歷的，就是……去幫助那些人吃飽嗎？」

「呃，算是啦。不過，你完成的任務內容、並不等於直接讓他們『吃飽』喔。主要是去幫助對方能展開『點餐』這件事——無論是小李不再被陳霏吃得死死的、鄒斯仁學會信任並愛上何昕、趙致成的覺醒以及與妹妹和好、葉巍和秋云深的忘年友情、任真放下暗戀同時真正認識徐易宸——這些，都只是『開始吃』的起點，讓他們能正視眼前的食物，甚至有機會在過程中品嚐到自己的招牌菜喔！」

「等、等等！我們好好在這裡聊吃飽，你吃到一半又來個『招牌菜』是怎麼回事？」

「唉唷！你難道沒發現，雖然早餐店的餐點百百種，但總會有個味道，特別讓你一吃入魂、瞬間燃燒小宇宙嗎?!那，就是招牌菜的滋味啊！」

「是嗎？」丁一凡不禁想到企盼已久的咔啦雞腿堡，不知道，自己人生中的招牌菜，是否有著那勁脆香酥混搭滑順醬料的雙重美妙呢？會是他現在這份機師的工作嗎？還是……其他的事物呢？

「喂喂喂你別恍神啦。其實卡卡有發現喔，那個『招牌菜』啊，常常會讓人陷入迷思。很多人似乎認為，這輩子『只』有一道菜在等著他，而為了尋找這道特定的菜，許多食物拿到手邊才咬一口、覺得不合胃口就馬上丟掉了，反倒因此錯過值得品嚐的餐點、甚至終生都吃不飽呢！但，比起招牌菜帶來的快樂，內心真正的飽足感，其實才是更值得追求的。」

「而且，」他笑瞇瞇補充一句：「卡卡還有發現，一個認真的人，是絕對不會錯過自己的招牌菜的。」

「因為，他們最後都憑著內心的熱情與堅持，親手製作出那份屬於自己的招牌菜啦！」

比航路圖更加峰迴路轉的發展，讓丁一凡簡直聽糊塗了：

「卡卡你說了半天，我的『招牌菜』究竟是什麼、實際上的『吃飽』指的又是什麼呢？」

面對那夾成大波浪的額間，卡卡嘖嘖嘖地搖了搖頭，伸出那根白白細細的小食指在丁一凡面前「no~no」的晃了晃：

「唉呀，小凡凡你這樣不行喔，人活著最大的樂趣，就是那個不斷探索、並盡力去完成解釋的過程啊！你要自己想辦法接近那最真實的可能性，哪有直接找我要答案的啦……唉，好吧，看在我倆的交情，卡卡我就半買半相送的給你個提示吧。不曉得你有沒有發現，當你每次完成任務醒來後，想到『夢裡』的那些人，心裡也會有種『吃飽』的感覺呢，嘻嘻。」

望著眼前的卡卡，丁一凡內心仍滿腹疑惑，但，再望著眼前的卡卡，丁一凡決定，他還是自己去找答案吧——畢竟，就像卡卡說的，人生中有些答案，必須在自己的實踐中體會出來。至於更多的答案，或許，這個被降維的自己將永遠接觸不到它的本體吧。

「那，為什麼要給我這個機會？」

丁一凡原本以為，自己會迎來另一段長篇大論，沒想到，卡卡僅眨了眨眼，俏皮一笑：

「這個嘛……就要看你這趟飛歐洲時，在盧森堡的小教堂裡偷偷跟上帝說過什麼囉。」

聽到這句話，丁一凡內心再度凌亂——為何量子力學說到最後，他還是得到近乎神學的結論啊——而且他當時人在盧森堡，真的只是路過教堂心血來潮，抱著逛免錢景點的撿便宜心態進去晃兩圈，再隨口對牆上十字架的耶穌大哥抱怨兩句而已啊。

上帝太認真了啦，媽媽我要回家！

「好啦，跟你囉嗦太久了，男神本神的時間有限，來來來你來，快點告訴卡卡，你希望自己的人生變成什麼樣子呢？仔仔細細跟我說清楚，我才知道該把你送進哪個時空。」

交代得差不多了，卡卡興奮的擼起袖子，等不及揮舞他的小拐杖，把丁一凡送到他想去的地方。

「是有這麼急著趕下班嗎？」丁一凡覺得，他的白眼已經翻到後腦勺不想回來了。

「說吧說吧，走過路過不要錯過，一旦過了這村就沒這店囉！」
「……」聽聽這跳樓大甩賣的口吻，是專業小男神該有的工作態度嗎？
「嗯，所以，你的決定是……？」
緊握手裡的小拐杖，卡卡兩眼放光的盯著他。
「……我決定，哪裡都不去。」
沉默幾秒後，丁一凡堅定的回視卡卡。
「你、你確定嗎？這輩子唯一一次的機會喔！」
聽到這個答案，卡卡震驚的瞪大眼，儘管丁一凡直覺那份震驚裡，更多是無法盡情揮舞小拐杖的失落。
他清了清嗓子，蹲下身平視卡卡，徹底展示理工男的邏輯：
「首先，讓我假設你說的是真的，那我不管去到哪裡，目標都是『吃飽』，如此一來，無論是哪個時空，跟這個目標都不牴觸。」
「其次，假設我因為自覺錯過招牌菜、選擇跨越時空，但每當我再次『點餐』時，選擇和選擇間，總是會碰撞出新的遺憾——機會成本是無可避免的，永遠都會有『如果吃了另一個餐……會怎樣』的疑問發生，若是如此，我待在這裡、跟去到別處，意義終究是相同的。」
「現在的我，雖然對飛行人生有情緒、也不確定它是不是我的『菜』，但會選擇成為機師，是這個時空的我，在依然相信夢想時做的決定——直到如今，我仍慶幸擁有這份勇氣、更決意將它貫徹到底——況且我都熬這麼久了，現在放棄的話，多愧對這些年爆掉的肝指數?!」

「再說啦，假設你上面的說法都不是真的，說不定，我根本從頭到尾都在做夢，那不管怎麼選，總歸是空歡喜一場——如此這般評估下來，還是待在原地最划算！」

唉，理工男果然是理工男，不但時刻抱持懷疑精神，還能前一秒抒完情，後一秒立刻計算利弊。丁一凡原想著，自己這段慷慨陳詞，可能會引發對方強烈的挫折感（畢竟卡卡看起來是如此想揮舞拐杖），豈料後者聽完他的剖白，竟滿意的點點頭：

「嗯嗯，你想通就好。珍惜手裡的餐點，也是吃飽的重要祕訣之一喔。」

丁一凡頓時覺得不可思議，伸手捏了捏他的臉：

「卡卡，原來你也是會說人話的啊！」

「開玩笑！我家還是開雞湯工廠的咧，心靈雞湯整箱整箱無限量供應給你要不要?!」

「喔不謝了，你產的雞湯喝太多，我怕會食物中毒。」

「你給我滾！！！！！」

看著眼前猛跳腳的卡卡，丁一凡不禁笑得肚疼，可笑著笑著，卻也悄悄生出一股不捨——雖說在線性的時間軸上，兩人結識僅短短五日，但頻繁穿梭在不同時空裡，年歲往返間堆疊出的厚厚記憶，此刻的卡卡對他而言，已然構得上多年好友的交情。從起初的無言以對、到後來的一言難盡，即使被對方的逆向操作坑害得白眼翻到快升天，可終歸是卡卡的陪伴，才讓丁一凡在動盪的時空裡有了安全感。

尤其這段時間，身處多重宇宙的亂流裡，他唯一的定錨點，就是卡卡開場的那句「阿囉哈」、觸發任務的「噹噹」聲，以及夢境結束前的倒數六十秒——終究是因著它們，旅人的靈魂方不怕風吹或暈眩。

而如今，一切都要結束了啊。

丁一凡站起身，拍了拍不可見的灰塵，假作瀟灑的說了句：

「好啦，那我走了。你可以下班啦！」

「嗚嗚嗚我也想下班啊，只可惜，苦命男神又有新 case 啦。洛陽親友如相問，就說我還在工作，物是人非事事休，去去武器走！」

「……，好，那你保重。」

聽著卡卡的語無倫次，丁一凡總算願意承認，這年頭，當男神並不比開飛機輕鬆。

灑脫的擺了擺手，丁一凡轉身前，趁著小傢伙不注意，用力看了他最後一眼——他和卡卡，儘管只是一期一會的緣分，但，自己會將這活蹦亂跳的小人兒，牢牢收進記憶深處。

重新睜開眼，丁一凡恢復力氣後，按照慣例起身，準備收拾客廳前一天的殘局。

咦，桌面怎麼這麼乾淨？昨天吃剩的紙袋哪去了？

他帶著疑惑，回頭折進廁所洗漱，接著，走到門口取下早餐，返至客廳打開外送袋，翻出裡頭熱騰騰的——

「花生醬肉鬆三明治？」

不對呀，今天本該是他期待了整整一週的咔啦雞腿堡啊，為什麼，為什麼就這樣彷彿不存在的被跳過去了？

他趕忙拿起手機，打了通電話過去。嘟嚕嚕幾秒後接起來，是一聲朝氣蓬勃的：「忘憂早餐店您好，請問有什麼能為您服務的？」

「你好，我是訂購外送服務的丁一凡，你們今天是不是送錯餐了？」

「咦，真的嗎?!真抱歉，請問您收到的是什麼餐點？」

「今天不是輪到咔啦雞腿堡嗎？但我收到的是花生醬肉鬆三明治！」

「咦，沒有喔，咔啦雞腿堡是週六，今天是週日喔！」

丁一凡當場一愣，他記得最後一次碰到卡卡，明明是週五啊，怎麼這次一跳兩天變週日了。

草草幾句結束對話，他回到手機主畫面，一看螢幕日期，赫然驚覺：

「怎麼是我回台灣這天！」

丁一凡緊抓手機站在客廳中央，抬起頭，愣愣盯著桌面上那塊，他以為他有嗑、其實他沒有的花生醬肉鬆三明治——下一秒，耳邊傳來後陽台「逼、逼、逼」的聲響。

是滾筒洗衣機的提示音，他這趟出差的髒衣服洗好了。

丁一凡瞬即意識到：確實，過去的五天裡，他從沒有把扔下去的衣服撈起來晾的記憶——看來自己當時訂完外送後，竟是不小心在沙發上睡著了，是以接下來的時間，他都反覆遊走在第二層夢境裡，哪怕在五種身分間緊湊的出生入死，對於真正的現實，不過是洗衣機設定的七十五分鐘而已。

原來這一切，僅僅是洗衣一夢啊。

「真的只是一場夢……而已嗎？嘻嘻。」

恍惚間，丁一凡彷彿聽見卡卡的聲音，卻又無法完全確定。一次次的意外反轉，讓他對曾經堅信不疑的事，不再像過去那般篤定。站在未知面前，他發覺自己只能學著謙卑，開闊心胸去接納一切。

「反正，我連蟲洞跟平行時空這種科幻理論都信了，這世上還有什麼事是絕對不能接受的？」

丁一凡坐下來，拿起微熱的三明治，決定先好好跟這片魔性的花生醬肉鬆宇宙和平共處。

咦？竟然比想像中的好吃那麼多?!

花生醬濃而不膩的鹹甜味、肉鬆香而不燥的甜鹹味，顆粒與絲絨的碰撞、粗礫與粗糙的同質，那衝突又和諧的糾結口感，讓丁一凡在咬下去的瞬間，由衷迸發一股神祕卻熱烈的吸引力……

難道，我人生中的招牌菜，其實不是咔啦雞腿堡，而是這塊花生醬肉鬆三明治嗎？

男神卡卡男神卡卡男神卡卡！麻煩你，幫我換道招牌菜好嗎？

「我就跟你說，招牌菜其實沒想像中的重要了嘛，嘻嘻。」

＊

歷經四週的實驗，王曉樂終於承認，她的外送服務失敗了。

所謂失敗，倒不是面臨虧損。主要是平日上班上課，多數人都是順路一趟來外帶，基本上沒有外送需求，等到放假大家真打電話來了，她這邊出餐量又瞬間過載、光靠王曉陽一人也送不來——於是乎，王曉樂週間沒賺錢被阿嬷唸、週末出餐慢被客人唸，還要被自家親弟投訴過度壓榨帥氣勞動力，逼得她只好涎著臉拖林恩下水來救場（相較之下，這位不吭一聲的真．帥氣前員工實在是太佛心了）——左支右絀持續了將近一個月，這天，咱們的忘憂小闆娘總算單方面宣布：

外送服務認賠殺出！

事實上，扣除製作傳單的成本、王曉陽控訴他犧牲的青春，以及外送客人被花生醬肉鬆暴擊整整三次的心靈傷害，加加減減算下來，嚴格來說還是有小賺，只是疲憊的程度，讓人感受到嚴重的入不敷出。經過這次教訓，王曉樂暗自決定，她要賦予無良閨蜜跟最佳前員工珍貴的一票否決權，未來遇上任何事，只要徐莉或林恩其中一人表示反對，她就會乖乖放下手中的鏟子，不再挖坑給大家跳了。

窗外是十一月的秋光燦爛，店內是小闆娘的溫情告白，徐莉喝了口大冰奶，冷冷覷了眼王曉樂，心想憑妳這種「積極道歉，死不悔改」的脾性，下次坑我時拿的就不會是把鏟子、而是整台大型挖土機轟隆隆開過來了。

唉，算了，至少還知道給她一票否決權，這個天兵女孩，經過這次教訓後，多少算是有點長進了。

徐莉真心覺得，她對王曉樂的標準，隨著年歲漸增，真的是越來越低——按照這種負成長的速度，說不定很快就會低於水平面，一路沉淪到住進深海的大鳳梨裡了。

果然，才剛沉痛哀切檢討完，當事人話鋒一轉，立刻喜孜孜說道：

「但話說回來，我這次的外送實驗，其實還是有成果的啦！」

快，那個誰，快拿顆鳳梨給我，讓我直接啃個洞住進去，不要阻止我！

無感徐莉齜牙咧嘴的疼痛，王曉樂沉浸在她的小世界裡，美滋滋的曲起手指頭，一個一個算給對方聽：

「妳看，自從我提供外送服務後，有1、2、3、4……反正有好幾個，都是原本不吃我們家、嚐鮮後卻被吸引住的客人，現在經常過來外帶呢。從開發客源的角度來看，也算是小豐收喔！」

「而且我跟妳說，我們還碰到一個忠實大戶欸！不但第一次下單就連訂十餐，昨天得知外送服務結束了，還特地問我能不能偶爾幫他專送，他願意多付外送費給我們。」

「我原本還有點猶豫，結果我弟一聽，馬上拍胸脯保證說他送沒問題。我好奇追問才知道，原來他倆已經變成好朋友啦，甚至組了個『我愛花生醬肉鬆三明治之友會』，說是立志讓這道神級料理揚威海外、席捲全球──根本是兩個唯恐天下不亂的傢伙……。」

徐莉盯著好姊妹的嫌棄，善良的考慮要不要提醒她，在多數人眼中，她視若祥瑞的「草莓吐司蛋」，才是眾望所歸的妖孽。

「我弟得意的告訴我，他這朋友過去的最愛是咔啦雞腿堡，每次去早餐店必點的那種最愛──但如今在他的感化下，對方已迷途知返、棄暗投明，成了最忠貞的花生醬肉鬆支持者，兩人甚至吃了頓鹽酥雞以表決心，下一步就準備要組黨參政了。」

「這樣認真算下來，從我展開外送後，我家早餐店多了些客人、我弟多了個換帖兄弟、花生醬肉鬆三明治多了個擁戴者……好吧最後一條不算，總之，這次的外送實驗，還算是差強人意我很滿意啦。」

「而且我還從我弟那裡，聽說了一個很酷的祕密喔……。」

下一秒，只見王曉樂神祕的湊近徐莉，小眼神亮晶晶的開了口。

第八章

本日菜單：鴛鴦奶茶

週日午後的忘憂早餐店，徐莉坐在用餐區，手捧大冰奶，望著那「想知道就快來問我啊嘿嘿嘿」的猥瑣眼神，整張精緻冷淡的臉，寫滿了紅字加粗的拒絕。

「有事就說，無事退散。」最終，她榨乾自己體內僅存的良善，從牙縫間擠出這句話。

「唉呀，麻煩妳稍微激動一下嘛，這可是連愛因斯坦聽了都會嚇得吐出舌頭的祕密欸……」

我如果真的激動起來，妳就不存在了——王曉樂的無良閨蜜如是說。

儘管承受了冷淡的白眼，然而，咱們的活動廣播小闊娘，在分享這類「我告訴妳記得別說出去雖然我知道妳最後還是會忍不住而我其實也不反對妳說出去」的祕密上，向來是朵壓不扁的喇叭花——於是，接下來的半小時，徐莉就坐在打烊的店內，被王曉樂強迫推銷了套她從王曉陽那聽來的、關於他最新換帖兄弟丁一凡的《洗衣一夢奇遇記》。

「……總而言之，言而總之，就是這樣子，很酷吧！」

王曉樂交代完始末，喝了口飲料，興高采烈發表讀後感：

「無論它是單純的夢中夢、或是真實存在的平行時空，都讓人覺得好不可思議喔——重點是，卡卡超可愛的，就像電影裡的家庭小精靈，好想擁有一隻喔！」

不好意思，妳的關注點未免太匪夷所思了吧?!況且這隻卡卡聽起來，根本就是熱愛逆向的反社會人才，你倆加在一起只會是負負得負的平方，對世界有害無益啊！親愛的，聽我一句勸，珍愛生命，遠離卡卡。

「當然啦，不光是卡卡，我覺得最神奇的是，丁一凡四處竄來竄去，幾乎都碰到我認識的朋友欸。『他們』在別的時空裡，何昕順利幫她老闆完成目標，還真正相信了愛情；趙利穎她哥不但覺醒，更跟她和好、帶她離開那個烏煙瘴氣的家；任姊甚至完成自己的吉他夢、還勇敢結束她的暗戀了啊。」

「至於小深也是啊，哪怕在裡頭繞了一大圈，到頭來，仍是跟葉大神相遇了呢！這一切，揪竟是天意的捉弄，還是冥冥中自有安排？是情感的糾葛，抑或是命運的糾纏……想想就讓人興奮到解析度模糊啊！」

妳的解析度從小到大有清楚過嗎——小闆娘的好友在線吐槽中。

「欸，徐小莉，我問妳喔，如果妳真的能被傳送到理想時空，妳會接受這個機會嗎、還是像丁一凡那樣放棄啊？」

鬧了半晌的王曉樂，此刻，語氣難得有了那麼一絲認真。

「我嗎？」

徐莉一挑眉，倒是沒立即回應。做為天生的務實派，她向來不太思索這類問題，就是誠懇以對每一天，別好高鶩遠、也不妄自菲薄，反正，把她的個人存款加上巴菲特的總資產，還是有機會改變世界的。

「我也不會接受吧。說到底，妳所謂的『理想』，只是目前『所能想像』的最好答案，等過了階段回頭看，或許也會發現這並非最恰當的選項——記得嗎，妳小時候還立志要當總統呢——況且，就像丁一凡說的，人生是各種機會成本碰撞出的遺憾，只要還在呼吸、就會面對不斷的失去，與其牽掛不復知的可能性，不如坦然活在當下，珍惜既有的基礎，努力往前走就好。」

「同時，我也發覺每個人身上，都有旁人看不見的負重——陳霏是被呵護的千金，卻從小失去母親；鄒斯仁是豪門出身，卻陷入鬥爭；趙致成得到父母偏愛，卻毫無自我；葉巍是一方大神，卻內心寂寞；徐易宸看似是風雲人物，卻不知如何接納自己——所有人都在被別人羨慕著，但所有人，其實也都在羨慕別人。沒有誰的人生比較好、也沒有誰的選擇比較糟，大家都是在自己的限制裡，盡力創造出一條最寬闊的路——即便是我跟妳，不也是這樣嗎？」

「嗯，對對對，就是這樣！」

王曉樂當場大點其頭，也不禁感嘆，她身邊怎麼都是些厲害的理智星人啊——無論是林恩，或是她的無良閨蜜，總能這般有條理的將想法釐清完整，不像她除了感覺、感覺和感覺外，還是感覺。

「那……徐小莉，妳覺得卡卡說的『吃飽』，有可能是什麼啊？」

「我想，應該是某種全人類共通且具備永恆性的、值得終生追求的精神價值吧？例如幸福、快樂、道德、良善……或者是，在古今中外各類創作包括Billboard百強單曲榜裡都聽到快爛的那句——這、就、是、愛！」

「喔！有道理！」

聽完徐莉的提點，王曉樂感到眼前一亮，像是灰濛濛的天空裂了道縫，一道光束射下，朦朧的前方，依稀閃現答案的模樣。雖然還不確定長相，至少能略微描繪出輪廓了。

「說到這裡，林恩最近好嗎？」

乍聽這個問句，王曉樂愣了愣，不太明白徐莉的腦迴路是如何運作的——畢竟，身為一名優秀配角，徐莉絕不會承認，她是因為聊到了愛，從而想到她家這位不省心的好姊妹、跟那位早餐店前員工的「情況」——但總之，信任自家閨蜜的腦迴路遠勝於自己的王曉樂，像個被點名的乖學生，絲毫沒多想的開口作答：

「喔，就還是老樣子啊，他十月多忙完以後，又開始跟過去一樣，每天來報到打卡打電腦了。」

眼瞧王曉樂的遲鈍，徐莉悄悄嘆了口氣，想著這兩人非但朽木，還是扔在角落生菇的朽木，想鑽火都鑽不起來。說來從四月那會兒，她從林恩主動表態來幫忙的行徑，就隱約嗅出不尋常的意味，經過三個月的評估，她確定這人雖乏味了點，但從各方面來說，配她這位熱情永遠耗不完、腦袋永遠少根筋的姊妹，倒是挺功過相抵的（這是什麼形容？）所以她在八月底時，才會推波助瀾那場員工旅遊，沒想到，這兩人硬是把一場浪漫旖旎的行程，發展成雄壯威武的「加油任務大行軍」，從頭到尾走走看看看看喊喊喊走走走最後回到家門口就地解散，完全辜負圍觀群眾王家阿嬤跟她的用心良苦。

徐莉十分篤定，林恩對待王曉樂，絕對是特別的。就算不提六七月那陣子的任勞任怨，試問有哪個正常客人，會在附近有同質的店家營運前、忙不迭跑來通風報信？一般人的心態都是翹腳等開幕搶優惠啊！偏偏林恩這傢伙，不僅陪著狀況外的小闆娘積極備戰，甚至親力親為跳下場採購、搬運、換燈管、刷油漆——感天動地的程度，連她這位無良閨蜜都嘆為觀止。

說實話，店內裝修那幾天，徐莉一邊自覺被王曉樂逼得無路可退，一邊也漸從身旁兩人的鬥嘴鼓間，察覺到愛情稀微的酸臭味。可惜幾週後，當Lucia Coffee的警報解除，林恩再度深藏功與名的攜電腦遠去，徐莉無奈的發現，她家這位反射弧長到能繞地球一圈外加打個華麗蝴蝶結的王樂樂，又回到原先的狀態，聊起對方就是一句「喔」的雲淡風輕。

好吧，或許自家姊妹需要的，從來都不是愛情。自始至終，都是她這無聊路人的一廂情願罷了——唉，嗑錯CP的哀傷[61]，就是這麼的摻滿玻璃渣，只有血淚沒有糖。

此時，尚不知已達成「一句話將閨蜜踢出坑」的王曉樂，倒是因著徐莉的提醒，想起另一件她本來打算講的事：

「妳說到林恩我才想到，我從上個月初，重新跟裴恩通信了。」

「喔?!」

「自從Lucia開店風波後，我覺得這次的小闆娘逆襲記實在太勵志，就一時衝動寫信給裴姊了。畢竟她之前也說過，發生任何事都歡迎告訴她，而且，以她那種『不黑暗會死星人』的個性，還是多聽點光明故事有益身心健康！」

「不過她回信挺晚的，我十月初寫的信，她快兩週後才回了封短信，說是最近在閉關趕稿，抱歉沒時間回信這樣。」

「我聽到她在趕稿，超開心的啊！她先前信裡就說在籌備新作，現在進入趕稿階段的話，代表快要

61註：CP為「Couple」的縮寫。嗑CP形容支持一對自己喜歡的螢幕／小說中的情侶。

出書了，我的生活又有期待了啊。」

身為不學無術文科生，王曉樂表示，她跟那些大部頭嚴肅作品，就是一對無緣的戀人——我知道你們很好，但我真的不想要——對於閱讀，她向來不存在上進心，只想輕鬆的讀完一本書，有笑有暖有感動，這樣就很滿足了。

「所以我就回信要她加油啊這樣！但她可能在忙著趕稿吧，也就沒回我。後來，我因為外送的事累慘了，一段時間沒跟她聯絡，然後就到今天了——不過我這兩天，打算寫信跟她說丁一凡的事啦，畢竟這些夢超酷的啊！而且我也很好奇她的想法是什麼。」

「只是，按照她那種一貫溫吞的樹懶效率，我也不曉得何時會收到回信。反正有新消息再跟妳說啦。」

一口氣更新完近況，王曉樂頓了頓，拿起手中飲料正準備要喝，突然想到什麼似的，笑嘻嘻轉向徐莉：

「欸欸，這是我研發的鴛鴦奶茶，1：2的冰美式加大冰奶，妳要不要試試？我覺得很好喝喔。」

「……妳也一直堅持草莓吐司蛋很好吃。」

徐莉此刻的眼神，是徹底死的不能再死了——這才剛結束外送實驗，妳又把精力挪來折騰食物了嗎？

「唉呀，真的很好喝啦，完全是濃中有甘、甘中有韻，香滑不膩又順口，喝了會讓人上癮喔！」

「……施主您還是去另尋有緣人吧，貧尼不約。」

徐莉這次不光是臉，渾身上下都寫滿底線加粗的堅定拒絕。

「唉，好吧，那我就自己喝啦，別後悔啊！」

「不會，我如果喝了才會後悔。」

深覺知音難覓的王曉樂，在徐莉森冷的目光中，吸了口鴛鴦奶茶。心滿意足的同時，她仍不無遺憾的想著——看來，在那位有緣人出現前，她只能自己獨享這份快樂啦。

*

時光匆匆又過了一週，臨近十一月中旬的北台灣，氣溫卻絲毫沒有緩和的意思。然而，就在這悶熱的週日午後，令人心浮氣躁的套房內，我們的裴恩，竟一反常態坐在書桌前安靜的……發呆。

桌面上，擺著王曉樂三天前的來信，至於收件人，想當然爾是「裴恩小姐」。裴恩愣愣盯著信，隨著視覺畫面逐漸失焦，他的思路不知不覺的，拐回先前趕稿的日子。

投入寫作多年，律己甚嚴的裴恩，直到上個月，才初次體會何為趕稿的滋味。事實上，八月底他跟陳沛伶約好連假後交稿，本是有把握能如期完成的，但他沒料到的是，等他出門吃了頓早餐，卻吃出一連串意外——只能說，自從認識王曉樂後，他的生活便莫名變得有些失控。

尤其九月初那會兒，有時裴恩陪王曉樂忙到半途，會突然冒出「我是誰我在哪裡我在做什麼」的恍惚。理智面的他，始終能察覺稿件急迫的呼喚，但當他看著身旁那雙時而苦惱、時而緊張、時而閃亮的眼，他發現自己竟說不出那句：「我先走了，妳加油。」

那段時間，裴恩覺得他是頂著王子的頭銜、說著灰姑娘的台詞、拿著神仙教母的劇本，操著一顆總導演的心。當他戴著口罩待在熱氣蒸騰的店內，笨拙的粉刷牆壁時，仍不敢相信自己竟淪落到這等地步

——最開始，他僅是想當個智囊，坐在冷氣房裡隨手指點江山啊！然而，眼瞧這傻呼呼的女孩，得知對手開幕的第一反應是去試喝咖啡，偏偏被點醒後，又非常有上進心的備戰，整個人懸梁刺股夙夜匪懈焚膏繼晷焚琴煮鶴……那倔強認真的小模樣，讓他再也無法坐在一旁袖手旁觀。

一定是前員工當久了，才直覺對小闆娘有求必應的——不知從何時開始，裴恩已習慣把王曉樂的事擺在心上。習慣擔心她、習慣出手救場、習慣那雨過天晴開朗的笑、習慣浮誇中不失誠懇的那聲：

「太好了林恩，有你在我就放心了！」

好吧，裴恩承認，他確實是因為這句話膨脹了。每當他累得想當逃兵，一想到王曉樂信賴的神情，瞬間又感覺能挺身再戰五百年。唉！自己怎會如此容易被收買，一顆單純的真心就夠了。

於是，理應是最急件的待修稿，就這樣被他一延再延，孤伶伶躺在硬碟裡，隨時光推移成化石——這是裴恩生平第一次，為了某人禮讓出既定的優先次序，如此說來，也算是解鎖一項人生成就了。

至於另一項人生成就，就是接到催稿電話。

時至九月中，裴恩一確定業績回穩後，隨即掛冠求去，一人一電腦的歸隱山林，展開他沒日沒夜的趕稿生涯。可儘管他卯起來把咖啡當白開水的酗，連假結束的隔天，還是接到了陳沛伶的電話：

「親愛的裴大作家，容我提醒您，今天已經是光輝的十月十五日了。」

「嗯，我知道。」

「那你也知道，我們約好的截稿日理應是昨天吧？」

「嗯，我知道。」

「那你也知道，你的稿到現在都還沒寄給我吧？」

「嗯，我知道。」

「那你也知道，這是過去從來沒發生過的事吧？」

「嗯，我知道。」

「……只會在那邊我知道我知道，若不是在跟你講電話，我都懷疑你是用複製貼上在敷衍我！」

「……嗯，我知道。」

「說，你到底在幹嘛？」

「我正在趕收尾，如果妳現在掛電話，下班前有機會收稿。」

「啪！」幾乎是跟裴恩吐出的句點同步，陳沛伶毫不留戀的甩上電話，緊接著，光速打開 e-mail 收件匣，開啟她每三十秒重新整理一次的食指無間歇運動。

成功打發了自家責編，接下來幾個小時，裴恩像衝景點似的跟時間賽跑著，總算在當天傍晚依約寄出稿件，結束他拖稿一日遊的體驗行程。滑鼠點下「傳送」那秒，他腦中緊繃的弦，終於鬆了下來——儘管在電話裡複製貼上的理直氣壯，本質畢竟是天使系的裴恩，對於欠稿不交這件事，多少是感到內咎的，如今他交了稿，心頭大石一去，整個人頓覺輕盈不少。

只是很快的，一股熟悉的悵然若失，又悄聲從底心爬上——那是他每回自故事中抽離時，都被迫面對的失重感——將電腦轉成休眠模式，裴恩起身離開書桌，緩步移至床邊，接著，仰身重重跌進床鋪，以執行儀式的姿態，準備承受那份習以為常的、喘不過氣的哀傷。

放棄抵抗吐出最後一口氣，裴恩安靜躺在床上，等待即將滅頂的失落。然而，預期中的猛浪並未襲來，只有猶如退潮時嘩啦啦的浪花，輕吻他的腳掌。他不適應的睜開眼——多年來的必經之路，那難忍的揪心酸楚，怎麼，竟這般溫柔的放過了他？

兀自呆望著天花板，突然間，耳畔傳來陣嗡嗡震動聲。裴恩撐起身，湊近書桌邊查看，只見手機的螢幕顯示一條私訊：

「求救求救，林恩你到底忙完了沒啊啊啊啊啊！」

盯著那後院起火的著急語氣，下一秒，裴恩若有所悟的笑了。他解鎖手機，進入通訊軟體，點開一張獐頭鼠目的大冰奶頭像——裡頭嗷嗷嗷等待被已讀的，正是這條私訊的主人，他的忘憂小闆娘。

話說裴恩五月時，因著在店內打工，跟王曉樂互加為 Line 好友。從那天起，除了溝通工作事宜，他也開始被自家小闆娘各種轉發騷擾——諸如笑點比鬼還難找的笑話、看完會迷路的 meme 截圖、冷到想進冰箱取暖的冷知識，和偶爾很長輩的心靈小課堂——想當然，裴恩起先是拒絕的，但，就像徐莉最終住進深海的大鳳梨裡，他也逐步被莫名其妙的圖文戳中萌點。特別是到了閉關這段期間，每當改稿改得倦怠、或是思緒卡住時，裴恩總不自覺點開對話框，翻些無聊的梗圖調劑狀態——老實說，真的挺療鬱的——唯一的缺點就是，手底下的角色寫著寫著，老是不自覺坍塌成天然呆，他必須一次次拿出小筆記提醒自己，才能避免全文設定崩壞。

而在修改的工作中，裴恩也日益察覺內心的變化。當他越多挖掘筆下的人物，漸漸從老闆吳憂的脈絡裡，理解他所堅守的、關於早餐店的使命：吳憂的經營從不只是為了自己，更是為了守護顧客的期待。也正是那份對顧客期待的承擔，使他在過程中成就了自己，進而找到屬於他存在的定位——幾乎是下意識的，裴恩拿這個角色對照起自己——從大學時在論壇回文，因緣際會展開創作至今，這些年來，他的努力、掙扎和摸索，其實，都是下意識的在尋找各種承擔的可能性。他不斷嘗試透過回應他者的期望，感受到自身存在的重量，只是因著曾經的傷害，讓他始終矛盾的在揹負與排拒間徘徊，無法傾其所有的給予。

直到他遇見王曉樂，一個能為著他人的需要熱血直衝，連何時跌得淤青都不曉得、發現後還樂呵呵說沒關係吹吹就好的小闆娘。

或許，這才是他對她有求必應的原因吧？這個女孩，是他所見過第一個樂意和全世界當朋友的人，也是他第一個想用心保護的人——儘管她總覺得是她三天兩頭來跟他求救，其實，她早在自己不知道的時候，用她的純真與善良拯救了堪堪溺斃的他。

回過神來，看著畫面上發聲練習似的啊啊啊啊啊，裴恩點進輸入欄，敲擊注音：

「怎麼了？」

只見對面迅速的已讀，接下來，就是一串劈哩啪啦的：

「林恩林恩江湖救急啊啊啊啊，我需要你幫忙，在線等急急急。」

裴恩嘆了口氣，要我救急是可以，但也要告訴我救什麼急啊。不想再這樣夾纏不清，他直接按下通話鍵，撥了語音過去：

「要我幫什麼忙？」

「啊，就……我十月初的時候，弄了個外送服務，但試跑了一週後，發現假日好多人訂啊，我弟一個人送不過來，就想說……。」

「想說找我幫忙一起送？」

「也不是啦我就只是找你問問看有沒有什麼方法能解決這件事當然如果你願意的話……」

聽聽那找人救場的心虛語氣，裴恩無奈扶額，心想他不是才閉關兩個多禮拜嗎，怎麼這世界就立刻給他來個天外奇蹟般的甩尾，讓自己傻眼得連車尾燈都看不見。看來王曉樂這傢伙，他得跟徐莉兩人輪班守好啊，否則一不小心放出來，三兩下就雞飛狗跳了。

唉，總覺得我倆越來越像老媽子了（徐莉聞言當場反駁：你才是老媽子，本姑娘是海綿寶寶）。

「不是要天天送啦，就只是週六日早上而已，保證不會太辛苦，呃……盡量保證不會太辛苦，總之，你幫我弟送那些他送不完的部分，工資照算、還有蛋餅王跟員工餐！拜託拜託你了。」

「……不用工資，但員工餐要兩頓，早餐跟午餐。」

「哇哇哇，林恩你真好！員工餐兩頓沒問題，我還會請阿嬤把蛋餅王做大一點，做成蛋餅霸王！」

喜孜孜的講到這裡，王曉樂後知後覺補了句：

「啊，對了，所以你事情都忙完了是嗎？」
老闆啊，妳現在才想到問這句，會不會有點太晚？
「……嗯，對，我明天就去早餐店。」
「真的嗎？太好了！呼，有你在我就放心了。」
「放心有人幫妳收爛攤？」
「唉呀，話不是這麼說嘛，我只是覺得，有你在的話，至少能壯膽啊！」
聽到這句話，裴恩心下一動，扔了個頗瓊瑤的提問：
「所以，我對妳來說，究竟意味著什麼？」
「當然是最可靠的朋友啊！」
不假思索的回覆，令裴恩生出塵埃落定的心安——原來，自始至終，都不只有他一廂情願的信任對方，王曉樂對他，也是給出同等的信任吧？
然而，他的這份安定，在隔天下午去郵局收信時，被無預警的打破了。當裴恩站在郵箱前方、看著信封上的「裴恩小姐收」，猛地意識到，在王曉樂心中，自己，一直都是林恩。
失魂落魄走出郵局，裴恩站在夕陽灑落的街道，心底一陣秋風掃垃圾的淒涼。他盯著收件人「裴恩小姐」、想著先前編造的假名，恍惚覺得像被過去的自己搬起大石砸了腳。此刻，舉步維艱的裴先生，只想引用那段經典台詞：

「曾經，有好幾次解釋的機會放在我面前，我卻沒有珍惜。等我失去的時候，自己才後悔莫及。如果上天能夠再給我一次機會，我會對那個女孩說三個字：少！管！我！」

裴恩自忖，當初他就該一封信不回、一句話不說，哪怕當個討人厭的冷漠臭臉怪，也比放任對方自行編造想像來得好——像這種看似開口、偏偏語帶保留的下場，就是越編越多、越編越亂，到頭來東南西北都是坑，比台中市的柏油路更加回天乏術。

但話說回來，他那時一方面渴望被接納、又懼於暴露自我，若非透過通信距離和假身分的掩護，定無法勇敢跨出建交的一步，自也不會有後來的突破和成長——這般互為因果的爬梳下來，這筆帳還真不知該怎麼算，只能說，活該他太多曲折的小心思，硬生生把自己繞進死巷裡。

現在，裴恩只希望王曉樂發現真相後，不會氣得跟她阿嬤借擀麵棍來追殺他。

帶著信件回到家，裴恩換過家居服，坐在桌前拆開信，準備拜讀王曉樂的曠世鉅作。拋開煩心的身分話題，單就收信者的立場，他個人其實也很好奇，這女孩又打算跟「她」說什麼？

裴恩抽出信紙，嗯，又是五大張密密麻麻的內容。他略略掃了幾眼，直接先翻到信末，一看寫信日期：十月五日——看來他閉關趕稿這段時日，這傢伙過得挺悠哉啊，都有餘力寫破千字的小闆娘逆襲心得報告了——所以說，人就是不能閒下來，一沒事做就惡搞。你看這外送的災難，不就是在十月初折騰出來的嗎？

走完吐槽小闆娘的標準程序，裴恩翻回第一頁，端正態度看起信。豈料看著看著，他的耳尖竟悄悄泛了紅——因為王曉樂在這封信裡，不僅詳盡講述他們三人跟 Lucia Coffee 的鬥法過程，重點是，還花式誇獎了她的無良閨蜜和她的……最佳前員工。只見她動用貧瘠的中華小詞庫，將林恩這人誇得是上窮碧落下黃泉、橫看成嶺側成瘋——裴恩讀到半途，直想把裡頭的「林恩」拎出來，客客氣氣的問一句：「先生您哪位？」

當然，他明白王曉樂是想藉著林恩的出手相助，突顯人性中閃爍的美好質素，進而勸「裴恩」打開心房，對世界多點信任和盼望——不得不說，在激勵他人這方面，這位王姓少女真是無所不用其極的熱血奇女子。瞧她寫到最後，都詞窮的抄起老歌了，什麼朋友一生一起走、分享的快樂勝過獨自擁有，再加上一段不經歷風雨怎能見彩虹，當場湊齊九零年代芭樂金曲大三元——只不過身為當事人，這種親睹自己被人華麗麗吹捧的感覺，簡直是尷尬到渾身橘皮組織連死兩回的龜裂。

尤其當裴恩一想到，未來王曉樂得知他跟林恩是同一人時……那畫面實在太腥風血雨十八禁，悽悽慘慘戚戚。

情緒複雜的讀完信，裴恩將信紙仔細摺好，再把它跟之前的來信，一併收入同個鐵盒保存。「叩」地一聲闔好盒蓋，他望著盒身嘆了口氣，心想這下該怎麼辦才好呢？

好吧，來而不往非禮也。總之先回封短信，以趕稿當藉口推託掉，接著，便是且戰且走且求生吧——現在的他，就像掉進侏儸紀公園的遊客，前有迅猛龍的怒火、後有暴龍的擀麵棍，只能自我催眠，就埋頭跑吧跑吧，生命總會幫自己找到出路的。

於是接下來的日子，裴恩展開他矛盾又和諧的雙軌人生。平日上午，他繼續不願面對真相的去店裡喝咖啡、打電腦、吃蛋餅王、被迫偷聽小闆娘的店內大喇叭日常，假裝一切跟過去沒什麼不一樣。等到週末，他則化身為耐操好擋救火隊，四處奔走外送救場，在一次次王曉樂感激的小表情裡，努力幫自己積攢將來翻臉時的生存機率。期間，他還跟著王家人，一同陪王曉樂歡度她的二十八歲生日——其實，也就是二十二號營業當天，王家阿嬤心在淌血的花錢訂了個鮮奶油蛋糕，並特許小闆娘大赦天下，店內用餐打八折外加一杯免費紅茶，簡單卻滿足的過了快樂的一天。

當然，若能扣掉王家阿爸「防火防盜防林恩」的敵視眼神，裴恩會覺得更快樂一點。

說真的，裴恩也常自問，明明他已不需素材、亦非早餐店員工了，為何仍是每天跟自費健檢似的，乖乖來接受王姓大叔的全身式冷眼掃描？直到慶生那日，他人在店裡，瞧著王曉樂身邊的親朋好友，王家阿嬤、阿爸、阿母、王曉陽，還有長青女子三人組和小深、任姊，甚至忙碌小蜜蜂何昕跟天地良心閨蜜徐莉，都特地排開事情出席——他想，自己就是喜歡這間店裡，笑鬧之中充滿凝聚力的、像家一般的溫馨吧？

環顧熱鬧的現場，無意間，裴恩對上了素芬姨婆的視線——記得姨婆初見他現身早餐店，向來淡定的神情，意外出現一絲驚愕。所幸，聽完他前來取材的解釋，她沒嘮叨任何事，僅採取「姨婆都懂但姨婆不說」的高人姿態，拈花微笑旁觀起日後的發展——對於姨婆的難得糊塗，裴恩表示，他是感激的。

回望那道和藹目光，裴恩輕輕頷首示意，再將注意力轉回慶生會。他沉靜的站在外圍，看著眾人高聲歡唱生日歌、吹蠟燭、鼓譟歡呼；看著王曉樂閉上眼，在自家阿嬤「說出來就不靈」的嚇阻中，大聲許願身邊的人都幸福快樂；看著壽星興高采烈切下蛋糕第一刀，再把刀子扔給王曉陽，叫他想辦法切出大家都能吃的數量；看著那女孩穿過重重人牆，擠到自己身前，將蛋糕開心遞過來：

「來，你的蛋糕！快吃快吃！」

裴恩愣了幾秒，伸手接過盤子，並在王曉樂的催促下，拿起塑膠叉，挖了一小塊蛋糕送進嘴裡——上頭的奶油吃起來，香甜濃郁帶點冰涼，而他的心，則是溫溫熱熱的。

早餐店裡，裴恩吃完剩下的蛋糕，看著蹦蹦跳跳滿場跑的壽星小闆娘，突然在想：或許他始終待在這裡，是因為在這女孩太陽般的笑容裡，找到了某種安定的歸屬感吧？

回到十一月中的週日午後，人在套房裡發呆的裴恩，從記憶裡緩過神，思索起眼前的來信——加上先前的小闆娘逆襲記，這已經是第三封了。第一封回短了可以說是在趕稿、第二封沒回信可以說是在趕稿，但這一封再敷衍下去，這位作者是被稿子活埋了嗎？

況且，自己現在拖得越久，未來等王曉樂得知真相發作，他就會被宰得越痛啊。

重點是——裴恩再度拿起信封，抽出裡頭略發皺的信紙，上頭的跡痕，顯示他已將此信反覆讀過無數遍——這封信真正令他在意的，其實，是王曉樂有別以往的低落。

王曉樂在這次的信裡，主要提及丁一凡的夢，自然，也聊到關於「如果」的各種可能性——說來早在上週，王曉樂就在店內跟他討論過，可興許是將「裴恩」視為大姊，這位素來沒心沒肺的鋼鐵傻妹，筆下竟流露出些許糾結——那是她在徐莉和「林恩」跟前，都未曾顯露過的面向。

「……雖然徐莉跟林恩都說的有道理——當然，他們向來都有道理，而且說實話，我也很接受他們的道理——但我還是忍不住會想，如果我當年真的不接班、跑去出版界闖蕩，後來會發展成什麼模樣？沒錯，現在的我很滿足，也很喜歡自己的工作，只是多少會好奇，其他時空的自己究竟是怎麼樣的經歷，現在的我，又算是製作出自己的『招牌菜』了嗎——不過，我是不會跟他們承認的，否則他們又要白眼我了哈。」

「……裴恩妳呢，如果妳能選擇，會重新去到另一個時空嗎？」

「……關於卡卡說的『吃飽』，我想，就像徐莉說的，是某種人類共通的永恆價值吧？這幾天我也常自問，自己真正想把握的，或者說，最想積極追求的價值是什麼呢？」

「結果我想來想去……可能就是餵飽其他人吧哈哈哈，畢竟，我就是個早餐店小闆娘啊。話說回來，每當看著客人吃完早餐幸福的模樣，我的心底，確實會有種『吃飽』的感覺呢。」

「……妳的看法呢？妳覺得，那個『飽』會是什麼呢？」

裴恩發現，可能是隔著紙張的距離，也可能是認定裴姊能夠包容，王曉樂在這封信裡，難得袒露了她花苞般的幼嫩心靈，那懵懂、亟需呵護的優柔內裏——或許在面對林恩跟徐莉時，這女孩反而有她矜持的小自尊吧。

裴恩從沒想過，她所表現出粗枝大葉，也有可能是她的偽裝。

他又一次拿起信，閱讀文字所包裹的纖弱內覈，漸漸意識到，即使橫衝直撞如王曉樂，對於自己的人生，偶爾也會有遲疑迷惘的時刻——原來，這個精力過剩的女孩，除了每天忙著製造麻煩讓自己更忙之外，也難得會停下來多愁善感的。

然而，她卻怯於告訴身旁的他們——曾幾何時，這女孩熱烈的正能量，甚至，是望著他們的崇拜星星眼，竟成了她在朋友面前的保護色？

他一路讀著直抵信末，感受著信裡的淡淡哀愁、想著王曉樂平日的笑容，最後，裴恩深吸了口氣，下定了決心——自從兩人相識以來，他一直認為，王曉樂是太陽、自己是月亮。無論使用裴恩或林恩的身分，他始終在她身畔默默的吸收光和熱，汲取她的能量生長。如今，在太陽黯淡的此刻，儘管他依舊是月亮，卻是時候散發冷冷清輝，在反射的凝視間，守護太陽重新找回力量。

把空白信紙鋪平，裴恩凝神數秒，毅然提起筆：

曉樂妳好：

關於妳的提問，我想，
短短一封信，無法完整表達，
或許見面聊更妥當。
近期何時方便？時間地點妳決定即可。
祝　快樂

裴恩

裴恩一邊寫著信，一邊不斷告訴自己，不可以再逃避下去了。向她揭露身分，不僅是因為，友情本該建構在彼此坦承的基礎上，更是希望讓對方知道，她的現實生活，也有個值得信賴的樹洞，樂意為她遮風擋雨。

而且，這棵樹保證日後不鄙視她了！

至於真相大白後王曉樂的反應——唉，她如果要拿擀麵棍打他就打吧，誰叫他過去內心戲太多自作孽，說不定，到時候她顧著追殺他，便因此「吃飽」回復活力了呢？

……這樣一想，自己的犧牲，也算是實現某種人類共通的永恆價值了。

＊

王曉樂收到裴恩回信那日，是浩劫重生的十一月十二號。當時，她才剛心有餘悸的從戰場歸來，帶著她僅存的左手、蒼白的理智與見底的存簿餘額，整個人罹患瘋狂血拼症候群 PTSD。

那真是一場哀鴻遍野、斷手滿地的網絡戰爭。

若說近十年來，資本主義最慘無人道的新發明，「1111 購物節」必定名列前三。從自嘲光棍體質的地方節日，發展成弔唁存摺的商業忌日，頂著資方大力宣傳的「剁完了一雙手，你還有一顆腎」洗腦口號，雙十一的網路狂歡，直將一票單身男女，逼至退無可退的境地。

如同某大齡單身男性所控訴的：雙十一出現前，我還有右手能陪我；雙十一出現後，連右手都不屬於我。

就在這種「沒手、沒腎、沒錢還沒伴」的四無狀態下，1111 的存在，早已一舉超越在傷口狂妄灑鹽的層次，直接把所有單身狗抓來醃了風乾，讓他們老的時候邊哭邊配著自己下酒。

不過，像王曉樂這類遲鈍人種，目前仍感受不到資本的惡意。在她看來，雙十一的意義，只是讓她提前跨過時空，告訴下週收貨的自己，這週的她有多麼一生不羈放縱愛自由——雖然，此刻的她買得多痛快，日後看到帳單的心就有多痛，但透過購物的心痛感受依然的心跳，說起來，也算是種單身人士刷存在感的自我辯證手段。

然而，在買買買之餘，王曉樂那顆塞滿購物車的小腦袋，還是留了點空間給思想活動。儘管被閃亮的優惠外衣包裝的華美絕倫，雙十一的本質，畢竟是個形單影隻的悲歌節期，身為一位觸景傷情的二十八佳人，油然生出拿擀麵棍棒打鴛鴦的衝動也是很合理的。

必須強調的是，眼前這位笑容扭曲的女子，並非學術分類上的母胎單身。國高時期，王曉樂也談過幾場純蠢戀愛，進入大學後，亦跟社團學長玩過曖昧小心跳——只不過，自從她畢業選擇回家接棒，這些年來，忙著打理早餐店的她，已然不知戀愛為何物，有天下午，當她單手扛著麵粉袋踹開儲藏室大門，那份俐落帥氣，甚至讓她一瞬間想嫁給自己。

王曉樂的枯木心態，維持到今年三月中，總算迎來逢春時刻——想當然，對象是人帥真好的林恩——試想，每天都有個安靜的美男子，坐在店裡付錢讓她賞心悅目，那段時間，小闆娘的心情真是飛揚得不用飛柔都滑順。只可惜，王曉樂的芳心萌動也就是撮微弱小火苗，嗖一下竄起來，沒多久就熄掉，因為對方實在是太冷淡了。哪怕她號稱宇宙第一熱血美少女，也沒法違逆自然界規律，硬把冰山變火山。一段感情光看臉，終究是會坍塌的啊。面對日常的柴米油鹽醬醋茶，別的不提，至少也要出張嘴幫忙，偏偏當她抬起頭，一看眼前半聲不吭的冰山美男——算了，這傢伙別說出嘴了，連噪音都貢獻不出來，自己還能期待什麼呢？總不能拿著果醬抹刀一指人家脖子說：

「喂！本姑娘對你有意思，乖乖跟我回家當壓寨相公吧！未來洗衣裳帶孩子做飯都交給你了。」

都說你既無情我便休，眼見雙方擦不出火花，王曉樂遂收起旖旎心思，安份當著她的頂天立地大冰奶。然而，或許是不期不待沒有傷害吧，從四月中開始，她在林恩主動表態要幫忙後，逐步感受冰山男的日漸解封。不過，她此時倒是沒啥心思了，主要是跟這傢伙認識越久，她越覺得林恩就像個男版徐莉，對自己在乎的人外冷內熱、口狠心軟，儘管腦袋清晰有原則，卻永遠會在跟她相處時主動降低標準，以免逼死——他自己。

這樣的發現，讓王曉樂很快將林恩劃為跟徐莉同等級的好朋友，以及，她的私人可靠救火隊。她甚至一度考慮幫這兩人牽線，可惜他倆交集太少、她又太忙，最後只好作罷（徐莉聽聞後，生無可戀上網發文：我嗑的CP想幫我跟她的CP組CP，該怎麼活下去？）無論如何，王曉樂始終珍惜這兩個朋友，不但是他們最忠實的啦啦隊長，每回有好東西也總是先想到他們，包括滑手機時看到的笑話。偶爾，真不小心挖了個坑把人家推下去，她也會站在旁邊加油吶喊遞工具，很有義氣的待到他們把她製造的大洞補好補滿爬出來為止。

總之，如今的王曉樂，雖然不幸的依舊單身，但想了想，到底是有著一家早餐店、兩個好朋友跟三車結完帳的戰利品……

喔，對，現在還多了個想跟她見面的大作家筆友。

不得不說，王曉樂一想起上次那封信，就羞愧的想把自己的臉塞進馬桶水箱裡降溫（之所以選擇馬桶水箱，是因為她可以反覆把水沖走避免溺斃，還有那個滿水瞬間浮標發出的嘶嘶聲實在很療癒——如果有人曾像她一樣無聊注意過的話）。說起來，她那幾天也不曉得怎麼了，內心特別的文藝，對著裴恩寫起信，竟唰唰唰的大肆宣洩情緒，各種敏感脆弱纖細多情，真的超級不王曉樂的！

事實上，她剛把信寄出去就後悔了——雖然這也不是她第一次腦袋發熱對著人瞎說心裡話了，但這類事情並不存在所謂的一回生二回熟啊——唯一慶幸的是，由於寄的是紙本，她才不用去電子信箱的寄件備份匣，把那封文字找出來二次傷害她自己。

只是……一時的抒情過度，卻換來心儀作家的會面，這算是種塞翁失馬嗎？還是媽媽騎馬馬慢媽媽罵馬？

所以，此刻的王曉樂，對手中這封信的心情其實挺複雜的。雖說她很喜歡裴恩，但她剛在信紙裡對著人家裸奔了一場啊！總有種衣服還沒穿上，就要跟對方互許終身的感覺，真是怎麼想怎麼害羞。

見，或不見，這是個問題——唉，冰清玉潔的少女煩惱就是這麼奢侈。

好吧，好漢做事好漢當，小叮做事小叮噹，反正信是自己寫的、臉是自己丟的，都說知恥近乎勇，無恥則神勇，就是光溜溜坦蕩蕩追隨勇者的道路，哪怕一絲不掛，也能走得比維多莉亞超模更昂首闊步。

王曉樂想到這裡，握了握小拳頭，整個人坐到桌前，從抽屜裡翻出信紙，提筆寫下：

裴恩妳好！

好啊，那我們約11/22下午18:00，在台北車站的東三門出口碰面吧。我會穿紅色上衣，方便妳找到我。

另外，我的手機是0912-345678，到時候有需要可以電話聯絡喔。

期待跟妳碰面

妳的朋友 王曉樂

王曉樂估算了一下，按照裴恩的回信習慣，她還是約個下週比較保險，否則對方還沒收到信，約定時間就到了，自己還得白跑一趟傻等人。

而且，1122聽起來，就像是個宜碰面的好日子啊——做為深受科學知識薰陶長大的孩子，這點小迷信，王曉樂她自認還是有的。

隔天去郵局寄出回信後，王曉樂在她的行事曆標好日期，便繼續她的小闆娘人生。每天勤勤懇懇的開店、招呼客人、跟林恩鬥嘴，關店，並在當週意外收到樹懶裴恩快俠般的回信，儘管，裡頭只寫著言簡意賅的一個「好」字，完全讓王曉樂不知該責備對方浪費郵資、還是該稱讚她對促進國內郵務做出貢獻。

時光匆匆匆匆溜走，一眨眼，就來到十一月二十二號這天。儘管嘴裡說的輕鬆，對於見作家這種事——尤其，還是個看過她剝光裏衣的作家——王曉樂多少是有些忐忑的。想到兩人碰面時可能會有的尷尬，她站在櫃檯左思右想，絞盡腦袋為數不多的細胞後，總算想出一個自認完美的辦法。

「林恩，你今晚陪我去好嗎?!」

這天結束營業後，她趁林恩在收拾東西，三兩步衝上前討救兵——對於她要見裴恩的事，林恩自然是知情的——正當王曉樂以為對方會像往常那樣，無言凝視她三秒鐘後答應她的請求，豈料，林恩這次沉默三秒後，竟回了句：

「我今晚有事。」

「喔……好吧！」

王曉樂恍然意識到，林恩這個人，也有著自己的生活圈。儘管每天都在店裡碰面，但離開早餐店的他，仍有著其他不屬於這間店的面向——說到底，她們對林恩而言，也僅僅是朋友之一而已。所以，他可以在八月底無預警消失一週、可以在九月底飄然閉關遠走，他有他的世界、有他的節奏，而他，甚至不需要對她交代什麼。

有些事，她沒有權利要求他，他也沒有義務要為她多做。自己和林恩，不過是在這間早餐店裡，交集了一部分的人生，至於剩下的面積，從來都與對方無涉。

看來，今晚的這條路，她是得一個人走了。

喔嗚……突然有點鼻酸的感覺，是怎麼回事。

「……，我陪妳坐捷運到北車。」瞧著王曉樂的悵然若失，裴恩終究是心軟了。

「真的嗎？喔嗚你最好了！有你在我就放心了。」

王曉樂暗自決定，從今天起要將林恩晉升為「有良閨蜜」，在她心中的地位，只比無良閨蜜稍微遜色那麼一……點點。

畢竟他還是太善良了。

當天下午 17:50，林恩陪王曉樂搭上捷運，從文湖線轉板南抵達台北車站。而當兩人在忠孝復興兵荒馬亂轉車時，他問她為何要千里迢迢約北車碰面？沒想到，王曉樂竟回了一整串：

「因為……火車站前的廣場可能是全台北最開闊的地方了。我喜歡開闊的地方。也許你會說，國父紀念館、中正紀念堂以及成千上百個地方都比火車站廣場來得大，但我認為這樣比較根本不對。火車站讓你覺得馬上就可以跳上一列火車跑到任何地方去，遠離台北這個垃圾坑。『開闊』和『大』是有差別的。[62]」

「……那妳乾脆約去那鬼啃的咖啡廳，黑得什麼都看不見、睜眼和閉眼沒兩樣，反正——如果妳看不很開，就乾脆什麼都別看。」

「哇林恩你也喜歡這篇小說啊！」

「……嗯，喜歡，而且拒絕剽竊。」

「我這不叫剽竊，是適度引用致敬經典！」

「好吧，妳高興就好。」

跟林恩一路鬥著嘴，王曉樂發覺自己輕鬆不少。然而，等兩人刷卡走出捷運站，他把她送到上北車大廳的手扶梯時，王曉樂頓時又感到心頭一陣沉。她嚥了嚥口水，緊張的望向林恩：

「我、我出發啦。」

「嗯，放心，會沒事的。」

「真的嗎？」

62 註：本段引自郭箏的短篇小說〈好個翹課天〉。

「嗯，我保證。」

看著林恩沉穩的目光，王曉樂的心，出乎意料的安定下來——雖然不曉得這傢伙哪來的自信，但既然他保證了，就姑且相信他一回吧。勇敢的點了點頭，她轉身踩上電扶梯，在對方的目送下，緩緩朝車站大廳過去了。

再怎麼忐忑不安，走著走著，終究是抵達東三門。王曉樂站在右側門柱，低頭一看手機螢幕：17:58。

嗯，還有兩分鐘。

「不曉得裴姊會是什麼樣子呢……？」

遠眺天成飯店的方向，霓虹燈海閃閃爍爍，美好的週五夜晚，正預備拉開序幕。王曉樂收回目光，好奇的環顧四週，想在行色匆匆的人海中，辨識出可能屬於裴恩的面孔——勾肩搭背渾身汗臭的學生黨、嬰兒車裡推著熟睡幼童的一家三口、拖著行李箱的東北亞女子、背著大背包的年輕旅客、妝容精緻仍在翻閱資料的ＯＬ、對空氣自言自語講藍芽耳機的業務、抽菸打發時間的排班計程車司機……還有——

一位從車站大廳處走來的，身穿潔白連衣裙的輕熟女。

瞧那飛瀑般的長髮、鮮豔的紅唇，以及，冰山美人的冷淡神情，完全就是她想像中的裴姊啊！

王曉樂低下頭，看了眼手機螢幕：18:00。

「看來，就是她了！」

拉平微皺的衣裳，壓下洶湧的緊張感，王曉樂咧開所能想像最熱情的笑，抬起腿，準備衝上前自我介紹。就在她百米衝刺的前一秒，電光石火間，感覺右手被人緊緊拽住。

王曉樂嚇了一跳，轉過身一看：

「林恩？你怎麼在這裡?!不是說今晚有事？」

「嗯，對，在這裡約了人碰面。」

「那你還說不陪我過來！」

「沒辦法。」

「為什麼？」

「因為如果我陪妳過來，就不能跟妳碰面了。」

「喔……原來如此——等等！你說什麼?!」

意料之外的解釋，令王曉樂瞬間石化。下一秒，原先預計攔截的目標，從她身畔優雅走過，裙擺搖曳生波，掀起空氣裡一股橙香餘韻——哈啾！——王曉樂激靈一個止不住的噴嚏，同時，聽見自身貧瘠的中華小詞庫，從懷裡掉出匡噹砸碎的聲音。

七手八腳撿完散落的詞彙，依舊失語的王曉樂抬起頭，腦袋仍像新聞跑馬燈那般錯亂——想像中神聖不可侵犯的通信對象，卻是成日在店內晃悠、令她咬牙切齒的男性友人，自己有生之年，竟會遇見這等言情小說橋段，回想這段時日的通信與相處，王曉樂頓時生出各種謎之尷尬。

重點是，她根本無法將這兩人的形象重合起來啊！一個是思想陰暗的古墓派大姊，一個是毒舌派的可靠救火隊，一個高冷遙不可及、一個忠犬任她蹂躪——當場，王曉樂對著裴恩，都不知該擺出幾號表情，內在情緒之混亂，直想借問酒家何處有，來罐開喜烏龍茶。

這已經不僅是烏龍凍頂、更是烏龍透頂了！

相顧無言三十秒，王曉樂定了定神，打算說些話來緩和氣氛——要指望裴恩開口救場，她不如自力救濟好自在——當然，王曉樂並不會知道，裴恩一方面擔憂她承受不住真相暈倒，一方面又要防備她隨時暴起傷人，一方面必須強忍黑色幽默的荒誕，一方面又有坦白後的如釋重負感，導致他內心的小視窗也忙碌異常，無暇顧及對方。

話說回來，這類「好友變作家」的場合，到底不是天天有，是以講話向來跟喝白開水一樣流暢的王曉樂，難得像喝苦茶那般，倍感艱辛的挑選用字：

「所以……你就是裴恩？」

「嗯。」

「所以，你一直都用兩個身分，跟我互動？」

「嗯。」

「所以，你第一次來早餐店時，就知道我是誰？」

「嗯。」

「所以，你還建議我如何減肥！」

裴恩一愣，心想，這憤怒點不對啊！妳不是該氣我用雙重身分欺騙妳嗎？

這位耿直男士無法理解，對王曉樂來說，無論裴恩或林恩是否同一人，都是真心待她的好朋友，某種程度而言，並不存在所謂的欺騙，至於雙重身分什麼的，更是坐下來談談就能解決——But，就是這個But——在她心中，裴恩始終是娘家姊妹（雖然是偏暗黑系的，但終歸是自家人），因此，她能對著「她」無病呻吟大聊減肥、對著「她」腦子一熱大聊心事，反正大家都是女孩子，矜持者也薄如紙，雙方袒裎相見的程度，只差沒手牽手一起上廁所——可如今，王曉樂恍然驚覺，她不但徹底放飛自我了，還是在一個真男人面前放飛！比起被欺騙，她更在乎小女生的心事被人看光光啊！

這叫她怎麼不生氣！

「你太可惡了！竟然沒在第一封信裡就聲明你是男的！」

王曉樂決定修正先前的評價，林恩這傢伙一點都不善良，相反的，他無良得清新脫俗萬年難遇、無良得超凡入聖開天闢地、無良得遠比告贏日本MUJI無印良品的山寨無印良品更無良！

用她小時候的話來說，就是比無良的無良加三級！

想到這裡，王曉樂憤怒的蹲下來，惡狠狠打開背包，埋頭東翻西找她的擀麵棍，邊找還邊不忘大喊：

「我要代替阿嬤來懲罰你！」

她正找得熱火朝天呢，突然間，頭頂傳來一聲誠摯的：

「我很抱歉……真的！」

乍聽語聲，王曉樂停下動作，抬頭望向裴恩——接著，又一次撞進他那小鹿般濕漉漉的眼神裡。

下一秒，這位賽亞大怒神王曉樂，再度很不爭氣的，成了被顏值征服的無三小樂用。

「……，」算了算了，王曉樂懊惱鬆開手，一把將擀麵棍扔回去，沉默三秒後，勉強擠出一句：

「好啦，原諒你了。」

什麼！——現場的吃瓜群眾見狀，紛紛狂扔瓜皮以示唾棄——拜託，我們連瓜籽都吞了，妳竟給我們看這個?!這個顏即正義的世界，正常人真心不能懂！若是這樣的話，裴恩之前在那邊猶豫半天幹嘛？反正他光靠自己的臉，就能免去這場血光之災啦！

從蒼蠅嗡嗡的瓜皮堆中掙扎出來，撣了撣不存在的汁水，王曉樂站起身，盯著神情懇切的林恩——嗯，現在該說是裴恩了——稍微整理了她草履蟲般複雜的內心，最後，重重的嘆了口氣。

認識裴恩半年多來，她也明白這傢伙，儘管一方面極度自我保護，但對他認定的朋友，卻是毫無保留的付出——而她本人，恰好在他所認定的範圍內——做為最直接的受益者，王曉樂明白，這人自始至終，確實是盡力而為的守護、並支持著她。

因此，與其說是為著顏值，不如說，她是為了那顆赤子般純粹的真心，方輕易揭過這件事吧——正是因著後來的在乎，才無法坦然告知最初的誤會——裴恩太過重視王曉樂，以致害怕面對謎底揭曉的結果，只好一拖再拖，把一顆紅豆拖成宇宙，將豆大點的事演變成星際危機。

所以……唉，丟臉就丟臉吧——就像先前說的，一旦往勇者的路上大步前行，最終，便能修練成連臉都不要的神勇者。如果中途想哭了，只要仰頭看看裴恩這張無敵通行證，眼淚就不會掉下來。

身處自尊與顏值的十字路口，王曉樂咬咬牙，一腳踢開尊嚴，往帥氣的方向狂奔而去。自此，她的人生口訣，又新增了一條：

天下武功，唯快不破；開早餐店，唯真必勝；搞定曉樂，唯帥神勇。

「不過，緣分真的是很奇妙啊，」下定決心的王曉樂，望著裴恩那帥到讓她失去原則的臉，不禁暗嘆：「我本來以為，除了徐莉，我最信任的朋友就是林恩跟裴恩了，沒想到繞了一圈，他倆竟是同一人……」

「等等！所以你是裴恩?!那個作家?!」

此時，咱們後知後覺的遲鈍勇者，總算認知到這客觀的事實。

「嗯，對。」聽到這句話，裴恩此刻是庭院深深深幾許的無奈了：這位小姐，所以妳前面糾結狂暴了老半天，究竟都思考了些什麼？

「難怪你每次說話都跟寫金句一樣，原來是職業病啊……。」

……妳就這樣把心裡的吐槽大剌剌的說給當事人聽，真的恰當嗎？

「那你前陣子閉關是為了趕稿囉？」

「嗯，對。」

「那你偷偷透露一下，這次新書的主題是什麼啊？」

「……早餐店。」

「喔！所以你是因為這樣才寫信問我、然後才跑來我家的店嗎？」

「嗯，是。」

是為了書，也是為了遇見妳。

裴恩凝視著王曉樂，心頭一熱——只可惜，還來不及抒情呢，他便看見眼前這女孩轉過身，邊說話邊翻找背包：

「既然我們都聊到早餐店了，那麼，嘿嘿嘿……，」搭配詭異的笑聲，對裴恩的心理波動毫無覺察的腦迴路神轉折暨離題天后王曉樂，從背包裡翻出一杯飲料，伸手遞給裴恩：

「你只要喝了我最新研發的鴛鴦奶茶，我就真的原諒你了！」

裴恩盯著眼前這杯神祕液體，胃裡頓時一陣翻騰——這個女人的思考邏輯，真的是貫徹始終的神奇。

竟能把一場他誠心告解的試膽大會，活生生變成試喝大會？

而且，為什麼都出門了，妳還要自備奶茶？

「……給我吧。」

唉，算了，若是能讓她消氣，喝就喝吧。

滿是依戀的望了眼台北的天空，裴恩接下鴛鴦奶茶，緩緩打開杯蓋，留下一句：「告訴陳沛伶，清明節帶新書來探望我！」接著，義無反顧仰起頭，將混濁的液體倒入口中。

「怎麼樣怎麼樣？」

王曉樂興奮的觀察裴恩，幾秒後，瞧見他緊閉的雙眼，靜靜流下了一行淚。

「好喝嗎好喝嗎？」應該是好喝吧，看他都感動哭了。

就在那期待的目光中，裴恩睜開眼，深情執起王曉樂的手，將整杯鴛鴦奶茶單手奉還給她：

「……我想，妳還是別原諒我吧。」

「滾！」

聽了這結論，王曉樂氣得把奶茶往背包一塞，抽出擀麵棍就要追打裴恩。一時間，台北車站的東三門，變得比公園阿姨飯後的最炫民族風尬舞現場更熱鬧。

一陣雞飛狗跳大逃殺後，倖存者裴恩溫柔的扶著氣喘吁吁、手持兇器的王曉樂，輕聲問了句：

「氣消了嗎？」

「哼！」

「我們去吃飯嗎？」

「哼！」

「吃日式料理好嗎？」

「哼！」

「還是要義大利麵？」
「哼！」
「那妳繼續哼吧。」
「哼……喂！！！」
「哈哈哈哈哈哈！」
眼瞧王曉樂中計後、那股氣急敗壞的小模樣，裴恩忍不住笑出聲，難得爽朗的樣貌，襯著整片深靛色的夜空，讓正在賭氣的女孩霎時看傻了。
「……你笑起來挺好看的，以後多笑笑吧。」
「嗯。」
「好啦，我餓了，去吃飯吧！」
「好。」
「你想吃什麼？」
「都行，沒有鴛鴦奶茶就好。」
「喂！！！！！」
欣賞完原地炸毛的小奶貓，裴恩愉快的轉過身，邁步往北車二樓的微風美食街走去。王曉樂見狀，趕緊甩起背包跟上，邊走邊想著：

「可惡的傢伙，等明天開始他來店裡，我就每天一杯鴛鴦奶茶伺候！根據阿嬤研究，味覺都是訓練出來的，所以，鴛鴦奶茶天天喝，他最後一定會愛上的……哼哼哼，叫我計畫通！」

露出彷彿詭計已得逞的得意笑容，王曉樂眺望著美好的邪惡遠景，等到回過神來，察覺裴恩又已遠去，連忙邁開腿快步追上，跟他肩併肩並排走著——兩片自顧自的影子，在昏黃路燈下，最終，慢慢走成一個整體。

週五的夜幕悄聲拉開，台北車站點點燈火，無數的故事訴了又說，無數的人兒來了又走。這世間說到底，沒有人是完美的——直至此刻，裴恩的性格依然糾結、王曉樂的味蕾仍有殘缺（你確定她最大的殘缺只是味蕾？）然而，真正療癒人心的故事，始終源於這群願意翻出傷口相互舔舐，用心底最柔軟的部分捂熱彼此的平凡人——所以，未來的日子，就請這兩個不完美的傢伙，繼續抱團取暖、發光美麗吧。

「對了，妳為什麼要選十一月二十二號碰面？」

「喔，因為這天是王曉樂滿月紀念日啊！」

「……真是特別的日子。」

「那當然囉！」

「好吧，妳高興就好。」

「那當然囉！」

謝謝惠顧我們明天見

時序進入十二月，冬至一大早，王家阿嬤擀完每日限量餅皮後，便慎重地忙起「補冬」事宜。

在王柯淑莉女士的心中，冬至這節氣，比什麼阿斗仔的聖誕節、倒數跨年都重要許多，也是她這位貪財星人，每年少數願意荷包大失血的時刻——「冬至」的意義在王家，就像大冰奶的地位那般神聖、崇高、且不可動搖。

從傳統的湯圓、薑母鴨、羊肉爐，到傳說中的餛飩、水餃、蕎麥麵，多年來，「補冬」的品項可謂眾說紛紜，亦是稍有不慎便會再度引戰的高危話題。而身為王家小闆娘神祕腦迴路的發源地，王家阿嬤本人對於補冬，早已有了自成一家的看法：

湯圓、薑母鴨、還是水餃？

小孩子才做選擇，阿嬤我全都要！

沒有錯！咱們老王家的補冬大餐，就是——火、鍋。

一鍋湯放上電磁爐，愛怎麼煮就怎麼煮，管你是湯圓餛飩水餃還是雞鴨牛羊，甚至想煮台直升機或潛水艇，只要鍋子放得下，阿嬤通通幫你煮進去喔呵呵呵呵（此處可搭配《我們這一家》水島太太的魔性笑聲）。

這些年來，火鍋的極度彈性，消弭了因食材引發的煙硝味，但也是它的極度彈性，導致每年掀開鍋蓋的那刻，都像驚喜禮包大開獎——當然，往往會演變成驚嚇——例如某年，阿嬤在鍋裡煮了幾顆端午節肉粽，那是從「阿嬤的冰箱」那個神祕宇宙中搜救出的、跟地球失聯近一年半的人類產物。又有某年，阿嬤心血來潮煮了咖哩鍋，想當然爾，鍋底也是在清櫥櫃時翻出的、多年前失蹤的文明加工物。儘管號稱大失血，但渾身流著勤儉血液的王家阿嬤，最鋪張的烹飪原則，就是從她囤積物資的糧倉裡，忍痛挖出堪稱珍稀化石的食材——畢竟，在貪財星人的世界裡，沒有所謂的過期、只有「比較晚吃」。

所以說，冬至節期，一向是考驗王家姊弟人脈的時刻。哪怕咱們的王姓草莓吐司蛋女王跟花生醬肉鬆大帝，對於「美食」的認知存在著諸多歧異，每逢此時，兩人總會放下成見，合作攜手力邀眾家好友，請他們各帶一道火鍋料來自家搭伙，拯救王家百姓被貪財星人綁架的胃。

重點是，能跟他們一起吃過「淑莉特調大火鍋」的朋友，那才是真正過命的交情。

回到今年冬至。本年度幸運中籤的「火鍋患難會」成員，固定班底徐莉自不必提，王曉樂這邊，還額外找來了趙利穎，那個如今在外租屋、小日子過得異常愉快的女孩（所以要讓她稍微感受人生的艱難？）而王曉陽這裡，則拉來他的換帖兄弟丁一凡，那個總算願意偶爾來店內用餐的阿宅（他就不怕對方吃完這頓火鍋後，從此隱居辟穀、立誓不碰人間食物？）

至於王家阿嬤，也難得指定了嘉賓名單，不顧地方兒子的強烈反對，邀請她的安豆小帥哥出席——雖然她有點糊塗，這孩子怎麼一下叫林恩、一下叫裴恩，但總之，他就是她的安豆小帥哥——今早她在擀麵糰時，一想到晚上能跟這囡仔同桌吃火鍋，都不禁眉開眼笑多灑了把蔥花在蛋餅皮裡。

當天晚上，王曉樂一干人等，圍坐在高掛「休息中」的忘憂早餐店內，滿腹糾結等待火鍋上桌——用餐區的桌椅早已挪動，多數拼成一個大方桌，再按著用餐人數，擺滿足夠數量的座椅，旁邊還有幾張小桌，擺著各色蔬菜和退冰食材——所有人安靜坐著，背景的台語歌熱烈鬧騰，襯著肅穆哀戚的氛圍，猶如在景行廳開了場尷尬的搖滾派對。

環顧整張大方桌，只見王家阿爸的面色凝重（部分是因著火鍋，更大一部分是因著同桌的某姓男子），王曉陽翻找口袋確認他用夾鏈袋偷渡的肉鬆猶仍安在，徐莉暗恨她那群律師兄弟為何今天要沒義氣的取消加班，第三度與會的趙利穎正慶幸她來之前抽空啃了厚片墊胃，本應好傻好天真的丁一凡，則出於職業性的趨吉避凶本能，默默靠近王曉陽打商量：「是兄弟的話，待會肉鬆記得分我一點。」咱們的小闆娘王曉樂，則滿懷複雜愁緒，湊到裴恩耳畔低聲提示（王家阿爸見狀，當場小眼刀颼颼射來）：

「待會啊，不管我阿嬤煮了什麼，你都別驚訝嘿。惦惦加減吃就好，別露出太多表情，不然我怕她傷心。」

裴恩淡淡掃了她一眼，心想這種說法，彷彿我平常特別有表情似的。

話雖如此，他依舊顯示出「受教了」的面無表情，點點頭回應：

「嗯，我會注意分寸。」

深知裴恩說到做到的能耐，王曉樂交代完這件事，便安心的抽回身，在徐莉莫名放光的眼神裡，乖乖待在位置上等待開獎。

「來囉來囉！燒燙燙的火鍋上桌囉！」

就在萬眾不矚目間，晚間七點零五分，生龍活虎的料理界巨星王家阿嬤，終於手端火鍋、光芒萬丈的出場了。興高采烈的閃耀模樣，襯得她身後的王家阿母，溫婉的笑容都比平日黯淡了些。

而當阿嬤將火鍋放上電磁爐、手握鍋蓋的那刻，王曉樂的心直接衝破嗓子眼——今年的火鍋，究竟是會煮月餅、加雪碧、泡進波卡洋芋片，還是會丟幾片昨晚削了沒吃完的芭樂呢？

「噹噹！」

就看王柯淑莉女士豪氣的一掀鍋，霎時間，鍋中白煙銳氣千條的衝出，所有人遮住眼，卻仍擋不住她那金光閃閃的小當家標準表情。

「哇！！！！！」

等到白煙消散殆盡，眾人凝神細辨鍋中物，下一秒，全體激動得跳起來擁抱、哭喊、淚流滿面感謝上蒼：

「居然只是湯，只！是！湯！」

毫不在乎凡人的心理震動，神級廚師王家阿嬤，高傲的手持鍋蓋，得意洋洋解釋：

「嘿嘿，這可不只是湯，而是阿嬤我私房的『強身健體大骨湯』！它是用半斤龍骨配半斤腹脅，加上蜂蜜、川貝、桔梗跟天山雪蓮，再用小火沓沓仔滾、沓沓仔滾，煮規工（kui-kang）[63]才煮好的。」

「阿母！今年怎麼吃那～～麼好？」

王家阿爸雙眼放光，盯著整鍋大骨湯，忍不住捏捏他的雙下巴——水深火熱這麼多年，這幸福來得

63 註：規工（kui-kang），整天。

太突然，他需要藉著現實的疼痛來確認一下。

「對啊阿嬤，妳中樂透啦？」

王曉陽也不可置信站起身。做為頗有自知之明的花生醬肉鬆星人，要比品味特殊，全宇宙他誰不服，單單服他阿嬤（就連他親姊跟阿嬤比，也僅是一粒卑微的塵埃罷了）。但他著實沒料到，迷航多年的貪財星人，竟在今晚回歸銀河系，端上這鍋大骨清湯，真正是可喜可賀、可喜可賀！

「沒有啦，今年有安豆小帥哥捏，當然要呷卡好啊！」

王家阿嬤放下鍋蓋，半不自在的搔了搔臉，向來爽利的臉孔，難得染上少女的嬌羞。

下一秒，端坐的裴恩立刻發覺，自己的座位，成了全體目光集中處。

徐莉等一票年輕人，眼底滿是劫後餘生的感謝。

王家阿母是恢復晴朗的和藹。

王家阿爸則是羨慕忌妒的陰暗。

至於王曉樂，則是投以感動的小眼神，心底淚喊：

「裴恩啊，未來三十年的火鍋患難會門票，我幫你全數承包了。保證搖滾區第一排！」

眼前是神色各異的群眾，頭頂是阿嬤粉色系的眼神，裴恩想了想，總覺得在這個場面，自己似乎該說些話緩和一下氣氛：

「謝謝阿嬤，看起來很好吃。」

「好，好吃就好，大家歡喜就好！好啦！來來來，呷飯！」

王家阿嬤羞怯了 0.0001 秒後，立即恢復成平日精明幹練的模樣——終歸是見過大風大浪的人物，她才不像自家那不爭氣的孫女，隨隨便便就被安豆小帥哥的顏值收服呢。

頂多就是煮了鍋好喝的湯而已，哼哼。

聽到這句「呷飯」，所有人心裡一鬆，像是被解除魔咒的童話角色，紛紛活潑起來。但見眾人站起身，圍在火鍋邊你夾一筷子、我下一塊肉，一時間，整間店內飄滿香味熱氣，充滿歡聲笑語。

享受著輕鬆的氛圍，裴恩捧著手裡的碗，想起多年前看到的小故事：

據悉，在日本，有項名為「金繼」的修復工藝。工匠會用融合黃金的漆樹樹液，修補不慎因故破損的陶器，如此一來，帶有金色裂痕的陶器，非但變得獨一無二，更因融入黃金擁有全新價值。

他看著手裡的碗、想著這個典故，緩緩抬起頭，穿過重重白煙，凝視王曉樂正搶奪親弟碗中食材的嬉皮笑臉。

曾經的他，是如此害怕受傷，更任由被傷害的怨忿，在內心醜陋滋長——然而，他遇見了王曉樂，這個傻乎乎的工匠，用她的真摯和熱情、那散發黃金光澤的美好善意，修補他碎裂的心。

甚至讓他的瑕疵，搖身而成最美的妝飾。

他突然在想，等吃完這頓火鍋宴後，他可以回家一趟，重新跟爸媽坐下來，好好吃一頓飯。

或許，他會用日益甦醒的溫情，不熟練卻誠懇的去捂熱母親的心。

或許，他會平心靜氣的，跟父親述說關於忘憂早餐店的故事。

或許，他會帶他們走進這間店，品嚐王家阿嬤的蛋餅王、感受王家阿爸的小傲嬌、沐浴在王家阿母的微笑，同時，盡力拒絕王曉陽關於花生醬肉鬆三明治的一切推銷。

或許，他也會跟他們介紹，店裡那一群可愛的客人。

以及那個在他心頭、最獨特耀眼的可愛女孩。

彷彿感應到裴恩的目光，兀自鼓著嘴的王曉樂、三兩口嚥下戰利品，轉過身去對著他，眼角彎彎綻放出最燦爛的笑。

「阿嬤阿爸阿母弟弟小莉和裴恩……所有我愛的人和愛我的人，大家都在這裡啊！」

真好，這一切，真好呢！

關於人生，關於這間早餐店，二十八歲的王曉樂，此刻依舊沒有答案。但無論如何，當明早的鐵捲門再度升起，她還是會在每個招呼聲、每道製作的餐點、每張忘掉煩憂的面孔裡，努力完成自己的招牌菜，努力餵飽屬於她的、他的和他們的人生。

每個走進忘憂早餐店的人，都有著各自的破碎和傷痕，但這裡的所有人，卻也因著各自的故事，方成為了獨特的自己——哪怕存在受傷的可能，每天睜開眼後，仍要繼續勇敢的走著、相信著、並且愛著。

而早餐店的門，也會繼續的，為每個人開著。

在每個熹光微亮的早晨。

046

歡迎光臨忘憂早餐店

國家圖書館出版品預行編目(CIP)資料
歡迎光臨忘憂早餐店 / 古家榕著. -- 初版. -- 臺北市：聯合文學, 2021.3
384面；14.8X21公分. -- (N046)
ISBN 978-986-323-375-6(平裝)

863.57　　110003171

出版日期／2021年3月 初版
定　價／350元

ISBN 978-986-323-375-6(平裝)

本書如有缺頁、破損、裝幀錯誤，請寄回調換

作　　者／古家榕
發 行 人／張寶琴

總 編 輯／周昭翡
主　　編／蕭仁豪
資深編輯／尹蓓芳
編　　輯／林劭璜
資深美編／戴榮芝
業務部總經理／李文吉
行銷企劃／蔡昀庭
發行專員／簡聖峰
財 務 部／趙玉瑩　韋秀英
人事行政組／李懷瑩
版權管理／蕭仁豪

法律顧問／理律法律事務所 陳長文律師、蔣大中律師
出 版 者／聯合文學出版社股份有限公司
地　　址／110臺北市基隆路一段178號10樓
電　　話／(02) 2766-6759轉5107
傳　　真／(02) 2756-7914
郵撥帳號／17623526 聯合文學出版社股份有限公司
登 記 證／行政院新聞局局版臺業字第6109號
網　　址／http://unitas.udngroup.com.tw
E-mail：unitas@udngroup.com.tw
印 刷 廠／博創印藝文化事業有限公司
總 經 銷／聯合發行股份有限公司
地　　址／234新北市新店區寶橋路235巷6弄6號2樓
電　　話／(02) 29178022

Good Morning!
Wish You
A Wonderful Day